U0492283

影子游戏
SHADOWPLAY

[爱尔兰]
约瑟夫·奥康纳 著

陈超 译

雅众文化 出品

献给卡萝尔·布莱克

亚伯拉罕·“布拉姆”·斯托克

文员，后担任剧院经理，业余作家，1847年生于都柏林，1912年卒于伦敦，生前未曾体验过写作上的成功。

亨利·欧文

1838年生，本名是约翰·布罗德里布，1905年去世，是他生活的时代最伟大的莎士比亚戏剧演员。

爱丽丝·“埃伦”·特里

1847年生，1928年去世，英国片酬最高的女演员，广受公众爱戴。据说她的鬼魂在兰心剧院里游荡。

每一个在世之人的体内都有另一个几乎不为人知的自我。正在阅读这段文字的你,在你更为人所了解的个性之下,隐藏着几乎没有人知道的真正的人格——那是你最美好的一部分,最有趣、最好奇、最有英雄气概的一部分,正是那部分的你,令我们感到困惑。那是你的秘密自我。

爱德华·戈登·克雷格(埃伦·特里的儿子)

摘自《埃伦·特里与她的秘密自我》

目录

第一幕
真爱永恒

维多利亚邸医院

迪尔近旁

肯特郡

1908年2月20日

我最亲爱的埃伦[1]：

请原谅这封耽误了太久的回信。正如你从上款的内容所见，我最近身子不大好。金钱上的担忧与过度的辛劳在这个寒冬令我的身体变得衰弱，到最后，我就像倒卧在路边的拉车老马那般累垮了。好在他们说这不会造成永久性的伤害。我那可怜而圣洁的妻子已从伦敦南下，也搬到了这里，住在海滨的一间寄宿旅馆[2]，每天乘巴士过来读书给我听，因此我们可以继续打情骂俏，只有结了婚的人才可以这样。我们喜欢拌嘴，上至民主下至三明治都可以拿来说事儿。你瞧，我还能打字呢。

昨晚我梦见了一个人，你知道他是谁——出现在《哈姆雷特》的第三幕中——而且我还梦见了你，就像叶声窸窣的树林，令倦鸟充满向往。于是，我给你写了回信，虽然迟了一些，但同样情真意切。得知你正在撰写回忆录，真是太好了，它的出版将令你那几个蒙在鼓里

1　爱丽丝·埃伦·特里（Alice Ellen Terry，1847—1928），英国著名女演员，曾出演莎士比亚、萧伯纳、易卜生等作家的众多名剧。埃伦与亨利·欧文合作逾二十年，曾是兰心剧院的台柱。（若无特殊说明，本书中注释皆为译注）

2　布拉姆·斯托克与妻子弗洛伦丝·巴尔康比在1878年结婚，婚后夫妻分居，但弗洛伦丝仍照料着布拉姆的生活。

的丈夫[1]胆战心惊。你问我是否还保留着兰心剧院的节目单、戏服草图、亨利的画像或相片、首演之夜受邀嘉宾的名单、菜单等，恐怕关于那方面的东西，我手头上什么都没有。（你和珍仍有联系吗？）几乎所有的资料我都写进了我那本回忆录[2]里，那本书出版之后，我将那堆东西（足有满满五箱之多）送进了大英图书馆，只剩下几件别人不感兴趣也用不上的私人物品。你没有记错，我曾经有一叠寄自可怜的王尔德的信件，但在他惹上麻烦[3]时，我觉得将其焚毁是明智之举。

在信中我附上了一沓我多年来断断续续写的日记书页与私人札记。我已经开始对它们进行加工，想写成一部与我平素的风格有所不同的小说或戏剧，我还不知道。我希望在年老力衰之前能够完成这部难产的作品。但我怀疑自己能否做到，因为现在我似乎已经失去了以往的精力。不管怎样，由于我没有积蓄，而伦敦那座房子的按揭贷款负担很重，我只能强打精神勉力找一份工作挣钱，而想靠写书挣钱，那是不可能的。我们打算乘船去德国，或许会去汉堡或吕贝克，那里的生活成本比较低，而且弗洛伦丝会说德语。天可怜见，我们这把年纪才移民国外，但情况就是这样。

说到书稿，某些部分已经完成，但其他内容仍是日志的形式。我原本打算更改里面的人名，但还没有着手进行——有你的名字，因为它是你的一部分，实在是太美了，我没办法改动——然后，几个月前，我偶然间读到一本有趣的书，作者是一个姓亚当斯的美国人，他在描写自己时用的是第三人称，就像是一部小说里的角色，我很欣赏这一手法，因此我想，就让那些名字得以保留吧。

因为你亲身经历过那些事件，你一定会在昔日的废墟中找到些

1 埃伦·特里一生结过三次婚，且与多名男子有过感情关系。

2 1906 年，布拉姆·斯托克出版了《关于亨利·欧文的个人回忆录》。

3 1895 年，王尔德被指控鸡奸罪与猥亵罪，被判处入狱两年。

许有意思的内容，想起旧时的热情与荣光，想起那时候的疯狂，或许将令你会心微笑。在那几页材料里，你会找到《旁观者》[1]对某位出类拔萃的名伶的零星访谈内容，里面记载了她的回答，问题却没有登出，不知道是为什么。如果这些零星片段对你的回忆录有所帮助（我心存疑虑），那你请自便。嗯，或许你可以先和我商量。

大部分内容是以皮特曼[2]速记法做记录的，我想你知道如何去解读。但如果你不明白，可以找村子里的一个姑娘或考文特花园附近从事文秘服务的米尼特小姐帮忙——我能清晰记得那条街在白天里的情形，但就是想不起它的名字。你或许还记得她。从黄页里可以找到她。

有些内容就连我这个记录者也忘记如何去解读了。我不知道自己到底在试图向谁隐瞒些什么。

好啦，老伙计——我珍贵的朋友——想象着我的文字在你的内心深处流淌，我感到心中充满圣洁，因为到那时，我的一部分将与你的一部分相互结合，我们将在同一场雨中，站在同一把伞下，共度同一段时光。

向你和你的家人献上全心的爱意，我最亲爱的维纳斯，

祝你下周生日快乐，我想是吧？[3]

永远爱你的布拉姆

附言：就像许多令人怦然心动的好故事一样，故事的开篇是在火车上。

---

1 《旁观者》（*The Spectator*），创刊于1828年的英国周刊，内容以政治与文化为主。

2 艾萨克·皮特曼（Isaac Pitman，1813—1897），英国语言学者、出版商，由其创造的皮特曼速记法是英语世界的主流速记法之一。

3 埃伦·特里的生日是2月27日。

一

在本章里，两位来自剧院的绅士从伦敦出发，前往布拉德福德

1905 年 10 月 12 日，拂晓之前

那头炽热漆黑的怪兽从盘旋积聚的迷雾中嘶吼而出，叫声凄厉，时断时续，喷出刺鼻难闻的浓烟，弥漫着一股强烈的火药味。巨响与灰烬、铲煤工与锅炉员、黑色的铸铁和白炽的火花，钢铁与陈旧橡木铺设的路轨发出当啷当啷的响声，露珠在轨腹上嗞嗞作响。狐狸躲进巢穴，小鹿快步逃走，紫衫林中的雄鹰回首注视。

在发自国王十字车站的晨班邮政列车灯光昏暗的头等车厢里，两位来自剧院的绅士正彼此相对而坐，裹着毛毯和破烂的围巾，戴着快被磨破的连指手套，怀着一股早醒起床的愠恼。他们的呼吸虽然轻微，但还是形成了一团团的白雾。还不到七点钟。两人都是夜猫子，不习惯这么早起，除非是从俱乐部往家里走。

亨利·欧文把靴子架在对面的座位上，倦怠地阅读着令人毛骨悚然的情景剧《钟声》[1] 的剧本，在他了不起的演艺生涯中，从伦敦到旧金山，从哥本哈根到慕尼黑，这出剧目他已经表演了好几百遍。那么，经过这么些年，为什么他还需要剧本呢？为什么他还在上面写注释呢？为什么他还半闭双眼，对着窗外掠过的原野念叨着一段段对白呢？他的同伴坐姿笔直，似乎在进行拉直脊椎的瑜伽锻炼。他正在阅读的那本书就像一面盾牌护在身前。火车在咣咣当当地前

1 《钟声》(*The Bell*)，是英国剧作家利奥波德·戴维·刘易斯创作的舞台剧，也是亨利·欧文的成名剧。

行，驶往伦敦北郊。

距离两人上一次开口说话甚至蹙额咧嘴扬眉对视的交流似乎已经过去了好几个世纪。和所有戏剧界的人一样，他们都是口齿伶俐表情丰富之人。在国王十字车站匆忙买来的羊蹄和腌鳗鱼还没有吃——虽然天气寒冷，却正在渗水——包在脏兮兮的旧报纸里。一瓶马德拉红酒搁在地板上，已经被猛喝了一通，但还剩下几滴，似乎在安慰饮者：他们并不是贪杯的绅士，不会在早上七点钟前赶往车站的出租马车上打开一瓶马德拉红酒，没到八点钟就在火车上把它喝光。两人之间有着难兄难弟甘苦与共的长久交情，曾一同远航至奇奇怪怪的地方，到过岩石陡峭茕茕孑立的岛礁，彼此相识相知，原谅了几乎所有的一切，该说的话早就说了，其实当初要说的话并没有多少。

“你在读什么破烂玩意儿?”欧文问，口吻活脱脱就像一位大师在向满屋子轻易就能震慑的学生展现“历尽沧桑的倦怠感”。

“关于奇斯尔赫斯特的历史。”斯托克回答。

“老天爷啊。”

“从几个方面看，奇斯尔赫斯特不失为一个有趣的城镇。被放逐的拿破仑三世[1]就惨死在那里。”

“如今住在那里的人确实挺惨的。”

或许这会是漫长紧张的一天。

殷红如血的天空中点缀着手指甲般的细碎乌云和巴掌大的团团金云。接着，一缕淡淡的晨光从呈现浅蓝色、浅灰色和暗绿色的沼泽那头升起，就像刚用水彩颜料画出的破晓景色。到处是摇摇晃晃的

1　拿破仑三世（Napoléon III，1808—1873），本名为夏尔-路易-拿破仑·波拿巴（Charles-Louis-Napoléon Bonaparte），拿破仑一世的侄子，法兰西第二帝国皇帝，普法战争之后被流放至英国，卒于奇斯尔赫斯特。

山毛榉、悬铃木、花楸，然后是一排在风中摇摆的仪态万千的榆树，几群大雁排成V字形，挺胸飞过广阔的天空，宛如直指无垠之际的箭头。

在雾蒙蒙油腻腻的窗户外面，是英国中部地区的开端：远方城镇的灯火、烟囱和教堂尖塔、由碎石修筑的新路连接的砖场和采石场。在城镇之间是青翠欲滴的草地，有牛棚、马厩和钉在十字架上的稻草人，碧绿舒缓的运河两侧的纤道、庄园与果园、红砖砌成的界墙、绿墙迷宫、乡间小屋和教区牧师的住所。这里很像爱尔兰的乡村，却又并非完全相似。有什么地方不一样，难以言状，是某种光亮的状态，或许是某种伤感的情怀，似在而非在。欢迎来到一处名为英格兰的缥缈之地。

火车发出低沉的声响，吃力地驶上斯塔布菲尔德山，当它继续前进，在下山的盘山公路上行驶时，沉重的车身在摇摆和跃起，不断加速，令人心惊胆战，时不时突然变重，就像一出令人揪心的戏剧，车厢发出尖厉的声响，在剧烈地摇晃。用绳子绑住的行李在他们上方的行李架上动来动去——原先行李员想把它放在运货车厢里，但欧文拒绝了——现在他们来到了一座城镇的边缘。

小小房屋的后部与火车相距只有几英寸[1]的距离。晾衣绳或从窗台牵引而出，或横贯在疯狗围绕的垃圾堆上。一个脸蛋脏兮兮的孩子从没有安玻璃的窗户里招手示意。一只瘦得令人感到心寒的灰狗绷紧了锁链。深蓝发黑的天空、一轮碎裂指甲般的月亮，还有一场突如其来的骤雨引得两人朝外面张望。

斯托克身材壮实，蓄着络腮胡，虽然已经年过四旬，但看上去仍有昔日那位运动健将的风采。他在都柏林大学玩过拳击、划桨赛艇

1　英寸（inch），英制长度单位，1英寸合2.54厘米。——编注

和游泳。他曾经救过一个溺水者。他穿着三件套的萨维尔街[1]君皇仕牌[2]西装、一件优雅的粗纺人字呢外套，但那是三十年前的流行款式。那件亨士曼牌[3]大衣的料子是厚绒呢，就像一位将军的制服。他天生是一个衣架子，看上去总是很体面，虽然今天早上他身上穿的每一件衣服都曾不止补缀过一回，重新缝制，当出去，赎回来，打上补丁，就像这段友谊。那双又打上鞋底的订制雕花皮鞋刚刚上了鞋油。他的双手青筋毕露，骨节突出，大得有点让人害怕，就像用沼泽橡树的树墩雕刻而成。

欧文比较虚弱，面容凹陷，因为他抱恙在身，消瘦的马脸看上去就像一个骷髅。他比斯托克大十岁，看上去还不止。但他仍是那个华丽浮夸、长手长脚、忧虑不安的男人。他戴着紫色的天鹅绒毡帽，围着蝉翼纱围巾与亚麻围巾，穿着镶皮领的斗篷，戴着珍珠母的夹鼻眼镜。他那双湖水般的漆黑疲倦的眼睛周围涂着眼影，染黑的头发每天早上由他的贴身男仆打卷，今天早上也不例外。他的手杖上嵌着一个小骷髅头当作把手（“乔治·萧伯纳[4]那萎缩的脑袋瓜儿”）。和所有伟大的演员一样，他能决定自己的样貌年龄。他曾在同一场巡回演出中扮演十四岁的罗密欧和年逾古稀的李尔王，有时候还是在同一个晚上。

他点着一根又粗又短的雪茄，望着窗外的雨。“走得快死得快。”[5]他说。

---

1 萨维尔街（Savile Row），位于伦敦梅菲尔区的一条街道，曾有众多裁缝店，以定制服装而出名。

2 君皇仕（Gieves & Hawkes），萨维尔街的老字号裁缝店，其客户群体包括英国王室与贵族世家。

3 亨士曼牌（Huntsman），萨尔维街的老字号裁缝店，也是英国王室钦定的制衣品牌。

4 乔治·萧伯纳（George Bernard Shaw，1856—1950），出生于爱尔兰，后移居英国，剧作家，曾获得1925年诺贝尔文学奖，著有《卖花女》《圣女贞德》等作品。

5 原文是德语“Die Todten reiten Schnell.”。

斯托克不满地瞪着他。

火车驶进了一条隧道。脸庞在时明时灭的光亮中闪现。

“把你的眼睛缩回脑壳里去，你这个可悲的保姆。”欧文说，“我高兴什么时候抽雪茄就什么时候抽。”

“医生的建议是彻底戒掉。你很清楚这一点。我还要补充一句，这个建议很昂贵。”

“该死的医生。”

“如果你能活到今晚的表演，那我真得谢天谢地。”

“为什么这么说？”

“现在要取消大厅的预订已经太迟了，我们会损失订金的。”

“该死的，你可真体贴。”

“但如果你想自杀，那是你自己的事情。死得越早越好，如果那就是你的目的，别说我没有尝试阻止你。”

“是，老妈子。真是呵护备至的老姑娘。”

斯托克没有被他惹恼。欧文无精打采地抽着雪茄，浑浊的眼睛渗出泪水，就像未掺水的威士忌。他看上去像一个千岁老人，在戏谑地模仿他自己。

“我说，或许我会是幸运儿，布拉姆老伙计。”

“在哪方面呢？”

“或许我会变成你那本糟糕老套的劣作里的家伙，那个不死之身，我亲爱的，老德古拉什么的，在皮卡迪利附近肆虐行凶，将獠牙咬入年轻可爱的姑娘的身体里。那个家伙会不得好死，是吧？”

“我在读书呢。”

“啊，奇斯尔赫斯特，是的，郊区中的拜占庭。”

“我们正考虑搬去那里，如果你一定想知道的话。”

“你是说你老婆考虑搬去那里，而你得乖乖听命，和平时一样。”

“我不是那个意思。”

“这娘儿们辩解太多了。”[1]

“闭嘴。”

“她穿着裤子当家做主的样子好看极了。我会这么夸她。告诉我，你是怎么挤进她的胸衣的?”

“你那所谓的俏皮话真的很令人讨厌。从现在开始我不会再搭理你，再见。”

欧文憋着喉咙痛苦地轻声笑着，开始吞云吐雾，晕晕欲睡。斯托克伸手将那根雪茄从欧文的指间抢过来，将它丢进菱形的空锡罐里掐灭，他随身携带这个玩意儿就是为了这个目的。这种事情有时候可能会引发事故。

欧文望着冬天的风景，在橡树间打着旋儿的雪花、延绵的石墙与篱栏。这片风景曾激发了不计其数的诗歌。烧掉爱尔兰人的教堂，他们会操起大刀；烧掉英国人的教堂，他们会拿起鹅毛笔。

现在他想起了埃伦，她那温柔和蔼的笑声，想起一天晚上他们走在奇切斯特河，其中一条支流在夏天时干涸了。那个词语是什么来着？他眨了眨眼睛，埃伦回到了刚才从那儿走来的金色草地上。

多年之前他在高威听过的一首老歌整个上午就像幽灵般缠着他不放。

海里的鲨鱼黑黝黝
啃掉我的爱人的胸膛
他的尸首在海那头漂浮
他的灵魂永远无处安放

1　此句出自莎士比亚的《哈姆雷特》。

“我会在夜里徘徊，直至天国来临

我的杀人罪行得到宽恕

我的名字叫约翰·霍姆伍德

我的命运是一个残忍的错误”

谁能解释事情到底是怎么发生的？为什么这首歌会一路相伴，萦绕于他的心头？在清晨的黑暗中，那首奇怪的民谣从他的剃须碗里升起，盘旋在他身旁，或从镜子后面的土地那里回视着他，他不明白为什么会这样。现在他知道它一整天都会陪伴着他。他试图回忆起更多关于第一次听到这首歌时的情形。

所有失败过的作家——而这个作家比大部分人更加失败——都得了带来宽慰的健忘症，要是没有这个病症，他们的生活将不堪忍受。但今天它并没有起到作用。

卡纳。高威郡。他二十岁生日。阿纳格利瓦这座城镇附近。他曾经到那里出差，去法院为庭审韦斯滕拉爵士的收租人，一个姓班农的家伙，遭人杀害的案件作笔录。宣布休庭时说好的二十分钟变成了一个小时，然后两个小时。他出去喝了杯东西。

人们都在说盖尔语。他感到迷茫、不安，对他无法名状的事物感到恐惧。许多人光着脚，孩童们瘦得像旧钥匙。他不明白。他们那场惨绝人寰的饥荒[1]已经过去二十年了，为什么人们还是形容枯槁衣衫褴褛呢？为什么他们还在这里呢？

一个瘦得你能看见胳膊骨头的民谣女歌手正在唱歌，不过歌词是英语。有人说那首歌的名字是《小霍姆伍德》。然后法院里传来可怕的消息：地方治安法官死掉了，当时他独自在自己的房间里，坐

1　1845年至1849年（又一说为1845年至1852年），爱尔兰爆发由土豆绝收引起的大饥荒，据估计有近一百万爱尔兰人在饥荒中丧生（大约占当时总人口的四分之一）。

下来签署死刑判决书，但就在他戴上黑色头纱的那一刻，他的心脏和眼睛迸裂开来。鲜血从他身上喷涌而出，浸透了房间的地板，直到最后，只剩下他的骨与肉，就像一具空壳。那个犯人逃走了，“魔鬼的伎俩”得逞了。有些人冷冰冰地点头，而其他人在自己身上画十字，或径直离开。那个民谣歌手一直唱着歌。

回到都柏林时，他一直感到不安，被目睹的情形吓坏了。那个歌手满不在乎的姿态实在叫人害怕，似乎那是命运的安排。在他身后，阴森的窃窃私语声在冲着他响起，似乎是那首歌杀死了人。

他睡不着，他服用了鸦片酊，但这并不奏效，反而令他感觉更糟，思绪紊乱，总是出现红色的幻觉。第二天晚上从都柏林堡下班后，他去了剧院，到的时候有点晚。几个月前他开始为一份报纸的文学版撰写剧评。没有稿酬，但可以拿到免费门票。

到达剧院的时候，那出戏剧已经演到了第三幕。外面狂风暴雨。他浑身湿透发冷，在黑暗中找不到自己的座位；因此，他站在过道里引座员的椅子旁边。透过剧院的高窗可以见到电光闪耀，和许多旧剧院一样，这里曾经是一座教堂。观众们被雷声震撼，发出惊叹。

亨利·欧文在幕中停止动作，阴郁地盯着他们，在煤气灯下他的眼睛闪烁着红光。颜料从他的脸庞轮廓滑落，就像溅在地图上的染料，一滴滴地落在他的靴子上，他的紧身上衣和长发绺被汗水沾得湿透了。他那把涂了银漆的木剑在灯光下闪闪发亮，在闪电中与他的链子甲交相辉映。似乎过了很久，他什么也没说，只是一直凝视着，缓缓地朝舞台豁口走去，左手托着臀部，用袖背擦拭湿润的嘴巴。他朝观众们露出讥笑，然后啐了一口唾沫。

观众们的惊叹再度响起，他开始念诵台词，一定要让观众听见，他们的反感并不要紧，事实上，那是必不可少的，是表演的一部分内容，那是一种天赋，没有了它，这出关于邪恶的戏剧将无法上演。

“现在是一夜之中最阴森的时候，鬼魂都在此刻从坟墓里出来。”他张大嘴巴，发出嘎嘎嘎的哀叹，“地狱也要向人世间吐放疠气！”他摇晃着身子，紧紧掐住自己的喉咙，似乎要呕吐，“现在我可以痛饮热腾腾的鲜血，干那白昼所不敢正视的残忍的行为。”[1]

这时候人们发出尖叫。他以尖叫做出回应。不是呐喊，不是吼叫——而是娘娘腔的尖叫。他从剑鞘中拔出长剑，在空中挥舞，像报丧女妖般一直尖叫不停。那太吓人了，太令人尴尬了。一个男人不应该尖叫。观众里有人作嘘，想离开剧院，其他人起身跺脚发出有节律的应和，靴子的足跟敲击着地板，犹如诸神在行雷轰鸣。斯托克站在挤满了人的过道里，感到口渴眩晕。

他转身看着大厅后面的廉价座位。

地痞、酒鬼、恶心的呕吐者、身上长着癣疥灰心丧气的流浪汉、衣衫褴褛的年轻男妓、疯婆子、浪荡女人、一心追逐名利的流氓混混、骗子、伪造者、清沟工人、侏儒、白相人[2]、骨瘦如柴的妓女、醉汉、酒鬼、打手、诈骗犯、撬锁贼、小乞丐、休假的士兵、摇摇欲坠的眼球凸起的抽大烟的废人、来自畸形秀和后街滑稽表演的落难人。还有那股味道。噢，老天爷啊。它就像一股狂风朝你刮来，阵阵恶臭和令眼睛流泪的黄烟，就像一列开往炼狱的火车喷出的浓烟。

他们为什么要来这里？斯托克不知道。他只知道他们真的来了，他们总是会来。如果他们痛苦地倾诉自己那些无关紧要的事情，没有人会去听。他们需要由某个人替他们呐喊。那个人就是亨利·欧文。

在前往布拉德福德的火车上，斯托克的记忆回到了当下，似乎想起了另外那个化身万千的人。

虚弱，发颤，这个年轻的评论家来到街上，绕着大楼来到后门。

1　此处台词出自《哈姆雷特》，朱生豪译本。

2　指无所事事的人。——编注

人群已经开始聚集。戏剧仍在继续——你能听见演员们闷声闷气的叫嚷——但这些人在这里淋雨。十几人，几十人，很快就会有数百人。一辆拉上了帷幔的马车嘚嘚嘚地走来，那几匹马紧张不安地跺着马蹄，马夫朝人们吆喝要他们让道，事故即将发生。警察们来了，试图将他们往后推，人们朝门口拥去，高喊着他的名字。

欧

文。

欧

文。

突然间，猛然间，两个引座员出现了，其中一个打着雨伞，另一个人拿着棍子，匆匆护送他出来，就像一个拳击手离开擂台，穿过如暴风骤雨般伸过来要求签名的笔记本，穿过令人毛骨悚然的密集如林的伸过来要求剪下发绺的剪刀，踏上马车的折叠梯级。他仍然穿着登台的戏服，但外面披上了一件雨衣，手里拿着一瓶香槟。

马车顺着萨维尔宫走去，警察设法拦住了群众的去路。

“请您好好配合，留在原地，先生，这条街被封锁了。”

斯托克平静地说：“我在都柏林堡上班。”他亮出钱包里的身份证件，“我有公务在身。请您放我通行。”

为什么他要跟上去？他在干什么？最后一辆去克朗塔夫的电车即将从尖塔[1]驶出，他得赶上这趟车，但他并没有这么做。在他前面，马车现在驶到了桥边。他刚才在慢慢地走，在滑溜溜的人行道上踉跄而行，努力张望，现在他加快了脚步。

在桥的南边，那辆马车被一群正被赶往市场的牛拦住，他赶上了。马车又开始前行，经过如地雷阵般密集的牛粪，他继续跟在后面。

1　尖塔（the Pillar），指都柏林市区里纪念英国海军将领霍雷肖·纳尔逊的纪念碑。

他们绕过三一学院——他在这里以平庸的成绩获得学位——顺着拿骚街，来到道森街，沿着绿地[1]走，那里的商店橱窗被雨打湿，泛着光亮。

在公园的边上，一棵滴着雨水的山杨树的枝条下，他看着那个戴高礼帽的马夫下车并打开厢门。谢尔本酒店就像圣诞节插画里的宫殿那般金碧辉煌，柱子上的水晶灯晶莹璀璨。

不知为何，时间出现了延迟。他想象着房间，见到自己从里面走过，来到意大利大理石铺设的金碧辉煌的舞厅，交响乐队正在演奏莫瑞特[2]的《鼓号交响曲》，挂在壁龛里的法官与贵族们的肖像画、冰桶、倒放的酒瓶、撬开的牡蛎、新摘的苹果、手脚麻利地为裸体雕像掸掉灰尘的女仆。在他的脑海中浮现欧文大步走过热闹奢华的厅堂，侍者为他接过礼帽、手套、手杖，领班带他来到蕨类植物后面一张安静的桌子。

雨水落在山杨树上。一个门房和一个小厮拿着雨伞匆匆从玻璃门后走出来。一位身披长裘斗篷的优雅女士下了马车，她停下脚步，抬头看着天空，然后走进酒店。马车嘚嘚嘚地离开了。

间歇河：在夏天会干涸的河流。

1　指都柏林市中心的圣斯蒂芬绿地公园。

2　让-约瑟夫·莫瑞特（Jean-Joseph Mouret，1682—1738），法国作曲家，巴洛克音乐代表之一。

二

在本章里，一篇评论文章交稿了，
一位不受欢迎的访客吃了闭门羹

在水果市场旁边的偏僻巷子里，晚上摆摊的小贩们的小屋中，他点了一杯号称是咖啡的东西，往里面添加了辛辣的牙买加朗姆酒，最便宜也最凛冽的那个牌子。来到这里，与妓女和醉汉们——深夜城市里的人渣和浪子——混在一起。他喜欢听他们闲扯，喜欢污言秽语中蕴含的活力。他们称呼他为“尊贵的阁下”，并非全然出于嘲讽。他们认为他是一个另类，一位古怪的学者。他以速记法在做笔记，这令他们感到不安。

有时候他们会请他解释笔记本里的那些鬼画符，觉得一个弯弯绕绕的符号竟然表示一个单词实在是不可思议。他们是对的，确实难以置信。他谨慎客气地与这里每个人交谈。与夜猫子们在一起令他心里觉得舒坦。他在自己家的房间里写不出东西。那些字句化为灰烬。在这里，在朗姆酒的作用下，它们冒着泡泡喷涌而出。

他喜欢睁大眼睛看着疲惫的农夫们走进酒馆。他们乘着牛车从乡间而来。小贩们驾着货车从码头返回，扛着一箱箱的美国苹果、荷兰鲜花、英国玉米粉。还有穿着沾满鲜血的白围裙的屠夫。想到在这座城市沉睡时还有如此丰富的夜生活在进行——这令他觉得自己是一个同谋者。

尽管环境很不方便而且肮脏，怀着恶意却又令人感到惬意，他俯身对着稿纸继续潦草地书写。他意识到那首歌与他同在，盘旋着、萦绕着，就像狄更斯作品里的幽灵，一个罪恶的诅咒，他不知道它会不会放过他。

噢，母亲，那个瘦瘦的男孩在哪里？
他昨晚曾来这里住。
“他已经死在地狱里，其状惨不忍睹。”
她的父亲在倾诉。
“那么，父亲，残忍的父亲，
你应该被斩首示众，
因为你是杀害约翰·霍姆伍德的凶手，
他在低地里埋头耕种。”

现在他走在利菲河的北边码头，敞开胸膛迎风而行，穿过风中一群脏兮兮的海鸥和旧报纸。周中夜里的都柏林有一种奇怪而孤寂的气氛，空旷、阴森、肃杀。或许王尔德夫人[1]会在周末举行一次晚宴，有男女文化青年参加，有妙语连珠，有精美食物，在可能邂逅俊男美女的雅致的楼梯上打情骂俏，他们甚至比其本来面目更加美好。但星期三晚上的都柏林是世界上最寂寞的地方，漆黑的窗户、紧闭的大门、上锁的商店、空荡荡的办公室，如果他想睡着，夜里的思绪会嘲弄他。他只能去散步作为排遣。

现在曙光初现。单桅小帆船拖着渔网朝河口驶去，驶向浩瀚的大海。全身湿透的最后几个妓女脚步蹒跚地朝家里走去，回自己的房间。他不敢去看自己的怀表，不想知道时间。

1　王尔德夫人（Lady Wilde，1821—1896），原名简·弗朗西斯卡·阿格尼斯（Jane Francesca Agnes），爱尔兰女诗人、作家，奥斯卡·王尔德的母亲，著有《爱尔兰的古代传说》《女巫》等。

港湾在他的脑海里浮现，浪涛翻涌，灯塔的雾角发出悲鸣。一个溺毙水手的幽灵被锁链绑在一艘结了冰的船只的桅杆上，风帆是用被绞死的犯人的裹尸布缝合而成的。那是他在尝试创作的一部戏剧中的情景。但那部戏剧还没有成形。

他认识的其他爱尔兰作家只对爱尔兰感兴趣。他试过阅读他们的作品，想与他们融为一体，但他失败了。他们组成了自己的俱乐部，抽着烟斗大谈神秘主义的小小学院，在星期一晚上举行聚会，沉浸在凯尔特的暮光或翻译没有哪个理智的人会去读的史诗，然后大家各自乘车回到郊区。民间故事、神话、精灵、报丧女妖——他那位来自斯莱戈郡的母亲在喝了一两杯雪莉酒之后总会唠叨的内容。所有那些古老尘封的、夸张离奇的、有浓厚爱尔兰色彩的垃圾，只有逝者和疯子才记得。虽然他能体会到其内容有铿锵动听的品质，但那些并不能触动他的心灵，就好像看着毛毛细雨。在这个被雨淋湿的失败的岛屿上，人体模型在四处招摇和号叫，一看便知是虚荣浮夸之辈，却永远不肯承认，他们自诩有令人钦佩的英雄气概，却根本无从展现，他觉得那就像一出皮影戏，苍白地模仿某个未被命名的事物，在需要卡拉瓦乔[1]的时候，却只有孩子气的涂鸦。至少在剧院里肯定会有观众。如果没有观众，那出剧目只会早早收场。

他经过海关大楼，走进一间阴森的旧办公楼——一百年来，它在嘲笑自己在利菲河里的倒影——经过铺着石板的楼层，登上陡峭漆黑的楼梯，现在他强壮的身体因为疲惫在嘎吱作响。在第三处楼梯平台，他走到一间办公室的门口，门牌上写着“夜班编辑”。还没等他敲门，门就打开了。曼塞尔先生和他打招呼。

“布拉姆，我亲爱的小哥。你一大早就出来了。外面一定冷得要

1　米开朗基罗·梅里西·达·卡拉瓦乔（Michelangelo Merisi da Caravaggio，1571—1610），意大利画家，巴洛克画派的先驱人物。

命吧？”

“事实上，我出来晚了。”

“我正要泡茶，进来坐会儿吧。你带了什么过来？我还以为这周不会收到你的稿件呢。”

“是我的评论，关于昨晚《哈姆雷特》里的亨利·欧文。”

夜班编辑揉了揉右眼，倦怠阴郁地打了个呵欠，开始浏览稿纸。他嘴里的黏土烟斗是空的，但他还是叼着不放，发出吧唧吧唧的声响，这个小小举动令人觉得不爽，当我们身心疲惫时，情况会变得更糟。他个头矮小，在半明半暗的时刻，不知为何，看上去显得更加瘦小，一个矮小的花花公子，搽了翡翠绿的眼影、带瓷釉纽扣的寒酸马甲和猩红色的背带。他们说他在金默奇有一个情妇。

“《哈姆雷特》，是吗，布拉姆？你可以疑心星星是火把。[1]”

“是的。”

“我不知道，小哥，我不知道。或许太过火了，不适合我们吧？上苍保佑，《都柏林邮报》的读者并不是研究这位吟游诗人[2]的专家。”

“你不需要成为专家才可以去欣赏一出戏剧。我自己就不是什么专家，莎士比亚也不是。”

“难道莎士比亚不是莎士比亚作品的专家？”

“他视自己为一个手艺人。和他的剧院里随便哪一个木匠没什么两样。”

“我刚才还在想和你谈谈关于剧院的事情，布拉姆。那不是什么正经地方，难道不是吗？不太体面，那些女人放荡轻浮，有几个家伙还有点——你懂的。”

“有点什么呢？”

1　此句出自《哈姆雷特》，朱生豪译本。

2　莎士比亚的一个称号是“埃文河畔的吟游诗人”（the Bard of Avon）。

“有点不入流？虽然我自己是个通情达理的人，但我得考虑到广告商。或许你应该拓宽自己的写作范围？”

“该怎么做呢？”

“你不是养了一只猫吗？”

“不，我没养猫。”

“读者们喜欢读一篇关于猫咪的暖心小品文，如果那只猫咪瘸了一条腿就更妙了。”

“我会记住的。”

“或者是一条可怜的忠诚老狗，在主人的坟前寸步不离？他们对那类文章很受用，怎么读也读不够。或某个善良、体面、努力工作的小伙子，不幸结交了一班损友，沾染了酗酒的恶习，到最后，酒精令他丧失了理智，掐死了自己的未婚妻。怎么样？你懂的，一则警世道德寓言。或者他糟蹋了未婚妻，她别无选择，只能委身风尘。如今宣扬禁酒的报纸可好卖了。”

“欧文在许多回采访中声明他决心要让剧院变得体面。”

“说得天花乱坠也没用。你不介意我说得这么直白吧？有些人说你深爱的欧文其实为人并不咋地。”

“什么意思？”

“一个装腔作势、爱出风头、贪图享乐、夸夸其谈的家伙。”

“我认为他是一个了不起的艺术家，一个举世无双的天才。”

“真是有趣。我觉得他是我的脚底泥。”

“我可以将那篇评论投到别处去。你不肯为这篇稿件付钱就算了，没必要搞得不愉快。”

曼塞尔先生轻声笑着说：“付钱给你的是女王陛下，不是吗，亲爱的？她绝对付得起钱，上帝知道的。”

“所以，你肯接纳它吗？”

“别着急嘛。慢慢来，喝杯茶。”

“我现在就想知道答案。”

“你真是一个怪人，斯托克小哥。”

闹钟发出几乎令玻璃碎裂的召唤。他伸手摸到闹钟，把它摁停。有那么一刻，他那死去的父亲出现在衣橱的镜子里，手上托着一个黑色的鸟笼，一个噩梦的残留影像。夜壶的臭味从角落升起，风雨愤怒地敲打着窗户。睡上四十分钟总比没的睡好。但只有四十分钟而已。

一刻钟后，他赤脚在克朗塔夫的海滩上奔跑，穿着骑师的马裤和拳击手的无袖汗衫。每天早上他会跑两英里[1]，风雨无阻，已经坚持好几年了，是他生活节奏的一部分。童年时的他老是生病，动辄经年累月地躺在病床上。那种事情不会再发生了。

他听着自己的双脚踩着沙子的声音，听着跑过浅水处时溅起水花的声响、风的呼啸声、细密的泡沫的嗞嗞声、他的呼吸的内在节律。他停下脚步，对着影子击拳，接着做了一百个俯卧撑，然后泡在水里。海水彻骨严寒，带着咸咸的味道。

在他头顶是爱尔兰的广阔苍穹，苍白、清澈，几乎一成不变，就像一个钟形的玻璃罩，在它的下方，标本们在蠕动，等候着最新的实验。现在他看见了国王镇的渡轮，在海湾的远处，上下起伏，朝玛格琳岩礁驶去，然后直面霍利黑德而去。

伦敦的吸引力对他是如此强烈，他察觉到其中蕴含的危险。他曾到首都出差过几回，令他气喘、燥热，似乎皮卡迪利的灰尘里有什么

1　英里（mile），英制长度单位，1 英里约合 1.61 千米。——编注

东西能令他已经化为灰烬的童年获得重生。他觉得那座城市夏天太热，冬天又太冷，在广阔的公园里口渴，在画廊里挨饿，在博物馆里瞠目结舌，那儿堆满了大英帝国劫掠而来的珍宝。他不敢开口说话，害怕当地人会鄙夷他的口音。霍尔本的乞丐似乎非常热情，仿佛他们才是幕后的统治者，而绅士阶层只是在表演中愣头愣脑的龙套演员。

伦敦有如此多的隐秘的街道，如此多的胡同和后巷，那里所有的一切都可以花钱买到。帕丁顿车站后面的陋室、切尔西的游乐园、一座充满无限可能的城市的秘密地图。在俱乐部里的一声叹息、一个推搡、一个点头，这些就是路标。他害怕来到终点。

有时候他会考虑去美国，或许去芝加哥、波士顿或纽约。据说男人和女人可以在那里获得重生，开始新的旅程，有新的人生观和准则、新的谈吐方式，甚至新的名字——如果有必要的话。没有人在乎你的出身，你可以书写你自己的故事。但他不知道那究竟是不是真的。

在他的白日梦里，他见到宏伟的建筑和长长的峡谷般的大道，听到工厂咣咣当当的声响和粗俗难听的地名：辛辛那提！布朗克斯！巴吞鲁日！但这个活跃的生机勃勃的新共和国并不吸引他。他觉得自己会发现那里很无聊。

爱尔兰令人感到安慰的是如今这里再也不会有什么事情发生。斗争的日子、战争与革命的岁月已经结束了。爱尔兰的绞刑架已破旧不堪，就像在印度一样，就像每个地方一样。声称“笔墨胜于刀剑”只是在营造一种幻觉，鼓励不会造成任何改变的反抗的一种手段。

他在沙滩上对着影子挥拳时，那艘渡轮平滑地驶过，骑师的小厮在遛马。没有人在意你会去做什么事情，因为你什么都做不了。即便你做了什么，那也无关紧要。

他回到位于海边的寄宿旅馆的小房间里，将水壶搁在壁龛的单架炉上，准备刮胡子。这是十六个月来的第九间住所，总是在北方海滨村庄的小小公寓和卧室兼起居室，位于顶楼的房间。或许很快他又得搬家。

与那几个房客共进晚餐的想法像尘埃般降临。五个相互之间完全不了解的悲哀、沉默、带着口臭的失败者。一场雕塑剧（在美好的一天）中机会尽丧饮剑自尽的丑陋场面。他是走进了一个何其不堪的什么样的反面乌托邦，得和这帮该死的人同桌？米格斯先生、布里格斯先生、高大的劳勒先生、另一个瘦小的劳勒先生和斯特朗奇先生。长着米色眼睛的布里格斯先生在健力士公司当会计，来自中部地区某个狂风肆虐的凄凉萧瑟的十字路口。摆脱那里耗尽了他每一分的男子气概。哪怕一个扇贝都比他更有活力。听别人说，布里格斯先生曾在埃克塞特的一间女校当过老师，但是，经历了在那座城市的公园里一系列骇人听闻的事件之后，他似乎没办法再当老师了。那个小个子劳勒先生皮肤很糟糕，老是掉皮屑；而与他同姓的那个瘦瘦高高的劳勒先生得了甲状腺肿大，总是在掏耳朵。斯特朗奇先生总是在流口水，温柔得令人心痛，但不会是他承受地土[1]。“啊，斯托克，”当他坐下来喝卷心菜汤时，这几个已经被毁掉的人会问他，“城堡里的快活日子还好吧？”

在扭曲的窗台上摆放着他那几本残旧的谢里丹·勒·法努[2]作品、马图林[3]作品、《呼啸山庄》《弗兰肯斯坦》，书页已松脱掉落，还有那套经常拿去典当的《莎士比亚全集》、威廉·卡尔顿[4]的《黑先知》——从马里诺图书馆里偷出来的，还有《慕尼黑鬼屋手册》。

1 《圣经·马太福音》中写道：“温柔的人有福了！因为他们必承受地土。”

2 约瑟夫·谢里丹·勒·法努（Joseph Sheridan Le Fanu，1814—1873），爱尔兰作家，作品多是鬼怪故事，代表作有《卡米拉》《墓地旁边的房子》。

3 查尔斯·罗伯特·马图林（Charles Robert Maturin，1780—1824），爱尔兰作家，作品有浓厚的哥特式色彩，代表作有《浪人梅尔莫斯》《爱尔兰的野孩子》等。

4 威廉·卡尔顿（William Carleton，1794—1869），爱尔兰作家，著有《巴特勒神父》《爱尔兰农民的特征与故事》系列等。

在单人床上方的软木板上钉着他喜欢的演员们的纪念明信片：威廉·泰利斯[1]、亨利·欧文、埃伦·特里。

他观看过欧文表演七回，埃伦·特里的表演则看过十三回。她的才华，她的台型，深深地吸引了他。就像他在母亲那本破破烂烂的故事书里读到的被调包抚养的精灵之子，她似乎拥有超自然的危险的魔力。

在窗台上的一个白镴相框里是一对夫妻的银版黑白结婚照片：翻着白眼，身姿僵硬，穿着肃穆的黑色衣服。他根本无法想象这两个蜡像般的人会做出令他受孕而生并成为他的父母的那番举动。几年前他们带着他的几个妹妹搬到布鲁塞尔，原因是为了省钱。他决定留在克朗塔夫。

刮完胡子后，他泡了一壶茶，往里面加入捡来的海带，然后开始依次举哑铃，累得直喘粗气，手腕阵阵抽痛。现在八点钟了，他得抓紧时间。两磅[2]重的哑铃，六磅重的哑铃，半英石[3]重的哑铃。他努力让自己的喘息尽量小声，免得惹恼楼下的房东太太或她年迈的母亲，那个老太太的耳朵像狗一样灵敏。（“上去告诉斯托克那个家伙，这里可不是那种地方。”“斯托克先生在锻炼身体而已，妈妈，看在上帝的分上，别嚷嚷啦。”“我这就上去收拾他，用我的鞋尖踢他。那个长相难看的新教徒丑八怪。”）

他的前臂肌腱传来阵阵疼痛，绷紧，伸直，他发现自己在猜想欧文是否有举重的习惯。所有演员都应该这么做。表演不只是朗诵台词，还得控制身体，身体会变得慵懒，讨厌被灵魂占据。罗马天主教信徒们信奉痛苦，认为那能带来救赎，令人振奋，就像一座旧

1 威廉·泰利斯（William Terriss，1847—1897），爱尔兰演员，曾加入亨利·欧文的兰心剧院。

2 磅（pound），英美制质量单位，1 磅约合 0.45 千克。

3 英石（stone），英制质量单位，1 英石合 14 英磅，约合 6.35 千克。

教堂的扶垛，痛苦能阻止你的堕落。他们惩罚自己的身体，以自己的灵魂作为赌注。惩罚会带来收获，真是太好了。

炉子上的小水壶开始发出轻微的哨声，似乎被它被迫观看的深藏不露的男子气概震慑住了。他走过去把火弄熄，透过发黄的花边窗帘，他见到楼下的街道有一个熟悉的身影。

他先认出的是步态，感觉像在卖弄表演，一个放浪形骸之人穿着这个帝国的藩属里最昂贵的衣服在迤迤然地行走，对于这个男人而言，耍帅已经成了一门艺术。

斯托克躲到窗帘后面。他不希望被别人见到，尤其是那个人。

他一大早来克朗塔夫这里干什么？为什么他从城里过来了呢？楼下响起了铃声，接着，门环重重地敲了三下。他听到房东太太一边哼唱着《斯克林恩的绿坡》，一边拖着步子穿过走廊，打开艰涩的房门，发出嘎吱嘎吱的声响。然后是她的拐杖撑在咿呀咿呀的楼梯上的声响，接着是她敲门时上气不接下气的喘息。

“是我呀，斯托克先生。您在吗？下面有人找您哪。您待会儿去上班吗？”

他没有动。眼睛几乎一眨不眨。他指着水壶，低声喝骂：“闭嘴，你这个贱货。”

几分钟后，他匆忙走出房子，从衣帽架那里拿起约见通知卡和字迹潦草的纸条。

我亲爱的布拉姆。今天早上我去海边透气，过来碰碰运气，看你想不想去散步。没能见到你，真是遗憾。愉快的见面只能推迟。你永远的，奥斯卡·王尔德。

三

在本章里，一个年轻人收到了回避罪孽深重的场合的劝诫

这座村庄似乎睡着了，小商店黑漆漆的，饱经风雨的殡仪馆大厅的前门装饰着湿透的黑绉织长布条和暗淡发灰的花圈。在帷幔旁边有一个泛着浮渣的湖泊般的水塘，房东太太的母亲那几只狗正在喝水。从枯草堆和看不见的坟场传来土壤的气味。邮局屋顶那面褪色的米字旗在风中招展，绕着颤抖的旗杆卷起和收拢，发出就像火焰摇曳的声响。

一个穿着明黄色衣裳的姑娘从奶场旁边的阴暗小巷里走出来，挑起发黑奶罐的扁担横架在她的左肩上。小姑娘从步道经过时打量了他一会儿，她的身上散发着肥皂的温暖芳香。她赤着白皙的双脚，披散着棕色的长发，内衣的胸襟上挂着一个十字架。他意识到自己正在回忆在巴黎的一个早晨，他去圣母院参观地穴，一个黑色眼眸的姑娘在街上走到他身前，问他到马比永车站怎么走。她是爱尔兰人，确切地说是都柏林人，她以为斯托克是英国人，出于某种原因他没有否认。他知道这是怎么回事，他读过《绅士的巴黎指南》，知道这是这种女人接近男人的手段。

他们聊起了天气和塞纳河畔的书摊，大学生们正匆匆赶去上课，然后她以几乎是耳语的方式问斯托克愿不愿意去她的房间。她说就在附近，加内特街对面。她的语气很平静，不觉得羞愧。斯托克不敢去，把她打发走了。他对那个姑娘说他给不起二十法郎。那十法郎也行，先生。别害羞嘛。他把身上的钱都给了那个姑娘，但没有

和她走。走在湿漉漉的克朗塔夫，绕过几乎空荡荡的街道上的泥团和粪堆，听着看不见的蚊蝇的嗡嗡声，现在他想起了那个姑娘。那天晚上在巴黎，想到自己拒绝了那个姑娘，他的心里似乎燃起了一把火，令他无法入睡。到了午夜，他迅速穿好衣服，匆匆回到大学路，喝了一杯烈酒，但他觉得很难喝。他想起了那双温暖的手，想起了低沉的爱尔兰式的笑声。他想和另一个人在房间里独处。

克朗塔夫警察局的接待厅很小，灯光昏暗，贴着养狗许可证的广告、禁令、条例、残旧的禁止擅自野外生火的警告。在门边的墙上张贴着一则禁止公共聚会的告示。

四周很安静。现在停下来还不算太晚。他将要做的事情是疯狂的举动。一只虫子在他的五脏六腑间展开盘起的身子，带来锥心之痛。他的两个太阳穴像在擂鼓。那个老警官在柜台后面打量着他，从某个凹处拿出一本口供记录簿，然后将它打开。

“先生，你想为一宗私闯民宅事件报案。你可否告知地址？”

“新月路15号，在村子远端。那是我的女房东的房子。我在那里寄宿。”

“你是斯托克先生，是吧？”

“你怎么知道我的名字呢？”

“我不是很肯定，先生。我想是听人们提起过。”

那位警官神情阴沉地从豁了口的搪瓷杯里呷了一口水，有条不紊地翻着发脆的页面，拿开一条充当书签的皮带。他右手的手指被尼古丁熏得发黄。

“事情是什么时候发生的，先生？”

“今天上午早些时候。一个漆黑的身影，肌肉发达，穿着对于一个男人来说很浮夸的衣服，体格中等，戴着毡帽。我碰巧看着窗外，见到他在屋侧的花园里转悠。”

“然后呢？”

“然后我打开窗户，叫他离开。”

“只是口头警告吗，先生？”

“当然只是口头警告。”

那位警官一边点头一边记录。

“继续说下去，先生。还有吗？”

“我的女房东的园丁，老霍根，在那里搭了一个盆栽棚。我看见那个家伙试了试门锁，便立刻出言阻止他。他溜走了，嘴里骂骂咧咧的，你可以想象。”

“那些话是什么内容呢？”

“污秽难听的脏话，诋毁新教徒之类的话。‘西不列颠人’[1]。当我对他说我家里有一把猎枪时，他一溜烟朝河岸街的方向跑掉了。”

“你有吗，先生？”

“我有什么？”

“家里有一把猎枪。”

“要是我家里真的有一把猎枪，那我早就开枪了。”

“你知道有什么东西被拿走了吗？”

“我不能肯定。我想没有。但我担心我的房东太太和她的母亲。她的母亲行动不便。”

“我们这个好朋友有多高呢？”

“我会说，和我差不多高。”

“他有什么特别之处吗？”

“我不是说过吗，他的着装。他的着装风格挺女性化的，一顶拉丁风格的帽子和一件镶皮领的披风。”

1　西不列颠人（West-Britons），坚持本土传统的爱尔兰人对接受英国文化的同胞的蔑称。

“在克朗塔夫?”

“听我说，我最担心的是之前我见到他在我家门口出现过。”

警官严肃地抬起他那双老眼，似乎这则信息很重要。

“抱歉，先生，我得离开一会儿。”他说，然后走进身后那间灯光昏暗的办公室，他的同僚正在里面闲聊抽烟，空气中弥漫着一股紫色的烟尘。他与一位同僚嘟囔着说了几句,那是一个长着子弹脑袋，似乎历尽了生活沧桑的警察。然后他回到门口，套上一件雨衣。

“我陪你到房子那儿了解情况，先生。”

“我说，你真的要去吗?我上班迟到了。”

“只是几分钟而已。我需要你陪我走一趟，如果你愿意配合的话。毕竟你提出的是非常严重的指控。”

现在他顺着大道往回走，那位年长的警察陪在他身边。他们聊起天气和鸟儿。那个警官是高威人，用他的话说，是“外来人”，那句话似乎在两人之间的空气中弹来弹去。一个瘸腿的少年正要去上学，胳膊下夹着几本书，转过头看着这对奇怪的同伴。

“你在城堡里上班是吗，先生?如果我没有弄错的话。”

“你似乎知道我挺多事情。”

“那个地方见证了许多苦难，先生，上帝知道，许多个年头了。囚犯一进那个地方之后便从此不见天日，被砌进墙壁里，被活埋。但我要说的是，原谅他们吧，忘记他们吧。不过，听说里面有一两个幽灵在垛堞之间徘徊。我相信确有其事。你呢?”

“我自己从未见过，如果真有闹鬼这回事。”

“这个世界上我们没有见过的事情多着呢。你在城堡里担任什么职务呢，先生?请恕我冒昧提问。”

“我在简易程序办公室上班。”

“是法庭吗?”

“可以说是吧。”

“原来你也是执法人员，先生。和我一样。”

那个警察打开嘎吱作响的小门，绕着前花园走了一圈，默默地盯着坟墓般的土丘，然后走到小屋那里检查门锁。他试了几遍插销，皱着鼻子。风吹拂着树枝，细密的阳光笼罩着他。

金鱼草撩动着他们的嘴唇，荨麻展开叶子，一丛野蔷薇开始滴水。

“你就是在这里见到我的目标的吗，先生？”那个警察问，“在门边这里？”

“是的。”

“没有足印，真是奇怪。地面是潮湿的。”他用足尖点着泥土，似乎这个动作会揭示什么。

“我真的看见了。”

“你当然看见了，先生。你见到自己见到的事情。”

那位警官沉重地弯下腰，从花床上拿起一样东西，用他那粗于常人的指尖试着它的尖端。

温室里的西红柿萎蔫了，果皮绽裂开来。

“你应该告诉园丁不要把一根危险的木桩留在那儿。那东西可能会伤到人，是的，没错。”

“他正在修筑篱笆。”斯托克回答，接过那根落满叶子的十二英寸长的木桩。警察朝他走来，露出又小又白的门牙——

“斯托克先生。”

他口干舌燥，身子发热，在办公桌旁猛然惊醒。他的上司米兹先生正站在门框内，就像一个过来收账的送葬人。他是笃信《圣经》的北爱尔兰人，谈起任何他怀疑是人性本质的事情时，他总是语带轻蔑。

“斯托克先生，今天早上你是几点出现为我们带来欢乐的呢？”

“大概九点半过后，先生。”

“我知道是在九点半之后，斯托克先生。我还没有糊涂。我的问题是，如果你愿意作答的话——如果我没有打断你的遐思的话——九点半过后多久呢？”

“我想大约有十到十五分钟吧，先生。我来办公室的路上被耽搁了。”

米兹先生缓缓地走到桌旁，就像一艘战舰正要攻克一座不听话的小岛。他看着吸墨纸上那叠稿纸、几根还没有削尖的鹅毛笔、几叠高高堆起的文件、塞得满满的抽屉，嘟起又放松脸上应该是嘴唇的部位。

“你认为我是何时出生的，斯托克先生？”

“请原谅，我不明白您是什么意思，先生。”

“他不明白我是什么意思，先生。那难道不是很奇怪的事情吗？难道你不想去了解如今他们在三一学院都教些什么吗？迷失在精致的思想之网中。”

这是他的上司的另一个怪癖，对着看不见的第三个人把你刚刚说过的话转述一遍。当你听到这番话时，你知道你遇到了麻烦事，过不了多久他就会开始喋喋不休地说他认识你的父亲。

“斯托克先生，这里是办公场所，不是宿舍，也不是——”他轻轻地挥了挥手，“祖鲁人的鸦片馆。”

“是的，先生。”

“我们的工作很重要。不过，或许你总是不以为意，有时候甚至连我也会忘记。但我们的职责不是质问我们在本土的上司的意旨和他们在组织我们的劳动时所展现的睿智。”

求求你，不要说起蜜蜂，斯托克心想。

“我不知道你对蜜蜂学是否了解，斯托克先生。因为在蜂巢里，斯托克先生，每只蜜蜂都在各尽本分。如若不然，蜂后就会死去。斯托克先生，你的职责就是准时到这里上班，为年轻人做好榜样，让他们知道什么是平静自若和踏实可靠。而且你知道这里有几位女性员工，从事卑下的工作，清洁打扫什么的。当那些女人向坏榜样学习，你认为会有什么后果呢？”

“情况会一团糟，先生。”

“情况会一团糟，斯托克先生。她们会发疯的。那她们离走人就不远了。”

“先生。”

“你明白什么是在其位谋其事吗？”

“我想我明白，先生，是的。”

“当你领薪水在这里上班时，不要想入非非。不要老是为了你那离经叛道的所谓创作，做一些不知所谓的白日梦。”

“先生，请容我说一句——”

“在我看来，出版业并不以我们所了解的白人基督教社会的改良提升为宗旨，而是以将其推翻和以建立利菲河上的祖鲁兰取而代之为己任。种香蕉，推行无政府主义。香蕉无政府主义。”

“先生，我——”

“不要打断我，斯托克先生。我读过你的书稿。女巫、妖怪、天知道还有别的什么东西。你得好好管住自己。”

“我想我从未写过关于妖怪的故事，先生。”

米兹先生的脸涨得发紫。他的眼睛湿润了。

“噢，蛮机灵的嘛，斯托克先生。一个有才的学者。如果我们都屈服于懦弱的懈怠，总是懒懒散散，那你认为情况将会变成什么样子呢？譬如说，如果我整天待在家里做园艺或拉小提琴或搞得自己一惊一乍，那会怎么样？要是我不过来这边，你认为情况将会变成什么样子呢？”

无论以任何标准，这都是一个不公允的问题。

这位木乃伊之尊没有等他回答便继续说：“我认识你父亲，斯托克先生。我们曾在这间办公室里共事多年。我就跟你明说了吧，亏得他求情说项，你才能来这儿上班。我本来不肯接受你，我不喜欢你这种人，但看在一个有责任心而且做事一丝不苟之人的情面上，我放弃了更为明智的判断。一个人不能挥霍全能的上帝赐予的时间，消磨在琐事、丑角和诲淫诲盗的事情上。”

“您怎么会觉得——”

“如果你别以那种傲慢的态度冲我笑的话，那我心里会好受些，斯托克先生。都柏林是个小地方。我听说你经常去剧院。不要否认。”

“我去过剧院几回。”

“他去过剧院几回。那路西法的招募所。”

“先生，请容我说，我认为您或许把问题看得太严重了些。”

“哼，上苍不许我们中的任何人踏足那里。这个弱点当然不能怪你自己。剧院里的女人有哪个不是离操皮肉生涯只有两步之遥呢？想想你的父亲吧，先生。想想你的下场吧。剧院是骗子的老巢，偶像崇拜的火坑。《以弗所书》第五章直白地劝诫我们：‘那暗昧无益的事，不要与人同行，倒要责备行这事的人。’要是你的父亲见到自己的儿子沉溺于用来迷惑穷苦的蠢人和贫民窟的人渣的下流低俗的娱乐，他会作何感想呢？”

“我看得最多的戏剧是莎士比亚的作品，先生。昨晚那出也是。”

“那就能赦免你的罪孽吗？”

“据我所知，先生，莎士比亚是虔诚的基督教信徒。”

“撒旦还曾经是一位天使呢。”

米兹先生转身推着一辆手推车离开房间，老迈的身影就像玛士撒拉[1]，乘双轮而来的告诫。其他职员本来都在看热闹，悻悻然地回到自己的工作岗位上。斯托克拿起厚厚一袋各省份发来的法律文件，继续登记判决与处刑。每一宗罚款与监禁，每一宗令人同情的监禁：所有的内容都必须登记和处理。违约、盗窃、诽谤、租金逾期、假冒身份、纵火、驱逐。斯莱戈郡一个姑娘用手砸烂玻璃去偷一块面包。桌旁的女人拿起一把小斧头咔嚓一下把她的手给斩断，以为她“得了霍乱”。

有时候他会纳闷为什么这些文件蕴含的苦难与斗争的火焰不会在他的故事里出现，但不知为何，它们就是不出现。他必须完成的综合索引的内容繁浩纷乱，应允的截止期限正在逼近，现在还有人口统计的工作。大英帝国的秘密就在于一切都立字为据。

吃午饭时，他走到河堤边，坐在悬铃木下，看着那一艘艘大艇，听着码头工人们的呼喝。酿酒厂那边传来啤酒花酸涩的味道。贫民窟的孩童们聚在一起看着一桶桶健力士黑啤被运到他们永远不会见到的广阔世界。昨晚那出戏剧的场景与画面仍继续在他的脑海中闪现，就像在日光下凝视某样东西之后的残影。他等了差不多一个小时，但他的弗洛伦丝没有来。走回城堡的路上，他碰巧遇到她的女仆在乌雪码头买鱼。“今天小姐不舒服，先生。她又头疼了。”

回到办公室里，他自己也为头痛所苦，但他什么也干不了，只能继续工作。邮局的小厮送来了一麻袋下午的邮件，里面有好几百个装着人口统计回函的信封。墙角里的落地钟冷漠地嘀嗒嘀嗒地走着。在远处，煤气厂响起了尖厉的警报。正当他开始将回函分类时，满满几摞文件，全都需要登记，他发现有一件不寻常的东西。

那个信封与众不同，体积稍小，看上去挺贵，像在巴黎销售的

1 玛土撒拉（Methuselah），《圣经》中的人物，得享高寿，活了969岁。

手卷黑边信纸。信封是灰色的，有一道黑边，印着一个圆圈，里面是上下颠倒的十字架。上面写了优雅的铜版印刷字体，就像一排天鹅那般优雅。

私人信函

布拉姆·斯托克先生（收）

《剧院评论》

他打开信封阅读信件，脸上沁出汗珠。

他第一个念头是：这封信是恶作剧，是一个同事在和他开玩笑，以善意的幽默为掩饰的、典型的都柏林式的残忍挖苦。但他转身观察，没有人在看他或打量他的反应。每一个脑袋都低俯着对着书桌。

他的余生都会记住这一刻。低俯的头颅，那个时钟，一封信件。

当晚七点钟，他来到圣斯蒂芬绿地公园，一边抽烟一边在湖边散步。他觉得那套二手西装很紧身，而且他找不到干净的领子，因为还得再等十天才是领薪水的日子，他没有闲钱去买一条。他身上那件衬衣是翻过来穿的，袖口有点泛黄和磨损。他已经在心里复述了想说的话，就像一个演员正在等候上场。

见面的时间会很短。重要的是不要忘记任何事情。一定得把这害事的紧张情绪压下去。或许喝点杜松子酒能借醉壮胆？最好还是不要。要是说话口齿不清那会多糟糕啊。他抬头见到叶芝[1]那个怪人

1 威廉·巴特勒·叶芝（William Butler Yeats，1865—1939），爱尔兰诗人，曾于1923年获得诺贝尔文学奖，著有《凯尔特的曙光》《苇间风》等作品。

正在小拱桥上散步，活脱脱像是一只戴着单边眼镜的银背大猩猩。

不许进来，谢尔本酒店对他说，你不属于这里。你只会自取其辱，傻瓜。赶紧离开吧。

他穿过旋转门，走过似乎有百英里长的大堂，经过门房贴着皮革的凹处，登上宽阔的大理石阶梯，几个女人正跪着清洁紫色的地毯，还有几个戴着白手套的女仆在擦拭釉瓷门把手，一个侍者推着手推车，上面盛放着闪闪发亮的银质托盘，被领班连声催促。有钱人喜欢安静。每个人都在低声说话。他能听见自己的太阳穴青筋搏动的声音。

他走进昏暗的走廊时，从某处传来一个女人平静的笑声。煤油灯在咝咝作响。他走在漫长的走廊上，倒数着房间号码，奇数房间在右，偶数房间在左，最后他来到 13 号房。

他敲了门。没有人应声。他又敲了门。还是没有动静。现在他注意到门只是微微虚掩着。他伸手一推，门嘎吱一声打开了。

在宽敞的房间里，厚重的织锦帷幔关闭着。壁炉里生了火，吐着火星和烟尘。红色与橘黄色的火光在光滑的深色墙纸上、玻璃吊灯的垂坠上、水晶酒杯和酒瓶上，分列在桃花心木小桌两处的银器上起舞。鹿头从护盾底座上目光炯炯地凝视着。一根黑色蜡烛的蜡油从雪花石膏烛台的支柱上流淌下来。

“晚上好？”他试着问了一句。

影影绰绰，火焰毕剥作响。

现在他认出这个房间是套房的一部分，在壁炉右边的橡木嵌板墙壁上有一道看似很沉重的大门，上面镶有一个铁环把手。

怎么办？他应该走上前吗？还是离开改天再来呢？

“那边是谁？”一个声音从他身后响起。

他吓了一跳，转过身。

火光在颤抖。

在套间入口旁边先前他没有留意的门道里，淡黄色的烛光从狭窄的过道那头传来，他悄悄地穿过，朝光亮而去。

在过道尽头的小客厅里，欧文正坐在一张长矮凳上，身穿深灰色的晚礼服。书桌的铜碟上摆放着三根点燃的黑蜡烛，黑色的缟玛瑙烟灰缸上摆着一根土耳其香烟。他没有抬头看访客是谁，而是继续盯着一副卡片，在他身前的软垫凳子上摆成扇形。

“你躲在影子里。”他平静地说。

“先生？”

“我视力不好。请你退后半步好吗？”

斯托克遵从命令。欧文抬眼看过来，他的虹膜就像新铸的硬币般闪烁着光芒，黑色的头发犹如海豹皮般光滑。

“原来是文笔优美的巫师。”他说。

“我——我不知道是否应该接受您的邀请。我不想打扰您。”

“噢，我知道你会接受的。我从塔罗牌里看到了。这件事情你没得选择，一切都已经注定了。瞧。”

他捻动着左手的手指，凭空变出那张倒吊人卡牌[1]。然后他打了个响指，那张卡牌不见了。他露出亲切的微笑。“小把戏罢了，斯托克。我推崇的技巧。你会在桌子里找到一张我的亲笔签名照片。我要向你道谢，为昨晚我的《哈姆雷特》写了一篇敏锐的评论。你的文笔自有一股魔力，晚安。”

“请恕我冒昧，我给您带来了几篇我创作并出版的鬼故事。我很重视您的评价。您看看是否有哪一篇可能被搬上舞台。它们曾刊登在几本杂志里。这是我想象出来的故事，但我最大的心愿是撰写一

1 倒吊人卡牌（the Hanged Man card），塔罗牌的第十二张牌，其形象是一个年轻男子双手反绑被倒吊在 T 字形架上，左腿弯曲夹于右腿。

部舞台剧的剧本。”

“一位有想象力的戏剧批评家。你不觉得它碍事吗？就像长了三只手的钢琴家，却不知道拿它怎么办。”

“我觉得没有想象力的生活将会是无尽的地狱。”

“难道生活不就是这样吗？”

“我来并不是想听俏皮话。”

这个演员打了个呵欠，又低头看着塔罗牌。“在你的文字里，我并没有看到让我相信你是一位艺术家的内容，斯托克。如果你来是为了向我求证，那你会失望的。你的评论有敏锐的洞察力，但你并不是一位创造者，你应该对此感到庆幸。艺术家的道路很艰难，孤独是引着他走过这个世界的明灯。”

“或许——您可以翻阅这几篇故事吗？”

“我看得出你很大胆。”

“在我临走时可否将手稿留在桌子上？或许我可以为您朗读其中的一篇？”

“有另一个人和你同来，斯托克。他就站在我们中间。我有见到鬼魂的天赋，他恳求你别待在这里。为了他灵魂的安宁，离开这个房间吧。”

“我——”

“我知道你在纳闷为什么我没有请你坐下。我从不请人坐下。干我们这行的一个老规矩。你必须选择要么步入场景，要么待在侧翼里。我们身为戏剧界的人有一个缺点，那就是迷信。”

“如果您不觉得我唐突冒昧的话，我希望能和您同坐一会儿，那会是我莫大的荣幸。”

“那就坐吧。”欧文平静地说，“我不咬人。”

四

在本章里，或许是为了避免吵架，一对情侣结婚了；
一位老妇人的声音被听见

他出生于笼中，从未离开过那里，因此那只大猩猩以为笼子里的生活就是自由，那些栅栏外的不幸者才是被监禁的囚徒。他们的样子是那么阴郁沮丧。他们以期盼的眼神凝视着他，把花生和葡萄丢进来，以此作为消遣。接受他们的贡奉令他感到厌烦，但这是他们身为奴隶的本分。我一挥手就能将他们打死。何必去在意呢？他们那忧郁呆滞的眼睛。他们不得不穿上的褴褛衣衫。想到他们是我的表亲。他们和猿猴几乎没什么两样。

在皇家动物园里，离猴山不远处，脸色苍白的斯托克和一个被誉为都柏林最明艳的年轻美女在玫瑰棚架里的用铸铁锻造的饮水器旁边停下脚步。弗洛伦丝·巴尔康比的肌肤就像修筑教堂的卡拉拉大理石那般洁白无瑕，她长着一双褐红色的大眼睛，当她怀着深情说话时，她会像意大利人那样挥舞着双手。这会儿她正在热烈地挥舞着。

那只大猩猩有时候会觉得他们是一对不般配的情侣。事实上，有时候他们自己也这么觉得。那是一段不会自诩浪漫悱恻的恋情，但出乎意料地还是发生了。

现在他们继续散步，走在火烈鸟湖的小径上，然后到了蜥蜴馆，绕着食蚁兽山走回去。两人已经有一会儿没有说话了，但千言万语尽在不言中。这一小段心照不宣的幕间休息是有意为之。他们彼此间已经非常熟悉，知道如果不想让约会因为争吵而结束的话，那么有必要暂时冷静一下。

保姆们推着儿童车，孩子们在滚铁环。一只戴着毡帽的大象正被牵着摇摇摆摆地走在铺了白色锯末的道路上。牵它的人是一个小男孩，只兜着一条缠腰布，但穿着一双像样的爱尔兰式长筒靴。几只激动万分的鹦鹉正冲着狮子聒噪。

“你是说度假？”那个年轻女人平静地问。

“不是度假。”

“这个你素未谋面的人，你对他几乎一无所知——反正他也不是什么重要人物——而他要你将现在的生活当作一根烫手的叉子那样丢掉，匆匆赶去伦敦？”

“当他的秘书，弗洛，在他的新剧院工作。”

“当他的兼职秘书。领的是兼职薪水。”

“那将会是文学生涯的新起点。谁知道事情会变成什么样呢？或许那能让我写出一部像样的戏剧。”

“难道你在都柏林就不能写出一部像样的戏剧吗？”

“我不知道我能不能做到。但我知道我一直做不到。”

“布拉姆——”

“而且其他人也做不到。”

“他的这座剧院，他有资金投入吗？一个演员？经营一门生意？谁听说过这种荒唐事呢？就像让这里的一只猩猩去管理一间幼儿园。”

“一切都已经就绪，他向我介绍了计划。那是河岸街附近的旧兰心剧院，地点非常好。他找到了投资人，颇有影响力的支持者——他背后有顾资银行[1]撑腰——一流的节目已经在着手准备。莎士比亚、希腊戏剧、全欧洲的经典剧目。他的理念是让剧院成为体面的地方。”

1　顾资银行（Coutts），英国私人银行，其业务包括为英国王室提供金融理财服务。

“那其实是痴心妄想。”

“但令人钦佩。”

“布拉姆，我实在是不理解。事情这么突然，这么出人意表。你根本不了解那个人。”

“我觉得我与他相识了一辈子。”

“当你说出这番荒唐的话时，我都惊呆了。”

“我见过他登台演出，不知为何，我觉得我了解他。每个人都有这种感觉，那正是他了不起的地方。”

“我可不觉得那有什么了不起的，我觉得那有点太空泛了，而且有点虚伪。真的有人能成为大众偶像吗？”

“你知道我的意思。那和听众们听到一首交响曲或观众们看到一幅了不起的画作没什么两样。”

“你不会为了一幅画就逃到伦敦去。”

“我并不是想‘逃到’哪儿去，弗洛，这只是暂时的行动。我只想我们好好谈一谈，你和我。”

“听你的话，你似乎有点爱上他了，你那首会行走的交响曲，我的情敌。”

“你永远不会有情敌，傻样，别犯傻气。我很难解释清楚。我不知道今天我到底是怎么了，你不觉得这里很热吗？”

他带着弗洛朝阴凉的企鹅和海雀馆走去，但里面充斥着诡异的回音、弥漫着死鱼的恶臭，像迷雾般笼罩着他们，出了水的企鹅看上去孤独而笨拙，有一种残忍的感觉，叫人心里难受。他发现自己在渴望阳光。走出那片市政厅幻想的南极洲，坐在一棵垂柳下的凳子上看了一会儿孔雀，但寒意跟随他们出来了。

“布拉姆，你的生活是在都柏林。有一份可以领到养老金的职务。我知道现在薪水不高，但它很稳定，而且挺有前途。你有朋友——”

“我没有。”

“你有几个朋友。”

斯托克没有说话。

“你原本可以多几个朋友。”她继续说，“如果你愿意去结交的话，如果你不这么严肃内向的话，所有的一切好像你都唾手可得。为什么要放弃呢？你甚至不喜欢伦敦。”

“问题不在于我不喜欢。我在那里从来没有在家的感觉，就是这样。天空是如此广阔，伦敦人的见识如此广博，那就像置身于一出你不理解的童话剧里。但另一方面，伦敦是我的梦想。对于任何希望不至于沦为一则脚注的作家来说，肯定是这样。我觉得这是一个千载难逢的机会，弗洛。”

“那你和我怎么办？”

“什么怎么办？”

“难道我们没有机会在一起吗？”

“我们当然会在一起。”

“你的语气并不是很肯定。”

“我很肯定。”

“那么，请让我明确知道我理解我自己在这出由你和那位身兼多职的了不起的欧文先生编导的美妙而富于英雄色彩的剧目里所扮演的小角色。我得一路小跑到国王镇的码头，挥舞着我那条蕾丝小手绢和你道别，这才是听话懂事的好姑娘，是吧？好让你开始兴奋刺激的伦敦生活，然后我慢慢走回家做刺绣，一边喝着可可一边读《圣经》。”

“弗洛，求求你——”

她的眼里噙着泪花：“我真该死，你似乎肯定我会耐心等候，老家伙。”

斯托克拉着她的手。“伦敦不是很远，宝贝。我会每隔两周在周末来看你。我在那里最多只待六个月。”

“可是，我心里仍然不自在。”

“是我考虑不周，令你感到难过，我很抱歉。我们另外找个时间再讨论这件事情。走吧，咱可别辜负今天的好天气。”

“无疑，姑娘家不应该坦率直言。当然，对于男方来说，那真是太方便了，而那也正是世界之所以会变成这副德行的原因。你是我的爱人，我是你的爱人。我原本还盼望我们会结婚，我以为你一定已经知道了。反正就这么着吧。”

“可我也怀着相同的盼望，弗洛。我可以向你保证，我们的目标是一致的。我渴望一直在你身边，一直都是。”

弗洛抚摸着他的脸，神情忧伤。“要是你能见到我的梦就好了，布拉姆。”

他俯下身子抱住弗洛。她热烈地亲吻他。

“布拉姆？”

“宝贝？”

“你的脖子上那道伤疤是怎么回事？”

“没什么，亲爱的。刮胡子的时候割到自己了。”

埃伦·特里的声音

1906年由戏服设计师与作家爱丽丝·科敏斯·卡尔[1]录于留声机唱片中，作为刊登在《旁观者》杂志里的一系列文章的素材

1　爱丽丝·科敏斯·卡尔（Alice Comyns Carr，1850—1927），英国时装设计师，唯美主义运动在舞台艺术方面的代表人物之一。

为什么他要做那件事情？我不知道……你得自己直接问他……抛弃自己的生活，突然跑到伦敦去。我们从不提起这件事情，我和他。我知道很难相信。难道你不认为那是最明显的问题，却从来没有答案吗？

或许你可以问他的妻子。不，我和她不熟。她是个聪慧的女人，而且饱览群书。她让我觉得有点发怵。

我能告诉你的就是：哈利[1]——我指的是院长——有一种令人为之着迷的魅力。说话时从不打比方，只会直白地道出真相。随便找个人问问，他会告诉你的。男的女的都行。反正都一样。

在见到他之前，你准备了一段独白，解释为什么你不会去做他想你做的事情，十分钟后你离开时，你会同意去做。就是这样。他能漂亮地让你以为他想你做的事情其实是你自己的想法，你就像一个男性小说家笔下的理想妻子。

他能让你认为是沙沙作响的叶子令风刮起。当然，人人都喜欢他。这个狡猾的家伙。

你知道，在布拉姆的那本书的开头，他在描写伦敦。你总会觉得那就是他自己的感受。你那儿就有一本？我不得不说，你准备得很充分。就是这本，在开头部分。那个老吸血鬼是英语文学里的重要角色，难道你不觉得吗？噢，是的。他的作品已经列入博姿爱书人图书馆[2]的藏书了。总之，让我看看。我得把眼镜戴上。啊，是的，这一段出自《德古拉》第二十四页。

我正看着那些书籍，这时候门打开了，伯爵走了进来。他热情

1 亨利的昵称。

2 博姿爱书人图书馆（Boots Book-lovers' Library），由博姿家族经营的博姿连锁药店开辟的图书借阅副业，运营时间从 1898 年至 1966 年。

地和我打招呼，问我昨晚睡得可好。然后他继续说着话。

“我很高兴你找到了这里，因为我知道有很多书你会有兴趣阅读。这些伙伴，”他把手搁在几本书上，“它们曾经是我的好朋友，自从我决定去伦敦之后，过去几年来为我带来了许多许多小时的快乐。通过它们，我了解到你那了不起的英格兰，我越了解它，就越爱它。我渴望走在你那宏伟的伦敦和熙熙攘攘的街头，置身于激荡汹涌的人潮中，分析它的生活、它的变迁、它的死亡与一切造就它的事物。可是，呜呼哀哉！但是，我只能通过书本了解你的语言。”

你会觉得，从某种意义上说，他在写他自己。外乡人的感受。“激荡汹涌”，写得真好。但那只是一番揣测，亲爱的，你可能会完全搞错。确实如此。一个人总是会犯错。可是，该死的，都柏林听起来不像是好玩的地方，在当时是这样，不是吗？你会喜欢爱尔兰人，亲爱的，他们有浪漫的情怀，美妙的毁灭感，带着有威士忌醇香的雨水及其他的一切。但你不会喜欢住在那里，老是灰蒙蒙的。现在也不喜欢，就像一具挂着玫瑰念珠的骷髅。

而且爱尔兰人的行事作风令人生厌，总是以为你对他有意思，但其实你只是出于礼貌客气。嗯，那些可爱的人总是以为自己与众不同，在那方面像美国人。实在令人讨厌。

换作是我，我恨不得赶紧离开那里，只要一有机会的话。那就是为什么我们拥有青春，不是吗？年轻的布拉姆和他的妻子结伴来到伦敦。要我说，真是何其幸运。

那艘上下起伏的漆黑的蒸汽轮船一寸寸地驶出国王镇港口，人们见到一对早上刚结婚的夫妇正并肩站在上层甲板的救生艇旁边，躲在一把白色的绸缎阳伞后面卿卿我我。

现在他坐在一个系缆墩上，妻子坐在他的膝头。两人一同眺望着月光照耀的霍斯黑德的方向，他的嘴唇轻吻着妻子的颈背，直到她面红耳赤地娇笑，轻咬着他的右手手指关节。那两座灯塔在眨眼，似乎知道了它们不应该知道的事情。一群群胖嘟嘟的海鸽在盘旋徘徊。

那天几乎是满月。海面波光粼粼。开始下雪了，刹那间的美景令这对情侣激动不已，他们之前从未见过海上的雪景，听水手们说，这是一个吉兆。

然后，在一个小得从床铺上可以摸到四面墙壁的船舱里，两人彼此相拥。他低声说他希望两人从此再也没有秘密。她一定要知道自己可以将一切都告诉他，他会是她最好的朋友。在橡木天花板上，一盏防风灯在来回摇晃。金色的灯光闪烁不定，令角落里蒙上阴影。

随着夜色渐深，猛烈摇晃的船身的嘎吱声和呜咽声越来越响。天快亮时，透过被溅上水花的舷窗，他们看见斯诺登尼亚的轮廓。他们穿好衣服，一起吃了几块之前吃剩的结婚蛋糕权当早餐，用热茶和满满一大口香槟送下去。

霍利黑德，英国最丑陋的城镇，夹杂着煤灰的浓烟已经从车站里的火车头升起。两人匆忙经过火车吐出的秽物，蒸汽弄湿了她前额上的一绺头发，他温柔地爱抚她的脸庞，动作非常温柔，令身为循道宗信徒的行李员扭头看着别处，拎着行李缓步朝三等舱走去时，自己在心头想着十诫中的至少两则诫令[1]。

地平线上涌现泛着黄光的大团大团的云朵。火车穿过斯诺登尼

1 十诫中有“不可奸淫”与“不可贪恋人的妻子”这两条诫律。

亚的峡谷、水道与山隘，越过令世界啧啧称奇的宏伟桥梁，跨越平原来到帝国的首都。旅途的大部分时间里他们在睡觉，直到最后驶进国王十字车站时在悠长缓慢的汽笛声中才醒过来。

他们又累又饿，当他把行李拖到街道台阶上时，成千上万的人正赶去上班。戴着黑礼帽的文员、叫卖小贩、船具商人、银行职员、裁缝、女店员、送电报的小男孩、信使、女仆、马车夫、扛着砖斗和热灰泥桶的建筑工人、挖路的苦力、烟囱清理工、警察、纸花厂的姑娘、放假上岸的美国水手，他们的俚语和方言就像一道温暖甜蜜的薄雾降临于尤斯顿路。一帮工人正跪在地上，拿着水桶和刷子，试图擦掉一则写在图书馆墙壁上的标语：**"争取妇女投票权"**[1]。

寄宿旅馆位于河岸街附近一条马车道旁边的后巷，房间狭小，没有期盼的泰晤士河的景致，但意大利裔房东太太向他们展示的位于阁楼的那两个房间打扫得干干净净，而且炉子里已烧起了火。屋顶和烟囱的景色令人心旷神怡，就像一幅法国画作。在远处是圣保罗教堂那如山的穹顶。

他拿出行李中的纸张和书籍，他的新婚妻子去了市场，抱着一束鲜花回来了：有高高的百合、勿忘我、绣线菊。他用炉子烧水泡茶，小心翼翼地拆下窗帘，在楼下院子里用网球拍将灰尘拍掉。过了一会儿，他察觉到弗洛正低头看着他用力地拍打着、咒骂着、威胁着、猛揍着窗帘，逗得她哈哈大笑，跳起了舞。这个大个子男人，她的丈夫，就像一头好玩的狗熊，比她认识的任何人都更加淳朴善良。他满心渴望宁静。他从来不对她提起自己的童年，她猜想那一定并不幸福。他说过他不喜欢别人问起。

她分好几次将斯托克的衣服放进摆了苦艾草的古旧衣柜——沉

1　1918 年，英国议会立法允许 30 岁以上并且满足一定条件（家庭地位、财产与学历）的女性获得投票权；直至 1928 年，英国议会才立法允许 21 岁以上的女性获得投票权。

重的靴子、粗呢马裤、猎鹿帽、磨损的大衣——他的模样从一件衣服上显现，从百里香肥皂和浆洗淀粉的芬芳之后传来洁净而亲密的淡淡气息。她将一道褶边凑到脸上，感受他进入自己的身体，他的精华在她的血脉间悸动。

他的袖口链子、领带夹和一条表链，一把天鹅绒的衣刷，一个破旧的皮革袋子，里面装着一把象牙梳子和他的刮胡用品：一把貂毛刷、指甲刀、剃须刀和磨剃须刀的皮带。男人的世界真是奇怪。

在一个做工精美的乌木小匣子里有那把珍珠母梳子，是他父亲的遗物。在行李箱的侧边袋子里有一卷没有用过的邮票、一本名为《丈夫应了解的性知识》的读物，还有一封法语信件。她不知道该怎么办，是否应该告诉斯托克她找到了这些东西，这时她察觉在行李箱的底板上，一叠旧报纸的后面，有一个松动的面板。她掀起面板，找到一本笔记本，封面有一个挂锁，封面上写着“**私人物品——严禁开启**”几个字。

“弗洛，我最亲爱的甜心，你在做什么呢?”

他屏住呼吸站在门道里，胡须与眉毛上粘着灰尘，就像一尊活雕像，手里拿着网球拍，折叠的窗帘像一件罗马长袍挂在他的胳膊上。

她会一直记住他那副模样。

第二天早上，他们被房东太太的丈夫叫醒了。他是热那亚人，长着一双十分哀伤的眼睛，拎着一篮水果、面包和熟肉，还有几盒上好的茶叶和半瓶马德拉红酒。他解释说是天亮时一个从剧院来的小男孩送来的：“欧文先生的欢迎礼物。”他们在小庭院里吃了早餐，看着马夫在备马。房东太太与她的丈夫在享受印度茶叶的芳香，那可是伦敦难得一闻的昂贵玩意儿，这对幸福的夫妇坚持要一起分享。

那天早上天气清冷明媚。他们穿上厚大衣，逛了河岸街被影子遮蔽的那一边，对珠宝店的橱窗、裁缝店的展览啧啧称奇，如此缤纷绚烂的颜色和新奇大胆的剪裁。他一年的薪水都买不起这里的一件礼服。再往前走是皮卡迪利圆环——他指着吉尔利阿诺珠宝店——然后他们在所罗门水果店的盛大展示前停下脚步。油桃、李子、芒果、士麦那的无花果、一盒盒的去皮蜜饯凉果、土耳其小吃、菠萝、西班牙的橘子、各种他们说不出名字的莓果。

在摄政王街的街角有一间洋娃娃店，橱窗狰狞恐怖，釉瓷的脸蛋、玫瑰花蕾般的小嘴、眨巴时会咔嗒作响的眼睛、用贫民窟的姑娘几便士就贱卖的人发制作的头发。将一个洋娃娃的肚皮朝下摆平，她还会叫嚷“妈妈，妈妈!”。

她坐在床单上，给她穿衣服，给她梳头发。在你睡着的时候她会一直看着你，几乎就像有生命的活人。

他们顺着原路而回，朝查令十字街走去，步入弥漫着清香的格林公园，里面有演奏台、小摆设、凉棚和玫瑰步径，比都柏林的任何一座公园都更加整洁干净。

“你睡得好吗，我亲爱的姑娘？你看上去有点累。”

她挽起他的手。“我觉得不大舒服。街上老是吵吵闹闹的，不知道是流氓还是酒鬼或别的什么人，在纠缠着他们的姑娘。每次我快睡着时，吵闹声又开始了，就像设了定时功能似的。我几乎觉得那怪有趣的。”

“恐怕城市生活就是这样。我想我们很快就会习惯。我们在静谧的爱尔兰生活得太久了。”

“你的鼾声就像一头海象。”她微笑着说，“你以前没告诉过我。”

他觉得自己面红耳赤。“恐怕我自己都不知道。睡得太香了。我可怜的小麻雀，我害得你一直醒着。”

“你还有另一种方式让我醒着，那更加舒服。”

“那是——你期盼的事情吗？”

"非常期盼。"她亲了他一下，"今天早上我是全英国最幸福的女人。"

"今天下午我去剧院赴约，你打算做什么？"

"我可以和你一起去吗？我想会会我的情敌。"

他笑着说："在我有生之年，你都不会有情敌。"

"为了得到一个乡下姑娘的心，每一个卡萨诺瓦[1]都会山盟海誓。"

"别取笑我了，你这只机灵的猫头鹰。如果你不嫌闷的话，我当然希望你也去。"

"我会和所有漂亮的女演员打招呼，然后把她们统统杀掉，她们可能穿着内衣在卖弄风情，然后抛下你和你那宝贝的兰心剧院不管，再也不用害怕。"

"当你尽了一个虔诚的新教徒的妻子的本分，让我免遭色诱，接下来的时间你会做什么呢？"

"我想去大英图书馆，我两点钟约了人。"

"是朋友吗？"

"不是。我打算提高我的德语。他们的阅览室里有一套很棒的旧语法书。在那个漂亮的地方学习会是平静而愉快的经历，尤其是在下雨的时候。我喜欢雨点打在玻璃上的声音，那令我头疼都带着学者风范。"

"弗洛，难道你不觉得德国文学有点深奥吗？非常晦涩难懂。"

她轻声笑着说："读书的时候，正是这门语言的质朴平实吸引了我。其他女生喜欢法语，我们都喜欢玛丽-特蕾莎修女。但我怎么也学不会那个'r'音，你懂的，还有名词的阴性阳性。而说意大利语有好多元音，就像在吃永远都吃不完的棉花糖，难道你不觉得吗？"

1　贾科莫·吉罗拉莫·卡萨诺瓦（Giacomo Girolamo Casanova，1725—1798），意大利冒险家、作家，生性风流不羁，著有《我的一生》《思想者的自语》等作品。

“恐怕我并不了解。你得教我一点基础。”

弗洛捏了捏他的胳膊。“然后我准备学习关于版权与专利的法律。”

“为什么呢?”

“那样我就可以帮你的忙。当你为我们写出一部大获成功的作品的时候。”

“那将是我的光荣，今天邀你共舞的卡片已经写得满满的了。”

“然后今天下午晚些时候我约了霍尔本高街的机械学院的副主任。”

“那是什么?”

“一个为工人及其家人服务的机构。我想不久之后在那里开几门夜校课程，大体上是阅读、写作和代数。穷人们很需要这种帮助。”

“亲爱的，你准备授课？讲给劳工阶层听?”

“对啊，还有他们的妻子。”

“但是，亲爱的，这可真是出人意表。我着实吓了一跳。”

“我还以为你会感到高兴呢。”

“无论你想什么或做什么我都高兴，亲爱的，但你终究没有经验——”

“噢，经验，我的天哪，别大惊小怪的。要有经验还不容易，只消上几堂课就好了。别那么凶地瞪我嘛，布拉姆。天哪，你看上去一副气鼓鼓的嫉妒模样。”

布拉姆抚摸着她的脸蛋。“原谅我吧。”

“你肯定不会以为我会像母鸡那样咯咯哒哒地在家里打转，给你洗衬衣，等你回家吧?”

“我没有这样想过吗?”

她轻轻地打了斯托克一下。“你会很忙。我也会很忙。我要落地生根,发挥自己的天赋。那样我俩都会得到幸福。那边出什么事情了,布拉姆？瞧。”

他朝距离草坪一百码[1]开外那丛矮酸橙望去。一队穿着红黑二色制服的伦敦塔卫士，亮着刺刀，构成一个血肉之躯的方阵，围着一群衣着华贵的女士，仆人们正将一张大大的红毯铺在草坪上。男仆们将野餐篮里的东西端出来，连同冰桶摆放在密集如林的银色阳伞下。一位摄影师和他们在一起，正支起三角架和遮光罩。观望的人群响起欢庆声，有人升起了一面米字旗。

“她看上去要年轻一些。”弗洛伦丝说，“你不觉得吗，布拉姆?”

“说谁呢?”

“看仔细了，傻样。中间那里，穿着漂亮的丝绸拖鞋的那位。亲爱的，你很有才华，可是你的观察力却不怎么样。天哪，我们来到伦敦的第一天早上就见到了女王陛下[2]。这一定是个好兆头,你说呢?”

1 码（yard），英制长度单位，1 码约合 0.91 米。——编注

2 当时英国的君主是维多利亚女王，1837 年至 1901 年在位。

五

在本章里，一份提供的职务被变更了

随着一艘高桅横帆船悄然驶过，滑铁卢桥上的海鸥在盘旋，如梦如幻。伦敦的教堂钟声在热烈地鸣响迎接中午。

兰心剧院被锁链围住，告示牌上的玻璃碎裂了，入口阶梯上堆着厚厚的枯叶和碎瓶。柱廊被街上的人当作便溺之所，正门上的挂锁发黑了，而且锈迹斑斑。在街那头，大理石修筑的巍峨的皇家歌剧院带着怜悯居高临下地俯瞰着。你这间被遗弃的寒酸的陋室。

他们绕着兰心剧院走了一圈，转到狭窄的埃克塞特街上，它铺设着鹅卵石，由于两边高大的仓库投下的影子而显得光线昏暗。一定有一个后门，但他们找不到告示牌或标识。流浪汉们在凹处里将就过夜。一个妓女从一扇小小的十字窗朝下面张望。斯托克心想："我到底干了什么？"

一个披着犹太式祈祷围巾戴着黑色帽子的发福矮小的男子从角落出现，牵着一匹役马和一辆沉重的马车。

"我的朋友，你们迷路了吗？你们在找什么地方？"

"我们在找剧院的入口。"弗洛伦丝回答。

"请跟我来。我是负责供应木柴的扬克尔。这边走，你们跟我来。"

他们跟在后面，那匹年迈的母马嘚嘚嘚地绕到伯利街，它那位和蔼的主人解释说他为兰心剧院的锅炉提供燃料，已经干了好几年了，见过"许多趣事儿"。"在里面，"他指着一扇镶嵌着金属并开了一个窥视孔的木门说，"敲三下。沃尔特就会开门。去吧，去吧。"

还没等他们依照指示行事，那扇厚重的门就被打开了，开门的不是沃尔特，而是一个脸色苍白的女孩，约莫十三岁，没有说一句问候的话就顺着身后那条漆黑的过道跑掉了。他们走进里面，把门关上。

一切都很安静。只有远处传来滴水的声音和街上一个小贩在闷声闷气地吆喝。

“卖狗肉，上好的狗肉。”

在过道的尽头有一张倾斜的桌子。一只独眼黑猫蹲在吸墨器上，观察着他们的行动，这时怒气冲冲地从喉咙里发出咕噜声。

“别一脸不高兴的样子嘛。”弗洛伦丝笑着说。

现在他们见到了那只猫的三个朋友，从影子里凝视着：瘦巴巴的，长着黄眼睛，仪态优雅，态度凶恶。小丑在残旧的海报上狞笑，丑角在雀跃。经久未洗的亚麻布料发出像发腐的水果般的臭味。墙上长出了几个蘑菇。

他们顺着一条楼梯上去，走在一条挂着红色长毛天鹅绒的过道上。每一面墙上的每一幅画都是歪的或破的。猫越来越多，蜷缩在壁龛里，躺在破烂的椅子上，在酒吧间的墙上磨着爪子，从歌剧包厢的脏兮兮的门帘溜进溜出。现在前面是一扇双折门。在门后传来喧闹声。

观众席遍布柱子、绳索、脚手架、从天花板垂下来的平台、梯子、牵索、灯链。那里一定得有上百号人在干活。有木匠和场景油漆匠，家具装饰匠在安装座位，乐师在传来隆隆雷声的喧闹的舞台上尝试调音。尖利的单簧管声，吼叫声，刺耳的小提琴声。苦力们用撬棍和杠杆将座位包厢撬出来，用大锤捣毁板条和石膏的隔板。布景板被到处乱放——这里是一个悬崖，那边是一个城垛。还有那种所有的一切都是为了你而进行，直到你到达的那一刻，一切才开始发生的奇妙感觉。

“请问一下。”斯托克拦住一个匆匆走过的男人。他似乎抱着一只野生动物，但原来那是一摞假发。

“有事吗，先生?”

“我是来向欧文先生报到的。这位是我的妻子。”

“是谁?”

从舞台上方的吊台传来一个声音——“下面的，当心了。”——一面巨大的海上风暴布景板被展开，深蓝与泛银的绿色，一艘巨轮驶过巨浪，天空被Z字形的闪电撕裂，但那面帆布因为密布霉斑、星形孔洞和被折叠了太久而形成的沉甸甸的平行褶痕而给毁了。乐师们抬头望着那孤寂的景色，敷衍式地欢呼一声。

“你终于来了。”

斯托克转过身。

欧文咧着嘴在笑。他那张瘦削的长脸被涂黑了，肉感的嘴唇搽了厚厚的口红。他身穿一件猩红色的长袍，银色的德鲁伊[1]式领子高至耳际。

“欢迎来到我们这座美丽的小岛。”他说，“我希望你能在这里找到长久以来一直避开你的幸福。”

握手时亨利的手绵软无力，而且他的样貌令人印象深刻却又显得怪异，就像班级里个子最高的女生，但那张紧抿的嘴巴现在没有笑意，那双眼睛就像海螺般死气沉沉。

“如果我的打扮吓到了你们，还请原谅。今天早上我在画奥赛罗的定妆照。不知道是哪个浑蛋叫我这么做，我一时间傻乎乎地答应了。为什么一个人会希望得到傻瓜的短暂感激呢?但我不喜欢被画像。我看上去总是像另一个人。男人的内在气质与样貌应该相吻合。

1 德鲁伊（Druid），爱尔兰与苏格兰地区的凯尔特文明中推行自然崇拜的原始宗教。

你曾经坐下来画过一张画像吗？”

“没有。”

“你应该去弄一张。你长得蛮好看的，很有男子汉气概，尤其是下巴。从某个角度看，别人会误以为你是美男子。”

他那双闪烁不定的眼睛转向弗洛伦丝。

“亲爱的，你来申请当保管衣帽的女工吗？带着你的介绍信去见雷利太太。你到后台就能找到她的窝。别被她的扫帚绊倒噢，去吧。”

斯托克说：“欧文先生，请恕我冒昧——”

“在剧院里以名字相称就行。称呼姓氏会触霉头的。”

“那好吧，亨利，如果你坚持我这么叫你。请允许我向你介绍我的妻子，弗洛伦丝。”

“你是说，你的妻子？可以嘛，你这个风流家伙。请你原谅，斯托克太太。我不知道布拉姆已经有主了。你俩的确很般配，确实如此。斯托克太太，你有一双大大的眼睛。一头狼曾经这么说过。[1]”

（在手稿的这处地方，一个有97个字的段落用的是根本无法解读的编码。接着文本恢复为皮特曼速记法的“手稿”形式，内容大体上都是对话。）

弗洛不知所措。谁不会呢？他的举止真是古怪，不肯看着我们。

他：“要是我获邀参加婚礼的话，我肯定会大哭一场（这时他挽起弗洛的胳膊）。我觉得我们会成为好朋友，我和你。我对这种关系有本能感应。你觉得这间剧院怎么样？”

1　此处是影射童话剧《小红帽》的台词。

弗洛："我在乎的是我的丈夫，和为他带来快乐与幸福的事情。"

他："你堪称一位圣女，而不是妻子。你的名字是我最喜欢的十五世纪的伟大城市。[1] 这是上天的安排。"

他简略地介绍了装修工作及其巨大的开销。工头们不停地让他在文件上签字，而他看都不看就签了。他叫人拿来毛巾和一盆清水，好将他脸上的颜料洗掉。那不是我原先以为的"化妆品"，只是水彩和黑刺李油，是他自己发明的（备注：他的化妆师名叫沃尔特·科林森）。这时，一只黑色的大斗牛獒出现在侧翼里，他朝狗喊了一声。"它叫法西。"它的嘴巴一直在滴口水。显然，他很喜欢那只狗。

然后我说："我想或许今天下午我们能够谈谈关于我的职责的事情？如果你有时间的话。假如你有事情要忙，我可以晚点再来，因为你貌似挺忙的。"

他："貌似正是我的专长。"

我："确实如此。"

他："可是，'你的职责'，你有什么想法呢？"

我："我猜是写写文书之类，还有回复你的信函？协助你与演员预约时间。那就是私人秘书的工作内容吧？"

1 弗洛伦丝这个名字与意大利城市佛罗伦萨是同一个英语单词"Florence"。

他："我想是吧。"

我："我希望能与前任秘书谈一谈，罗列出任务清单。还是说，这份清单已经有了？"

他："你并没有前任。"

我："可是，那一直以来是谁负责帮你联络呢？"

他："我也不是很清楚。我可以带你和你先生绕这个老废物转转吗，斯托克太太？我是说这座建筑，不是我自己。"

弗洛："我想你实在是太忙了。我已经见过舞台了。"

他："噢，舞台只是身体的脸面和眼睛，亲爱的。我们需要熟悉它的五脏六腑。就是这样。我们走吧。"

他带着我们穿过左边舞台，走进后台，它得由一帮杂工和清洁女工去打扫，但场面十分壮观。那是十八世纪初期的船坞，足有百尺高的天花板，有许多条小道，四百条绳索。山隘的背景板正被送来（《李尔王》的布景），乐师们的乐器也在这里存放。但到处都有耗子出没，虽然有好多只猫就在附近。四处摆放着水桶，用来接从梁上滴落的雨水。大体上是一幅衰败肮脏的图景。

我们从那里穿过一条窄得只能容单人行走的过道兜回后台，纷繁杂乱的飞轮、滑竿、套索、齿轮、绞盘、绕轴上的背景幕布、加重物、铅块、滑轮、杠杆、升降台，就像一艘船的腹部，但到处点着蜡烛，像是黄昏，奇异的入夜景色。我想起了那个盖尔语的词语——“暮光”。那是许多年前我们那个来自罗斯康芒的杂役女仆布里姬特教我的，当时我才六岁，意思是“至暗之前的朦胧”。

他乐呵呵地带我们参观了“雷霆之道”，一条长长的木头做的管道，炮弹从上面滚过，制造出暴风雨的喧嚣。他告诉我们这座建筑在十八世纪原本是一座教堂，后来成了贵格会信徒的聚会地点，然后成了一间画廊，一个世纪前被改建为一座剧院。他曾在这里表演过许多场，三个月前签下了租约。“说来话长，而且枯燥乏味，律师、银行、言不由衷的承诺。”

我趁机问他传闻中著名的“兰心剧院牛排馆”在哪里，从前浪子们总是在那里狂欢、赌博和召唤恶魔路西法。他笑起来像一头猩猩。他也很想把它找出来，他曾在古书中读到过相关内容，但没有哪一个房间符合那些古老俏皮的故事对它的描写，其中一些内容不宜在弗洛面前讨论，而且他怀疑那根本不存在，或只是其他销金窟风流洞的杂糅。带领我们穿过幽暗时，他还补充说剧院里的生活是镜子与烟雾的障眼法。“演员喜欢下流故事。它令这份工作没有那么单调乏味。干我们这一行的老是得干站着。”

他（带着我们走动）：“亲爱的，如你们所见，我们还没有进入最佳状态。感谢命运的安排，让你来到这里解决一切难题。但我挺喜欢这种堕落败坏的状态，难道你不觉得吗？纯洁实在太乏味了。”

我们顺着一条非常陡峭的回旋楼梯而上，经过乐队室和演员休息室：“你俩小心脚下。”经过一道长长的附属建筑，然后顺阶而下（石头的），走进一个应该是旧戏服仓库的房间。战袍、紧身上衣、长袜、礼服、亚瑟王时代的长袍，全都蛀得千疮百孔。装了铁栅栏的窗户没有玻璃。

他：“你年纪轻轻，不知道威尔斯[1]的剧目《范德戴肯》[2]吧？”

我：“我在都柏林见过你上演两回。”

他：“真该死，你看过了？那是很久很久以前的事情了。在第四幕里，当那个幽灵回答忒克拉的问题，还记得吗？”

我（引用）：“我们在哪里？”

他：“在生与死之间。”

然后转身对着弗洛伦丝——

他：“你瞧，主人公死掉了，亲爱的。真是可怕。你总是会想起这个问题，在剧院的后台。我们也一样，既非活人，也不是死人。奇怪的是，你会觉得它带来安慰。难道你不这么认为吗？”

弗洛：“请恕我直言，恐怕我对这些艺术家的抽象概念并不是很感兴趣。我希望活在真实的世界里。”

1　威廉·戈曼·威尔斯（William Gorman Wills，1828—1891），爱尔兰剧作家，曾与兰心剧院有紧密合作。

2　范德戴肯（Vanderdecken），是欧洲传说中的幽灵船“飞翔的荷兰人号”的船长。

他："啊，真实的世界，那充斥着残忍和饥饿的肮脏恶心的地牢。它会欢迎你。"

弗洛："对世界抱着那样的看法一定是沉重的负担。"

他："我从来不信任一个思想家——感知才是唯一的召唤。但是，没有我们艺术家，你那真实的世界会变得更加难以忍受，不是吗？"

弗洛："我不会信任那些声称没有艺术就活不下去的人。对于数百万穷人来说，他们一定得活下去，在这件事情上他们别无选择。要是没有像食物这种微不足道的东西，生命根本不可能维系。还有住所。争辩除此以外还有别的东西，其实是在装腔作势。"

他："你很有思想，斯托克太太。"

弗洛："我有的不只是思想。"

他："当然。你还有布拉姆。"

弗洛："我一定会保护他。"

他："办公室在楼梯上。我的私人休息室也在上面，左边是集体更衣室，然后是贮煤间，再是颜料室、道具室、假发室、煤气室、木匠室、女主角室、合唱团室、首席乐师室。有一个傻子拿着地图到处乱跑。我不记得他叫什么名字，一个长着罗圈腿的蓬头垢面的威尔士小伙子，看他朝你们走来的样子，好像他经历了一场暴风雪。这儿就像一座美妙的古代迷宫，但很快你就会弄清楚的。现在，请你们原谅，我得回去了，可怜兮兮地坐着让别人画像。而且在此之前我得往自己的咽喉注射一剂士的宁，要是我能找到的话——你知道的，我有哮喘。你明天开始上班好吗？我想你的头衔就叫‘总经理’吧。”

我：“我想你在开玩笑吧？”

他：“小女生才开玩笑。”

我：“可是我没有能力管理整座剧院。我没有这方面的经验。”

他（耸了耸肩膀）：“那能有多难呢？干着干着就会了。”

我：“请听我说，那并不是我们的共识。你之前说的是兼职文秘工作，如此而已。我还得兼顾自己的创作。时间——”

他：“噢，别婆婆妈妈的，你把自己管得好好的，不是吗？我敢说，没有人死掉，是吧？你似乎一直都在担心，娶了老婆后依旧如故。别尽说一些不着调的废话。”

我：“不，但你得找一个曾经当过一座大剧院总经理这个职务的人。这里有一大堆事情得做。”

他：“你害怕新的经历吗？那你怎么能指望成为一位艺术家呢？”

我：“正因为我希望成为一位艺术家，所以我得在那方面投入时间。虚与委蛇只会一事无成。”

他（突然生气了，紧绷着脸露出冷郁的笑容）：“听我说，斯托克，让我告诉你，我有多么重视你的意见：几乎愿意照单全收。但你绝不能在我的剧院里，当我站在这里颔首点头时顶撞我。你明白我说什么吗？还是说，我们出门去把事情谈妥？”

他沉默了一会儿，点着一根香烟。

他：“对不起，斯托克太太，我本不应该在你面前口不择言。唉，似乎我和你先生之间产生了误会。我原本希望让他在这里工作，一间运作中的有专业水准的剧院，有安身立命之所，一个薪水丰厚的职务，他在这里可以学到东西，积累经验，假以时日将会有一番作为。显然，我想错了，或许他也想错了。如果他宁愿回都柏林当一个文员，那就回去吧，我会送上祝福，同时略感失望。去找沃尔特报销费用吧。请允许我与两位握手道别。”

弗洛：“我和我先生可不可以花一两个小时讨论你的提议？”

他：“当然可以。请你再次原谅我。我可以给你们一个小时。在那之后，我会另找人选。”

我：“你什么时候开业？”

他：“六个星期后，上演《哈姆雷特》。”

我：“老天爷啊，六个星期。屋顶还有好几个洞呢！”

他（板着面孔）：“那就让观众打伞。”

我：“我需要了解公司的主要资产。”

他：“它们就在你的眼前。”

我：“我指的是账目、簿记、你的租约什么的。”

他（突然发出令人不安的大笑声，拍了我的脊背一下）：“你真让我有点搞不懂，你这个呆头呆脑的老姑婆。块头大得像头牛，心思却又如此细密。租约在律师布雷斯威特、劳里、克洛普斯托克他们那儿，河岸街19号。你从舞台左边离开时，在右边第一间办公室里可以找到账簿，恐怕读那些东西毫无乐趣可言，就像在读萧伯纳的文章。钥匙在这儿，你请自便。噢，我已自己做主吩咐工人把你的铭牌挂在门上了。”

我：“请听我说，今天晚些时候我会找你商量，有几个问题想问，而且还得安排——”

他：“我去，我去，瞧我一会儿便失了踪迹，鞑靼人的飞箭都赶不上我的迅疾。”[1]

1 此句出自《仲夏夜之梦》，朱生豪译本。

他推开脏兮兮的窗户，俯瞰着埃克塞特街，看见他的妻子在扬手叫出租马车赶去博物馆赴约。他希望自己刚才没有大发雷霆，说话没有那么难听。弗洛几乎未曾见过他那副模样。他希望将那个状态下的他藏起来或杀死。

街那头有一位民谣歌手正在摆弄一具女巫造型的牵线木偶。一群孩童围在他身边，一边大笑一边拍掌。一个小男孩正挥舞着一条横幅。

那个邪恶的女巫
她刮起了风
将她的孩子裹在襁褓中
又把襁褓扔到
茫茫大海中
为了你，为了我
她刮起了风

午饭时间到了，人群从办公室和商店里涌出，狭窄的人行道上熙熙攘攘，乞丐们在卖力乞讨。

突然间，在街对面，一间药店的门道里，他留意到那个先前为他们打开后门的小姑娘。她看上去病恹恹的，一副萎靡不振的样子，全身上下一团黑，像一个流浪儿，光着脚丫正在左右摇摆，跳着难看的舞蹈。她朝过路人伸出手，但没有人停步。见到一个小孩子在乞讨叫人心里难受。如果那是一个豆蔻年华的小姑娘则更糟糕，那只会引向一个结局。

在摄政王街上，那些洋娃娃正在缓缓地眨眼。

如果她在剧院里工作，那她应该领到工钱，受到保护。要是没有的话，那就应该给她帮助。她缓缓地抬头看过来，似乎察觉到他的目光。她的笑容冷冰冰的，叫人心里发寒。他做错了什么？她是不是把他和别人弄混了？她转身一瘸一拐地顺着街道走开了。

他体格强壮，但还是费了不少力气才将那个生锈的墙式保险柜硬生生拉开。他取出那本沉甸甸的账簿，几袋厚厚的因时日久远而发脆的蜡封文件，将它们摆在书桌上，清理出一处地方摆放笔记本。他仔仔细细地盘算那几列数字，这儿做一番修正，那儿做一番调整，直到两个太阳穴因为充血而胀起，算了一个小时。但无论他怎么算，那笔账总是算不平。他从头算起，这一次把数字高声读给自己听。差额是缩小了，但还是平不了账。

那些数字似乎在说：我们会把你逼疯，我们会让你心力枯竭。跑吧，趁你还有机会。

时不时地，一个工人或清洁女工经过他打开的门口。他问他们知不知道剧院有多少个座位，有没有一张堂座和楼座的座位分布图，或者一张蓝图。那些门票应该卖多少钱？我们在哪儿做广告？给演员们的薪酬是现金吗？票务处在哪里？厕所在哪里？谁是乐队领班？这里是如何运作的？

没有人知道。有些人经过时几乎不作停留。那种感觉就像一场畸形秀里无趣的展览，或在一处没人想看的戏剧中扮演角色。

那天晚上，两人在寄宿旅馆的公寓里吃了一顿简单的晚饭。弗洛伦丝脸色苍白，似乎心不在焉，一直沉默不语。他把那本账簿带到饭桌上，整顿饭一直在不停地计算和反复平账，轻声诅咒那些数字冥顽不灵。她盯着自己的咖啡杯。她想询问事情。

“他提起你的工资了吗？”

“他没有当面说，但今天下午派人送来一张字条。起薪是每周三坚尼[1]。一年后升到四坚尼。”

“太好了，布拉姆。我们可以租一间小房子。切尔西或皮姆利科怎么样？”

“我觉得离剧院近一点比较好，如果你不介意的话。”

“我介意，很介意。”

“我们再找个时间谈谈吧，好吗？”

不知道从何处传来狗吠声，然后河岸街的圣母玛利亚教堂传来钟声，敲响了九点钟。

“我今天在图书馆可开心了。”她说，“管理员们态度友善，而且知识渊博。”

“挺好的。”

“你或许可以找个时间自己去那儿待一会儿，布拉姆。凯尔特文学的藏书真是太棒了，比你在都柏林能找到的书都好。”

“我一定会去。”

“其中一个图书管理员给我看了一部手稿，描写的是一个名叫阿弗洛克的家伙。他砍掉别人的脑袋，对处女做出粗暴的事情。他们费尽九牛二虎之力想把他杀掉，可是，当然，他就是死不了。”

“你知道他干了些什么吗？”

“阿弗洛克吗？”

“向一间银行借钱以支付租金，然后再用那笔贷款作为质押，从三间银行借钱。然后还有戏服、木工、家具装饰，真是叫人吃惊。他已经请人创作新的音乐。还有威尼斯的水晶吊灯。光是舞台幕布就花了七千坚尼。”

“我能帮点什么忙呢？”

1　坚尼（guinea），英国旧货币单位，折合 21 先令（1.05 英镑）。

“这般挥霍——实在太疯狂了。我实在是无法理解。”

“我想上床睡觉了。”

“还有窗帘布。”

“你不睡觉吗，布拉姆？”

“我得把这笔账算完。一会儿就睡。”

第二天大约八点钟，他在沙发上醒来。弗洛留了一张字条，说她去图书馆了。壁炉里烧着火，但房间里还是很冷。窗户上的雨滴在墙上映下奇怪的影子。

一个小时后，他从杰米恩街的公共游泳池游泳回来，穿过走廊时，看见有一封寄给他的信送到了。他认出那是母亲细小而端正的铜版字体。他拆开信封，这时发现房东太太走出房间，一边用围裙擦手一边愁眉苦脸地看着他。

“回来了，先生？一切都好吧？”

“是的，太太。谢谢您。”

“我们可以谈一谈吗？就一会儿。”

“出什么事了吗？”

“您太太，她今天还好吧？”

“好得很。她出去办点事情。”

“我想问您一个问题，先生，关于欧文先生。”

“怎么了？”

“情况怎么样了？”

“对不起，什么意思？”

“在我的村子里——在家乡——老一辈的人说上帝赐予我们两只耳朵和一张嘴巴是要我们多听少说，先生，您说是吧？可是，谣言四起。这些年来，许多演员曾在这座房子里住过，说起了他的故事。老天爷啊！”

“很抱歉，我不是那种爱听闲言碎语的人。”

“是的，是的，当然。我并没说什么，您知道的。可是，先生，有一个演员，有时候去上班，有时候不去。所有演员都是这副德行。他住在圣詹姆斯区的公爵街一座有五间房的公寓里，不是吗？还总是去拍卖会，购买画作。穿着那身孔雀般华丽的衣裳和手工缝制的靴子。而埃伦·特里，英国最了不起的女演员，先生，她的生活就不是那样，她生活朴素。这个男人花在一套衣服上的钱抵得上别人一年的饭钱。跟我说说——那到底是怎么回事？”

“请您原谅，我上班快迟到了。”

“是，还有另一个人，他老是迟到。因此——”她用一根手指划过喉咙，“永别了。”

“另一个人？”

“在你之前欧文先生请过四个秘书，全都是年轻人，个个都干不长。”

“我想情况并非如此。”

“您可得小心，先生。”她将指尖探入摆放在客厅架子上的那碗圣水里，先迅速祝福了自己一番，然后在斯托克的额头画了一个十字，“愿上帝保佑您。”

街上很冷，空气中带着雨水的味道。他匆忙经过考文特花园的商店橱窗，时不时瞥见自己的倒影，令他觉得满意：神情坚定，身躯结实，戴着高礼帽，冷静严肃，正在处理紧急事务，没有时间浪费在傻里傻气的自鸣得意上。这个不相信流言蜚语的男人。

麻烦的是，有时候他还见到别的身影。装了人发的洋娃娃，它们那代尔夫特陶瓷的脚丫在叮当作响。但当他停下脚步再去看时，它们已经不见了。

六

在本章里，一张剪报在晨间邮件中送达；与一位名人的邂逅

出自《纽约论坛报》

1878 年 11 月 30 日

《一个演员的画像》

作者 G. 格兰特利·迪克森[1]

伦敦兰心剧院，他那间宽敞却又寒酸得令人吃惊的办公室，墙壁上挂着一幅装框的针织刺绣，读者们在许多家庭里会见到的那种。通常由快嫁为人妇的姑娘完成，作为主妇持家才能的锻炼，通常这些文字会引用《圣经》里的句子、几行劝喻的诗句或蕴含粗浅道理的话语。

他墙上那句格言的基调更为冷漠："好朋友的失败令我心中多么甜美。"

那张脸严肃古板、阴森深沉，令人想起米开朗基罗的大卫。他留着一头黑色长发，颇有诗人气质。他下颚宽厚，嘴唇丰润凸出，脑袋很大，鼻子笔挺，眉毛浓密，对于一个英国人而言，肤色出奇地有地中海人的色彩。一个高大、坚强、相貌英俊的男人，像水手或农夫，一个在户外工作的人，有时候举止格外优雅，有时候又显得很笨拙，语速快得令人感到心累，却能在说话时岿然不动地坐上很久。

1 G. 格兰特利·迪克森是作者约瑟夫·奥康纳的另一部作品《海洋之星》中的角色，美国记者，曾考察、目睹了爱尔兰大饥荒的惨状。

当问及什么是他最珍视的财富时，他向记者出示了一张镶着银框的相片，里面是在棺材中安眠的莎拉·伯恩哈特[1]。

我问他是否觉得这是一张古怪的相片，伯恩哈特小姐的公关经理怎么会在她依然健在而且身体大致安康的情况下让这张相片流传。“她或许身体安康，”他回答，“但没有哪个演员真正地活着。对我来说，那就是照片的意义所在。”

他那双大大的灰色眼眸在灯光下似乎显现出深褐色。他有严重近视，而且时不时会突然古怪地眯起眼睛，似乎见到了别人没有察觉的幻象。他阅读德语和荷兰语作品，“小规模”地收集艺术品和关于“招魂巫术与炼金术”的中世纪的书籍。

“但我不是有钱人，也不希望成为有钱人。那是一个人所能想象的最沉重的诅咒。”

“比财富更沉重?”

“比令拥有者不用工作的财富更加沉重。除了无关紧要的小玩意儿之外，我认为它只能买到一样东西，一样我根本不想拥有的邪恶的东西，那就是：有太多的时间去想事情。对于一个人来说那并不是好事，他会开始胡思乱想。”

当我们见面时，在他的桌子上有一本意大利民间传说选集。“我生下来是一个木偶。”他以高深莫测的神态对记者说，“后来我才成为一个真正的男孩。”

他不停地抽烟，当他就某个观点展开论述或拿某个名人开涮时，会把一根香烟遗忘在烟灰缸里任由它燃尽。他的声音娓娓动听，“s”的发音略显做作。他的左手大拇指尖缺了一块。“是一桩事故造成的。我的手指扎进了萧伯纳的眼睛里。”

---

1 莎拉·伯恩哈特（Sarah Bernhardt，1844—1923），法国女演员，法国舞台剧艺术的代表人物之一。

欧文先生不喜欢乔治·萧伯纳先生（他给他起了个绰号“惹嫌的牛倌”），因为他坚持撰写普通人的故事和生平。“那就像去皇家阿斯克特赛马会，你以为会见到纯种赛马，”欧文说，“却只见到两头身上长虱的骡子在沟渠旁边交头接耳。”

这位记者询问欧文先生关于他赞成女性获得投票权的传闻是否属实。

“我确实赞成将投票权从男性手中夺走。”

和英国的许多演员一样，他说话时口音清脆动听，你会怀疑他生来并不是这么说话，和任何地方的所有演员一样，他的谦逊其实是一种炫耀。你会觉得他其实知道俯首下跪是让掌声继续下去的最有效的方式。

看着他戴上一只手套或在彩排时缓缓转身走下舞台，就像看着一位知道自己正被观察的艺术家在创作。他不久前聘请了一位总管，那是一个爱尔兰人，总是在雇主的身边忙前忙后，从未远离，就像一位新婚妻子不愿离开丈夫，时而将另一方的话补充完整，时而端来这位舞台之王喜欢喝的热柠檬加辣椒粉的茶。那个都柏林人沉默寡言，就像一位断头台上的爱国志士那般坚忍骄傲。这很贴切，因为他的雇主与曾经暴得大名的罗伯特·埃米特[1]挺像，后者在英国最普遍的出口品——绞刑架上被处决与分尸。

有趣的是，采访愉快地进行了两个小时，大家谈笑风生，无所不谈，但当这位记者回顾访问笔记时，却发现里面充斥着琐碎无谓支离破碎的事情，前言不搭后语，几乎没有任何值得讲述的内容。那就好像他的笔记是用隐形墨水写的。但有一段话特别扎眼，原文一字不差地引用如下：

1　罗伯特·埃米特（Robert Emmet，1778—1803），爱尔兰革命家，曾多次组织反抗英国人统治的民族起义，1803年在都柏林堡起义失败后被捕，被判叛国罪并处死。

“表演是我的职业，是我面包上的黄油。但艺术也是一种灵魂，灵魂中的秘密房间。你很难找到它或开启它的钥匙，因此，有时候必须以某种力量将它打破。那就是风格的意义，那是一个人的力量。当你进入自己的风格，格局就会改变。那个房间可以变成任何地方：一座森林、一片海洋、一间牢房、一个童话世界、几个同时转动的一个套一个的球体，每一个球体都在绕着自己的轴心转动，彼此不知道对方的存在。至少那就是我自己描绘的图景。要成为艺术家就得知道幽灵存在于世上。”

他因挥金如土的计划而成为伦敦戏剧圈的谈论焦点。许多人希望见到这个幽灵灰飞烟灭。

伦敦，埃克塞特街，后门

兰心剧院

经理办公室

1878 年 12 月 11 日

亲爱的母亲，

谢谢您给我写信，我非常感激，关于您在信中所附的关于我的雇主的文章，大部分内容都是荒诞的无稽之谈。我不知道在布鲁塞尔可以买到美国报纸。伦敦生活的一个惊喜是我总是会不期然地在公园长凳或马车上找到古怪的《纽约时报》或《芝加哥论坛报》，似乎有一帮来自美国的幽灵邮差在伦敦游荡。世界在美国人的眼里很不一样。请原谅这封仓促间完成的回信，有时间的话我会多写信。

我很高兴获悉您在布鲁塞尔继续过得开心。是的，我与妻子在这里安顿下来了，一切都很好。您与我的妹妹们不能过来参加我们的婚礼，真是遗憾，但我明白缺钱这个难题。我很肯定当您见到弗洛伦丝，您会很喜欢她，把她当作女儿看待。

她是一个心思细密、考虑周到、风趣精明的姑娘，而且性格慷慨达观，聪慧过人。她很有同情心，思想很有深度。我不得不说，近来我们相处并非每时每刻都是快乐的，尤其自从我们来到伦敦之后更是如此。但我认为，至少我期盼，对于新婚夫妻而言，这种情况并不罕见，毕竟他们对彼此的了解还有待加深，而且改变会令人心里不安。恐怕这些年来我已形成了固定的生活方式，或许我太习惯了自己独处。我的妻子予以理解和包容，但我得说，有时候情况很艰难，而那全都怨我。我希望能成为更好的丈夫，但愿我能做到。

我在这间剧院的工作要比原先我所预料的更加劳心费神，但我希望假以时日，待我适应之后，情况会有所好转。感谢上帝，我们的首映之夜被推迟了几周，不然我得被送进疯人院。当下我基本上每天得写五十封以上的信件，处理各种各样不得不仓促学习的事务。我似乎整天都在说话,回到家里快累死了。我的雇主行为古里古怪的，对于搞艺术的人来说这并不稀奇，按照我的经验，那些人通常都有怪癖和浮夸之举，但是，谁没有呢。我相信每个人都有自己的怪癖，无论他是理发师、水管工或国王。人们经常听到女人喜怒无常这番话，但我觉得事实并非如此。

我们这儿的条件很好，虽然住房不算很宽敞。我们打算等情况稳定之后往城里搬。我理解您所说的剧院生活在道德上有害的这番话，但您不用担心。大体上说，我的职责是管理方面的事务。

我与雇主的协议中有一条，他会审阅我的手稿，或将其改编上演，因此，我衷心希望以后能在那方面取得成功。我在构思一部关于美国内战的戏剧。或是“林肯总统遇刺”（您知道，这桩惨剧本身就发生于一间剧院中，肇事者是一个失意的演员[1]），或是手足相残的主题，但我们拭目以待吧。或许它太新了，没办法成为一出好戏。

好了，母亲，以上就是关于我的全部消息。最近我有点心神不宁，但我不知道为什么。请为我祈祷。

我在信中附上两英镑。

请原谅我字迹潦草。自从我们来到伦敦之后，我的字似乎变丑了。

仓促写成，但为您和几个妹妹献上诚恳的爱。

埃伦·特里的声音

真奇怪——你不来根烟吗，亲爱的？——谢谢你。——不，真奇怪，我对那座建筑的记忆已经很模糊了……（无法听清）……你知道，当人们在剧院里待得太久时，他们会变得一模一样。但我知道亲爱的老哈利花了一大笔钱在它的装潢上。总之他们就是这么说的。或许他的话有点夸张，这并不奇怪。他喜欢让你觉得他隐藏着骇人听闻的事情。

你知道吗，我不记得到底是什么时候遇见哈利的，他一直都在那里，就像天空一样。我们演过《罗密欧与朱丽叶》，我似乎记得是在赛伦塞斯特或某个地方，那时候我十九岁或二十岁。他为人友善，一位翩翩佳公子。美得令人心碎。而且他对老一辈的演员很温柔，我总是觉得很感动。他和蔼亲切地客客气气地和他们说话，尽管有

1 1865 年 4 月 14 日，林肯在华盛顿的福特剧院遇刺，次日身亡。凶手是约翰·威尔克斯·布斯，他是马里兰州一个演员，曾多次出演莎士比亚的剧目。

的老演员已是明日黄花。说老实话，其实他们以前也不是什么明星。四处漂泊的演员——愿上帝保佑他们每一个人。但表演之后的早上，他会带他们去散步，和他们在公园里小坐一会儿。和他们开几个玩笑，听他们讲述表演生涯的故事。他会细心地称呼他们为某某先生或某某女士。那些小事我都记在心里。

我总是认为关于哈利有一点很重要，那就是他曾经挨过穷。一个出身寒微的年轻演员——那时候你知道挨饿是什么感受。哈利知道冻馁的滋味，或步行六十英里到隔壁城镇找工作、没有像样的床睡或没有地方洗澡是怎么一回事。有一个冬天，他穷得买不起内衣，在田间和门道里睡觉。因此，老一辈的演员是他的偶像。他走过他们的路。

之后我们遇到过几次，在各个乡村地区的简陋“住所”里。他风趣幽默，魅力十足，很会调情，让你觉得房间里就只有你自己一个人，即使你知道这个伎俩，但见到它要得漂亮也不失为一件趣事。

他的拿手派对表演是恶搞他自己扮演麦克白夫人。“看着我，我可不会把自己看得太重。”他就是这样。但那其实表明他们就是那种人。

他还有一个手段，可怜的傻瓜，他会赞美你的头发。“噢，天使，你这头漂亮的绯红色的长卷发，绯红，这个词用得对吗?”你瞧，他认识房间里其他每一个人，但他令你感到飘飘然，在你面前说得天花乱坠，因为他那种人就会干出那种事情，哈利总在和你耳鬓厮磨。

通过那种方式，你会注意到他和别人不一样。他是如此情感充沛，感觉敏锐，风度优雅。我见过他这一招用了五百遍。绯红先生。那可能是在大清早，或许是在首演之夜后的派对上，哪怕你的样子就像道林·格雷的阁楼里的画像[1]，他还是会说：“宝贝，你的头发真的

1　道林·格雷是爱尔兰作家奥斯卡·王尔德的长篇小说《道林·格雷的画像》中的主人公，他向自己的画像许愿，希望自己永葆青春美貌，让画像承担岁月的沧桑和人性的罪恶。他的愿望得以实现，他放纵自己的欲望，而他的画像日渐变得丑陋。但最后，道林·格雷因缘醒悟，刺破自己的画像，自己身死当场，而画像变回当初画成时的美少年。

好漂亮。”（笑声）

噢，当然，他曾爱过某个人，热烈的深沉的爱，如果他不能得到你，他会开枪自尽，可三分钟后他就会爱上另一个人。才煮一个鸡蛋的工夫，他就已经向别人许下了山盟海誓，如果被拒绝的话，他会从伦敦桥跳下去。我很佩服他那么能折腾。

当西敏寺的公共煤气厂开放时，他可高兴了，年年如是。那给了他一个了结自己的新的威胁手段，如果遭到拒绝的话。一个接一个地打高尔夫球，总有一个会被打进。他就是那种人。他追求异性的方式就是拿着霰弹枪四处轰击。

哈利用的就是这种手段，就像在等候日出。但当你明确表示你不会和他上床之后，奇怪的是，他的样子显得轻松平静。曾经说过的事情不会再提起，这一点我得称许他。他不是那种死缠烂打的人。可爱的老家伙，绝不会无趣。有的男人——你根本不能把他所说的话当回事，尤其是在晚上十点过后他们喝了啤酒的情况下。哈利正是其中之一。

他们真的不是想当傻瓜和出丑，但那就像让一个罗马天主教徒不感到有罪恶感，或者就像让水往山上流。但如果肯去费一番功夫，用上一个水泵，或许是可以做到的。

有一次，他叫我妹妹和他一起出门。我想是到鹿特丹去。我妹妹没有答应，于是他问我弟弟去不去。要理解哈利，这是最重要的事情。其实，他想要的——亲爱的，谁会不想要呢？——只是找个人陪他去鹿特丹。

我们所有人都希望有人陪伴，不是吗？当然，没有人能够实现。或许就连那些已经跑到鹿特丹的不幸的人也做不到。你会纳闷他们想跑到哪里去。克劳奇恩德？

但是，到他创办兰心剧院时，他变得成熟了，行事更加明智——

有这个词吗？多少岁？噢，我猜大约三十来岁吧，亲爱的，干我们这一行的，没有人把这些事情算得清楚清楚。三十六岁左右？或许是吧？他一直都是三十六岁。（哈哈大笑）在他三十六岁的时候还是像一个讨厌的小男生那么幼稚，每学期都得被打脑袋。早慧的孩子，我们的哈利。成为男子汉了。

我认为老兰心剧院最棒的就是它的位置，地处伦敦中部。我曾在全国上下和海外的各个城市表演过，科隆、柏林、巴黎、悉尼，华丽的剧院，我的天堂，还有纽约。但我还是觉得伦敦才是剧院的归属，要是我知道为什么就好了。或许和天气有关系。

还有莎士比亚。当你知道他或许曾经在同一条街上走过，你会觉得热血澎湃。你看见泰晤士河，你会想，天哪，环球剧院就在那边。或许他在漫步于绍斯沃克街或河堤上时构思出《麦克白》。皮普斯[1]、基特·马洛[2]。那些幽灵无处不在。总之，那就是我作为一个年轻女演员的想法。但那是三千年前的事情了，亲爱的。一个人总是充满——那个词怎么说来着？

不，布拉姆来的时候我不在那里，但奇怪的是，我总是觉得我就在那里。不知何故，他一直都在那里，就像映入窗户里的雨光。他是一个亲切的男人，非常执着，严肃认真。而且他老是心不在焉，是会穿着不一样的鞋子出门的那种人。你总是觉得他要是皈依宗教的话应该可以修得正果。

他的样子根本不像是会被聘为经理的人。他像想入非非不切实际的那种人，对于剧院真正要紧的事务，譬如金钱、票务、确保下水

1　萨缪尔·皮普斯（Samuel Pepys，1633—1703），英国政治家，曾担任下议院议员、英国皇家学会主席等职务，他在1660年至1669年期间的日记记述了1665年伦敦大瘟疫与1666年伦敦大火。在他身故后，他的日记被整理出版。

2　基特·马洛（Kit Marlowe，1564—1593），本名是克里斯托弗·马洛，伊丽莎白时期的剧作家、诗人，对莎士比亚有深刻影响，著有《巴黎大屠杀》《浮士德博士的悲剧》等作品。

道畅通、门厅有人打扫和演员们不至于互相投毒等这些事情完全一窍不通。一点小打小闹倒没什么，它有助于维持士气；可要是闹得太厉害，观众们会开始察觉。

哈利根本一无是处，却又觉得管理层在他之下，因此，布拉姆没有导师为他提供任何指引。哈利的行事作风有点专横。他知道自己是哈利。我总是戏谑地称他是“亨利国王九世”。

但一个天真烂漫的人终究会长大。你可以想象布拉姆得承担多少工作。天知道他是怎么熬过来的。

在楼座里，他正尝试点算清楚座位的数目，但宿醉令点算变得困难。总数一直在变动，数字变幻不定。三遍了，他不得不从零开始点算，而且他找到的平面图并不准确，是四十年前的旧图，从下面的观众席传来的喧闹一直在打破他独处的宁静。

一个小号手在和一个来自利物浦的售票员吵架，喧哗声就像来自地狱的咏叹调。几组抹灰工一边工作一边嬉笑怒骂，在弧形新包厢的正面涂抹勾勒小天使、镀金的大天使和盾徽。他一背转身，座位似乎就重新编排过，像调皮的学生在和新老师玩恶作剧。

那排天鹅绒座位在说：我们是数不清的。你以为我们身上的灰尘是落下来的。事实上，那是我们创造的。当你们把我们搬起来时，我们在尖叫；当我们被放下时，我们在呻吟。我们是木造的曼哈顿，我们散发着湿漉漉的马裤的恶臭。我们会惩罚你们，在漫长的几个世纪里，你们强迫我们为奴，你们这个种族最低贱的下体硬生生地坐在我们被翻下来的天鹅绒脸庞上。但我们的日子即将到来，我们将坐在你们身上。你们要是用刀剑刺我们，我们不是也会出血的吗？

他走到楼座的边缘，俯瞰着剧院正厅。晕乎乎的脑袋有一股想跳下去的冲动。

那几帮工人正在撒柠檬皮和肉桂粉——有人认为这些气味能够驱赶野猫——几个清洁女工跪着用铲刀挑起永远清理不完的一团团的猫粪。与此同时，三只丑陋的大斑猫坐在舞台上观望着，时不时舔舔脚掌。哪一个物种是观众，哪一个物种是表演者，这件事情没有疑义。

这时候，在他身后的楼座阶梯顶部，一个身形纤瘦长着狐狸脸的小伙子出现了，身穿一副过于紧身的西装。

“斯托克先生，先生？”

“叫什么都行。”

那个年轻人走了下来。

“我叫乔纳森·哈克。”他说话带着伦敦东区口音，就像音乐般动听，“我不知道您是否收到了我的字条？”

“我刚到这里，哈克先生。事实上，我还在熟悉情况。”

“我冒昧给欧文先生写了信件，阁下，应聘场景画师学徒，您收到了吗？我这里有素描作品集，可否让您过目？”

森林、沙漠、英俊士兵的肖像画、描绘精细的迷宫、海景、土耳其的巴扎集市。

“画得很好，哈克先生。你在哪里接受培训呢？”

“一直断断续续地在巴黎进修，先生，当我有钱的时候。但其实是自学的，我想您可以这么说。”

“画了很久吗？”

“从小就画画，阁下。”

"你来剧院上班太屈才了，这种精细的水平比我们需要的还要好。你考虑过到《伦敦新闻画报》应聘吗？"

"剧院才是我喜欢的地方，先生。我下定决心了。我才不想在报社工作呢。"

"为什么不呢，小伙子？"

"太令人伤心了，阁下。那些爆炸、地震、战争，没有人希望它们发生。我有一个朋友去了祖鲁兰，先生，为《画报》每周画几幅画。他变得自闭了，不骗你，他真的再也走不出来了。"

"我想现在没有职位。或许过几个月再来吧，等我们正式营业演出的时候。"

"我干清洁工作可快了，先生。您绝对不会后悔聘请我。"

"我并不怀疑你。你似乎是个挺机灵的棒小伙子。你几岁了？"

"二十岁，先生，下个生日。我会没日没夜地干，先生，所以，帮帮我吧。"

"我不知道。我不知道。你要求什么待遇？"

"什么待遇都行，只要您觉得公道就好，我想获取经验。我不想发财，只想事业有一个起步和挣点啤酒钱。"

"你会算术吗，哈克先生？"

他笑了。"我想我会算术，先生，是的。"

"数数这间剧院总共有多少个座位。你被聘用了。"

凌晨三点钟。体面的伦敦还在睡梦中。

这是城里的雕塑开始抽搐呻吟的时刻，走下锈迹斑斑长着苔藓的底座。

一具戴着死神面具的青铜治安长官雕像。一具开裂的大理石子爵雕像，双眼诡异空洞。一位将军骑着高头大马，被时光和伦敦海鸥的屎尿弄得面目全非。它们在当啷当啷地穿过海德公园，与在这座城市的噩梦中吐出淤泥的蛇形湖中溺毙的婴儿在一起。

没有任何残忍之事能让这些雕像动容。它们经历了雨水的无情冲刷腐蚀，数百万人从他们身边经过。

石像鬼从钟塔上走下，死亡天使从陵墓中爬出，小小的基督像在数以万计的墓碑上苏醒。死去的伯爵与他们的遗孀将花岗岩棺材的顶盖推开。威风凛凛的石雕雄鹰扑扇着刻着花纹饱经侵蚀的翅膀从宏伟的柱子上飞起，在白教堂的上空翱翔。

从肯特郡到卡姆登郡的临终病床，沉甸甸的重量砸了下来。医生们称之为中风，心脏病发作，虚脱。雕像们再度发动进攻。

他的妻子走进早餐室，拿着一个包裹，是她在柏林的英国领事馆工作的表哥寄来的。那是一本盗印的德语版《英国最精彩的鬼故事选集》，里面有一则故事是他早期的作品。

“这实在令我受宠若惊。”他说。

“怎么这么说?”

“嗯，有人肯去翻译另一个人的作品。或者，事实上，肯去读它。”

“难道你不觉得在没有征得你同意的情况下就这么做是不对的吗？我想你没有得到报酬。”

“版权是一种自负，甚至可以说是自私的体现。想象力这种东西怎么能被占为己有呢？你倒不如为鸟鸣和黎明申请版权。”

“鸟鸣和黎明的创造者每天都被致谢亿万遍。”

“这不一样，亲爱的，没有必要为之烦恼。”

“你怎么可以这么说?”

“大部分书籍都会早夭。虽然悲伤，却是事实，恐怕正是如此。

在文学世界里，早夭的事情实在太多了。”

“每一个新生儿都应该被登记在案，布拉姆。”

“想法是很好。但不切实际。”

“但一本书的后续命运或许连作者也不会知晓。”

“怎么这么说？”

“许多年之后，它或许仍然会有读者，哪怕作者本人已经辞世。”

“我从未听说过那种事情。”

“怎么不会呢？那种事情是可能发生的。”

“理论上是对的，可是——”

“而且这事关对错，布拉姆。难道那不重要吗？”

“我得去上班。你就别不高兴了。”

十一点刚过，他召开剧院员工会议。票务、引座员、舞台工作者、装配工、场景搬运工、画师、乐师，总共八十七人。他分发了名册，回答了员工们的问题，大部分是关于拖欠工资的，不过有几个问题与猫有关。“先生，您只消搞到几加仑[1]狐狸尿就行。那玩意儿可以驱猫。”他解释说身为剧院经理，他不想把狐狸尿洒得到处都是，而且那种东西要搞到几加仑之多并非易事。

他原本希望欧文会出席会议，但他没有来的迹象，连口信也没有。“不到夜幕降临院长是不会起床的。”有人打趣说。

吃午饭的时候，斯托克的脑袋在阵阵抽痛，于是他乘马车来到格林公园，用喷泉让自己的脸凉爽了一下，在袖口上写了几行字。

1 加仑（gallon），加仑有英制和美制，此处为英制容量单位，1 加仑约合 4.55 升。——编注那个坐在有遮棚的轮椅上的年迈绅士正被一个女仆推着走。两个小男生正用一根棍子敲打着一道围栏的栅条。无毛榆下那个没有穿鞋的男人在清冷的阳光下打盹。他们有什么样的故事呢？他们会何去何从呢？

他想象着他的弗洛伦丝坐在陵墓般寂静的博物馆里，被她的书籍和纸张包围。然后，他的弗洛伦丝脱下睡衣，由得它掉落在她的脚踝边，朝他走来。婚姻是多么奇怪。每个人都有同感吗？它就像你无法完全理解的音乐。

回到办公室，他的办公桌上放着一个包裹，附了一张纸条。“如果可以的话，读读这本书，看看它可否被改编成一出戏剧。如果可以，或许由你作改编。你的亨利。附言：我猜你看得懂法文。你应该会的。”

那本书是一个他没听说过的美国作家所写的煽情故事集，由巴黎的一间小出版社出版。怪异恶心的离奇故事，令你毛骨悚然。被埋进地窖墙壁里的死者，仍在跳动的死人的心脏，被纠缠不休的另一个自我折磨的人。有一两则故事或许可以改编成舞台剧——可是，单单写出分场景剧本似乎就令它烟消云散了——但从那堆灰烬中，就像一股焦味，一个属于他自己的想法萌发了，一个鬼故事，不是以从前为背景，而是现在，就在皮卡迪利发生。

对于观众们来说，那会多么恐怖，看到自己的城市被搬上舞台，有一个可怕的恶魔在里面行走。他的魔鬼会打扮得像一位贵族，穿着萨维尔街最华丽的服装，在歌剧院里有一个包厢，有一辆马车，有梅菲尔区某间俱乐部的会员资格，操一口动听的英国口音。到了晚上，他会登上几百级楼梯，来到他那座联排别墅的塔楼，坐在玻璃屋里，俯视着霍尔本高街，忍受着无休止的暴风骤雨般的心痛。然后他会来到街上，马甲里藏着剃刀。噢，我亲爱的人儿啊，复仇开始了。

令剧情更加峰回路转——是的——那个恶魔并不是男人，而是乔装打扮的女人，她被几个男人辜负过，这辈子被毁了。她先是诱拐了他们的妻子。然后，在深夜里，她动手了。

这么写会奏效吗？会不会令人反感，引发不安而且没有意义的质疑？

永远没有足够的时间去好好构思一则故事。永远没有足够多的钱令自己不去胡思乱想。金钱就是一切，以前他不了解这一点。作家渴求的是时间——如果有必要的话——获得失败的许可，摆脱支付房租的掣肘。金钱是虚构之物，但我们仍然需要它。独一无二的虚构之物。

服装设计师坚持要找他谈话，交响乐团指挥很不高兴，因为第二小提琴手还没有找到，演员们威胁要罢工，因为许多假发里有虱子。快速更衣间里有两扇窗户破了。负责印制节目单的人卷款而逃。就像站在盘旋肆虐的风暴中的码头上，不知道哪一股风会把你卷走。

他买了一个体育裁判用的哨子，带着它主持排剧会议。当情况闹得不可开交时，他们永远都是这样，他以最大的力气吹响哨子。他解释说：要是每个人都在吵闹，那会议根本不会有进展。我这里有顶帽子。你得把它戴在头上。只有戴着帽子的人才可以发言。与会的全体其他成员都得安静聆听以示尊敬。

“……斯托克先生，斯托克先生，我是第一个到这儿的……”

“一个一个来！我们得守规矩……”

衣帽间主任不情愿地接过那顶帽子，立刻宣布她辞职不干了。

他梦见自己置身于一座大教堂般宏伟的冰雕剧院里，如同冰川般寂静，半透明的柱廊大厅。欧文坐在楼座里，正拿着一支匕首削石榴皮，将血红的石榴籽一把一把地喂给他的狗吃。

七

有体面道德观的读者会希望跳过本章，当中有以皮特曼速记法书写的日记内容节选，里面有一些污言秽语

1879年1月5日

今天我的第一本书从都柏林被寄来了，那是我之前在城堡里工作时遵照雇主的命令而写的。

《爱尔兰简易法庭员工工作手册》

它的内容就像书名一样令人着迷。

但弗洛莉[1]为此感到很高兴。我们还喝了香槟。

1879年1月6日

我对亨利·欧文说我正在研究开源节流的手段。一个办法是我们不用在每次演出前都给演员们的鞋子涂蜂蜡，而是每星期涂一两次就好，而且仅限几个主演，用的是普通的家居鞋油，那要便宜得多。可他希望每次都涂。

亨利·欧文：所有的鞋子每天都得涂蜂蜡，表演日每天两次。

1 Florrie，弗洛伦丝（Florence）的昵称。——编注

我：其实并没有必要这么做，不是吗？

亨利·欧文：有这个必要。

我（不情愿地）：就照你说的办吧。

亨利·欧文：所有的刀剑、王冠和铠甲在每次表演之前都得涂上银漆，所有的戏服都得洗净熨干，如果演员将其弄脏，会被克扣一晚的酬劳。我的舞台上绝不允许有一点污垢出现。人们想看的是魔法。那他们就得看到。

这时，在他身后，就在同一个舞台上，一只脏兮兮的灰猫从装东西的箱子跳到倒着放置的大提琴匣子上，接着又跳到一尊充当道具的希腊雕像上，然后坐在那儿，透过浓厚的苍白的灰尘冷冰冰地看着我，然后在雅典娜的头上拉了一泡屎。

我想那幕情景会留在我的心中一阵子。

我订购了三十磅蜂蜡。

1879 年 1 月 7 日

今天下午，吃过午饭后，我离开了排练室（事实上，这是非常任性的举动），去皮卡迪利的海查德书店询问不久前我订购的书到了没有，但那个店员傲慢地对我说，那本书要么还没有从美国运来，要么被南安普顿的海关扣押了，这令我很恼火。我原本以为在这个文明世界的首都，如此微小的要求会很容易得到满足。我感到万分沮丧。

可是，然后，我正要离开时，那个年轻人（长着一头茂密的黑发，说话粗鲁难听）把我叫回了柜台，说我刚要走的时候，他打开的那个包裹里正好是我订的书，这真是太奇妙了。

那本书是爱德华·赫尔辛与埃德蒙·拉格朗日合著的《现代舞台效果的科学原则与实操》。从内容梗概看，我觉得它的文笔似乎很糟糕——这些殖民地的人士写英文就好像在控诉它犯了谋杀罪——但有一系列非常精彩翔实的示范图例，介绍如何取得效果逼真的电闪雷鸣、风云涌动、河流奔腾、冲锋陷阵、炮火齐轰、地动山摇、龙卷风或台风肆虐、狼烟四起、鬼魂作祟等效果的现代手段。许多效果的代价会极其昂贵——当然，美国的演出主办方不用太担心这个问题，照这本书的描写，金钱就好像是天上的雨——但有的做法十分有趣，或许对于一个没有百万英镑的剧院来说是可以实现的。

关于化妆的那个章节尤其有意思，对如何实现诸如“摩洛哥人”“阿拉伯人”“状如猿猴的爱尔兰人”“地中海人（皮肤黝黑）”“罪犯”“西班牙人”“贵族”“杀人凶手”“道德沦丧的男男女女”“被一位公爵糟蹋的天真少女”等舞台形象做出了指引。除此之外，还有一个章节的内容是如何实现“日落”和“黎明鸟啼”，内容引人入胜，而且很有操作意义。后面那章更是令人叹为观止，介绍了一个非常巧妙吓人的把戏，令一个演员在观众们的眼前凭空消失（的确如此）。那是借助在一排稀棉布后面排成三角形的镜子实现的。

我想专注长久地学习这本书和类似的作品，因为我相信去剧院看戏的观众很快就会厌倦老式的做法。在伦敦，这种抛弃剧院的情况已经开始发生。观众们想要的是新的感官效果，有现代感，属于我们这个世界。如果我们能在这方面比对手抢先一步，或许我们将会获得胜利。正如赫尔辛在他那本有时候几乎文法不通的序言中所说的：“通过转移注意力或躲藏起来，可以做到许多事情。”好像我们不晓得这个道理似的。

回去剧院的路上，我发现皮卡迪利圆环被警察封锁了，因为那里发生了一桩公共骚乱事件——有一个女人朝载着首相经过的马车淋油漆——于是我绕路经过莱斯特广场，但因为这么做而感到遗憾。一大帮穷人聚集在那里，他们形容枯槁，模样凄凉，实在令人心酸和同情。看着那帮被夺走尊严的男人已经够悲惨的了，当中还有许多人酗酒或有鸦片瘾，这令情况更加糟糕，而见到那些妇孺更是令人心碎。听他们的哀求，我辨认得出这些不幸的人许多来自爱尔兰。我把身上能给的东西都给了他们。我希望我有更多东西可以给予。

一个富裕慷慨的王国如何能容忍这种贫困发生呢？为什么我们会认为和我们相比，这些人有不同的感受和需求呢？

一幕小小的情景令我忍不住流下眼泪。在一片脏兮兮的草地上，一只鸽子正在跳跃而行，它受伤了，一只翅膀无法用力，在勉力扑腾着和令人心碎地蹦跶着。一只小野狗从垃圾堆那儿冲上前要咬它，汪汪汪地吠。一个衣衫褴褛的孩子跑出来，大声嚷道："嘿，嘿，走开。"他挥舞着胳膊把那只狗赶跑，那只可怜的毫无防备的鸽子继续蹒跚前行，天知道它会被哪只都市的野兽叼走。但见到那一幕深深地触动了我的内心，即使他只是一个小孩子，尽管他对这个仁慈公正的世界几乎一无所知，但至少他有惩恶护善的愿望。

我得继续赶路回剧院，于是我拐到查令十字路，经过圣马丁教堂小径，来到河岸街，这时我从维利耶街的角落那间法式咖啡厅的窗户无意间见到一个身影，那是院长，绝对没错。他独自坐着，正在阅读《曼彻斯特卫报》。他抬头见到我，露出温和的微笑，招手示意。

"我们尊贵的斯托克先生今天早上可好呀？"

我说我很好。

“噢，我知道了，”他说，“像壮健的科尔特斯[1]，以鹰隼般的锐眼在观察太平洋。”

他问我是否愿意陪他喝杯麝香猫咖啡。

我回答说我在剧院里有一大堆事情得处理，但他坚持要我作陪，说那个地方已经自行料理了两百年，没有我们的干预也能再撑上半小时。

“看了这份糟糕的报纸后，见到你真是松了口气。”他愉快地说，“我不知道为什么买了这份报纸。里面从来没有任何内容会让一个人想去阅读，难道你不觉得吗？只有那些别人告诉你应该去读以增长见闻的东西。”

我发现比起先前那几回，今天他的心情更为轻松愉快，和蔼可亲，讨人喜欢。他正在喝一碗粥，用一个随身小酒瓶往上面淋了一些酒。“波旁郡的威士忌，”他解释说，“畅饮的时刻到了，我的良人。”

他的神色中带着晨起的惺忪，在男人身上显得魅力十足。

“昨晚很难受。”他沮丧地咧嘴苦笑，“误交损友，堕入地狱。在那个地方，一个家伙能够找到他希望得到的任何乐子。我的脑袋疼得厉害。我不经常喝酒。”

“为什么？”

“我会变得毫无光彩。”

我说他肯定是剧院里唯一没有被葡萄美酒俘虏的绅士。

“嗯，让我们看看。”他回答，“我可以介绍自己的情况。正如你见到的，在早上我会在粥里掺点波旁威士忌，像喂一匹老骥。然后十一点左右喝上一两杯汽酒以提振精神。午餐喝一瓶红酒，然后再喝一杯博姆·德沃尼斯，三点钟喝一杯加冰香槟，为这个老锅炉加点燃料，在我上台表演之前再喝上一两杯啤酒他们喜欢见到你为他

1　埃尔南·科尔特斯（Hernán Cortés，1485—1547），西班牙航海家、军事家，曾征服南美的阿兹特克文明，实施殖民统治和掠夺当地的财富。

们流汗——然后演出结束之前滴酒不沾。当然，我会在台下偷偷喝上一两口。基本上，我认为自己算得上是禁酒主义者。”

我哈哈大笑，然后我想到这是我第一次见到他在舞台下的真实模样。他看上去就像变了个人。

“你笑的时候面相很温柔。”他说，“你应该更经常笑，让这艘老赛艇放松一下。”

这时候，我的咖啡被端上来了，还有一盘血红的布丁。

“你安顿得如何，我亲爱的布拉姆?”

“的确不容易。但我们总算安顿下来了，至少我这么认为。”

“排练进行得顺利吗?”

“我相信挺顺利的，是的。”

我们简略探讨了他准备对《哈姆雷特》进行的一个创新，只有两部分有女性角色。他希望我们要大胆行动,将厄尔锡诺的宫廷填满:“把姑娘们和小伙子们往里面塞，安排尽可能多的演员。再没有比一大帮人在舞台周围无所事事地拍大腿更糟糕的事情了。你会以为那是一场足球比赛呢。”

我说在情况允许时我会尽快着手安排。

“我知道，”他继续说，“你的负担很重。如果你需要协助，请务必让我知道，或许聘请一个秘书能帮上忙。你的热情值得嘉许，我不希望它被消磨掉。与此同时，我们来聊一聊万恶的根源吧。”

我看着他。

“我说的是金钱。我想给你加薪，嗯，一周四坚尼。我现在还做不到，但很快就可以了，很快。”

“谢谢你，我的薪水够花了，它挺丰厚的。”

“你一定得答应我。出多少力就应该拿多少钱。”

“我们先看看情况再说吧。”

“噢，那好吧。有什么困难我得知道吗？演员们在自相残杀吗？如果那样的话，就踢他们一脚，让他们冷静下来。”

我说关于演员我有一件事情想对他说，他或许可以从他们的视角去看待这个问题。

“我想我不会那么做。这种事情之前从未发生过。”

他是那种喜欢显得莫测高深的人。

我们花了些时间谈论他平时的做法，他总是不参加排练，而是让演员们在他缺席的情况下自行处理，事实上，他经常不在剧院里，我觉得那很奇怪。他觉得过分熟悉的情形应该被避免，他希望他的演出能“迸发火花”，而那源于“新鲜感和危机感”。我怎么想？我壮着胆子说，虽然我明白并尊重他的方针，那是长久经验的产物，但我觉得如果他能和年轻一辈的演员一起排练的话，会令他们从中获益，或许他们需要有人稳住场面，有一盏指路明灯，有一个类似于慈父的角色。他点点头说：“我不喜欢这种该死的英国式的对准备工作的狂热。”他说：“最好的事情都是在没有准备的情况下发生的，它们一一呈现，它们就此发生。但你当然是知道的，我的凯尔特同胞。”

“你的同胞？”

“你面前这个人并不是撒克逊人。我从母亲那儿继承了康沃尔的血统。我们有自己的古凯尔特语和传说，有我们自己的传统。”

“我之前并不知情。”

现在我们似乎走进了一条死胡同。我们陷入了沉默，只有茶勺敲击瓷器的叮叮叮的声响，然后他又开口说：“我希望斯托克太太一切安好？她会经历一番调整，伦敦的生活及其他种种事情。你知道，你不能把所有的时间都奉献给我们。”

“那倒不会。”

“当一位配偶总被冷落时，或许会失去勇气。在这一行里我见过这种事情发生过许多回了。你不会想那种事情发生的。”

“不想。”

“亲爱的老伙计，我没办法以言语告诉你，有你加入这场冒险对我来说意味着什么。有好友相伴，我觉得尝试变得不那么危险了。”

“你抬举我了。”我有点惊诧地回答，“你愿意把我当朋友。”

然后他说了一件有趣的事情。“友谊对我来说是一份认同。如果你能理解的话，那就像回到故乡。我无法解释，但每一个活着的人都有过一两回这种体验。我们一见面时，我就认定你是同路人。我能说的就是这些。你明白我的意思吗？”

“当然。”

“到了晚上，我会步入自己的内心，这么做像在告解。我时不时会服用一点鸦片酊，因为我的背上有一处旧患在恶狠狠地折磨我。我发现它让我来到一个神奇的国度，那里有许多灵魂，却没有身体。我在那里见过许多人,我甚至见过自己。如果我说我还在那里见过你，或许你会感到不安。事实上，我们在前世可能是夫妻，你和我，又一对我俩，或许来世会是夫妻。谁知道呢。”

我哈哈大笑。“你猜我俩哪个是新娘哪个是新郎呢？”

他报以微笑。“有时候你真是迟钝，你这个脚踏实地、一步一个脚印的笨蛋。嗯，我们就像一对傻气的女生在胡言乱语。又得被套上挽具了，我说。驾，驾。”

在外面的街道上，他吹了声口哨，叫来一辆马车，准备去银行赴约。不知为何，我的脑海里掠过之前在莱斯特广场见到的那帮穷人的身影。

我对他说：“我可以问你一件事吗？”

“什么事情都可以。”

“我和妻子去剧院的头一天早上，通往埃克塞特街的门是一个十二三岁的小姑娘帮我们打开的。她看上去像在挨饿，而且似乎被虐待过。她是谁?”

“剧院里没有小姑娘，老伙计。”

“可我们真的在大白天里见过她。”

他摇了摇头。“孩童被禁止在剧院里工作，租约里明文严禁这么做。”

“真奇怪。我可以发誓。”

“我不知道你见到的是谁或什么东西，但剧院里没有小姑娘。”

马车来了，他挥手告别。

我决定更改路线，绕道经过苏豪区。去找一间“地下歌吧”，德雷克斯酒吧，位于迪安街的一条巷子里，我听剧院里的几个小伙子彼此说起过，那是一间男人们深夜里结伴唱歌的地方。但或许地址是错的，因为我找不到它的所在。

真遗憾。我想到地底下去，和一帮人在伦敦睡着时引吭高歌。

或许我会再去找找看。

1879 年 1 月 12 日

今天早上，虽然是星期天，但我的哈克来剧院了。他令我更为感动，要是大家都能像小哈该多好。但能有一个小哈帮忙已经够好的了。

我和他按照书里的描述做了一个小实验，想制造出化学烟雾，但没有成功，却把领带给弄黑了。我们会调整比例，马上再尝试一遍。自始至终他帮了我很大的忙，一个幽默、英俊、冷静的小伙子。我们在舞台底下待了一个小时，浑身上下尽是灰尘和机油，一起修理那扇液压活板门的齿轮，修好它那严重锈蚀的曲柄。我很庆幸地说，我们终于成功了。我发现用锤子砸东西很好玩，令我恢复了元气。再没有比两个男人挥洒汗水更令人振奋的事情了。

哈克有一个品质我很喜欢，那就是值得钦佩的好奇心，愿意学习，态度热忱恳切。

我想他也会是一个好老师。

1879 年 1 月 13 日

我的好哈克为我画了一幅最动人翔实的剧院蓝图，每一张椅子都标识出来，堂座、楼厅前座和楼厅后座，一应俱全。通过这种方式，我们可以知道哪一天剧院是否满座。我们只消在每一个卖出去的座位上放置一个画了 X 的马甲纽扣即可。他还有另一项了不起的创新，将一块学校用的普通黑板吊在舞台上方，负责操纵滑轮索具的工人可以在上面写下所有的台词提示。他满脑子都是聪明点子。

我一时冲动，问他是否去过那间可以唱歌的德雷克斯酒吧。他没有看着我的眼睛，回答说他没去过，但他认识的人曾去过。我说前几天我去找过那个地方，但没有看见标识或招牌。“没有的，先生。”他告诉我，目光依然游离不定，“那些想去德雷克斯酒吧的人似乎总能找到它。”

“顾客大体上是单身汉，哈克，你认为是吗？”

“先生，我会说那是希望有绅士相伴的绅士。可以这么说。”

“那和伦敦的其他酒吧没什么两样。”我想开个玩笑。

“从某种意义上说，是的，先生。”他回答。

“他们那里唱的是什么歌曲呢？”我谨慎地询问。

“莫利 · 科克歇尔斯会在星期二出场，大约凌晨三点钟。我听说唱的是滑稽歌曲。”

“那女人的歌声好听吗？”[1]

“他是男的，先生。”

“啊。”

“说老实话，那里其实不怎么唱歌，先生，”他继续说，“只有警察来查牌时那帮家伙才开始唱歌。那只是一个幌子。”

“我懂了。”

“是的。”他回答，“德雷克斯酒吧不是绅士们寻乐子的地方，先生。别的地方更适合绅士们去，而且更安全。”

“你是说不会被警察扫荡吗？”

“而且不会被勒索。”

“一位小心谨慎的绅士会去哪儿呢？”

“我听说有这么一个地方，先生，在波特兰坊附近。但它只招待获邀人士，而且会费是每年一千坚尼。我不知道该怎么成为会员。”

“我刚才只是出于好奇问问而已，你懂的。”

“当然，先生。我们刚才说的话我已经忘记了。”

说到兰心剧院的生活不愉快的一面，我给院长提过建议，希望他参加《哈姆雷特》的排练（今天下午他开始参加），但他似乎并不是很热情。

我和小哈站在舞台的侧翼里，我俩正在一起解开一套新的麻绳，分享一则笑话，这时，哈姆雷特与其亡父的鬼魂那番令人难堪的对话在舞台上展开。

院长：“你演的是从坟墓中升起的丹麦国王，不是醉醺醺的扫烟囱的工人在篱笆后面瞎胡闹。又来了，你这个老糊涂！这一次，令

1　莫利或莫莉（Molly）这个名字通常用于女性。

我们受到惊吓。老天爷啊，看你那迷糊劲儿，简直就像是妓院里的痰盂。”

顿斯特布尔先生（扮演鬼魂）：“我的时间快到了，我必须再回到硫黄的烈火里去受煎熬的痛苦。”

院长（不耐烦地）：“唉，可怜的亡魂！”

顿斯特布尔先生：“不要可怜我，你只要留心听着我要告诉你的话。”

沉默良久。显然，那个鬼魂忘词了，实在令人感到尴尬。

院长：“开口啊，看在上帝的分上，你在等什么？一封该死的电报吗？”

顿斯特布尔先生：“对不起，先生，可否让我休息一下？”

院长怒不可遏地踢翻一张昂贵的椅子。

他：“就五分钟，你这头蠢驴。吃你的燕麦去吧！要是你回来还忘词的话，我会挖出你的心肝，把它们吊在横梁上。你这个鞋拔子脸的男不男女不女的老男妓，出去！”

这时我吩咐哈克去别的地方忙活，小心翼翼地走到舞台上。几个年轻的剧团成员正以怨怼的目光看着院长。身为领袖，在众人面前失态实属不智之举。如果出现这种情况，他们会开始对领袖产生怀疑。

现在他走到舞台下面的左方，一边自顾自地骂着不堪入耳的难听的话，一边痛饮他的化妆师拿给他的威士忌。他的狗拖着铁链走了过来，把鼻子凑在他的大腿上，似乎在表示同情，像一个化身为狗的人。院长见到我，点了点头，我知道那是什么意思。既不是邀请我过去，也不是拒绝我。该怎么办呢？

那天有一件小趣事引起了我的注意。我觉得那挺有意思，现在我希望那也能转移他的注意力，将那股无名毒火吮出来，之后我会找个地方将其吐掉。

我问他能否短暂地交谈一会儿，谈论几桩小事。

“譬如说？”

“你太太来信了，”我告诉他，“说她和家里人想要几张首晚演出的票。”

“给他们吧。”

“我发现欧文太太和与我结为夫妇的那位天使一样，也叫弗洛伦丝。”

“那又怎么了？”

“我——没什么，当然。只是巧合罢了。”

他的脸上乌云笼罩。“我们分居了，可那关你什么事。还有别的什么事情我必须让你知道吗？”

这番突兀而轻蔑的话把我噎了回去，我只能顾左右而言他：“我想我们得多请几个木匠。”

“那就去找人吧。”

“眼下我们的银根似乎有点紧缺。今天上午一张支票被拒了。或许你应该与银行沟通，安排继续注资？”

他嘲讽地以爱尔兰口音冷笑着复述了我最后那句话，我不喜欢他这么做。然后他继续说："我手头可能有更加紧急的难题得去处理，没办法又为了你们拿着碗去乞讨，你难道没想过吗？"

"为了我？"

"为了你们所有人！你们所有人！你非得拿这些庸俗不堪的小事无休止地烦扰我吗？难道你们没看见我在忙吗？你们非得把我榨干吗？你是支薪的经理，那就做点经理该做的事情，别把我当成一块该死的洗碗布不停地拧，好吗？"

那只拴着铁链的狗朝我扑过来，它那肮脏的下巴在滴着口水。几个演员吓坏了，我也是。院长打了个响指，那只狗耷拉着脑袋溜了回去。

"我已经尽力了。"我气愤地说，"情况很困难。当然，只要你愿意，我会继续努力。如果我的服务达不到你的要求——"

他继续颐指气使地对我说："阁下，你说这个烂摊子就是你尽力的结果。我真想看看你最糟糕的情形。我们一周之后就要开业，却连布景也没画好。我想那是我没有亲自动手的缘故。"

我被气到了，转身高喊："哈克先生，如果你不介意的话，你准备好了吗？"

"谢谢您，斯托克先生。"从舞台上方传来回话，在一阵沉重的雷鸣般的隆隆声响中，那幅巨大的背景画被展开了。

那张帆布抖动了一阵子，然后绷直了，在它周围地板上的灰尘缓缓地升起。再没有比我们这位年轻的朋友哈克画笔下的厄尔锡诺更美轮美奂的背景了，漆黑的城垛上是高耸的雉堞和一排排的炮口，灯火通明的高窗，黑色与银色的石像鬼，天空是银灰色的，在它的映衬下，聚光灯将会亮起璀璨难忘的光芒。五十七尺高，八十二尺宽，它似乎充满活力与生机，像一股电流，你几乎能听到它的气息。演员们、木匠们、观众席里的工作人员全都安静了下来，惊诧地欣赏着，然后从剧院里的每一个角落传来掌声，那是正在打扫堂座的清洁女工、正在安装玻璃吊灯的装配工、抹灰工、煤气工、舞台下面的锅炉工、用琴弓轻敲琴身的小提琴手在致敬。“那家伙好棒！为画家喝彩！兰心剧院万岁！”

所有人都在欢呼，除了一个人。

和任何神志清醒的目击者一样，我看得出他为之震撼，但就像被惹恼的学生，他无法忍受被别人见到他承认这一点。他没有加入赞赏的行列，而是大步流星地走进侧翼里，径直顺着狭窄的楼梯回自己的私人起居室，那只狗跟在身后。我匆忙追上他，问他可否向大伙儿和哈克说句鼓励的话，让大家都高兴高兴。

“我付给他们薪水，”他站在楼梯顶部冷冰冰地回答，“感谢上帝，我可不是他们的母亲。他们要吮奶得找别的地方去。”

说完那番话，他走进自己的房间，在身后“砰”的一声关上房门，把我身边墙上的公告板震落了。

今天的排练到此结束。

一件怪事，那些猫似乎全都跑掉了，就好像有一个主子命令它们离开。

1879 年 1 月 17 日

凌晨四点三十三分

我吃了安眠药，还吃了两份吗啡粉和樟脑，但这令我做了一个可怕的梦。院长在吞云吐雾，肮脏的黄色的烟团，就像雪茄的烟雾在他身边缭绕，却又像是活物。它在变浓，不断弥漫，吓人地从窗口渗透进来。闻到这股烟雾的人纷纷倒毙，或彼此抓挠。我醒来了，浑身大汗。屋子里只有我一个人。

弗洛伦丝昨晚回都柏林了，去道森街的圣安妮教堂参加她侄子的洗礼，她冷冰冰地提醒我：那间教堂是我们举行婚礼的地方。

在她离开前，我们吵了一架，没有时间去弥补说和。

她又为了无关紧要的事情在胡思乱想，我的作品被盗版了，这一次是在匈牙利。我总是指出那些只能挣几便士，不值得为之烦恼，但我的话似乎激怒了她。总之，我对她说要为一本书申请版权保护是极其困难的事情，这把她惹火了。

她反驳说她在大英博物馆研究过这件事情，甚至咨询过一位公证人。解决的办法是我创作一部舞台剧，让每个故事都上演一回，就一回，这样的话，作品就能得到舞台剧享有的法律上的版权保护。我说这是一个荒唐的想法，她不应该在未经我许可的情况下去咨询律师。她继续说："你一定知道，发明家为想法申请专利。书籍就像发明，就像珍妮纺纱机或秤盘，难道不是吗？"我回答："恐怕用处并没有那么大。"她气冲冲地离开房间，并说："你就不能变得成熟些吗？"等到她整理完行李之后才回来。她问我是否介意她回都柏林，我说我不介意（其实我介意）。似乎我们在寻求对方对另一件事情的同意，或询问伪装起来的别的问题。然后，我知道自己说错话了。然后，她走了。

我散步到很晚，走到了东区，沙德韦尔之梯。站在河边看了很久。

我本以为一切都结束了，我的婚姻生活。

或许我不应该那么想。心里忐忑不安。

各种想法在叫嚣争吵。我不喜欢天亮。如果人偶会走路，现在就是时候。

1879 年 1 月 18 日

午夜十二点半。

昨天上午我、哈克和几个演员学徒（他们穿着戏服）去河岸街分发《哈姆雷特》的节目单，上帝保佑我们，演出明天开始。这时我在阿特金森文具店的橱窗里留意到一台便携式打字机，有许多人为了这部机器兴奋不已。我们完成了广告任务，干得很开心，互相逗笑取乐——虽然我怀疑其实卖不了几张票，但快乐将我们联系在一起——然后我进去询问能否把那台打字机看得更真切些。丘比特之箭射穿了我。

阿特金森先生允许我把它带到剧院里试用，现在我正用它打字。我好开心，真是太好玩了。我觉得当我在键盘上打字时，那噼噼啪啪的声音十分悦耳动听。我把所谓的“复写纸”插入正在打字的页面之间，一张完美的拷贝就做出来了。太高兴了。

刚才我用打字机写了一段告示贴在剧团的公告板上：

感谢大家近来的倾情工作，愿上帝祝福与庇佑你们所有人。

院长字。

但用它写信挺费时间的，于是我现在重新执笔写字。

有了这台机器，你可以成为任何人。

八

在本章里，一本日记的更多摘录被展示；
一场交换戒指的仪式；一位身份尊贵的访客来到后台

1879 年 1 月 19 日

那是不同寻常的一天一夜。我永远不会忘记。

后台里弥漫着高度兴奋的气氛，那几位阳刚气概十足的男演员穿着精致的戏服，化了浓妆，披着铠甲；天真美丽的女演员们穿着华丽的丝袍和猩红色的拖鞋四处游荡，实在是赏心悦目，就像夏意正浓的花园，或被巫师赐予了生命的珠宝店的橱窗，可是，我不得不阻止我们的奥菲利亚[1]把烟灰掉在自己身上,并且说话别像水手那样低俗难听。有一次我经过她身边时，她正乐呵呵地与我们那位扮演葛楚德的女演员聊天：“噢，亲爱的，找一个家伙上床，那就是灵丹妙药。忘记一个男人的最好方式，就是躺在另一个男人的身子底下。”不过，有时候和年轻人打交道最好得装聋作哑，毕竟那只是无伤大雅的戏狎。

那帮画师和油漆工像埃及奴隶般忙碌地干活，直到晚上七点，这里做些修饰，那里弄些装点，天知道都在忙碌些什么。整个观众席弥漫着新漆和新地毯的味道，于是我让哈克在舞台上点着熏香。

七点二十九分——我看了怀表——我开始大声祝福那几个引座员，之前我已精心安排他们守着楼座、包厢和堂座。每个人都回应我

1　奥菲利亚和葛楚德是《哈姆雷特》中的人物，前者是哈姆雷特的恋人，后者是哈姆雷特的母亲。

说："准备就绪，先生，谢谢。"当河岸街的圣母玛利亚教堂的报时钟声敲响七点三十分时，我喊道："七点三十分，先生们，三十二分准时开幕。谢谢大家。你们可以开门了。"

观众们如潮水般鱼贯入场，这时我发现最靠近提词员的桌子边上的包厢墙壁有一片潮斑，因为手头没有人可以使唤，我赶忙找来刷子，自己动手把那摊污迹刷干净。

先到场的是穷人，许多人喝得醉醺醺的，穿着破破烂烂的陈旧衣裳、厚呢短大衣，戴着鼹鼠皮手套，对包厢管理员很粗鲁，但他们其实是心地善良的人。其中一个经过我身边时大喊着："嘿，漏风钱包，你瞅啥呢？"我叫他赶紧走人，我们对骂了几句。他和另外两百个下层民众被引到堂座后面的隔离地带新竖起的铸铁栏杆后面，我必须说，设置这道栏杆真是干得漂亮。我们给他们啤酒喝（在哈克的建议下，还给了他们空瓶子，这是有原因的）。当贫民们入席和心满意足地吐口水和窝里打架后，体面的客人被接纳进场。

一个个座位发出嘎吱嘎吱的声响，一排接一排，观众席很快就被填满，连同包厢、剧院正厅和一直通往天际的楼座。观众们的交谈声、大笑声和喧闹声似乎响彻整座剧院——似乎可怜的兰心老太太的生命之血又倒流回来了。我和几个男演员从幕布后往外面张望。我这辈子从未如此兴奋。我头晕目眩，原本会喜极而泣，但勉力保住自己的体面以免失态。"噢，布拉姆姨妈，"他们当中有人这么叫我，"真是太棒了，不是吗？"他们还拿我开玩笑，"姨妈，穿上戏服，跟我们一起出场吧，来嘛，那将会多么快乐。"

七点五十三分，在舞台上方的工作人员们上梯子之前，我对他们说我们这出《哈姆雷特》有七十九处台词提示，因此他们必须认真聆听和完成任务，我热爱和信任他们。他们喊了一句"为姨妈欢呼三声！"。然后我嘱咐撒花的姑娘和舞台工作学徒，他们大部分人都很年轻，来自附近较为穷苦的家庭（院长和我的愿望是他们能从这里起步，走上自我提升的道路）。我总是觉得这帮年轻人，虽然几乎没有受过任何教育或得到过什么机会，却是剧院里——假使不是整个世界——我最喜欢的人。

我说我们正在为崇高的事业而一同努力，我们当中的每一个人都是兰心剧院的代表。他们必须遵从礼节，作为勤勉工作的姑娘们和小伙子们，他们可以高高扬起头颅，因为他们的父母会为他们感到骄傲，我为他们感到骄傲。然后我和他们握手，给每个人两先令和一封用打字机打出来的感谢信作为答谢。这些年轻人和他们彼此之间纯朴友好的态度令我感动。

院长下令首晚演出的所有收入将捐给一笔基金以帮助教区里有需要的人。他本人还捐献了一百坚尼，令我深深感动。

外面电闪雷鸣，透过高窗，在观众厅里和华丽的深色帷幔上投下影子，观众们笑哈哈地惊叹，每一道闪电都令他们欢呼。似乎大自然母亲希望帮助我们营造哥特式的氛围。七点五十五分，我下令让乐师们登场，整个剧院报以热烈持久的掌声。他们以几首轻松的小调作为开场，引得坐在廉价座位的观众们发出猫叫应和，然后他们演奏《天佑女王》，全场（大致上是吧）肃静（大致上是吧）以示尊敬，接着是《军乐曲》和《曾在塔拉奏响的竖琴》。我正要下令让整个剧院熄灯，这时道具总管匆匆进来，说出了一个紧急状况。

我穿着燕尾服，在倾听时没办法自如行动。然后我骂了一堆脏话，真的，那个摩擦音单音节词语[1]嚷了一遍又一遍，但这番宣泄让我的脑筋得以运转。我命令道具总管对此事保密，我们绝不能在剧团里传播不安，因为一旦魔鬼逃出瓶子，就再也没办法把它哄骗回去。我给乐

1　在英语中，f被归于摩擦音，因此，或许该词是“fuck”（操、该死之意）。

团送去一张纸条，要求他们重复演奏序幕音乐，直至收到新的指示，无论观众有什么反应，哪怕耶稣基督亲临观众席也要继续演奏下去。然后我跟着道具总管和他的学徒到一号更衣室，命令他们在外面等候。

他站在窗旁，赤裸的身躯只披着一件袍子，手握一把长柄匕首。雨点打在窗玻璃上，就像幻觉般的奇怪的掌声，闪电时明时灭，诡异的明暗对比技法。听到我走进来，他转过身，脸色憔悴，了无生机，就像风中叶子全都掉光的枯树。

“我一直在呕吐。”他喃喃说，“取消演出吧。”

我告诉他还有一分钟就揭幕了，他的要求根本不可能实现。

“我们没有准备好。”他说，“你听我说。取消吧。”

他看上去惊恐慌张，就像一个被噩梦吓得瑟瑟发抖的孩子或在月色迷离的公园里醒来的梦游者。我看得出这不是傲娇的姿态，不是在寻求关注，而是某个更为阴暗的敌意攻击了他。

“剧院里已经坐得满满当当了，”我壮着胆子说，“他们热爱你。难道你没听见他们在喊着要见你吗?”

这时观众们正在喊着他的名字。

“可怜的傻瓜。把钱退给他们吧。你就说我身体不舒服。”

“怎么说?”

“身体不适，哮喘发作。随你怎么说都行，只希望你别让剧团知道我是胆小如鼠的懦夫。要是他们知道他们的院长临阵退缩，我会受不了的。”

“我不明白。到底有什么好怕的?”

他没有说话，只是在我面前崩溃了，一言不发地擦拭眼泪。之前我从未见过他这副模样，哪怕在最疯狂的梦境里也无法想象这一幕情形。说老实话，我不知道该说什么好。

“你可以信任我，把我当朋友。”我只能这么说。

“你不会嘲笑我吗?”

“你可以信任我，对我说实话，我们都是男人。”

“你知道我视力不好。”

“那又怎么了？”

“情况比我想的更加严重。最近又恶化了。今晚我坐着画画时，我几乎看不见镜子里自己的脸。”

“我想象得出那一定令你感到非常不安，但明天早上我们可以去找个眼科医生看看。眼下重要的是——”

“有时候我在舞台上望去，只看见一片漆黑。看不见他们的脸。我从小就害怕怪物。”

这时我注意到他的梳妆台上，除了几束鲜花和几封电报之外，还有一瓶苏格兰威士忌，瓶口已经打开了。我想起那个因为失意而寄情杯中之物的幽灵，而且我看得出他喝高了，足有苏格兰那么高，事实上，高到了整座赫布里底群岛从迷雾里出现在视野中的地步。[1]因为或许大势已无可挽回，我给他倒了一杯酒，给自己倒了更满的一杯。

“我小时候说话老是结结巴巴，”他说，“老师们狠狠地揍过我。有时候，我觉得他们就在黑暗中等候着——那是不理智的想法——诅咒我一败涂地。那样的话，每个人都会忘记我。一个旅行推销员的妄自尊大的儿子。永远都混不出个人样。我的魔鬼们就是这么说的。”

“每个敏感的人心里都有恶魔。”

“你似乎就没有。”

“我心里的恶魔多着呢。”

“我没看见。”

“我的父母离我而去，几年前他们移民了。小时候我老是生病，我从来没上过学。我想念他们。”

1　苏格兰在英格兰的北方，而赫布里底群岛在苏格兰的北部。

“我缺乏你的勇气。”

“我根本没有勇气可言。我只是都柏林一个无趣的小职员，如此而已。”

“你有坚定的内心。任何人只要和你接触两分钟就能感受到它的存在。你知道我的胸膛里有什么吗？什么也没有。”

“别说傻话。”

“我曾穿过黑夜，老伙计，走入自己的内心。穿过你无法想象的疾风暴雨，邪恶诡异的景象。如果你能了解我内心的想法的话，你会毫不怜悯地杀了我。”

现在闪电像不知好歹的畜牲在闪烁不定，令他看上去就像一具骷髅，又像一个幽灵，他还时不时地将匕首的尖端插进墙壁上的软木垫板，令场面更加恐怖。我不怀疑他说的是实话。与此同时，我与许多演员打过交道，知道他们能说出这种胡说八道的话，尤其是肚里灌满黄汤的时候。

“上舞台吧。”我说，“向恶魔做出反击。”

“我做不到。”

“整场演出我会站在侧翼里。不时朝我这边望一眼，把那些话说出来吧。”

“不行。”

“集中你的全副勇气[1]。这是你的命运。它在等候着。那些辛苦工作的男人和女人为你倾尽所有。难道你要对他们说他们做到这种程度还不够吗？”

“你可以对他们说我身体不适。”

“要是由我说，那可真是见鬼了。你自己去对他们说。”

1　此句出自《麦克白》，朱生豪译本。

他点了点头。这时候他做了一件奇怪的事情。在左手的第三根手指上，他一直戴着一枚蛋白石戒指，据说曾经属于埃德蒙德·基恩[1]，几年前由一位崇拜者赠送给他。他费劲地将其取下，坚持要放在我的手上。

“那是幸运戒指，”他说，“首演之夜的纪念品。”

我说我不可以要他这么贵重的东西。

“干我这行有个古老信念，首夜送出去的礼物是不可以被拒绝的。但你可以给我一样东西作为回礼，我也一定得收下。”

“我有什么是你要的吗？”

“噢，姨妈，”他轻声笑了，神情略显振奋，“你这个催人泪下的调情老手。”

在我自己手上有一枚小小的锡制的卡拉达戒指[2]，曾经戴在父亲的手上。这东西并不贵，在高威的海滨渔村里只卖几先令而已，做游客的买卖。我把戒指取下来，送给了他。他两眼放光，把戒指套在手指上。

“不成功便成仁。”他低声说，“帮我穿上戏服吧。”

现在我那焦虑的怀表显示八点二十分，我的马甲快被它磨出一个洞了。剧院里躁动不安，前方传来了讥笑嘲讽声。我尽力帮他穿上戏服，他嘟囔着一门我这辈子从未听过的奇怪的语言，但他说那是康沃尔方言，但或许是瓦图西语，谁知道呢？又有谁会在乎呢？

他写了一张条子，嘱咐我派人带到他的妻子与她的同伴们的包厢，然后他从墙上拔下那把匕首，亲吻了它三遍。科林森与道具总管进来把他引到侧翼里。他摇摇晃晃地起身，醉步蹒跚，就像一个朝治安法官走去的酒鬼。我精神疲惫，彻底累垮了，在他身后待了许久。我听见他登上舞台时狂热的叫嚷和喇叭的奏鸣。

1　埃德蒙德·基恩（Edmund Kean，1787—1833），英国演员，曾多次举行莎士比亚舞台剧的世界巡演。

2　卡拉达戒指（the Claddagh ring），爱尔兰的传统戒指款式，其图案是双手捧着一颗戴着王冠的心，象征爱、友谊与忠诚。

我多么渴望回到都柏林堡，回到宗卷、令人心安的尘埃、米兹先生那既像催眠曲又像轻风的责难里，那种无所事事的永远一如既往的令人放松的感觉，那种难能可贵的什么事情都可以不去理会的感觉，为一切带来慰藉的阴沉的感觉，职员们吃完午饭后打着饱嗝的宁静。

人的悲剧性在于，虽然命运已经为他安排好了地方，可他永远没办法安安分分地待着。

离开房间的时候，威士忌酒瓶已空空如也。

斯托克走进侧翼时，警察已经到场，剧院里驻扎着巡警，警棍与手枪已经握在手中。在一束强光中，欧文像君王般威严地在背景板间行走，朝着哈克绘制的背景板上面他的巨大影子比画着。但他的声音仍然沙哑，太轻微了，太飘忽了，自从表演开始之后便一直如此。他缺乏自信的样子令其他演员感到困惑不解。还不到三分钟他就已经漏掉七处台词。

“你说什么我听不见，伙计。”后座有人嚷了一句。

笑声似乎令他动摇。他擦拭着眉头，结结巴巴，吞咽着口水。

“死——死了，睡——睡着了，什么，都——都完了……”[1]

斯托克转身对着哈克。

“那张字条递给欧文太太了吗?”

“先生，我亲自带到了包厢里，但欧文太太不在，先生。她姐姐和几个朋友在。”

“她怎么说?”

1　此句与下文的台词出自《哈姆雷特》，朱生豪译本。

“只是叫我退下，先生。”

嘘声开始了。欧文盯着背景板。似乎有一条巨蟒从阴沟里滑行而上。

“我们怎么办，先生？”

“耐心。那是他的斗争。”

“可他忘词了。”

“把心放宽。他会赢的。”

现在提词员的助手匆忙从后台走来，带着一个小男孩，神情严肃，眯着眼睛。

“就是他？”

“是的，斯托克先生。”

“站在我身边，小伙子。”斯托克说，“好了。别害怕。想想吧，这件事情其实很令人振奋。挺胸站好，这才是勇敢坚强的男孩子。让爸爸看见你在这儿。哈克，拿杯柠檬汁给我。”

在十英尺[1]外的灯光下，欧文转身见到他的儿子。小男孩羞涩地招了招手。他的父亲颔首以示回应，艰难地吞咽着，脸庞低垂，走下舞台，一只手托着臀部，仰头盯着背景。观众厅里四处响起稀稀拉拉的掌声，还有口哨声、靴子的跺地声、吼叫声、嘲讽声。

从满天神佛中冒出来一句：“欧文，你这个口吃的蠢货！”

他转过身，就像一个遭到挑衅的以决斗为乐的枪手。

“要是在这一种睡眠之中，”他高嚷着台词，“我们心头的创痛，以及其他无数血肉之躯所不能避免的打击，都可以从此消失。那正是我们求之不得的结局。死了，睡着了，睡着了也许还会做梦，嗯，阻碍就在这儿，因为在那死的睡——睡——睡眠里——”[2]

---

1 英尺（foot），英制长度单位，1 英尺约合 0.3 米。——编注

2 此处台词出自《哈姆雷特》，与原文稍有不同，因为欧文·亨利在这一幕里忘记并跳过了许多台词。

“先生，”哈克问，“我们要降下幕布吗？”

欧文走到舞台的豁口，迎接狂风骤雨般的嘲讽。他注视着观众，撕开他的衬衣。他的眼中闪烁着恶毒的光芒。

“究竟将要做些什么梦。”他高声嚷道。众人站起身。“当我们摆脱了这一具朽腐的皮囊以后，那不能不使我们踌躇顾虑。”由于观众在大吼大叫，现在没有人能听见他的声音。他由得喧嚣扑面而来，晃动着发绺，双手高举过顶。然后，在他们喝骂叫嚷时，他做出了有史以来没有哪一个演员做过的事情。

他走下舞台，来到观众厅里，站在他们面前。

他经过一行行瞠目结舌的观望者，朝铁铸的栅栏走去。

他从袖子里抽出匕首，登上栏杆。

他冲着他们的脸嘶吼，这帮被彻底震慑住的观众伸手去触摸他。

“在烦劳的生命的压迫下呻吟流汗，倘不是因为惧怕不可知的死后……迷惑了我们的意志……重重的顾虑使我们全变成了懦夫。”

他们在咆哮。他们在呐喊他的名字。在侧翼里，斯托克哭了。热烈的掌声令水晶吊灯在摇晃，哈克轻轻推了他一下。一个年轻女人，穿着闪闪发亮的象牙白晚装，走进了后台，平静地与几位员工打招呼，互相拥抱握手。她的举止有点像一个假小子，却又有一份奇特的优雅。她的身体似乎很放松，总是在轻声呵呵地笑。她在影子间穿梭，似乎她诞生于影子里。她脱下手套，亲吻了欧文的儿子仰起的脸庞，拨弄着他那头零乱的卷发。

她将提词员叼在唇间的香烟拿下来，吸了一口，然后放回他的嘴里，微笑着拒绝了那个扮演罗生克兰的演员为她端来的椅子。

“我说，”这时她低声对哈克嘀咕，伸出她的手，“好美的背景呀。我是埃伦・特里。”

九

在本章里有一段诡异的插曲；一个神奇的国度被发现；
裸体这个问题被思考了

演出过后，庆功会在舞台上举行。欧文很安静，似乎很憔悴疲惫。

“你说她没有留下来是什么意思？”

“我告诉过你，她在侧翼里没待多久就走了。”

“她不想见到我吗？”

“她就待了三十秒钟，大概是吧。”

“有口信吗？”

“就只有这张约见通知卡。”

“念给我听，好吗？我没戴眼镜。”

“亲爱的，干得不错。你的埃伦。”

“只有这些？”

“我已经通知报纸她出席了演出。来吧，喝杯香槟。祝贺你。”

但那杯冒泡的香槟并没有令他振奋。他怒视着摄影师，勉为其难地与演员们握手拥抱，别人和他打招呼和开玩笑，他却满脸愠恼。厨师们架好了炉子烤香肠和煮小龙虾，家具商在柱子上装饰了长长的绉纱。肤色黝黑的游方艺人弹奏着鲁特琴，敲打着扬琴。一个桶被打翻，里面的龙虾四散逃开，一英寸一英寸地爬过地板朝侧翼而去。

“最好趁活着煮了吃，”他嘟囔着说，“就像对付评论家那样。”

“我得走了，”斯托克说，“我好累，希望能在日出前写点东西，现在我们总算站稳脚跟了。”

“你不许走。要是你敢走，我会诅咒你。你笑什么，你不相信诅咒吗?”

“我相信科学。”

“那是傻瓜的宗教。”

“科学是可以被测量的真相。诅咒是虚无缥缈的东西。”

“读你的达尔文去吧，你这个猪脑袋。哪怕一个傻瓜也会偶尔蒙对几回。在远古时期，猿猴们不会说话。然后，其中几只得到了那股力量——”他将杯中的酒一饮而尽，“而其他猿猴不相信。”

“然后呢?”

“因此，在每一代猿猴里，有一小撮猿猴拥有其他猿猴不曾拥有或不愿意相信的能力。就是那群精英带来了进步,无论那是多么微小。”

“我觉得这个想法不切实际。我是民主派。”

“你爱怎么想都行。”他拿着匕首阴沉沉地戳着一盘排骨和半生不熟的肝脏，油腻的血汁顺着他的下巴滴落，沾染了他的领子，“我这辈子有三回真的希望干掉某个仇敌。我念叨他的名字十九遍，那是黑巫法之数，每次那人在当月就死掉了。”

他的狗从侧翼里悄悄溜到他身边。他喂狗吃了一块滴着肉汁的牛排。三个正在哈哈大笑的年轻女演员端着一盘葡萄走过来。“姨妈，你看起来好像饿坏了，我们喂你吃东西吧。”

“你们可得当心，女士们，”欧文笑着说，“你们的姨妈是一位大家闺秀，准备回女修道院了。”

“噢，别呀，姨妈，别走呀！你真的不能走，你真是太坏了……姨妈，你陪我跳舞好吗？我来扮演男方?”

“服务员，”欧文喊道，“快给我的姨妈添酒。”

“我想我可以留下来再喝一杯，就一杯。”

天明之后，他脚步蹒跚地往家里走，穿过一群群工人和去上学的孩童，他在塔维斯托克街还记得买报纸。他翻寻出钥匙，走进房子里。脸色红润神情正经的房东太太坐在公用的早餐桌旁边的座位上朝他打招呼。

在楼上他的起居室里，他烧起火，摆上一个水壶，坐在窗边。在外面的窗台上，一只浑身癞疥的伦敦老鸦正朝里面盯着他，就像一个浪荡子。天空弥漫着灰黄的烟雾，似乎是众神的呕吐物。

欧文的胜利

兰心剧院再度焕发生机

埃伦·特里小姐参加兰心剧院重新开张的盛大仪式

欧文强势归来

他读着这些内容，双手在颤抖，眼睛开始刺痛，这时他发现房间里不只他一个人。

“弗洛伦丝，我最亲爱的甜心。”

她披着一头蓬松的长发，身上穿着一身海鸥蛋般湛蓝的晨衣。

“一切都还好吗，布拉姆？我有点担心。”

“演出后，我们——举行了一场庆祝晚会，气氛非常热烈。我有点醉了。”

“一切都如你所愿那般进行吗？”

“有一两个小问题。准备如此仓促，是意料中的事情。埃伦·特里去了。我还和她握了手。”

“你没有收到我的纸条吗？昨晚我让一个小男孩送去了。”

“情况实在太忙碌了，你知道的，我没有打开来看。但谢谢你。”

“谢什么？”

“谢谢你那张幸运纸条。你想得太周到了。”

“那不是什么幸运纸条。昨天我去见医生了。”

“亲爱的。一切都——”

她坐在火堆旁边，脸庞苍白得就像盐巴。

“他说我怀上孩子了。”

1879 年 1 月 20 日

中午我到了剧院，却发现它大门紧闭，还上了锁。台阶上尽是空酒瓶和烟蒂，浑浊的水洼。看上去实在是非常寒碜。我找来扫把和簸箕，把那堆垃圾收拾干净。

有无数兴奋的演艺生涯。

有一个细节令我感到不安，虽然那肯定只是出于巧合：在柱廊的一块公告板的边框上，有一只洋娃娃的鞋子。

在门厅里，那张绸缎沙发被扯破了，三面法式大镜子遍布污斑，我想是红酒留下的。我为见到演员们如此无法无天而感到失望和沮丧。我想我应该感到庆幸，那帮畜生没有闯进售票处肆意劫掠。感谢上帝，他们是愚笨的演员，想不出干这种事情的主意。大部分演员甚至醉得连楼梯都爬不上。

售票部前厅的整片地板铺满了钞票。我将它们捆在一起，点算了收据，周围的寂静令我感到惊讶，显得出奇诡异。我听不到街上的喧闹，只感受到坟场般的静谧，就像置身于金字塔中最重要最死寂的密室里。

我之前从未留意过，一定是因为墙壁太厚了。我真的可以听见头顶的天花板上老鼠在奔跑。我想除了它们之外，就只有我独自一人。

走进观众席时，我惊诧地看见舞台上有一个男人的身影。身材高大，肩膀宽阔，披着斗篷，背对着我。当他转过身时，我见到他是院长，昨晚的匕首又握在手中。

我向他打招呼，他没有应声。似乎他没有看见我，或许神情恍惚。我小心翼翼地接近他，害怕他正在梦游，听科林森和另外几个资格较老的演员说，当他压力大的时候就会梦游。梦游的人绝对不能被骤然惊醒。

“院长，”我说，“是我呀。”

现在他似乎初步恢复了意识，知道自己在哪里。他的下唇有一个创口，似乎化脓很严重。我发现他赤着双脚。

“你见到她了吗?”他问。

“见到谁呢?”

“那个女娃儿。在楼座里。”

“这里就只有我俩。歇一会儿，让自己清醒过来。”

他招手示意我过去，当我登上舞台时，他已经匆匆走进侧翼。现在我看见在楼梯顶端他的办公室里亮着灯。

他的脸庞白得就像蜡像，双手在剧烈地颤抖。房间里有一股霉味，逼得人透不过气来，似乎有人曾在这里睡觉，或许就是他。在他的案头有一个针筒和一个小瓶子，里面装着清澈的液体。

我知道那是什么，我期盼他还不至于依靠这种东西的地步，但熬夜或心情紧张的人都知道这东西的用途（并滥用它）。我走过去掀开窗帘，打开窗户。

“关上吧。”

“可今天早上空气清新健康，我只是想——”

“我说过了，关上。你是聋了还是傻瓜？”

被这样一通乱嚷，我惊呆了。我见过他大发雷霆，拿演员们撒气，但我自己还未曾遭遇过。但我还是照他说的做了。每只狗都有第一回咬人的时候，我觉得他丧失了理智，几个星期来的筹备工作令他精疲力尽，正遭受精神痛苦或焦虑发作，因为他整张脸都扭曲了，看上去似乎完全变了个人。就连声音似乎也变了，完全没有男子气概或情感，就像一只机关狗在吠叫。

“你来这里该干吗干吗去。”“它”说。

“我来是处理回函的，就是这样。”

“那就去处理吧。”

“丁尼生[1]寄来了一封贺信，王尔德送来了一张条子，一封来自比尔博姆·特利[2]，还有一封是萧伯纳寄来的。”

“那帮该死的伪君子。”

“《泰晤士报》和《新闻画报》征求采访。但或许它们可以等上一两天。等你好好休息了再说。”

“宫里没有发来消息？”

我看着他。

“我还以为女王会写点什么。”他一边说一边凝视着他的双手，似乎之前从来没有见过，“我还以为她过着悠闲傻帽的生活，会有那么一回想去激励优秀人才。那个平庸俗气的荡妇。”

现在我真的感到害怕，我觉得有必要让医生来看看。但当下没有别的选择，我只能尽量逗他开心。

“昨晚你高兴吗？”

1　阿尔弗雷德·丁尼生（Alfred Tennyson，1809—1892），英国桂冠诗人，著有《悼念》《伊诺克·阿登》等作品。

2　赫伯特·比尔博姆·特利（Herbert Beerbohm Tree，1852—1917），英国演员，曾担任干草市场皇家剧院的经理。

他硬憋出苦笑。“你倒不如去问被钉在十字架上的基督开不开心。我永远不会忘记那份屈辱。我在街上见到的喝醉的乞丐表演的剧目都比那来得强。”

“那是首晚演出时精神紧张的自然反应。但观众们非常满意。我想你还没有见到今天早上的启事吧？”

他敲了敲脑袋。“我不需要见到它们。我在这里就能看见，在那帮婊子生的记者写出一行字之前我就看见了。最令我不爽的事情就是被傻瓜褒扬。”

我（高声朗读）：“一场大师级别的演出。”

他（厉声）说：“把它烧了吧。”

我：“看在上帝的分上。”

他（更大声）说：“你把我打下地狱，却对我大谈天堂的美妙？你和其他一干庸众的出现玷污了这处地方。想到埃伦·特里曾在这里忍受着所有这一切就令我感到反胃。”

我（虽然他语气咄咄逼人，但我还是起身直面他）：“在我看来，虽然条件困难，但大家的演出达到了极高的水准。”

现在他勃然大怒，说话变得结结巴巴，还流下口水。“你现在不是在爱尔兰。我不接受你那蹩脚的标准。它必须毫无瑕疵！夜夜如是。未臻完美的表演绝不能被接受。”

“那是崇高的追求。”我说，“但不切实际。请你冷静下来。”

这时他在撕心裂肺地怒吼，整张脸庞鼓胀通红。“那不是什么追求！情况就应该是这样。”

“我再次恳求你——”

“任何不愿意和我一道奋斗的人，门就在那里，只是想奉劝你一句，在他离开之前，我要割下属于我的那磅肉[1]。”说出那番难听的话时，他拿着匕首对着我，我害怕或许我将别无选择，只能动手将他撂倒，我实在不希望这样，因为我从未揍过一个身高和体重都不如我的男人。但知道如有必要的话我能打倒他，感觉挺好的。

现在他吼完了，进入了愤怒的另一个阶段，变得平静、冷漠、怨毒。我一言不发，因为在一个男人血气翻涌时由得他咆哮叫嚣会比较好，怒火越早宣泄，他就能越快恢复平静。他从桌上的银匣里拿出一根香烟，长长地吸了三四口便把它抽掉。我从他的酒瓶里倒了一杯苦艾酒，呷了一小口，因为我需要烈酒将紧张的情绪压制下去。现在我们了解到他暴怒的真正原因。

他从桌子的抽屉里拿出一本《贝尔格莱维亚》杂志，轻蔑地丢在我们之间的地毯上，似乎那是一份极其低俗下流的淫秽读物。

“我想你知道那是什么。”他说，不拿正眼瞧我。

“当然知道。”

“你要否认这本破烂玩意儿里的一篇所谓的故事不是以你的名字发表的吗？”

“它是一份广受文坛认可赞许的刊物，我为什么要否认呢？”

“还‘文坛’呢，一个不知所谓的词语。”

“你尽可以调侃。”

“你是受雇于我——而且薪酬不菲——任务是协助我的工作。不

1 “割下属于我的那磅肉”是莎士比亚作品《威尼斯商人》中的情节，奸商夏洛克借款给主人公安东尼，规定如果安东尼不能按时还款，将割下一磅肉偿还夏洛克。后来安东尼的恋人鲍西娅以智计帮助安东尼脱困，并使夏洛克遭到惩罚。

是撰写傻帽离奇的故事，给不久前才学会用后肢行走的狗东西去阅读。我有资格要求你付出所有的精神与努力，你并没有这么做，你背叛了我。更有甚者，你把这座剧院和刊登在那本读物里的狗屁不通的文章联系在一起。你还有什么话说？”

“我只是利用这份工作的零星闲暇时间写了一点东西。如果你感到不满，我很抱歉，但我不会停笔。”

“你得照我的吩咐去做，不加质疑。”

“在这件事情上，恕难从命。”

“你要反抗上司吗？”

“如果有必要的话。”

现在我听见楼下的舞台传来说笑声与活板门打开时砰地一响。几个负责舞台上方布置的工作人员和演员一定是来排练《麦克白》的。他的狗出现在门道里，看着我俩，伸出长长的舌头。在侧翼里，有人正用小提琴演奏一首吉格舞曲。

我曾在院长的脸上见过诸多表情，但从未见过他如此决绝怨恨的样子。

“从我的视线里滚蛋。”他说，“在我伤害你之前。”

埃伦·特里的声音

那时候我喜欢出席伦敦的首演之夜活动。我非常喜欢悲剧。

亲爱的，谁会不喜欢呢？

通奸、报复、残忍、欲望、背叛。

那是一个人经过门厅之前的事情。

我刚才还盼望你不会问起。我们一定得说？噢，我知道了……嗯，我觉得那是很久之前的事情了，或许已经不重要了。不过，是的，我参加了哈利的兰心剧院的首演之夜。

说老实话，我并不是很喜欢。

哈利有时候会气急败坏地跺脚，用我们的话说，用力过度。当他心情紧张时，他会咬牙切齿，像一只鸵鸟般来回踱步，大汗淋漓，唾沫横飞。亲爱的，如果你坐在前排，你可得戴上一顶防水帽。

有人就喜欢这样，但恐怕我并非其中一员。要是我想听一个男人咆哮嘶吼，那我会结婚。

不要误会我的意思，他是举世无双的演员，是我见过的最伟大的演员。堂皇，强势，就像一头动物，而不像人类。你无法将眼睛转开，哪怕一秒钟也不行，似乎你的脖子被箍住了，你的眼睛牢牢地盯着舞台。甚至没办法眨眼，根本做不到，真是该死，动弹不得。世界上只有一个哈利，在状态好的夜晚，他是无可企及的。而大部分夜晚里，他的状态都很好。

我从未见过哪个人能脱胎换骨。我们总是笑着说他就像一条蛇，但我们知道他是最了不起的演员。哈利拥有超凡的才华，我会这么形容。我可以对魔鬼发誓，他真的在你眼前变了个人。见到那一幕会令你目瞪口呆。实在是太了不起了。

麻烦的是，他沉醉于掌声，那成了阻碍。有一类演员——我称他们为追逐掌声的猎犬——为了掌声他们什么都愿意做，如果需要的话，投身火海也在所不惜，而哈利是这帮追逐掌声的猎犬之王。

换作是一个小角色，你不会去在意，甚至会钦佩他。毕竟，他在倾力而为。

但当哈利这么做时，我会很生气。他老是那么做。那就像看着全世界最伟大的音乐会钢琴家在南区码头的摊位抛椰子玩杂耍。他确实要得不错。但在他身后就有一架斯坦威钢琴，亲爱的。你都在上面了，难道就不能为我们演奏一曲吗？

那正是当晚我的感受。“不要再追逐掌声了，傻瓜。别当一个谄媚者，当你自己，哈利。”

你知道，表演并不是伪装成另一个人，而是在你自己的体内找出另一个人格，然后将其呈现出来。那并不是什么神秘的事情，小孩子就是这么做的，当他们玩耍时你就会看见。那不是在伪装某个人，而是成为那个人。在我还是小姑娘的时候我就学会了，我父亲经营过一个巡回演出童话剧团。他从不对我说：“假装你是一个精灵。”他会说：“伦儿，今天你就是一个精灵。飞吧。”

因此，我不喜欢看别人扮演精灵，我喜欢见到真的精灵在飞舞。

但是，当然，你不会道破。嗯，你不能那么做。绝对不行。一场表演过去就过去了，明晚又会有另一场演出，你绝不能令与你情如兄弟姐妹的演员们感到扫兴。这是金科玉律，第十一诫。你自己独自在晚上排解发泄。这种事情会发生在任何人身上，通常是在首晚演出，当时人们会很紧张。你不希望他们影响你。

说得好听一点，你不会去参加派对。所以我不去。有点固执。我们都是这样。

在你年轻时，崇高的原则很重要。如今，我会欣然前往，喝得酩酊大醉，滴酒不剩。

首晚演出最棒的演技从来不是在舞台上，而是在之后的派对上。

1879 年 2 月 2 日

懂得如何处理后台生活的某个特殊而显眼的问题，又不会惹恼年轻人或令他们局促不安，这是很困难的事情。你希望有一个知己好友可以倾诉。

事实上，在演出时，有时候甚至在排练中，需要“快速更衣”，因为院长希望在兰心剧院的我们能以华丽的戏服为豪，并干脆利落地将它们穿上。他总是不厌其烦地对我们说他希望听到观众们说的不是“真是太精彩了”，而是“操他娘的，他们到底是怎么做到的?”。

这意味着许多年轻演员习惯了在“衣不蔽体”的情况下四处走动，姑娘们穿着内衣，有时是十分暴露的紧身胸衣。肌肉发达的小伙子们不穿上衣，只穿着长袜或围腰毛巾。因为剧院招募的都是标致的人儿，后台有一种活色生香的奇特氛围，就像一间温室。

奇怪的是，没有哪一株兰花似乎在意温室的蒸汽，而是漫不经心地在侧翼闲逛，或在彼此的更衣室或演员休息室进进出出、抽烟、吹口哨、闲聊、吃三明治，奉承逢迎，只有最轻薄的袍子遮蔽身体。而且他们有彼此按摩的习惯，有时候会用上油膏，并相互进行屈伸锻炼。

“不要行义过分。”这是《传道书》的教诲。睿智的道理。

这帮年轻人天真烂漫，从某种程度上说令人觉得赏心悦目，但就算在伊甸园也有规矩，而且经常会有外人到后台——锁匠、送货的小伙子、细木工等——他们不习惯在大白天见到自然流露的怪诞行为，不过一个锅炉清洁工曾自吹自擂，说他“曾在上议院里干过那码事儿”。

以今天下午为例，鲍伊小姐、休斯小姐和布伦纳哈塞特小姐正在舞台上排练三女巫[1]的开场一幕——“何时姊妹再相逢，雷电轰轰雨蒙蒙。”——服装管理员跪着量度她们那昂贵却又略显暴露的戏服。她的卷尺引得一个来自曼彻斯特的装修工人频频投来艳羡的目光。

1 莎士比亚名作《麦克白》的开场。——编注他过来装配豪华包厢，差点给自己的针把手扎穿。我自己有一个不同的想法，但并非没有关联：付了那么多钱，绸缎料子却那么少。

年轻的哈克站在舞台上，绯红的脸庞全神贯注。他看上去就像一台被用力演奏过的手风琴。我相信他看上了布伦纳哈塞特小姐。我走到他身边，试图得体地引开他的注意力，给他看一个我刚学会的以扑克牌和一枚六便士的硬币为道具的小魔术。但他似乎对我的魔术根本不感兴趣，心思全系在布伦纳哈塞特小姐身上。我说虽然她无疑是一个活泼的可人儿，但我自己并不认为她是剧团里最出色的女演员之一。

“我相信她身上有隐藏的品质，先生。”哈克说，勉强露出微笑。

这会儿她身上的品质可没有藏着掖着。

在这个年纪，傻乎乎的引诱来了又走，却不用全情投入，真好。

1879 年 2 月 16 日

我下定决心，不会再在书本的卷首页写字了。邋遢的坏习惯。

醒来时心情十分愉快，与弗洛共进早餐。我为她朗读了彼特拉克[1]的十四行诗《清风吹拂着金色卷发》。我那口带着都柏林腔的意大利语逗得她哈哈大笑。

我怀着一种轻松宽宏的奇怪心情去上班，心里希望见到某个曾经亏欠过我并需要得到原谅的熟人。但我想不出有谁。

美妙而辛苦的一天。《麦克白》排练顺利。院长在排练时的风采

1 弗兰齐斯科·彼特拉克（Francesco Petrarca，1304—1374），意大利诗人，有“文艺复兴之父”的美誉，著有《阿非利加》《歌集》等作品。

令人心醉神迷。

然后他说要见我。为弗洛送上祝贺，说他希望负责所有看医生的费用，因为他有伦敦最好的帮手。我说我不能接受这番好意，虽然这是慷慨之举。他说我和弗洛可以一直记住这个承诺，我说我们会的。

今天晚上我在办公室里为即将开始的纽约巡回演出写信，这时候，“鸽子”帕特里克·奥肖内西，舞台工作人员的领班，像八月时阴沟里传出的恶臭般走了进来。我不喜欢他。事实上，我想解雇他，因为他嗜酒贪杯，而且我还怀疑他偷东西和调戏过几个姑娘，你对一个人的行动必须警惕留意。当“鸽子”来到房间里，那你的眼睛可得放亮点。

他问我是否已经处理了“那桩事情”，我说还没有。他说我们必须尽快找到用于存放布景的更大的仓库。他是那种喜欢逼你做出决定的爱尔兰人。

一个小时后，我正在码头后面的街上抽烟，抬头仰望星星，这时年轻的哈克走过来，见到他让我很开心。他穿着蓝色西装，我一直喜欢看他这么穿，斜戴着帽子，打扮得像一个渔夫。我指着猎户座与大熊座给他看，一起消磨时间——他略带挑逗意味地对我说：“你自己不就是一头了不起的大熊吗，先生。”我说要是他再这么调侃我，我会把他按到膝盖上打他屁股，我们一起哈哈大笑，有男子气概地互拍肩膀——然后我说我们应该想出一个更切实的办法去解决仓库这个棘手问题。

之前我交给过他将钥匙分门别类统一管理这个任务，我问他处理得怎么样了。照我估计，兰心剧院大约有一百五十道门，我们有十几个大铁环，每个上面都有数十把钥匙，有长有短，有粗有细，有的还生锈了，我根本不知道它们是干啥用的，假如它们真的有用的话。一剑斩断戈耳狄俄斯之结[1]会更容易些。但我的小哈是一个意志坚定的小伙子。

他带我走进他在后台为自己布置的角落，一个小小的L形狭小空间，他摆了架子，用颜料、素描本、布料等东西精心布置过，甚至还安了一张吊床。在他的工作台上，我欣喜地看到了他的辛劳成果。他在每把钥匙上都贴了标签，买了新的钥匙环，每一层楼各有一个，因此，现在我们可以看看我们到底有什么东西了。

他一一解释钥匙的用处，这时他谈到了一根大得不同寻常的黑色铸铁钥匙，约莫有九英寸长，他说是用来开“米娜之穴”的。我不知道这个奇怪的词语是什么意思,他勉强朝我笑了笑。在这种时候，我很想亲吻他一下。

“米娜之穴”是资格较老的舞台工作人员对船坞东北角一个古老荒芜的地窖起的名字。我问这能不能帮我们解决难题，地窖能否被清理干净并用作布景仓库。哪怕得耗费些工夫，但那里有两个好处，一是距离近，二是价格便宜。他猛地摇了摇头，说生人不能下去那里。

我问为什么不可以。

“米娜是一个女仆，在那里遇害，斯托克先生，是前任女王[2]那个时代的事情了。现在的船坞那个地方以前是一排豪宅,但它们都被焚毁了。她是一个苏格兰女仆，爱上了一位子爵，然后生下一个孩子，那位子爵将母子掐死，将她们筑在地窖的墙壁里。惊动了她会招致厄运。”

“该死的迷信糟粕，”我笑了，“把钥匙给我，你这个尽瞎扯的笨蛋。”

---

1 戈耳狄俄斯之结（Easier to unravel the Gordian knot），古代传说中，弗里吉亚的国王戈耳狄俄斯在献给天神宙斯的牛车上打了一个难解的绳结，数百年来无人能将其解开。神谕启示，能解开这个绳结者，将成为亚细亚之王。亚历山大大帝挥剑将绳结斩断，解开了这个难题。

2 在维多利亚女王之前的上一任英国女王是安妮女王，1702年至1714年在位。

“我真的不能给你，先生。”

“噢，该死的，老伙计，现在就给我。”

他照做了，但看上去忧心忡忡，逗得我哈哈大笑。事实上，他吓得脸都绿了，就像一块发霉的猪肉馅饼。他坚称自己老于世故（这番话令我笑了，因为他还那么年轻），但后台工作人员流传着他们自己的故事。据说上一次那扇门被打开是在三十年前，女佣刚刚转动钥匙，身上就着火了，嘶声惨叫地冲破一扇关闭的窗户。她的墓碑上刻着一个上下颠倒的十字架。据说从门后传来怪异的叫声、呜咽声和“抓挠声”，不是后台工作人员当中的某一个发出的，而是那些时不时来到我们身边或在这里施行某种仪式的幽灵。苏豪广场的圣帕特里克教堂的一位罗马天主教牧师曾来这里为某个病得奄奄一息的演员看病。那位好心的神父请求舞台工作人员将那个男人从“这个被诅咒的地方”带走，他们还看见他一边朝门上洒圣水，一边念叨着驱魔的咒语。我告诉哈克不要说这些无稽之谈，但他根本不听。事实上，当我叫他陪我进去时，他找了个借口，说和做窗帘的人约好了（我知道其实他没有约）。于是，我独自去溜达。

我找了好一会儿才找到他说的那扇门——我们真的应该给门排上编号——但最后，试了好几回之后，我终于找到了：那扇黑斑点点的橡木小门，你得弯下腰才能进去，然后置身于一条狭窄的砖砌过道里，在装卸码头的正后方，你可以悄无声息地经过一个豁口，没有人会察觉。当我凑到窥视孔上张望时，我饶有兴味地发现有一个淘气鬼在木板上刻了一个大写的字母 M 与一个骷髅头和交叉骨头的图案，或许是许多年前刻上的。

当我试着转动那根长钥匙但不至于将它折断时，我意识到这扇门已经许久未曾被打开过。蜘蛛在框缘里筑了窝，门本身似乎感觉非常沉重。然后我看见它从顶部的铰栓松脱了，事实上，门板掉到了地上。我使出吃奶的力气把门板抬起并放回铰栓上，同时将它推开。

曾令人闻之丧胆的“抓挠声”的来源很快就被揭晓了，显然是我们的伦敦老朋友——褐家鼠。我们作为与其同住在这座城市里的同伴，似乎非常害怕这种爱用鼻子嗅闻的动物，见到它在四下翻寻会感到恶心，可是，虽说我不喜欢它，不欢迎它到我家做客，但我乐意和它分享这个世界。它有它必须去做的事情，并不是故意要来这里。它不像人类那样会谋害自己种族的雌性，也不会残忍地对待同胞。

在我身前，我原本以为会见到一条通往地窖的楼梯，但事实上，我透过幽暗勉强看清的却是截然相反的情景。在一个小门厅里有一条简陋、陡峭、毫无修饰的木楼梯，没有安装扶栏，不是通往下面，而是引向上方。我发现自己在傻兮兮地喊话：“你好，有人在上面吗？”不出所料（事实上令我感到高兴），没有传来回答。我点着灯笼，开始拾阶而上。

很快我就到了第二段楼梯，接着是第三段、第四段，每一段与前一段方向相反。木梯的做工粗糙，到处都有裂痕，还有积尘的味道，虽然不是很难闻，但非常浓烈，不过（真是奇怪）它并没有对我的呼吸造成影响，事实上，空气闻起来冷冽和令人充满活力。走了十段楼梯吧，我忘了具体数目了。有好几次在攀登中，我与外面屋顶的旧瓦片只有几英寸的距离，我听见从身下似乎非常遥远的地方传来一个熬胶人和一个卖浆果的贩子在街上的吆喝声，还有外面壁架和檐槽上的鸟窝里的鸽子在咕咕咕地叫唤。

噢，怪异神奇的国度！我觉得自己就像海滩上的格列佛[1]。在我面前是几处长长的相连的阁楼，或许总长度得有两百码，被烟囱和柱子隔开，被从屋顶脏兮兮的窗户射入的暗淡的日光照亮。到处堆放

1 格列佛（Gulliver）是英国作家乔纳森·斯威夫特的作品《格列佛游记》的主人公，他的奇遇起点是遭遇船难之后在海滩上苏醒，发现自己来到了小人国。

着旧箱、破盒、几段长长的地毯，到处是大片大片的状如帘布的足有几英寸厚的蜘蛛网,我不得不拿出削笔刀将其割开才能向前走。显然，数十年来，没有人踏足过这里。

许多处破碎的石壁凹龛营造出一种置身于地下墓穴的诡异氛围，在几处壁龛里有一箱箱发霉的书籍和其他垃圾被丢弃在那里。我那盏灯的黄红色火焰在蛛网上反射出异样的光芒，似乎在蔓延滋生，就像一团舞动的轮廓和蚀影构成的瘴气。在一根烟囱旁边，我见到一堆废品，我马上认出那曾经是一架竖琴，被扭曲成三截，但生锈的琴弦仍将那三截琴身连在一起。看到这一幕情形令我心伤。我为陨落的竖琴兄弟念了一段自己构思的祷文，它终究是我的祖国的象征[1]，也为许久之前令它歌唱的那双手祈祷。

我继续向前走，闯入那片光影诡异的幽暗之中，经过鸽子的咕咕声和旧管道的滴水声，小心翼翼地行走着，因为在这里和四周，地面上到处是孔洞和松动的木板，因此，你可以看见脚下枯骨般的横梁和托梁。随着我打破这里的宁静，我又听到从黑暗中传来许多细碎的脚步声和骤然响起的“抓挠声”，但那些声音并没有令我感到害怕。

一根椽木上悬吊着眼神诡异的一家三口的提线木偶——国王、王后与独眼的黑桃J——但上面溅满了鸟屎，我不想把它们割下来，它们身上每一处地方的油墨已经褪色和斑驳脱落，令它们变得苍白如尘埃，或露出被砍伐做成它们的柳木原色，但它们的脸颊依然绯红而冷漠。

又有几个摞在一起的箱子，还有，噢——令人毛骨悚然的声音——风中传来一连串阴沉宛转的小丑的铃声。然后我发现了一张倾翻的旧宝座，它的坐垫和背靠被侵蚀得破破烂烂。我将它扶起来

1 爱尔兰的国徽是天蓝色的盾徽，绘有金黄色的竖琴。

以椅脚支撑，它似乎在可怜巴巴地凝视着我，但当我推着它时，它自有一分尊贵雍容的气度。动听的淅淅沥沥的雨声落在我头顶的瓦片上，但接着突然停止了。我的小人国陷入沉默。

原本我以为我来到了主阁楼范围的最远端，但现在我惊讶地见到这里原来是一个拐角。我走进了L字形的短边。

这里更加昏暗，因为没有天窗或窗棂。这儿的味道不一样，像陈年的稻草，但我那盏灯清楚地照亮了石墙——小小的如同鹅卵石或无烟硬煤的黑色石头——我看得见它没有散发出潮气。

在我旁边，我发现一段编了结的麻绳，从天花板上似乎是一扇小舱门之处晃来晃去。我把灯摆在一个箱子上，然后双手试着拽了那条麻绳几下。我觉得它挺结实的，或许完好无损。我费了一番气力（但我庆幸自己练过体操），用胫骨和膝盖夹住麻绳爬到顶端，然后我用力推那扇舱门，它“砰”的一声往后打开。

我攀爬到外面，顺着一条短短的固定在墙上的铁梯子往下爬——太美妙了！——我发现自己站在微风吹拂的剧院屋顶，在我面前是我所能想象的最壮丽和最振奋人心的伦敦与泰晤士河的景色，河流朝东南方向蜿蜒流淌，直到我相信是位于格林尼治的带穹顶的海军学院校舍，再过去是北肯特郡的农场和森林。

风刮得很厉害，虽然我仍未满足，但我小心翼翼地踩着瓦片来到最近的顶点，在那里歇息了一会儿，虽然累得筋疲力尽，但心里很高兴。兰心剧院就在我的脚下，在我周围的屋脊上有许多个风向标在转动，河风扑面而来，令我心旷神怡，在烟雾弥漫的远处，尖塔、烟囱管帽和巍峨如山的乌黑绯红的云团有一种威严的壮美。

在皮卡迪利上方数千英里的高处，新月已经升起，像一个鬼魅的微笑。在我下方，透过办公室的窗户，我能看见职员和穷苦工人们在工作，在匆忙往来，但没有一个是我相识之人。我想到，在这一刻，世界上没有人知道我在哪里，一个古怪的念头，但不知为何令我满心欢喜。事实上，我发现自己因为如此孤寂而高兴得热泪盈眶。我不知道为什么会这样。

现在我必须从歇息处下去了。我缓缓地小心翼翼地往下走，经过覆着苔藓的潮湿瓦片，穿过那扇舱门，在身后将它关上。阁楼的灯光似乎变了，通风后变得清新，又或者只是因为如今它在我眼中变得不一样了。

在一个狭窄的凹处，倾斜的地板上有一口木头长箱，有点像棺材，但更长一些，更宽一些，质地比我们做棺材的木料更寒酸一些。姑且认为那是一口装东西的箱子吧。它看似平平无奇，却又散发出某种灵氛，有一股奇特的吸引力，不肯让我离开。箱盖上刻着古怪的图案，构图优雅，雕工精细，因此，它们一定有所含义，但我不晓得。

我把它们记了下来。

☥ ✳ ◬ ⛤ [illegible] ⊕

唉，可怜的人类。所有麻烦的根源在于，一旦箱子被看见了，它就非被打开不可。

但我的校园幽灵并不在里面，根本无须惊慌。箱子里只有泥土，别无其他——丰润、细腻、黝黑——显然曾经被用作压舱物。

我将手指插入泥土中，然后立刻抽了出来，见到泥土中有惨白的蛞蝓在蠕动，肥大如韦茅斯的牡蛎，几乎同样令人讨厌。但我觉得这些虫子和家鼠朋友一样，必须得活下去。我们能够乘坐蒸汽轮船远渡重洋，建造宏伟的大桥与疏浚沟渠，制造可怕的战争机器，治愈疾病，消灭愚昧，我们能将象征英国王室的猩红色染遍整张世界地图，但我们无法创造生命，除了在纸上。

这时，或须臾之后，我无意间瞥了怀表一眼，以为只是度过了大约四十分钟，却惊诧地发觉自己已经置身于上方世界超过三个半小时了。在我下方远处，剧目即将开始。

埃伦·特里的声音

……但关于哈利是一个多么喜怒无常的人有许多难听的话。确实，他性格阴晴不定，满肚子阴郁的幽默。但我得替不了解他的人为他说句公道话，其实他挺有人情味的，只是不善于隐藏。

那是什么？

不，亲爱的，哈利并非粗鄙无礼之人，我认为那并不公允。从某种程度上说，他非常正派公平。一件小事：在伦敦的剧院里，后台通常由舞台工作人员的领班操持，由他制定规矩和负责日常运营，以及聘用临时工等事务，我们不妨称之为团规，那是重要的传统。嗯，那些在后台工作的男人会钉上明信片，你懂的，来自巴黎的货色。有一些内容无伤大雅，我想你顶多说它们略微有伤风化，但有一些实在是太过于直白露骨，就像从一本该死的医学教科书里摘录的。这很烦人，但在英国每一间剧院里，这么做是被允许的。你要么转过眼不去看，要么习惯与它为伍。亲爱的，如今我不会再允许那种事情发生了。先把他们的剧院烧了再说。在我签约的每一份合同里都写明："后台环境必须合乎特里小姐的标准。"嗯，你得让他们知道谁才是腕儿。

观众们掏钱不是想看你，伙计。他们掏钱是为了看我。因此，最好别让我觉得不爽。要不然，那就闭幕吧。

我得夸奖哈利，他公开宣布不会容忍这种事情在兰心剧院发生。

他曾对舞台工作人员的领班或某个人说过："他们自己掏钱看什么不关我的事，但我的后台是工作场所，不是酒馆，我们这里有妇女在工作。那些男人在墙上钉什么都行，但绝不能惹恼我的母亲。我的母亲是一位非常敏感的女性，别说我没警告过你。"

那个领班试图抵制，哈利反驳了他一句，那句话成为伦敦戏剧界的传奇名言："我们这儿有年方二八的姑娘在干清洁工作，还有女裁缝与女演员。她们不应该在上班的时候得先穿过乌烟瘴气之地。"

而且他强制执行命令。违反者会被扣掉一天的工资。团规很重要，但"皇帝"有时候得介入。那需要勇气，令粗鄙之人感到不爽。

所以呢，哈利倔起来会硬得像一块板砖。但他并不总是这样。

每个人心中都藏着一个海德先生[1]，另一个自我。或许是一个没有启程的方向，一条我们并不知其存在或尚未为之起名的道路。亲爱的，我们每个人都必须将自己的选择坚持到底，不是吗？想想吧，每一个选择都意味着放弃。

但有一个影子世界，另一个自我在那里生活，或至少永远不会死去，会一直存在下去。如果你不将你的影子世界抛下，那你就很难得到幸福。哈利永远都无法将其抛下，布拉姆也做不到。大体上，戏剧圈子里的人都做不到，和这份工作有关系，一切都很不稳定，几乎始终如是，很难安顿下来，你会坐立不安。当你每晚都在扮演别人，星期六那天还得扮演两回，你会忘记做自己是什么感觉。

你知道，我总是觉得在剧院里需要两只手。一只手用来挥舞告别，另一只用来捂住心脏。有一位古代诗人曾经为此写过一首颂诗，想不起他叫什么名字。但说时容易做时难，我不知道有谁能成功做到。

质疑。黎明时的沉思。思绪就像手表在嘀嗒嘀嗒地走动。凌晨

1　海德先生（Mr. Hyde）是英国作家罗伯特·路易斯·史蒂文森的作品《化身博士》的主人公杰科博士性格中邪恶的化身。

四点钟，但你在凝视窗外。要是我娶了另一个人，情况会怎样呢？要是我一直未婚呢？要是我接受了那份工作，或移民海外，或留下来，或以不同的方式，以对我来说或许更加真实的方式度过此生，情况会怎样呢？但我会害怕别人怎么想或怎么说吗？

你知道，你的一部分做出了那种事情。想象就等同于行动。

有时候你会妒忌另一个自我，恨不得杀了他。那个已逃走的自我，那个选择了自由的自我。

因此，怒火油然而生。但已经太晚了。

人学会的就只有这一点。我们置身于影子世界里。

1879 年 2 月 17 日

凌晨两点十五分。

一整晚，自从我登上“米娜之穴”之后，我没办法专注于美国巡回演出的准备工作。下楼时我觉得我有了一个故事的构思。那就好像我闯进了上方那个藏在影子里的故事。它就像头皮屑般粘在我的衣服、胡须和眉毛上。

那个故事可以分为十个部分，或依照十二月份作划分，以书信与私人札记的形式进行讲述，各为互文。也就是说，信件的叙述者在掩盖实情，或像一出童话剧那样，没有察觉到有什么事情正发生在他身上。但观众们知道，想要疾声惊呼：“小心你后面，笨蛋！”

第一部分。一个注重实事求是的年轻人，或许是一位科学家或数学家，来到一处他不理解的遥远土地。波斯？非洲？康纳马拉之外的一座岛屿？在世界地图之外的某个地方。

就设定为一位医学讲师吧，但不是什么重要人物。他一定得带点傻气，所有富于感染力的主角都是这样，性情鲁钝迟缓。或者设定为都柏林大学或索邦大学的外科大三学生，醉心学习，不重视或根本没有生活的常识。那种视而不见又心不在焉的人。

他在寻找一种宝贵的灵丹妙药，能令人长生不老，这种药源自一口久已废弃的水井或岩石的缝隙。只要喝下去，你就会成为不死之身。

把他设定为一个孤儿吧。无父无母，这意味着他的道德准则是歪曲的，自幼失怙，只能独自一人艰难挣扎。

他来到那个未知的国度，发现所有的客栈都已经住满了。他遭遇一场狂风暴雨，被一位年迈的贵族收留，后者拥有一座荒凉可畏的宫殿。起初，那个主人家冷漠地招待他，那位年轻医生将其古怪的性情归结于寂寞和年迈抱恙，又或者是其不美满的婚姻。

那个贵族待他很慷慨。伙食充裕，但总是同一道菜，一种奇怪的肉。

他的葡萄园里有享之不尽的美酒，但那位贵族自己从来不喝。没人见过他吃东西。“我很晚才吃早餐，不吃晚餐。”几扇沉重的门永远锁着，每扇窗户都钉了板条。“你明天一早就可以离开。”但早晨永远不会来。每个晚上他都会陷入嗜睡，晕死一般的长眠，醒来时已是黑夜，主人家对他说他睡过头了，白天已经过去，上路的好时机也错过了。

然后。

凌晨五点一刻，我从一场可怕的噩梦中醒来。

有人在用一把锤子敲打着一个铁砧。一座古老大教堂的带矛尖的黑色大门被推倒和熔化在炉子里。

然后我在某一座城市里散步，我去过那里，一部分是鹿特丹，一部分是慕尼黑，或许是布拉格，但并不是那几座城市中的任何一座，也不是它们的结合体。幽暗的街道、饥饿的门道、像骷髅般瘦高的房子在俯瞰着运河。奇怪的人影匆匆穿过废墟，像饿狼般低声咆哮，眼睛里闪烁着湛蓝的光芒。

我穿着一副铠甲，重得几乎迈不开步子。这就是我在铁砧上打造的东西。我滴下汗珠，落在通红的铁砧上，发出嗞嗞声。

然后，不知怎的，我在一间奢华的卧室里，双手与双踝被缚在一个座位上，动弹不得。

在我身前是剧院里的三个天真烂漫的姑娘，但现在被我想象中的卑劣罪恶改变了，变得淫荡、放肆、玩世不恭。她们逼我看她们彼此调情嬉戏，她们的樱桃小嘴现在凑到我的脸上，她们的柔荑插入我的发间，她们做出种种下流猥亵的举动——我无法诉诸笔端。

“噢，他好年轻好强壮。”其中一个喃喃说，“亲吻我们三个吧。”她跪在我身前，脱下我的衬衣。无论我如何挣扎，她的双唇很快就吻上了我。

现在一个披着斗篷的身影，不知道是走进来还是一直在这里，被我看见了。斗篷上是一顶钻石王冠，戴着护套的双手握着权杖和宝球。

“回到你们的坟墓里去。”他嚷道，“这个男人是属于我的。”

但“嚷”字太弱了。那是比叫嚷更加可怕的声响。那是一声呐喊，像一个女人的声音，可的确是男人的声音。

第一幕终

十

幕间休息。在本章里我们继续火车之行，
开启了我们的冒险之旅，两位旅客现在稍做停留

1905 年 10 月 12 日，谢菲尔德车站，下午 2 点 17 分

在乘务员的搀扶下，斯托克下了火车。

一阵风裹挟着秋叶与灰尘在月台上盘旋，令他疲惫的双眼变得湿润。虽然刚过中午，但天空阴沉沉的，透着生铁般的清冷。这座城市里的工厂喷出的煤灰在空中飘舞。

从国王十字车站出发，坐了七个小时之久，他的身子都坐僵了。他转身搀扶欧文下车。欧文的年纪更大一些，身子孱弱，因为疲惫而在发颤。斯托克将这个由他照顾的人的斗篷上的大纽扣给系紧了些。

“一定得留神。”他说，“听说飓风就要来了。”

“胡说八道。”欧文回答，拿手帕捂住自己的嘴巴免得被灰尘呛到，“我遇到过比这更糟糕的风势。”

他眼角的眼影令他看上去像是埃及人。他不耐烦地拿手杖敲着月台。斯托克吹了声口哨，叫来一个行李搬运工。那个走起路来像鸽子的男人过来了，开始将他们的行李搬上一辆手推车。

“布拉德福德是吗，先生们？那列火车三点半出发，在六号月台。”

“多谢。”斯托克说，“你们这儿有茶室吗？”

他与欧文挽着胳膊顶着猛刮的风，跟着那个行李员穿过车站。在街道对面的公园里，外皮坑坑洼洼的榆树痛苦地弯腰呻吟。地下通道的地板上密布一摊摊肮脏的水迹——马桶堵塞了，那个行李员得体地解释，是今天上午的暴风雨造成的。更大的暴风雨正在袭来。

“该死的约克郡，”欧文嘟囔着，“遭天杀的岛屿。”

“闭嘴，好吗？”

“把喉咙喷剂给我。”

“就不能等几分钟吗？”

行李员觉得不去看这一幕很困难。在谢菲尔德，一个涂脂抹粉的男人可不多见。

当然是南方人。隔着一英里就知道是他们。想象一下吧，不得不在那里生活，和所有娘娘腔的家伙共处。怀着怜悯与困惑，他带着两人走进了茶室，谢天谢地，里面几乎空无一人。

欧文在最尊贵的饭桌旁坐下来，张嘴打了一个他能做到的最大的呵欠，用喉咙喷剂对着自己咕嘟咕嘟地喷了一通。在脏兮兮的柜台后面，茶室的女老板胖大嫂吉恩盯着他看，像穿着羊毛衫的博阿迪西亚女王[1]那般严肃。她在凶巴巴地用力将玻璃杯擦干。她曾因为一个孤儿哭闹而扇了他几记耳光。

斯托克悄声对欧文说：“你可否不要那么张扬？”

“为什么这里没有记者呢？”

“请不要发脾气。”

“难道亨利·欧文爵士来到一个鸟不拉屎的腋窝般肮脏的小镇，如今是无关紧要的事情吗？”

“我之前以为你不想通知媒体。我知道你很重视隐私。看在上帝

1　博阿迪西亚女王（Boadicea），传说中率领不列颠部落反抗罗马帝国统治的女王，兵败后据闻被罗马殖民者毒死。

的分上，赶紧点菜吧。”

“事实上，全世界的北方人都一样，你注意到了吗？生活在北方国度的人总是顽固小气。达尔文或某人解释过这一点。”

“算我求你了——”

“达尔文或某人说得一点儿都没错。农民。傻瓜。驯狗的笨蛋。就算被狗咬掉了屁股也认不出艺术家，当然，那种事情并不会发生。”

一盘牛舌三明治和一大壶茶被端了上来。时间流逝。

欧文开始啃咬和修剪手指甲，还一边从齿间吹着口哨。他不时地朝空中抓挠着，想要逮住一只绿头苍蝇，但就像每个尝试这么做的人一样，他抓了个空。

“我们收到芝加哥的回信了吗？”他问。

“还没呢。我肯定我们会收到回信的。”

“看在上帝的分上，那是我的息影美国巡回演出。他们在等什么？我们在夏天预订并确定了哪些地方呢？”

“我已经告诉过你了。”

“再给我说一遍。”

“费城、波士顿、底特律、巴尔的摩、华盛顿、得梅因，然后去旧金山、海伦娜、蒙大拿，新的剧院。”

“没有芝加哥或纽约吗？”

“我刚才不是说了吗？”

“要是没有加入芝加哥或纽约，那真是糟糕透顶的美国之旅。”

“这就是为什么我正在安排，要把它们加进去。”

“你在读什么东西？”

“那并不重要。”

“显然，亲爱的，那并不重要。你做的任何事情都无关紧要。我想我们或许可以去社交，好好疯一疯，乐一乐。”

“你知道我在读沃尔特·惠特曼的作品，你看封面就知道了。”

“姨妈喜欢拒绝吵架，这令她觉得高人一等，是吧？”

“没错。”

“她喜欢把所有的事情都藏在心里，不肯让步，维护她的淑女尊严。”

“你有完没完？”

“你们大块头的姑娘居然会爱上老沃利·惠特曼，真是奇怪。”

“世界上有许多人推崇惠特曼的诗。他在美国内战时当过护士。”

“我的鸡巴也是。”

“棒极了。”

“他让我想起时不时会撞见的胖嘟嘟的德国裸体主义者，你懂的，在温泉小镇里，双手托着屁股，活像一个茶壶，浑身的肥肉都在摇晃，为自己感到无比自豪，觉得自己是男子汉，毫无中产阶级的羞耻之心。你会纳闷到底为什么会这样。你会盼望他能有一分矜持。”

“如果你还有点矜持的话，就请听从那个感觉吧。”

“谢谢你，亲爱的。再来一个牛舌三明治吧？”

“我懒得理你。”

“这可是约克郡最美味的牛舌噢。”

开往伦敦的日班邮政列车呼啸而过。

他们要的是抽一顿鞭子，胖大嫂吉恩心想。告诉你吧，他们是南方人，会受用的。

“我们哪一年在新奥尔良表演呢？”欧文问，“86 年还是 87 年？”

“是 88 年。我们第七次美国巡回演出。我们从那里开始。”

“我想不是。”

“我们从南安普顿前往新奥尔良，在费城获取补给。”

“没错，现在我记起来了。我们在新奥尔良开始演出，在华盛顿结束，对吧，布拉姆?”

“不对。我们在纽约结束。华盛顿是倒数第二场演出。”

“你肯定吗?”

“非常肯定。”

“我发誓，最后一站是华盛顿。”

“我们在华盛顿演了四个晚上，接着在纽约演了一星期，然后结束。最后一场演出是《浮士德》,1888 年 8 月 20 日。它的上演推迟了，因为出了一桩街车事故。你还感冒了。”

“我想不是那样吧。”

“是的。”

两人没有再争执下去，默默地坐在窗边。年长的那位像一头鳄鱼那般端坐不动，甚至连眼睛也不眨一下，而年轻的那位则几乎没有翻页。

他没办法读书。为什么他要伪装呢?似乎在等候许可，从茶杯中得到启示[1]。他们的故事将会获得继续下去的征兆,他们不知道是否会来的那列火车将会抵达。

1 英国有通过观察茶杯中残余的茶梗算命的习俗。

第二幕

我们不是也会出血的吗?

十一

一封信件

切恩路27号

切尔西

伦敦

1888年8月13日

我最亲爱的老公，让我牵肠挂肚的布拉姆：

我将这封信寄往华盛顿的酒店，希望它能在你到达那里之前送至。

我相信此次美国巡回演出的结果会如你所愿，我希望你照顾好自己，不要因为终点已在地平线出现而过于操劳。诺利的情况非常棒，但想念他的爸爸。对于一个九岁的孩子来说，六个月没有你在身边是一段漫长的时光。但收到你每个星期寄来的玩具，他骄傲得像只小公鸡。它们似乎总在他感到闷闷不乐的时候送到。

我将巡回演出的行程表与一幅美国大地图钉在他的卧室墙上，这样他就能跟随你的行程。你每到一个城市，我们就会在上面插一根大头针，然后再插一根，就这么一直插下去，然后我们将那些针用长长的黑丝线连在一起。那张网纵横交错，西至俄勒冈州的波特兰和旧金山，北至芝加哥，南至夏洛特、林奇堡和里士满，错综复杂，看上去就像某只蜘蛛之王的巢穴。而且，诺利开始和我玩起了一个有趣的游戏，他会说："今晚我爸爸在自由钟[1]之城哦。"我得假装不知道那是费城；或"今晚我爸爸在北纬 41.6° ，西经 93.6° "。我和保姆得装作猜测那个地方到底在哪里（是得梅因）。

他在长个子，对于这个年龄的男孩子来说，算得上非常强壮——你不会相信他的块头有多大——还能劈柴了，但我不准他这么做，因为那把新斧子仍非常锋利，可他总是哄得我任由他肆意妄为。下星期我可能会带他到都柏林度假和庆祝生日，因为我爸妈都很喜欢他。他学字母有点慢，但假以时日会学好的。刚才我还对他说："诺埃尔·欧文·斯托克，你应该给爸爸写封信。"所以呢，或许很快你就会收到他写的信了。

我有一件趣事要告诉你，噢，小蜜蜂，我好想你在这里目睹它。不久前——我告诉过你吗？——机械学院觉得这些年来我的读写课程开得很成功，他们决定请一个人执行接下来开课的行政工作。我建议，更确切地说，我坚持要成为裁定者中的一员，经过好一番争执吵闹之后，他们才同意了。

我们收到了几十封求职信，最后筛选出三个候选人，这个任务得有基督徒的忍耐才做得来，因为同事们坚持要安插他们自己的朋友或熟人，有时候说得很直白，令我感到厌烦。有好几回，我以需要呼吸新鲜空气为由，跑到会议室外面去，向我们的主祈祷，虽然那只是徒劳，但令我恢复了平静。

星期二那天，那三位候选人作了求职自我介绍。我们的面试评委小组由四人组成：马斯特森先生、麦迪逊先生、莫布雷先生和我自己。希望"m"这个声母的发音不至于令你念得磕磕巴巴。

那三个候选人各自进行了讲述。我们花了二十分钟时间和他们

1 自由钟（the Liberty Bell），美国费城州议会大厦的报时大钟，钟上刻有"直到各方土地上所有的居民均宣告自由"的字样，曾在美国独立战争时敲响。

聊天，在他们回答问题时做了笔记。等你回家了，我会把笔记拿给你看。

我告诉你吧，其中一位应聘人是一个三十岁的女人，性情温和，思想睿智，在布莱克希斯当家庭教师，会说流利的法语、德语和意大利语。第二位应聘者是一个年轻男子，性情友善，长得很帅，但几乎是个半傻子，不停地抱紧又松开胳膊。第三个应聘者是一个长了瘰疬的糟老头，脚步蹒跚，身上有股威士忌的味道，才学平庸（但他是莫布雷和麦迪逊两位先生志同道合的密友），我的同事们喜欢哪一个应聘者，现在你知道了吧，但他们一直没有透露口风。

我们立刻将那个愚笨的年轻人排除了，却是基于不同的原因。我那几位评委同仁都是老家伙，不喜欢他是因为他年纪轻轻。我不喜欢他是因为他实在太蠢了。

照我说，他帅得令人感到窒息，但你不能指望他数得清自己的马甲上到底有几颗纽扣。把坏消息告诉他的这个任务由我执行，他在前厅里等候。得知被拒绝后，他似乎松了口气，高高兴兴地离开了，不停地抱紧又放松胳膊，在走廊里被自己的鞋带绊了一下，不过，大体上他还是蛮可爱的。

然后我们开始考虑那位家庭女教师，我对她大加赞赏。我说出对她的评价：她经验丰富，绝对胜任有余，我们能招聘到一位能力如此出众的人才，真是太幸运了。我们交谈时，她那镇静而拿捏有度的声线（令我想起了你说话时的样子）深深地打动了我。

她说教孩子很有成就感，但或许并非每个人都适合干这一行。我很欣赏她诚恳直接的态度。她希望生活有所改变。此外，她是三位应聘者中唯一思考过这个职务的人，建议或许可以将课程拓展到诸如卫生与家庭预算等领域，那些课程或许会令我们的学员的太太们感兴趣。

“先生们，”我说，“我们把这个机会给她吧。这样一来，各方都可以受益。”

嗯，小蜜蜂，沉默降临了！就像置身于月球之上。他们抽起了烟，思考着，琢磨着，继续抽着烟，看着自己的大拇指，一直抽个没完。要是抽烟与沉默也能成为获取被授予骑士勋章的资格，那个星期二女王陛下一定会很忙碌。

最后，麦迪逊先生起身说：“斯托克夫人，你知道，一个家庭女教师通常都是不像样的人。”

我问他能否做出解释。

“有时候，一个女人不结婚是另有隐情。”他严肃地说。

看着他，我隐约能想到几个原因。

“每个家庭女教师都有自己的故事，”他补充说，“那是再明白不过的事实。情况不外乎是那个家庭女教师有丑闻或被掩盖的不愉快的过去。我们必须为学员们考虑。他们当中许多是年轻男子。”

“我同意。”体格庞大没有脖子的莫布雷先生说，“技工学院不能招家庭女教师。我们的麻烦已经够多了。”

“那你呢，马斯特森先生？”我问，与其说是希望，毋宁说是期盼，“你能策马来拯救我吗，英勇的骑士？”

马斯特森先生是约克郡人，说话直言不讳，在这种时候他证明自己确实是那种人。

“家庭女教师都是辣鸡。”他说。

“你指的是可以吃的鸡吗？”[1] 我问。

“斯托克太太，家庭女教师都是破鞋。俺心里想啥就说啥，她们就是那样。俺就直白地告诉你们为什么她没老公吧。她并不需要，

1　此处原文用的是“oar”（船桨），与“whore”（荡妇）的发音接近，因为约克郡人的发音有省略“h”的习惯。

这就是原因。她何必费事呢？隔壁家的女人就有老公，那不就结了嘛。”

我还真的哈哈大笑起来，实在是太尴尬了。他们看着我，似乎我是有三个脑袋的穴居人。

“我不在乎什么卫生理念。”莫布雷先生耸了耸肩说。任何站在他下风处的人都会闻到他的体味。

“确实如此。”麦迪逊先生摇头晃脑地附和说，“我们不想让那种事情在我们的监督下出现。我们可说不准事态会演变到什么地步。”

然后他们为那个醉鬼同志说好话，称他是上佳人选：“和我们一样懂人情通世故。”他们还说刚才他以幽默友善的姿态应对我们四人。

“可他以为我们有八个人。”我说。

我们就他被吹捧所拥有的品质又谈论了一个小时，他那几乎语无伦次的应对被归因于与一群人交谈时情绪紧张，我指出，这是大部分教师必须面对的经历，因为教室里不会只有一个学生。

他们像鲸鱼般吞云吐雾，回避这个话题。最后，我直面那几个老顽固。

“先生们，”我说，“你们知道，每年我的嫁妆有五十英镑的收益，这几年来我都捐给了这间学院。如果你们继续拒绝讲道理，那我明天就会给银行写信，取消这个安排。我会给伦敦的每一份报纸和你们的每一位学员写信，解释我做出决定的原因。他们或许会认同你们，或许不会。我愿意去尝试。先生们，午安，祝你们好运。”

“听我说，夫人。”莫布雷先生说，这句话是在火上添油。

我说：“我不是谁谁谁的夫人。”我拿起大衣和手提包，“莫布雷先生，你也算不上是技术人员。”这是在学院里对任何人所能说出的最难听的话。那就像把一个法国人称为比利时人。

我满怀欢喜地告诉你，那个家庭女教师被聘用而她也接受了这个职务。但我最亲爱的小蜜蜂，那就像一出戏剧，滑稽的喜剧。或许有一天你会把它写出来。

嗯，诺利现在叫我了，他就像一头魔怪，老是得喂食。

谢谢你从芝加哥寄来的书籍。如果你有时间的话，你能否在那边帮我找一找路易莎·梅·奥尔科特[1]的作品集？但不要太劳心费神，如果你有空去书店看看就好。我说的是一个好版本，要是能摆在我们的书架上，那真是太棒了。

我想念你，疯狂地爱你。在你离开前的几个星期我们吵得那么厉害，我感到很抱歉。请平平安安地回家，我的好老公。让我们再度出发吧。我相信我们会过上更美好的日子。

你的弗洛

1　路易莎·梅·奥尔科特（Louisa May Alcott，1832—1888），美国作家，著有《小妇人》《玫瑰花开》等作品。

十二

在本章里，读者会遇到都柏林圣米肯教堂的一具木乃伊；
一个买书人的古怪的男子气概被人注意到了

顺着利菲河北边码头疾走而去，在四庭[1]后面的巷子里，有圣母玛利亚修道院、屠宰场与市场附近的巷子、被晨光照亮的排水沟、腐烂的花椰菜、几个牛头骷髅。他在科平格路停下脚步，突然间变成了一条可怜巴巴的蠕虫，以蛮力钻破土壤，泥丘、角落、山坡、涵洞、下水道、银色的煤层、被秘密埋葬的小孩、被压碎的花岗岩和片岩、黏土堤坝和维京人的牙齿，直达圣米肯教堂地穴的碎石层。

在他的上方响起了晚祷。皇皇圣体，阿门。下面这里散发着白垩与腐朽棺材的恶臭。最高处的顶石，那尊食尸鬼从他的棺材里疲惫地爬出来，头发长可及地，他的肋骨里有一个鸦巢，破烂的锁子甲的碎片在他的股骨上晃荡，他拿起在耶路撒冷围城之战中用过的盾牌，喝令其他雇佣兵集结。

斯托克在他的船舱里醒来。大西洋浪涛汹涌。

在他的周围，船身发出嘎吱嘎吱的声响，舷窗外是发出尖叫的夜晚。

那个十字军战士仍在这里，或在眼睛后方的陆地上，战斧劈穿了他的头盔，但他仍在沙地上挣扎。但一道大浪的冲击令他身子剧烈摇晃，回到虚无中。斯托克倾听着鼓点声，但很快，它们也平静

1　四庭（the Four Courts），都柏林的司法中心，由高等法庭、最高法庭、上诉法庭与巡回法庭组成。

下来。

船上有一股浓烈酸臭的酒味。

在红色的烛光中，他恼火地看见他的怀表已经不走了。

他穿上晨衣，顺着由缆绳固定的桨帆船走动，步步都以手紧抓绳子，穿过令眼睛流泪的呕吐物和溅洒的啤酒的气味，拾阶而上，穿过主舱沙龙的玻璃门。那几盏灯笼在燃烧着，一张铺着呢布的桌子旁边坐着几个演员，正和几个看管道具的小伙子在吵吵闹闹地打扑克牌。他在吧台点了一杯波特酒掺白兰地。

哈克坐在一个角落里，正以这幕情景作为素描题材。他走过去。她微笑着抬头看他。

“今晚真糟糕，先生。”她说，“船长说海面很快就会平静下来。”

“希望他说的对，我的好伙计小哈。”

“您还好吧，先生?”

“只是做了一个噩梦。晚饭太丰盛了。你点算完波士顿的收入了吗?”

“七千两百三十三美元，先生。那笔钱在下面的管事员办公室的保险箱里。按照您的吩咐，他已经安排了一个配备武器的保安。”

“谢谢你帮忙处理那件事情，小哈，我快累死了。”

“我们总共挣了多少钱呢，先生？三万二?”

“我想整趟巡回演出扣除成本挣了三万三千美元。旧金山有九千美元，但不是每个城市都有那么好的票房。”

“收获不错嘛，先生。再来一杯鸡尾酒，好吗？能让您提神振奋。”

“谢谢你，小哈，不用了。院长去哪儿了?”

“我有三个小时没有见到他了。我相信他上床睡觉了，有点醉意。”

“现在几点了，你知道吗?”

“就快凌晨五点了，先生，格林尼治时间。事实上，我们就快到您的家乡了。”

他在甲板上散了一会儿步，感受到海上旅人的孤独，但并不觉得难过。天气很冷，但起伏的海洋带来了安慰。在黎明里，你什么都不是，甚至连一滴海水都不如，所有的一切都会被冲走。

他看着凯利之外的各个岛屿缓缓出现在视野中，在他身后，太阳为天际线裹上金边。视野远方的茅屋烟囱冒出袅袅炊烟，小圆舟从小湾出发，后面拖着渔网。海水似乎在作祟，他听见一座教堂在鸣钟，但无论他怎么努力张望都看不见那座教堂，这时他才想到原来是上层甲板的那口钟在响。

在小圆舟里，男人们提着灯笼，举着长长的鱼叉。他们过着什么样的生活呢？这些住在如此偏僻之地的人？只消一个浪潮袭来，他们就会死掉。为什么他们不迁居别处呢？

离去吧，那个十字军战士低声说，耶路撒冷沦陷了。

状如骷髅的荒凉萧瑟的斯凯利格·迈克尔岛从浪涛中显现，就像一座从天而降的高山。僧侣和忏悔者曾在那里居住。全都是男人。

谁能忍受那里的条件呢？他们对上帝的概念是什么呢，他们以为自己奉行独身就会得到上帝的原谅吗？

在一场远古的瘟疫中，一个隐士相信他是世界上最后一个活人，将他的遗言刻在了那座花岗岩修筑的教堂廊柱上，以为不会有人，只有复仇天使才能读到它。那是乔叟时代之前的一千年，英语尚未形成。一天晚上，在火堆边，母亲向我讲述了那个故事。那对腿撑如此沉重，我的双腿孱弱得像灌了水。但父亲说那些都不是真的。

斯托克在幻想着母亲的样子。自从上次他见到都柏林已经过去七年了。似乎总是没有时间。

六个月的巡回演出，他的妻子带着儿子去都柏林度假已经两个星期了。再和他们一起生活会是怎样的情形呢？

在翻腾的海浪声和海鸥的叫声中出现了他们到达新奥尔良之后的情景。闷热的天气、高傲而美得出奇的当地人，他们在讲述“僵尸”的故事，巫毒咒法、活死人、戴着烟囱式礼帽的撒麦迪男爵[1]。在路易斯安那州有些人以前是奴隶，有些人却身披绸缎，佩戴钻石。斯托克觉得那里所有人都有一种尊严而淡定的气度，他们的举止有世家贵族的风范。那里的女人美丽动人，带着嘲讽的姿态。

还有玛丽·拉芙[2]的陵墓，有些人说她在生时是一个女巫。为什么她的木头墓碑被钉上了好几千根钉子呢？看墓人说这是诅咒敌人的方式。别的手段还有黑猫的骨头和护身符、十字架受难像和圣主的暗黑之力。残酷报复的故事，如同里面被投下了一撮火药的咕嘟冒泡的秋葵浓汤。

香料，香水，门道里闪烁的眼睛。秋葵的味道，树上的寄生藤。一天早上，他和几个演员出去看河口的风景。鳄鱼猎人和卡津人穿着他们的“贾卡努狂欢服饰”和裙裤，庞恰特雷恩湖，彬彬有礼的日常对话，密西西比河涌进港湾的咆哮。那是他觉得距离都柏林最遥远的时刻。

然后，二十五个星期走了七十二个城市。一百二十二场演出。各种疲惫，各种赶火车；犹如尼亚加拉大瀑布般涌来的文件；收据和丢失的护照，取消的酒店行程；演员们罹患腹泻、牙疼、发烧，半夜得叫医生来；工资全都输在打牌上；与迷人的中西部美国人堕入爱河，不想继续出发去下一个城市；任凭骗子坑蒙拐骗，被街上的女士抢劫；被逮捕，被传讯，被关进监狱，被保释；被蚊叮，被蜂蜇，或在美国的成功之火上被慢慢炙烤；每个人都想触摸他们，叫他们以“那种口音”说话；与演出主办人就合同的每一条细则争执

1　撒麦迪男爵（Baron Samedi），南美巫毒教中的死神。

2　玛丽·拉芙（Marie Laveau，1801—1881），美国路易斯安那州的巫毒教灵媒与医师。

不休，讨价还价，威逼恫吓；在几座城市里，有的演出主办人痛哭流涕，不愿付钱，以破产或亲人已奄奄一息为由苦苦哀求；布景不翼而飞；一个女演员与一个牛仔私奔；舞台工作人员坐地起价；五个人断了手脚，三个人怀上了孩子，一个人动了手术（“将子弹从一个演员的大腿中取出，那是在谷仓里跳舞时发生了一场误会引起的，花了八十美元”），底特律的剧院被一场龙卷风彻底摧毁。

在纽约的闭幕之夜。舞台工作人员们汗流浃背，赤裸上身，站在一口大坑里，将煤气从第8街顺着半英里长的管道泵到阿斯特广场，穿过剧院的活板门。好一派烈焰滚滚、人声喧喧、丝弦铮铮的情景。

一百个来自下东区果园街贫民窟的小孩受雇扮演小魔鬼，他们戴着黑色麻布风帽在大呼小叫，手舞足蹈；与此同时，一个十英尺高的木头做的骷髅头从舞台上空被吊下来，欧文以墨菲斯特[1]的形象出现，站在骷髅头的左眼窝里，身披红银两色的斗篷，头戴鹿角，前来将悲惨的浮士德拉下地狱。

他踩着一双脚跟足有一码长的高跷鞋，巍然屹立于喧闹的剧场大厅之上，从空中挥洒鲜血，招手示意，嘎嘎怪笑，癫狂颤抖，指着前排那个贪腐市长的妻子，在高潮的那一幕，含着满满一口汽油，拿着一根火柴，吐出一道横贯半个剧院正厅的火舌。

警察被召集起来，整个剧团遭到训诫，要是这种不负责任的噱头再度重演的话会被逮捕。马克·吐温来到后台道贺，院长在他面前下跪，亲吻他的双手。当晚演出结束时，剧场的经理恳求欧文将演出延期，取消回英国的行程。一万人聚集在阿斯特广场，高喊着他的名字，为了能有机会见到他和碰到他，不惜和警察干架。票贩子已经在贩卖加演的假票，14街以南的每一家印刷商都在制作假传

1　墨菲斯特（Mephistopheles）是舞台剧《浮士德博士》中的恶魔形象。

单。院长说不行。“吊吊他们的胃口。”难听的谩骂抱怨有助于下一回的演出。

经过了克利尔海角、凯利的峡湾、西科克、舍金、波利费里特、斯基伯林的入海口。到了金赛尔附近，船停下了，然后传来船锚落下溅起水花的沉重的声音。他疲惫不堪地看着几艘提供补给的小船从镇里并排出发，满载食物和淡水，吃水升至船舷边缘。灯塔在顽强地闪烁，黄色的光柱扫过浪涛。他意识到自己并非独自一人。

“早上好，布拉姆。”

“早上好，老总。”

“回到故国，是吧？我刚才在看海豹呢。多么奇异的脸。就像人脸一样，你不认为吗？”

“有人这么说过。”

“进账款项都算好了是吧？”

“小哈帮了我很大的忙。”

“三万二？”

“三万三。”

他们并排站在护栏处，看着远方的城镇亮起灯光，拖船上的船夫将行李和箱子用绳索运到等候的乘务员们那里。金赛尔后面的天空呈现一片浓郁的殷红与金黄。

“真奇怪。”欧文说，“自从小哈把她的秘密告诉我们之后，我还是不能把她当姑娘看待。也不能原谅那个谎言。”

一个银匣被递给了斯托克，他从中取出一根美国香烟。“她在害怕。你不能责怪她。身为女性，她害怕找不到工作。她的谎言并没有造成危害，而且对我们来说是好事。”

“我非常同意。但不管怎样，事情有点古怪。乔装成一个小伙子，还那副打扮到处跑。现在还是那样，你知道，一副小白脸的样子。

几个星期前我在西雅图对她说：‘我亲爱的珍妮，你堪称是剧团里的博·布鲁梅尔[1]。’你知道她说什么吗？”

“‘和你相比，我只能忝居次席，先生。’”

“啊哈，她告诉你了？”

“每个人都知道。”

“可爱的小姑娘，挺有才气。说真的，我挺喜欢她。你知道，美得就像画中人，是吧？”

“我的理解是——虽然我们没有深入探讨过——那就是，我们的哈克小姐觉得自己还不适合结婚。”

“啊，确实如此。嗯，那其实没什么，你懂的。”

“是的。”

“说老实话，我从未遇到过哪个人真的适合结婚。”

“从来没有？”

“或许几个天主教牧师除外。”

“我们一上岸，你就会从南安普顿北上伦敦吗？”

“最好这么做。你把钱存进银行里，好吗？你会和大伙一起走吧？”

“当然。”

“噢，感谢你的帮助，布拉姆老伙计，我本应该一早便说的。巡回演出能圆满结束，我真是太高兴了。没有你，这事儿成不了。”

“那是我的荣幸。”

“你会在你的船舱里找到一个木头漆匣，大概这么高。里面有一份送给你的小礼物，在费城买到的。”

“不用这么客气。”

“你给每个人发三个月的工资，好吗？然后帮我写一封感谢信，

1　博·布鲁梅尔（Beau Brummell，1778—1840），英国贵族，英王乔治四世的密友，相貌英俊，喜好华服装扮，是当时上流社会时尚的引领者。

像平时那么写，写得情真意切，好吗？现在我有点累了，我要去睡觉。”

留声机录音的文字记录

我是斯托克。

今天的日期：1888 年 9 月 1 日。

我很难过地说，事情又发生了。我刚从南安普顿回来，走进家门，刚刚脱下我的大衣，刚刚拥抱完诺利和弗洛，为他们送上礼物，还不到十五分钟，一个宿敌就跑出来，毁了原本一场高高兴兴的归家团聚。是弗洛伦丝把他招惹进来的。

版权。

“我约了一位公证人。”她说，“明天上午十一点。他会带我们去陆军部登记专利。”

我解释说我很忙。

她说她会另约时间。

我说：“我会一直很忙。”

“发什么脾气呢？”

我说我不是故意要发脾气，或许是因为一路奔波，我有点累了。

“布拉姆，你知道我讨厌什么吗？你让我成了一个唠叨的妻子，一个悍妇，一个疯婆子，童话剧里的老妖婆。是你的固执书写了那些台词，而我别无选择，只能把它们念出来。”

“你总是有得选择。”

“你是说默许吗？”

“或许妻子的支持会是更贴切的说法。”

“无论她的丈夫的愿望是什么，无论大小或不加过问。”

“我似乎记得你发过誓言，就在不到一百万英里之外。”

“你竟敢教训我，布拉姆，拿我发过的誓言开玩笑？你有六个月不在我们身边，你或许应该花点时间好好反省自己。”

“我承认是我错了。”

“你真的错了，先生。正是如此。”

“你发完脾气了吗？”

“我不会容忍你的傲慢姿态，布拉姆。你甭想消磨我的锐气。别把你会在别的地方说的话说给我听。你很会照顾支持别人，但你的妻子似乎没有这等待遇。”

“我的创作是我自己的事情，唯一属于我的事情。在这件事情上，所有的决定都得由我做主。”

“爱人之间是不分你我的。”

“是吗？”

“你有一个更好的自我，布拉姆。他去哪儿了？”

“到陆军部申请他妈的专利去了。”

我沮丧万分地离开了家，走了很长一段时间，走了四英里，到达堡区然后返回。经过那些事情之后，我的心情非常低落迷茫，自怜自伤。我在纳闷我们怎么会闹到这个地步。似乎在面对再度共同生活这个前景时，我们的眼前是一张不知道如何去解读的航海图。

对于伦敦来说，这是糟糕的一天。今天上午报纸上说又有一个可怜的姑娘惨遭杀害，一个名叫玛丽·安·尼科尔斯的姑娘，尸体在白教堂的黑墙大厦被发现，遭到了难以名状的肢解。这是五个月来第三个如此惨死的姑娘了。现在我们知道在伦敦有一个恶魔，逍遥法外。

今晚在散步时，我见到许多女人匆匆走过莱斯特广场，神色惊慌，三三两两结伴而行，互相挽着胳膊，目光四处张望。

好几百个警察在值勤，但那并没有为死者带来安慰。查令十字车站外的报童们，眼神狂野，拿凶杀案吆喝叫卖。我无意间听到站在街灯下的男人在交谈，话题只有那些罪行和组建一支武装团练在东区巡逻。谣言漫天飞。那个杀手是一个贵族，乔装成一个天主教牧师，他是一个俄国人、一个外科医生、一个士兵，他其实是两个人或三个人，还有人说他打扮成一个女人。

除此之外，当下伦敦的雾如同瘴气般浓厚，而且污秽不堪，夹杂着讨厌的漆黑煤灰和味道难闻的尘埃，因此，一些女士披上了面纱，一些男士戴上了风帽或围巾，气氛令人感到不安。而且街上有好多个醉汉，许多不幸的姑娘也遭到了这种难以启齿的下场。你以为她们会被吓跑。这座城市就像一个可以肆意妄为的狂欢节，那个杀人凶手是马戏团的班主，引领着我们在进行假装视而不见的怪诞的面具舞会。

在埃克塞特街上，我碰巧遇到了小哈，穿着男人的衣服，脸色苍白，难看得就像一摊劣质的水彩颜料。她和她的哥哥在一起。我想他哥哥叫弗兰克，他眼神疯癫，精神恍惚，或许是因为喝醉了。我们聊了一会儿天，然后他们离开了。

那几个可怜的姑娘遭受凌辱和肢解的故事就像一场传播的热病，一场以恐惧为食的谵妄。就像许多种毒品，是会上瘾的。

我去了弗利特街的一间地窖酒吧，待了一两个小时，但不喜欢那里，那儿的小伙子年纪太小，老头子的眼神色眯眯的。我对其中一个少年说我啥都不要，来这里只是想有人陪伴。他竟然骂我："那你来这里干什么，糟老头?"上帝知道，我不应该再光顾那种地方。但夜幕降临后，我走出酒吧，似乎在寻找某个人。或许是我自己。

然后，我没地方可去——我的钱包不知道放哪儿了，不然我会去酒店休息——我来到兰心剧院这儿，进了里面。

我见不到有人。那是——让我想想——大约三个小时之前的事情。

在道具室里找到了一张毛毯，来到酒吧间这里，将两张扶手椅摆在一起，以研究这件精巧的机械如何运作打发时间——他亲自送的礼物，美国的纪念品——我相信现在我已经对它的机制有了充分了解，能（内容无法听清）……

嗯，然后，现在是晚上十一点零四分。今晚这里一片漆黑。没有人在这里。

要在这个房间睡觉并不容易。或许是那些镜子的缘故。

想象力在作祟。我一直觉得听到舞台上响起脚步声。

重重的顾虑使我们全变成了懦夫。[1]

上床睡觉。

睡得很不好，半个小时前醒过来。空气非常冷，渴得要命。

快到凌晨五点了。头疼。我一直在这个地方搜寻，想找到一个水壶或别的什么东西泡茶喝，但找不到。

可怕的梦。太恐怖了。我做过的最可怕的梦。

没人知道我做过的事情。

1888 年 9 月 7 日

因为现在家里的情况，说得好听点，实在是一团糟；因为伦敦

1　此句出自《哈姆雷特》，朱生豪译本。

每一个烦人的该死的讨厌鬼没日没夜地到我在兰心剧院的办公室。在一个古怪念头的驱使下，我带着打字机和几样必不可少的东西，上来“米娜之穴”这里。

我很高兴做了这件事情。

我认为出于愚蠢的焦虑，一个人不会真的在这里生活或睡觉（呜呼）。但是，为了工作，或时不时有一个地方可以独处，我发现这个新发现的与蜘蛛为伍的静修之所非常适合我。除了不受干扰这个无价的好处之外，这里光线充足，安静而且不至于太舒适，正是后者让一个人保持警醒和坚持工作。

当我在一个有风景的房间里时，我总是把桌子从窗边移开。

无疑，到了冬天，这里会冰寒彻骨，但有一两张毯子应该就能不用挨冻。带上一个水壶,甚至一个露营用的炉子也并非不可能实现。

如果屋顶漏雨的话，它想漏就漏吧，我只消挪个位置就能保持干爽。这里没有桌子——至少我在那堆废旧杂物里还没找到——可以让我放打字机，但我把几个箱子叠起来权当我的写字台。而那张陈旧的王座——李尔王或哈姆雷特曾坐在上面大发雷霆——舒服得足以当工作椅而有余。是的，我希望带一个小炉子上来，这样可以泡杯茶或炖碗汤喝，我曾在一间海陆军供销社的橱窗里见过一个。

然后，我有了一个故事灵感：有一台打字机被鬼魂附体。自己噼里啪啦地打出令人毛骨悚然的故事，把它的主人，一位没有才华的失意作家，吓坏了，他独自住在那间从父母那里继承的萧瑟简陋的房子里，当地荒凉破败，盗贼横行，就像德普特福德。他的文学创作无一例外都以被拒稿而告终。每天早上，他走进书房，发现在前一天夜里，那台打字机已经写出了一篇更加血腥恐怖的新故事。他把房子锁起来，遣走了仆人，将每扇窗户都钉上木条，但每天早上，那些离奇的故事仍会出现，整齐地码在打字机旁边。

他快被自己的失败逼疯了，出于对其他成功作家的嫉妒，他开始将这些故事寄给杂志。它们以他的名字被刊登，并取得巨大成功。财富与名声纷至沓来，美女围绕在他身边，他在皮卡迪利买了一座镇屋，里面挂满了十五世纪的画作和珍贵的古玩，但他自己的创作仍然苍白无力，他只能一直仰仗那台鬼魂附体的打字机和它吐出的离奇故事。

他整晚躺在床上，冒着冷汗，倾听着它的键盘发出吓人的噼里啪啦的敲击声，直到最后，他读到一则故事，里面预言了他的离奇死亡。他操起一把斧头将打字机砸烂，但就在他动手时，警察破门而入，将他逮捕。前一天晚上，证据被寄到了苏格兰场[1]，是他写的关于谋杀了街上一个不幸姑娘的供词，那是用他的打字机写的。他被处以绞刑。

今天上午，大概十一点钟，剧团成员陆续抵达，开始搭建《化身博士》的舞台布景，我去海查德书店办点私事，戴上了一副眼镜和一顶沉重的帽子，以免被别人撞见。那是一场有趣的冒险，但并非以我原先想象的方式进行。

那件事情离奇至极，如今看来依然如此。

我进去里面，高兴地见到那个值班的年轻店员不认识我，因此，我可以不受干扰地进行我的小伎俩。总之，我小心翼翼地与那些闲逛的顾客待在一起。事实上，我无意间翻开一本非常吸引我的旧书，莱默[2]的《吸血鬼瓦尔尼》，一本厚重的大部头，我曾听说他自嘲它是“英国有史以来名副其实的最糟糕的作品”。出于好奇，我把它买下了。或许会以它为蓝本制作一出剧目。一部劣作总是会被上演。

1　苏格兰场（The Scotland Yard），英国伦敦警察厅的代称。

2　詹姆斯·马尔科姆·莱默（James Malcolm Rymer，1814—1884），英国作家，著有《吸血鬼瓦尔尼》《珍珠项链》等作品。

我一度望着窗外的皮卡迪利，那儿有许多小伙子在闲逛和等着做买卖的机会。我无意间见到一个端庄的身影，披着一袭黑色长袍，戴着一张绸缎面纱，上面绣着一只银色的海星。那个高挑优美的身影有某种气质，似乎她并非俗世之人。事实上，那一幕令我想起我的母亲以前经常唱起的“愿景之诗”，在诗中，一个小伙子在天空中或在湖边经历倩女幽魂的奇遇。受到这位缪斯女神的激励，我鼓起勇气，拿着想买的那本书走到柜台，在付钱时，我悄悄地开始实施真正的目的。

“我在想，”我面红耳赤地对那位店员说，“你是否碰巧购入了一位作家的首部小说，我想他是都柏林人——我这会儿记不起他的名字——但那本书的名字叫《蛇迹》？我注意到前不久有一期《旁观者》对它大加赞许。”

但丁的第九层地狱，炼狱的最深处，专为罪大恶极之人而设。忘恩负义之辈在最炽热肮脏的阴曹地府里永远承受苦难。要是地狱有第十层的话，那是专为更加道德败坏更加不可原谅的禽兽而设：一位推销自己作品的作家。

“我想我没有听说过这本书，先生。”那个店员说话带着威尔士口音，像在唱歌，“如果您不介意的话，请容我查阅一下图书目录。”

“我相信几个星期前《汉普斯特德论坛报》也称赞过它。”我恬不知耻地说，“你或许可以进这本书，我相信肯定有人想买。”

“我们没办法每本书都进货，先生，但我现在可以帮您查一下。”

我雷打不动地站在柜台那里，那个来自哈莱克的小伙子用一根手指划过书籍清单。

“我没有见到那本书的名字，先生，您知道它是一部什么样的书吗？”

“我相信是一本关于离奇故事的书。”我说，“《旁观者》说它‘有几处地方令人毛骨悚然’，还说故事‘引人入胜，值得一读’。”

“亨特利先生？”那个年轻人现在恭敬地向一位较为年长的同事咨询，“《蛇迹》这本书，我们店里有吗？”

“那本书是一个爱尔兰家伙写的。”那个老资格的店员回答，“我读了校样，糟糕透顶，废话连篇，所以没有订购。”

这时候，从我身后排队的人群里传来一个奇怪的声音。“那是一本好书。”

我转过身。说话者就是刚才我在外面见到的那个披着黑色面纱的身影。

“谢谢您，夫人。”那个年轻店员怪尴尬地说，“我们有难处，书太多了，没办法全都去追踪，而且并非所有的书都能长销。”

“这本书会。”那人坦率地回答。

我付了书钱，走出书店，心里很吃惊。几分钟后，她离开了书店。

我好奇地跟着她快步经过皮卡迪利，突然一阵强风吹拂着那件黑色长袍的裾脚。我们走进河岸街时，几个工人正在张贴海报：“通缉凶残杀人犯。穿皮围裙的男子。”

我跟踪的对象拐进一条小巷，名字我记不得了，是通往泰晤士河的巷子之一。跟踪时我保持着距离，但当我走进巷子里时，已经不见了她的踪影。我头晕目眩地走了几步，但什么也看不见。于是我转身朝河岸街往回走，一个身材高大头型像一颗子弹的男人从一间咖啡厅的厨房后门现身，紧盯着我。

“你在想事情吗，先生？”

我说没有，我只是去办事。

“办什么事？”

“办什么事和任何人都没有关系。”

听到这句话，他走上前，从口袋里拿出证明身份的徽章。他是兰德里人，伦敦警察厅的警探。

我对他说我是兰心剧院的总经理。他脸上没有露出任何表情，但那本身已经透露了什么。我突然间觉得燥热惊慌。

“我只是觉得你在跟踪那位女士，先生。从皮卡迪利圆环一路跟到这里。”

“我没有。”

“噢，你没有吗？”

“我可以走了吗？”

“劳驾双手高举过头，就一会儿，先生，如果你不介意的话。”

我觉得没有理由不去配合，于是我照他的话做了，当他搜查我的口袋和全身上下时，我的身子在微微发颤。他从我的大衣口袋里拿出几张纸——一幅我试图描绘的戏剧场景——满面怒容地浏览了一遍，然后把它们放回原处。

“你是哪里人，先生？”

“我是伦敦人。”

“听你说话的口音不像伦敦人。到这边来，先生，面朝墙壁，双脚分开。”

“我在都柏林出生。我在这儿居住好几年了。”

“爱尔兰。麻烦的地方。时不时还把麻烦带到本土这里，难道不是吗？喜欢玩炸药喝黑啤的爱尔兰佬。”

说到这里，他搜完了身。当我转身对着他时，他打量着我。

“我以前见过你。”他说，“是哪儿呢？我觉得奇怪。”

“我想我真的不知道。”

“你天黑后经常在苏豪区一带出没吗，先生？”

“不。”

“那就怪了，斯托克先生。我在苏豪区见过你。在德雷克斯酒吧外面的巷子里，一个午夜，只是你没有进去。你左思右想东张西望。我相信你想进去。”

“你把我和别人搞混了，我不知道那间酒吧。”

“闭嘴，斯托克先生。那天晚上我们去查牌。每个‘犯事儿’的人都被关押了六个月。”

我没有吭声。

“一点忠告，先生。散步时当心点。跟踪女士？实属不智之举。”

“我向你保证，警探，我并没有在跟踪那位女士。”

“我只希望我无须在某一天晚上到你家登门拜访，先生，跟进处理这件事情并做出官方声明。斯托克太太或许会因此不高兴。”

“我不想那样。”我说。

他点了点头。“刚才搜你的口袋时，我发现你的钱包里有两张一英镑的钞票。我正在为警察福利社筹款，或许你愿意捐点钱，先生。”

“当然愿意。”

“你真是慷慨大方，斯托克先生。我想我们可以凑到三英镑。我敢说我们会再见面。”

回到剧院，我来到这里，我在上面的小天地。写了一会儿字，后睡着了。

我梦见我从很高的地方掉进伦敦。呼啸的风声，绯红的月亮。

十三

在本章里，那个戴着面纱的魅影又在皮卡迪利被见到；
寄给美国那位慈父般的长者的一封信

今天下午我和他见面了，闹得很不愉快，而且令我感到烦恼。

我走进他的办公室时，他正在试一顶假发，戴着夏洛克式的鼻子。我们谈论了一些商业上的事项，内容是处理南沃克的仓库租约遇到的困难，但我察觉出比起平时，他更加心不在焉。我的看法是他午饭吃得太饱，德国美酒和苏格兰佳酿令他醉醺醺的。过了一会儿，他把服装管理员打发走，说他有话想问我。

他说："关于这几宗谋杀案，你有什么想法？"

我说我和每个人一样感到震惊。

"我不是那个意思。"他打断了我，"我想或许可以把它改编成一出剧目？我认为它可能会是一出极其吓人的剧目。我们的剧场将会满座一年。"

我惊呆了，一时间不知作何回答。然后我说——一个蹩脚的玩笑——我不知道向一个凶手购买版权是否可行。

"该死的。"他骂了一句，然后拿出今天上午的《泰晤士报》，将头版的一部分剪下来，贴在墙上。标题是**"东区另一桩骇人听闻的屠杀"**。

"我的英雄，"他说，"演艺界的王子。整个伦敦都在谈论他。而且不用掏钱。"

院长有一个恼人的习惯，总是令心思单纯的人感到尴尬，纯粹只是为了让自己高兴或观察他们的反应，但这一次他玩出了新花样。

“人们喜欢恶心的东西。”他说，“人性使然，就是这样。恐惧就是金钱，我亲爱的姨妈。莎士比亚就谙识个中之道。”

我说我这辈子都想不通莎士比亚和这些恐怖事件有什么关系。我真傻，居然被他挑衅。我原本应该保持沉默。

“关系大着呢，姨妈，看看那些戏剧，下毒、自杀、母子相残，令这个杀人凶手看上去就像一个往牧师的果酱上撒胡椒粉的调皮小男生。”

“好了。”我说，“我们的会开完了吗？”

“悲悯与恐惧，”他继续说，“那就是希腊人所说的：戏剧的秘密。他们精通那种把戏。”

再一次，我发现自己失去了理智的判断，顺着滑道一路往下滑，掉入他的奸计的漩涡翻涌的大海里。“世间的道德败坏之徒没有资格谈论艺术。”我说，话刚说出口就恨自己多嘴，因为任何不是画家的人说出“艺术”这两个字总是暴露出讲述者是装腔作势之辈，得被好好教训一顿。

他爆发出嘲讽式的哈哈大笑，或许自从今天早上起床他就开始在筹划。

“你这个臭不要脸的自大高傲的伪君子，姨妈。你被肮脏恐怖的事物深深吸引，就像一条虫子往粪坑里猛钻。你回到家里有娇妻相伴，当好一个妻管严的好丈夫，但你总是怀疑生命并不只是这些，我亲爱的，难道不是吗？”

“你喝醉了。”我说，“找个地方躺下吧。”

他阴阴地冷笑着，伸手从袍子里拿出一本我写的书。

“《蛇迹》，老天爷啊。”他一脸坏笑，“令你兴奋不已，不是吗，姨妈？把石头翻起来，看着蛆虫在扭动，狂嚼着你的欲望的粪土。真是遗憾，你没有美妙的文笔去表达。挫败感一定把你逼疯了。”

我走上前，将那本书从他手中抢过来，以他当下的情况根本不难。他的呼吸带着浓烈的酸苹果的恶臭，足以将一头赛马熏晕过去。

“我撩动了你的神经吗，姨妈？我总是知道如何将它找出来。”

“我得把话对你挑明了。”我说，“我们绝不会上演一出被这几桩谋杀案‘激发’的剧目。”

他摇晃着脖子上的赘肉，模仿着我的口音，当我转身离开时，他的一番话把我又拉了回去。

“顺便说一句，我知道那是谁。”

我站在门口。

“你们这种貌似斯文安静的人会变成野蛮人，”他说，“在你们愤愤不平的心里，你们比那些炫耀残忍的人更加凶狠。”

“说到残忍，我可不敢与你争锋。”我说。

“噢，他们把你的照片登在《潘趣》里，挺不错的。”他继续说，“你看见了吗？”

他将我的目光引向他的书桌，上面摆放着那本刊物，翻开到上面画着一只类人猿的漫画的那一页。它大张着下巴，长着猴子般的脸，却有着猪鼻子，露出一口滴着肮脏口水的獠牙，头戴一顶簪着四叶草的精灵帽，颈戴一串《玫瑰经》念珠，一个十字架在晃荡着。

标语是：**“爱尔兰吸血鬼”**。

我这辈子有几回庆幸自己没带一把上膛的温彻斯特步枪。这回是其中之一。

埃伦·特里的声音

嗯，你知道，那是开膛手[1]作案的时候。那是伦敦的恐怖时刻，

1 1888年8月7日至11月9日期间，在英国伦敦东区有五个妇女连续遭残忍杀害，凶手还向英国警方挑衅，但一直逍遥法外，成为百年悬案。

再也无法恢复原先的面貌。我不知道你是否曾经在一座杀人凶手逍遥法外并不断作案的城市待过，但是，那种气氛影响了一切，就像水库里的毒素或空气中的秽物。

你看邻居的眼神不一样了。你开始记起其实并没有发生的事情。住在马路那头的那个家伙上周在图书馆里怪怪地瞄了我一眼，香烟店里那个古怪的小个子也是。你在纳闷那些凶杀案是不是他干的。他把妻子碎尸后埋在地下室的墙里吗？有一两天，我认为那个凶手其实是我们的牧师，当你和他聊天时，这家伙从来不看你的眼睛。你知道，事情就是这样。你开始怀疑每一个人。

有传言说他是外国人，这不言而喻。人们说：“英国人绝不会干出这等凶残之事。”墙上画了侮辱犹太人的涂鸦。当人们生活在那样的恐怖氛围中时，他们会大谈废话，想以此令自己心安。“一定是某个异邦人干的。”英国就是这么滑稽。或许每个地方都一样。

不，我不会说我觉得害怕。害怕这个词并不贴切。

亲爱的，有一个星期六晚上，我到利物浦的阿波罗剧场参加一场夜间演出。哪怕是地狱也不能叫我害怕。

我得说，比起恐惧，我感受更深的是憎恨与愤怒。有一件小事：我住在里士满附近的萨里郊区，那里离西区大约有十来英里，每天晚上表演结束之后，我自己驾轻便马车回家。我喜欢那么做，那能让我头脑保持清醒冷静。浇灭了站在舞台上时心中燃起的那团火。我不需要也没想过找一个车夫。我喜欢自己独处，午夜或一点钟时，有时候是日出时分，无所谓。我独自驾车回家。

在演出完毕的谈话结束后，大概凌晨两点钟离开剧院，再走上一个半小时回到家里，令人心里非常平静踏实。让掌声从耳朵里消失，令喧嚣烟消云散。顺着牛津街缓缓踱步，四下无人，然后是帕克街、贝斯沃特路、梅达谷，朝城外的阿克顿而去。当时我有一匹温顺的小马，名字叫“萤火虫”，长得可漂亮了，但它是一头心志坚定如橡木的小母马。我们彼此相伴回家大概有上千回。

当你来到城市的郊区，你会听到各种鸟儿的叫声，然后看到城外的草地、小红雀与山鹊、斑鸠和各种鸟儿，不再见到伦敦市区那些凶巴巴的海鸥。你会听到河水潺潺的声响，闻到金雀花的甜香。如果晚一些，譬如说，在温暖的春天清晨五点钟，那首黎明的交响曲会令你喜极而泣。头顶是金灿灿的天空,小红雀在高歌,只有我和“萤火虫”在一起，整晚的辛劳被抛到身后。这个世界上没有比那更美好的感觉了。

我们会在一座石桥上停下，下面是蜿蜒的泰晤士河，我会喂它吃一个苹果或一根胡萝卜，我自己抽最后一根烟。我会对它说：“嗯，我们又完成了一场演出，亲爱的，又熬过了一夜。里士满就在前面，我们快到家了，姑娘。”

那个开膛手将这一切从我身边夺走。

这是鄙视他的一个小小的私人原因。

我知道他将所有的一切从别人那里夺走，他夺走了我的英格兰。

因为你必须理智行事，夜间的出行不得不中止。因此，它们被中止了。但我不会怕他，让他以为自己有多么了不起。

可是，你会同情那些年轻的姑娘，在舞台上你根本无能为力。即使在情况最好的时候，在舞台后门总会有不安的因素围绕，想给你制造麻烦。男人对女演员会有偏见，总是这样。不知道为什么。如果你想想，那就像一面单向镜，不是吗？他可以抬头望着灯光下的你，而你却没办法看见他。参与剧目表演的女人最好知道那只是虚构的。我们不能入戏太深。

显然，这个开膛手胆小鬼对某一类姑娘感兴趣，无论他是什么人。我不喜欢用那个总是被用来形容她们的词语。身为女演员，你总是被那么称呼。噢，是的，确实如此，当时人们仍有那种想法。一个在剧院工作的女人和站街女只有一步之遥。你知道，我会诚实作答，我不能肯定那种想法是否已经消失，我真的不知道。

当那个杀人凶手搞得事情沸沸扬扬时，我自己采取了一些安全措施。

或许还是不说为妙。噢，好吧，既然你坚持要听的话。

1886 年去巴尔的摩作巡回演出时，我买了一把小巧精致的史密斯与韦森牌左轮手枪，尺寸约莫有女士的钱包那么大。现在我想起来了，那其实是在一次慈善义卖抽奖上赢的，为战争遗留的孤儿寡母或别的什么理由而设，或许是为残疾军人筹款。你知道美国人的德行，他们总是在打仗。

在巴尔的摩买枪就像人们在英国买棉花糖或苹果串那么容易。嗯，我带着它乘船回到南安普顿，你知道，只是想当作一件稀罕的纪念品。不，我没有向海关人员申报，快步走过关卡，带着最风骚的微笑。噢，我撒谎了。他问我要签名。我给他签了名。那把该死的枪就在我的袜带里。说实话，那是年轻时的瞎胡闹。

嗯，当那个开膛手四处作案时，我从书架上把枪拿下来。一天晚上把它带到了汉普斯泰德·希斯公园。朝一棵紫杉树开了一枪。挺好玩的。回家时在伯爵府路朝一个垃圾桶开了一枪。我承认那是在恶作剧。可是，太好玩了。

我心想：开膛手先生,你最好别让我碰见你。你从雾中向我走来，但你甭想再靠近。你可能会杀掉伦儿，但我临死前会一枪把你那口该死的牙齿从脑袋后面轰出来。

这个姑娘可不是被开膛摧残的对象。不经过一番搏斗可不行。

我心想，亲爱的，到漂亮的伦儿这儿来吧，看看她手里有什么。亲爱的，我会把你打成马蜂窝。安息吧。

那把枪还在家里。我一直把它藏在楼梯下的一个帽盒里。我记得有一回拿给萧伯纳看，那把史密斯与韦森牌手枪，不是那个鞋盒。他恳求我让他开一枪——我发现所有的和平主义者见到武器都非常兴奋和为之着迷。但我不肯。把枪交给一个爱尔兰人？天哪，你一定会认为我疯掉了。

总是这样。我刚才说到哪儿了？是的，开膛手犯案的时候。我仍在猜想他是谁。你呢？

1888 年 9 月 28 日

我们找到了一个地点，稍加改动就可以用作我们的布景仓库。那里有两道并排的废弃不用的铁路大桥，在巴克路附近，是萧瑟饥饿的东区的一部分。建筑干燥，用上好的花岗岩砌成，有九十英尺高，周边将会围上铁丝网与防栅作为护栏，并且会安上几道我从格拉斯哥的太阳铸造厂订制的铁门。

今天我和小哈去那个地方进行纷繁的度量工作，还与铁路公司签署了文件，那帮人似乎为摆脱了这个责任而松了口气，而且还能收到不菲的租金。合同签订之后，文件上的墨水还没干透，他们就像黎明时分的幽灵溜之大吉。

小哈似乎对这笔交易没有我那么有信心。她在账簿里进行了一番计算——这不是什么好迹象——然后在马车上向我指出：接下来的几周里，会有价值七万英镑的布景存放在那里，许多件物品弥足珍贵，根本无可取代，是我们全部三十四部戏剧中三十一部得用到的东西。她提到了防湿、防盗、防损，防尘等措施。此外，她还担心会有鼠患。

我认为她天生就爱烦恼，有时并没有必要，可是我看到至少在一个方面有道理，那就是我们应该马上安排人手轮值看守。我对她说当地人足以胜任，他们可以被信赖，而且工资不过区区几先令。我了解伦敦东区人，他们总是想轻松挣钱，尤其是有机会行使暴力的时候。除了看管仓库之外，他们还可以定期布设陷阱和捕兽笼，这样就能防止那些四足走兽把厄尔锡诺城堡[1]啃食掉。

“谢谢您，先生，我会着手安排。”她说，神情古怪地盯着桥梁的上拱，似乎她见到那儿有可疑人物。

“您是怎么找到这个地方的？”然后她问我。

我对她说了实话，我偶尔会在晚上出来散步。

“您不能这样做，先生，在东区正发生那种事情的时候。就在几条街外，他们发现了其中一个姑娘。”

“我在《泰晤士报》里看到了。”

“我有个表哥在太平间工作，先生，他们把那个姑娘送到那里。您绝不会认同他对那个姑娘做出的事情。男人简直就是魔鬼。”

对这番话我没有回应。认为邪恶是怪物而不是男人的所为，只会安慰那些年纪尚轻的人。

她开始描述在那个姑娘的尸体上发现的极其残忍的砍剁痕迹，但我叫她别再说下去，我不忍心去听。听到这种事情被提起在某种意义上是对那个姑娘的再次亵渎。

“您知道他们说什么吗，先生？那个人乔装成一个女人。”

“我想你不应该太关注流言蜚语，小哈。”

“可不管怎样，一想到我们随时会在街上和他擦肩而过，先生，

1　厄尔锡诺城堡（Elsinore）是莎士比亚作品《哈姆雷特》中的丹麦王国首都。

真是令人心里发毛。”

“确实如此。”

回到兰心剧院，我发现自己没办法专心处理收入款项。我来到阁楼这里。心情很奇怪。

我在想那几个可怜的姑娘。她们一定受尽了折磨。

头疼，有点喘不过气来，眼里噙着泪花。

我来到屋顶，久久地俯瞰着这座城市。我的思想似乎勾勒出成千上万的房间，全都空荡荡的，似乎一场瘟疫或可怕的诅咒已将他们统统消灭。圣保罗大教堂的中殿、购物商场、宫殿、公寓、棚屋、酒馆，全都空荡荡的，监狱里没有囚犯，作坊在燃烧，动物园的笼子全都被打开，野兽在帕丁顿漫步。伦敦就只剩下一个男人。

我似乎见到了自己，然后，仿佛透过时间的帷幕，我见到了自己七岁或八岁时某一天的情景，和往常一样躺在床上，没办法走路，甚至连挪动我那两条瘦巴巴的腿都做不到，这天下午我的情绪格外低落。一个孤独的小病号就是这样。几个上学的小姑娘透过窗户见到我，狠狠地羞辱了我一番，比手画脚，还扮鬼脸模仿我的惨状，因为扮得很像，更显得残酷无情。

母亲没办法为我做任何事情，一整天我都哭哭啼啼的。父亲下班回家时，我还在哭。那是一个金灿灿的甜美如蜜的夏日傍晚，我能听见别的男孩子在巷子里踢球，邻居的小姑娘在玩跳房子和唱歌。父亲虽然并不强壮，但他把我抱起来，将我裹在他的大衣里，抱着我穿过马车的车道，来到费尔维尤公园。

在演奏台上，人们正在表演四重奏。一个玩木偶戏的人——我记得他是意大利人——正向散步的人吆喝，潘趣对朱迪[1]的喝骂引得

1　潘趣与朱迪（Punch and Judy）是英国传统的木偶戏中的一对夫妻角色。

驻足观看的人兴奋地叫嚷。一位女士正摆着画架用粉笔写生。教区的牧师，一个性情阴郁的德里人，身上总是带着薄荷味，正在一棵橡树下阅读他的祈祷书。我问父亲罗马天主教徒与我们在信仰上有什么不同，为什么我们不和他们做朋友？父亲说我们新教徒就像在一艘船上，正在渡过一条大河，真理与上帝的恩典保障了我们的安全，但我们应该总是为信奉天主教的不幸的邻居们祈祷，他们只能在水里奋泳。有几个或许能顺利渡河，但大部分人做不到。面包就是面包，永远不会成为鲜血。

母亲作嘘叫他安静。她性情温柔。温和的夜晚令她心情愉悦。

然后我们一家三口一直待到九点或十点钟公园锁门为止。母亲带了坐垫过来，立刻张罗了一顿简单的野餐。父亲抽着海泡石烟斗，读着一本康诺特童话故事的旧书。我躺在草地上凝视着天空，他念书给我听。有那么一会儿，一个民谣歌手在唱着一首怪诞的歌曲。“曾有一个女人，她住在林中，咿哟喂，咿哟喂，哇呜哩耶。”当时的情形就是这样。我把它写了下来，那似乎并不是什么大不了的事情，但哪怕我能活上一千岁，我也不会体验到比那更加幸福美好的时光。

从屋顶下来之后，我在那台破旧的打字机上乱打一通，但根本写不出稍微有点价值的内容。我曾在一篇序文里读到狄更斯说过的一段话，在我的脑海里展开，我想将那天的某些事件变成第三人称视角，改动一些细节。但这时我已筋疲力尽，心情仍然很奇怪，那几宗凶杀案，那些姑娘的脸庞，仍挥之不去。

我用打字机打了一则告示，然后复印了几份，吩咐小哈贴在后台所有更衣室和女洗手间门口。

告示

在未有进一步通知前，兰心剧院的女性工作人员不得在天黑后无人陪伴的情况下独自回家。公司将与信誉良好的公司接洽，安排马车到门口接送并支付费用。女士们将以三人为一组结伴回家，马夫会目送你走进家门。这不是一个请求，而是命令，希各遵守。

院长令

但这则告示的用词太啰唆，令我觉得反感。

于是，我把它撕掉了。

他从海陆军供销社里出来，手里拿着一个包裹，被迎面而来的身影吓了一跳。

在街对面。清冷的阳光下，在希伦布兰德珠宝店外面。海查德书店见到的那个蒙着黑纱的身影。

她走在人行道上，他的目光就像一盏聚光灯般跟随着她。

她两次停下脚步浏览商店橱窗，先是裁缝店，然后是女帽店。她似乎在做笔记。在本子里匆匆书写？她的姿态有点古怪，走起路来衣袂飘飘。

她穿过南安普顿街，加快步伐来到格兰切斯特巷。有一刻他把距离拉得太长了，等到他走进那条脏兮兮的巷子时，她已不见踪影。他在街角本能地向左转，在一百码开外的地方，他见到了那件黑色长大衣，匆忙的脚步。

不像是女人。

那是真的吗？这真的在发生吗？他穷追不舍，身上在流汗。

她向右转。然后又向左转。顺着河岸街走。经过埃克塞特街。登上台阶。穿过兰心剧院的后门。

斯托克跑上去。剧院的走廊空荡荡的。大家都到哪儿去了？

那件大衣穿过堂座，顺着过道登上台阶，来到舞台上，登上楼梯来到院长的办公室，斯托克气喘吁吁地跟在后面，脚步踉跄。

"嘿，停下，"他喊道，"这里是——"

"布拉姆，"院长说，"你脸色好难看。怎么在喘气呢？"

那个披着面纱的身影站在窗边，俯视着街道。

"既然你来了，"院长紧抿着嘴唇露出古怪的微笑，继续说，"请允许我向你介绍世界的救赎，英国最美妙的名伶，好吗？这位是我的好友，埃伦·特里。"

她缓缓地转过身，摘下面纱。她那双紫罗兰色的眼眸闪闪发亮。

"我们曾匆匆见过一面，斯托克先生。几年前在后台。"

"布拉姆老伙计，你怎么了？看在老天爷的分上，和埃伦握手呀。你的样子好像活见鬼了。"

"我……"

"猫把他的舌头叼走了，伦儿。可怜的老布拉姆话都不会说话了。"

"亲爱的亨利，我希望你别利用我的名义调侃斯托克先生。我们第一次见面时，你自己不也一时间连话都不会说了吗。"

"我想没有吧。"

"无可救药的骗子，你当时就是那样，你心里清楚。千真万确，斯托克先生，你的院长坐在餐厅的饭桌旁，指尖敲着餐桌，目光紧盯着汤勺里的自己。"

"布拉姆是这儿的经理和洗瓶工领班，伦儿，他可能干了。一天帮我回八十封信。他那支笔被魔鬼附了身。他是一头进化良好的哺乳动物，以后你就知道，他和善可亲。”

“我知道——不过还是谢谢你，亲爱的——关于斯托克先生是个笔杆子的事情。”

“你知道？”

“我读过斯托克先生的小说《蛇迹》，觉得写得很好。萧伯纳亲自向我推荐了刊登在杂志里几篇早期的故事。我很喜欢你的叙事手法，斯托克先生。你让我整晚都睡不着觉。”

“噢，有个好消息告诉你，布拉姆。特里小姐很快将会加盟剧院。她已经签约了。把这份文件拿去备档。”

“你之前没有告诉我特里小姐会加入剧院。”

“我没有说吗？”

“你没有。”

“嗯，太阳今天早晨升起，在今天傍晚会落下。这件事情或许我之前忘了告诉你。”

埃伦轻声笑了。“我觉得我在打断小两口的拌嘴。”

“并不是，亲爱的，”欧文回答，“我们只是在热身罢了。”

埃伦说：“不过我真的得走了，请原谅我匆匆到访。再见，亲爱的王子。”她伸出一只戴着手套的纤手,欧文接过,送上轻轻一吻。“很高兴再与你见面，斯托克先生，期待以后能和你探讨写作上的事情。”

两人握手之后，她走了，似乎她从未到过这里。欧文倚着书桌，假装在阅读剧本。

“真是秀色可餐，不是吗？”欧文说，“能令死火山也躁动不安。”

“她是全英国薪酬最高的女演员。我们怎么付得起？我们已经欠了一大笔债，情况很危险。”

“或许你可以去卖身？按磅计算，不是按时计算。”

“我希望你回答我的问题，好吗?”

“最近你有点胖噢。你老婆把你喂得挺饱是吧?”

“轻佻的言语并不能管理好这间剧院。”

“说上几句无伤大雅。”

“我是这儿的总经理，我有权参与决策——”

“这番话出自你口中真是奇怪，亲爱的，似乎你更感兴趣的是撰写你那些没有人想读的令人厌倦的故事。当然,除了萧伯纳那个傻瓜。我本应该知道的。”

“这不公平。”

“你的事我没管，而你却要管我的事？算盘打得挺精嘛，姨妈。”

“你这辈子就不能别卖弄嘴皮子一回吗?”

“如果你以总经理或巫师之王或任何你为自己安插的头衔的身份，认为聘请全世界最了不起的女演员是一个错误，那我当然乐意和她解约。或许你希望自己担纲扮演奥菲利亚？你演疯婆子蛮好的。”

“听我说，往工资单里加上那么一大笔负担，我们根本承受不起。石头里榨不出血来。”

“噢，行的，亲爱的。如果你知道怎么去榨取的话。”

“你根本没有诚意讨论。”

“我觉得咱半斤八两。出去的时候请关门，爱你噢。”

切恩路 27 号

切尔西

伦敦

1888 年 10 月 2 日

我最亲爱最出色的男人，沃尔特·惠特曼：

谢谢您那张布鲁克林海军造船厂的明信片，我把它钉在兰心剧院办公桌的上方。得悉您不久前患了感冒但已经康复，我真是太高兴了。剧院里有的演员声称吃大蒜可以治病（他们绝对不可以被传染，以免影响发声）。冬天的时候他们总是将大蒜的白花挂在更衣室的门窗上。

我自己预防疾病的方法是每天上午去考文特花园附近的杰米恩街的泳池举哑铃，再花半个小时奋力举重和深蹲，然后一头扎进冷水池里，这似乎让我全天都保持精力充沛，然后我站在一个五十六加仑的大水斗下冲凉，用那段时间进行思考。

我们去年夏天在美国巡回演出时与您在布鲁克林见面，一同度过美好的下午，您是那么热情好客，这一切仍记忆犹新。

您知道，我一直期盼有朝一日能握住将《草叶集》带到世界上的那只手。您的作品是我这辈子的圣物，即便在孩提时我就相信我在等候那一刻，就像一个人在等候神圣降临，犹如种子在等候阳光。但我没想到我居然还能在您家的露台坐上几个小时，毫无戒心地畅所欲言地交谈许多私事。

我从小以为一个人是孤独的，没办法交上朋友，被世界遗弃——一直如是——但您的诗在平静地歌唱其他人，还有许许多多的人，他们心里的秘密都是相同的。没有任何孤独会可怕到无法一起面对的地步。

那天是如此快乐，我见到了我的灯塔——那张睿智和蔼的脸庞。在经历了伦敦的至暗时刻，一个人必定会紧紧抓住慰藉不放。

我那座挚爱的接纳了我的城市在恐惧的锁链中颤抖。相信您已经读到那一连串谋杀案的报道。上星期的一个晚上，两个不幸的穷苦女人遇害了，第一个在贝内尔街，距离我住的地方走路不到三十分钟路程，第二个在米特广场——两宗都是您所能想象的最骇人听闻的凶杀肢解案。有传闻说——恶心的想法——之所以这么做是为了吃人肉，其他行径太过于下流，无法诉诸笔端。还有一个快乐的姑娘被人用木棍活生生打死。

昨天早上的报纸刊登了据说是由这些恐怖的血腥罪行的凶手寄给警察厅的信件节选。署名是“开膛手杰克”。

我附上了一份拷贝。

晚上出去散步变得很诡异，有时候，在观众们已经回家，剧院关门之后，有时候我会去散步几个小时，因为清新的空气能让我的思路清晰，令有时候过度焦虑的心情恢复平静，我这辈子一直饱受焦虑之苦。

知道一个杀手就在附近，或许近得就在自己的影子里，穿过相同的空气。这种感觉毒害着我们的心灵。

我看见这座教堂，那座美术馆、那条街道，这个火车站，我说“他曾经从这里走过”或“他可能就在这里”。我从幕布的缝隙窥视着观众，心想“或许他就坐在楼座里”。一天早上我去上班时，看见一个沾着血迹的盒子摆放在兰心剧院的台阶上。我发誓，我不敢打开它，打开时我浑身颤抖（里面其实装的是我的雇主订购的牛排）。

这种恐惧耗尽了善意与怜悯。地图上溅满了鲜血。我们与那个凶徒感觉就像孪生兄弟般亲近，我们的内心有杀戮的念头。我不知道我还能否再见到我的伦敦。

入夜之后，大街和马路上变得空无一人。人们惊恐万状，报纸在声嘶力竭地叫嚣。前几天的一个午夜，我乘出租车到肯辛顿，从那里步行穿过海德公园走到贝斯沃特附近的波切斯特广场，一路上看见的人不到十个，全部都是警察。

我总是散步到东区，当夜晚降临，那里会出现乌烟瘴气的恐怖场面，就像惊起一大群黄蜂。许多穷苦住户在房子外面用旧板车、破铜烂铁、废旧家具和任何能找到的东西搭起了临时路障，还有一幕令人毛骨悚然的情景是他们闯进一间殡葬用品店，偷走了几具棺材。他们将那些棺材横着堆放在他们居住的肮脏街口，那可以被称为一堵墙。

当我在漆黑中悄然走过时，我听到在单薄的窗帘后面传来说话声。但午夜之后，我可能走上三个小时也见不到一个人。

我必须承认，在个人层面，我也遇到了麻烦。事实上，现在我和妻子处于分居的状态，令我深感遗憾。她带着我们的儿子回都柏林了。每个晚上或每隔一个晚上我会给她写信，她会给我写回信。我们的措辞很客气。我想我俩知道，为了儿子的幸福，我们必须维持体面。但希望遭到了挫折(双方都是)，我们正处于冷静期。

关系不和的原因有好几个，有的原因太过于复杂，无法细细阐明，有的原因我羞于写在纸上。从我们在布鲁克林的对话，您能猜到某些困难是怎么回事，但要忍受其他困难并不容易，或许更难。

我在兰心剧院的工作并没有带来帮助。虽然一方面它带来了安稳，但另一方面它削弱了我的防御。工作时间很长，而且得干到很晚，要做的事情怎么都做不完，这份工作的职责就像杰克的魔豆[1]，豆茎在疯狂生长，因此，我一直不知道自己应该做什么，但我知道别人不去做的事情我都应该去做，还得少花钱多办事。

我一直承受着沉重的压力，因此，我已经忘记了该如何保持心境宁和或自我放松，嫁给这样一个男人是一种折磨。我的雇主和剧院里的许多人一样，性情喜怒无常，很难令其满意，他有最崇高的标准，自己却总是没办法做到，尤其是他处理与下属关系的方式。和所有敏

1　杰克与魔豆（Jack and the beanstalk），在英国童话故事中，穷孩子杰克将家中仅有的一头奶牛换得一颗魔豆，魔豆发芽生长，豆茎直达天上的巨人城堡。杰克顺着豆茎爬进城堡，偷得巨人的财宝，被巨人追赶时，杰克砍断豆茎使巨人摔死，从此杰克过上幸福无忧的日子。

感的人一样，或者我应该说，对自己怀着这种看法的人，他要求的是绝对服从，完全不理会别人的感受。与此同时，这份工作的酬劳要比我去做文书工作或写一些平庸之作要优厚得多。总之，我似乎不适合其他任何工作。您知道，我今年四十一岁，要辞职已经太迟了。

还有一个我不愿去面对的困难，那就是，我把大量的时间浪费在创作上。这些年来，这个兴趣只换到了零星几个先令，连买一块墓碑都不够，而且代价十分高昂，不仅家庭出了问题——由于我一直不顾家，造成了莫大的伤害——而且在更为私人的层面也是。我们年轻时并不觉得时间宝贵，然后，我们发现留给我们的时间已经不多了。

我深深悔恨在生命中见到一本书，为自己任由野心这个可怖的女妖为我削笔而感到懊悔。

我是多么钦羡您的文笔，更纯粹，更干净，更有男子汉气概。您为风而写作，您不被希望腐蚀，也不受希望的兄弟——绝望影响。那种坚毅的信心与不受无谓之事干扰的笃定令我想起了乔叟，如果他思考过的话，他一定知道自己不会有任何读者，可他仍坚持创作。但最近我的创作之路似乎遇到了重重困难，可我见不到尽头会是《坎特伯雷故事集》式的作品。

我在尽最大的努力构筑自己的城堡，坚固的墙壁足以抵御炮弹，但就算最细小的垛口也偶尔会被子弹射穿。箭孔又怎么拦得住妒忌的蜂群呢？这本书、那部戏剧、另外一本故事合集——坦白说，我觉得平庸无奇，毫无亮点，但我凭良心发誓，我对他们的作者没有恶意——却火遍了伦敦和全世界。而我自己的努力却连一根两便士的蜡烛都点不着。我觉得那就像一个人将自己的血管割开，却发现里面流的是阴沟里的污水。或许我得把蒜头挂在窗户上。

再没有比一个身强力壮有的吃有的睡的男人的妒忌更加卑鄙可耻的事情了。可是，妒忌是强迫性的，像癌症一样急剧恶化。我发现我再也无法去翻阅报纸上的文学栏目，甚至没办法去看自己的书架。至于剧院，那里曾是带给我慰藉的岛屿，后来却变成了一座地牢，因为这些天来，如果不用上班，我根本不愿意走进里面。我着手创作的任何戏剧都似乎毫无价值，还没进入第一段独白就化为灰烬，令我羞愧万分。当我们在布鲁克林散步时，您曾温和地劝诫过我，您如同父兄般将胳膊搭在我的肩膀上。我总是想起那一刻，当时您睿智的脸庞转过来对着我，您那双明亮的眼睛闪烁着阅历的光芒，您告诉我，剧院是虚幻之地，就像乐园里的镜屋。但那里只适合小孩子，并不适合成年人。

就这样吧，我的好友。下一封信，我会多写些高兴的事情，少点自怨自艾。

在您祈祷时，请记得我，帮助我摆脱这种幽暗的自怨自艾的心情的泥沼，好吗？今夜我会在伦敦为那些被恶魔夺走了一切的人祈祷。

为您献上爱的祝福，您是最出色的有着一颗橡树般的心的男人。

当四月降下甜美的甘霖

惠特曼的歌曲将万物浸沁[1]

附言：我附上一则自己创作的灵异故事，不久前刊登于我们这边一本小刊物里。它毫无价值可言，但我会继续练笔。如果纽约有哪一份刊物傻乎乎地对它感兴趣的话，或许能换得五美元或十美元，即使没有稿酬，他们肯给我寄三本样刊也好。

故事是关于一位优雅堕落的伯爵，他不愿死去。我讨厌关于它的一切。

1　这两句诗是对乔叟的作品《坎特伯雷故事集》中诗句的仿写。

十四

夜行

谣言。窃窃私语。墙上的潦草的名字。在白教堂，一群人在殴打一个无辜的屠夫学徒。

那个凶手是“犹太人”、银行家、爱尔兰人，他正被另一个凶手模仿，他是一个演员，是一个匈牙利人，是一个贵族，是一个流浪汉。每天晚上，伦敦到处关门闭户，可他随心所欲地四处游荡，就像一部小说里用烟雾做成的人。

斯托克乘渡轮去上班，顺着泰晤士河的河堤行走，在一个报摊停下脚步，阅读了一份报纸上关于最新的凶杀案件的标题，但没有买那份报纸。他继续朝河岸街走去，在与南安普顿街相交的一间街角小店里有一个老头卖珍本书籍，价格贵得离谱，但外面的手推车里有时候能找到便宜货色。总之，他现在不想见到剧院。翻寻由褪色的摩洛哥山羊皮和小牛皮制作的书脊，翻阅发灰的卷首页和显得累赘的涡卷花纹为他带来了慰藉。

人们在谈论惨遭毒手的女人，似乎她们是有争议的经文章节。玛丽·安是他杀的，伊丽莎白是另一个人杀的。听我说，他们有两个人，你看我说的对不对。就像在公共休息室里关于莎士比亚和弗朗西斯·培根的探讨。他们怎能如此冷漠？

“早上好，斯托克先生。”

他转过身，但一时间只见到她身后那轮红日。然后他摘下帽子。

“特里小姐。”

“查找他们是否进了你的书吗？”

他尴尬地低声一笑：“很快就是我太太的生日。我想为她找本旧书，关于爱情诗的。”

“多么美妙的赠礼想法。我觉得虽然你外表斯文稳重，但在骨子里你是一个浪漫的人。”

“我不知道自己浪不浪漫。但她欣赏诗歌。”

“譬如说？”

“她很喜欢但丁。她曾读过但丁的原作。我们答应过对方，终有一天会去佛罗伦萨参观。”

“我很想见见你的妻子。她经常来剧院吗？”

“恐怕她不是夜猫子。”

“我和你一起找好吗？你不是很忙吗？”

“我刚刚找完了，正要去办公室。然后去银行。我见到你今天早上没有戴面纱。”

“人们认得我。有时挺烦的。今天我似乎倒是不介意。”

“你现在准备去兰心剧院吗？”

“我刚从兰心剧院过来，和服装设计师吵了一架。她想让我穿上两条牧师披挂的那种缎带就去演克利奥帕特拉[1]。抱歉，恐怕我说的一些话有失淑女风度。她骂我虚荣自负。”

“听到这件事情我很遗憾。我到办公室后会找她谈话。”

“不用了，看在我的分上。”

“当然可以，如你所愿。”

“想象一下，斯托克先生。骂一个女演员虚荣自负。”

---

1 克利奥帕特拉（Cleopatra，公元前70年—前30年），古希腊托勒密王朝末代女法老，曾与古罗马帝国的恺撒大帝、马克·安东尼有染，之后屋大维击败安东尼与克利奥帕特拉的政治联盟，征服埃及，克利奥帕特拉服毒自尽。

“这么说确实不寻常。”

埃伦没有因为斯托克为她的玩笑捧哏而微笑，她睁大眼睛，就像一个站在神奇的镜子迷宫里的小女生。“如果你不赶时间的话，我们去散会儿步，好吗，斯托克先生？我准备去河对面。在滑铁卢桥那头有一间布料店，我想去看看。”

她伸出胳膊，斯托克挽起它。

“一位伟大的艺术家当然有资格虚荣自负。”他说，“事实便是如此。艺术家向来我行我素。”

“虚荣令女人变得软弱，自负令她们坚强。我想你知道我的生活可谓声名狼藉吧？”

“我不读那些传播不实小道消息的报纸。如今我几乎不读任何东西了。”

“恐怕那些并非不实的消息。我的确是一个堕落的女人，十七岁嫁人，几个孩子各有自己的父亲。”

“我知道。”

“当我遇到吸引我的人时，我总是认为将自己的秘密公开比较好。”

“我发现名声这种事情就像浮云。”

“名声，我呸。斯托克先生，我有好几个名声，有时候一个晚上在几个之间切换。”

过桥时她俯瞰着下面的河流，指着几只海鸟，但斯托克在观察几个经过的路人，他们用手肘互相碰着对方，因为他们认出了特里。一个小男孩涨红着脸走上前，请求特里用一根炭笔在他的袖子上签名。一个列车司机为她献上一束石竹，他原本想把花送给母亲作为生日礼物。一个穿着挺括的白色制服的苏格兰护士真的行了屈膝礼。一位警察过来将聚集的人群驱散，两人才得以过桥。

“他们经常送花给你吗?”斯托克问。

“是的,如果他们有机会的话。男人特别喜欢送花。然后还会写诗,我真的希望情况不是这样。”

“当然,你是个大美人。我想别人已经对你说过这番话。”

“大部分女人说过。总是在深夜里提起。请原谅,我的眼睛流泪很厉害,都怪这该死的冷冰冰的日头。”

“敏感的人容易受天气影响。”

“你抽烟吗,斯托克先生?”

“有时候抽。”

“我喜欢抽烟的人。如果你不介意的话,现在抽一口吧。事实上,你可以请我抽一根吗?这是我的另一个恶习。”

她接过斯托克递上的烟匣里的香烟,当她点烟时,斯托克双手作捧杯状为她挡风。他在努力摆脱“我在和埃伦·特里一起抽烟”这个想法。

“你自己有什么秘密呢,斯托克先生?像你这样的体面人。如此斯文腼腆,如此稳重内敛。但你的句子却汹涌澎湃。”

“我不知道我有什么秘密。”

特里瞥了他一眼。“这个世界上没有哪个活人没有秘密。”

“我小时候总是生病。”他说,“某个似乎没有人知道名字的病。直到七岁之前,我从来不知道走路是怎么一回事,甚至连站立都做不到。”

“小儿麻痹症?”

“不是。”

“那你是瘸子吗?”

“不知道是什么病,我的母亲总是喂我吃成药,那时候得掺在便宜的酒里喝下去。我总是觉得自己在童年的大部分时间里都醉醺醺的。她会在床上读故事给我听，有格林童话和鬼故事。有时候他们会尝试水蛭疗法或拔罐疗法。我是说，我的父母。那种感觉很可怕，像失去了生命之血。”

“别这样，斯托克先生。我们女人每个月都会流血。我发现我说得这么直白并没有令你感到惊讶。”

“有时候她和父亲会雇一个当地人背着我和他们去看童话剧。我发现在安全的情况下受惊吓很刺激。”

“你写的东西有一些真的吓到我了。”

“我也是。”

她笑了，将烟头掐灭，然后丢进泰晤士河里。“哈利——院长——对我说过你在都柏林大学拿到了文学学士学位。”

“一如既往，院长搞错了，是数学与科学学位。没有给那帮教授带来太多麻烦。对我来说，是剧院开启了人生的大门。”

“我想你爱上了它。”

“恐怕那只是单相思罢了。”

“怎么这么说？”

“我年轻时曾希望以写作为生。或许我能取得成功，支撑家庭，等等。名留青史。许多人受到召唤，但只有少数人被选中。”

“现在你在写书吗？”

“有一个想法在酝酿。或许不会有结果。”

“小说吗？”

“一部戏剧。”

“有为虚荣自负的女演员而设的主要角色吗？”

斯托克沉默不语。埃伦又试探了一下，口吻没有那么咄咄逼人。

“我可以问它如何开场吗？”

“一个傲慢的贵族，视他的臣民为刍狗。”

“我不知道你从哪里得到这个灵感的。”

“没有影射任何人，如果你是问这个的话。”

“无中不能生有？”

“李尔王错了。”[1]

“噢，你快看天空。今天蓝得就像矢车菊。”

她沉默了一会儿。河流的歌声愈发响亮。水声潺潺，轻轻拍打着船身。她是斯托克见过的唯一会吐烟圈的女人。

“你说到自己的作品时会不好意思。”她说，“就像一个姑娘说起自己的情郎。我希望你能看见自己的样子。你的脸色都变了。”

“向另一个人讲故事。”他说，“去触摸另一个人，某个你从未见过面的人。那个希望——令我心有触动。在漆黑的堂座后面有一个人。可能是一个孤独的年轻男子或年轻女子，买不起座票，因此站在与神明们同在的高处。词语本身是优美的，单是把玩它们就已经是一件赏心乐事，那就像音乐。我觉得——当我写作时——我似乎变成了另一个人，一个更加强大更加美好的人。傻兮兮的想法。”

“我不觉得这是傻事。恰恰相反。”

“我认为是。”

“紫色还是猩红色，你认为呢？可以配我的眼睛。”

“抱歉？”

“我的裙子，傻样。克利奥帕特拉的戏服。”

“要是我可以决定的话，我会选烟蓝色。”他说。

“啊，烟蓝色。你真是一个怪人，温柔而高贵的斯托克先生，你的用词是如此优美。我希望更加了解你。这个更加强大更加美好的人愿意请一个姑娘喝杯茶吗？”

1　在《李尔王》的剧本中，原文是：“Nothing will come of nothing: speak again.”

他们转过弯朝茶室走去，阴森的一幕映入眼帘。

在前方的街道，警察设起了一个路障。巡警们正将男性行人分为几组进行搜身。时不时地，一个戴着风帽的男子在锅炉用品店的门口用戴着手套的手指点来点去，被点到的行人都被拉到队伍里，抱怨连天。

“斯托克先生，”她平静地说，“那人是谁?”

“告密者，或许吧。”

“你认为又有一个可怜的姑娘被发现了吗?”

“希望不是。”斯托克说，“我们走吧，好吗?”

1888 年 11 月 9 日

我和特里小姐喝了咖啡，聊了一会儿天，然后我们去了泰晤士河南岸她喜欢的那间小布料店。店铺在一条漆黑的巷子里，我没有留意它的名字，店老板是一位印度绅士，还有一位温柔的太太（不过，在我看来，这间店其实是由一位印度女士和她的丈夫在经营）。

那里的布料精致得令人惊叹，大部分是绸缎料子，但也有一些精纺棉料，其光泽、颜色和条纹之生动令人啧啧称奇。那位女士向我解释——特里小姐已经知道了——一件高品质的“纱丽”价格十分昂贵，但它可以作为传家宝留给子女。

载着这些布料从东方航行数千英里而来的船只停泊在码头，与这条巷子构成直角，光是这一幕已经非常壮丽了。最上等的纱丽是用透明的丝绸织成的，如此精美轻薄，整匹料子可以穿过一个结婚戒指。

我等候着，特里小姐挑选了几匹布料（其实是很多匹），将由这两位友善勤勉的人儿送去我们的戏服部。她时不时地走进柜台后面的试衣间，在那位女士的帮助下穿上一件纱丽，然后走出来叫我瞧瞧，那件衣服围住了她的腰部，一端披在肩膀上，袒露腹部，他们对我说这是传统的穿着方式。

我必须说，她看上去非常优雅大方。

过了一会儿，两个长得很漂亮的英国小孩从店铺的阁楼下来，他们刚才似乎在和一个印度小姑娘玩耍，她是店老板的女儿，我猜想她大约十五岁，美得像一朵向日葵，满脸友善的微笑。他们跑到特里小姐身前，抱住了她，叫她"妈咪"。当我得知他们是特里小姐的儿子戈迪和女儿埃迪时，你可以想象我有多么吃惊。她解释说：她去排练时，总会把这两个小家伙留在这里代为照顾，这样大家都高兴，从那几张开心的笑脸我看得出来。我给了那个小姑娘五先令，请大家吃奶油面包，引得众人以不同的语言高呼"好耶"。

吃完午饭后我们很快回到兰心剧院，见到了一幕不寻常的情景。特里小姐和我——称呼她为"伦儿"让我感到不自在，因为伦儿是我们认识的一个老是醉醺醺的威尔士人的名字，虽然他严格来说不是一个水管工，但下水管道堵住时，我们会叫他来帮忙——发现小哈站在舞台上，身边是一个样子气恼眼睛鼓胀的男人，他穿着雨衣，戴着难看的被压扁的毡帽。

小哈有点惊慌，当这种情况发生时，她偶尔会犯结巴。那个男人打断了她，我觉得方式很粗鲁，但我们不能低估这个其貌不扬的男人带来的巨大压力。他介绍自己名叫乔治·奥比森，伦敦警察厅的警探。他说他想和院长谈谈。

当我询问他的来意时，奥比森又有点不高兴了。他是那种喜欢不把事情告诉你，而是用它来欺压你的人。我发现他见到特里小姐，端详了她一会儿，但脸上没有流露任何表情，我觉得很有意思。你可以相信，他曾对着镜子训练过。

这时候，院长从后台的右方走出来，一出古怪的戏剧随即发生。

院长：你打断了我们的工作，请问有何来意？

奥比森：下午好，先生。是关于东区的那几宗谋杀案。

院长：关它们什么事呢？

奥比森：先生，你们正在上演的剧目《化身博士》，我们希望你能撤演，如果你愿意配合的话。

为什么？

我们在追捕一个凶残成性的疯子，想必各位都知道。今天上午又有一个姑娘被发现了，这一次是在斯皮塔福德附近的多塞特街。我们相信所谓的娱乐，譬如说你们正在上演的这出戏剧，或许会诱发他的狂性，就是这样，其他人或许会受到启发去模仿他。如果他们还没有行动的话。

你正站在剧院里。我们的工作就是上演戏剧。

我是奉命而行，先生。

谁？

我不能说。

这里是英国，难道你不知道吗？警察无权关闭自由人居住之地的剧院。

先生，请不要用这种口吻和我说话，谢谢，把嗓门降下来。我可不是任由你欺凌的下属。

你竟敢在我的剧院里这样对我说话？你这个讨厌的小瘪三。

这儿有个信封给你，先生，是复印件，你可以留着。是关于你这个好人的档案，先生，你会发现非常详尽，包括你享受的乐子，深夜里的伴侣。要是落入不该看见的人的手里，那该多丢脸。

院长看着袋子里的东西，脸色变得苍白，显得老了几岁。我几乎从未见过他沉默的样子，而这么快就闭嘴更是前所未见。我在纳闷到底那个信封里装了什么东西，威力如此强大。无疑，他是个浮夸多嘴的人，喜欢装出放荡不羁的姿态，到处吹嘘自己的恶习，多年来我一直劝他戒掉这个毛病，但没有成功。我想起了《哈姆雷特》第三场第四幕的台词：开炮的给炮轰了。

我观察着他的眼睛，那就像看着一块石头被扔进一条小溪里，激起水花，搅起沙砾，现在归于清澈。

现在那个讨厌的访客恶狠狠地盯着他。我确信那个难以言喻的眼神曾在一间收死人衣服的当铺楼上某个气味难闻的孤独的房间里练习过。“我现在就可以让这间剧院关门。”他说，“要么你乖乖配合。你自己决定。”

奥比森的语气变了，变得嘶哑尖利，似乎他的喉咙里被塞进了一架管风琴。

这时候，刚才平静不语的特里小姐走上前。“我们今晚可以演《奥赛罗》。”她兴奋地说，“苔丝狄蒙娜的台词我可以倒背如流，布景也差不多。亲爱的小哈，快跑去仓库里看看戏服在不在，好吗？”

“我们不会做这种事情。”院长断然说，“除非我死了。”

“斯托克先生，”特里说，“请你通知大家两点半排练开幕那一场，全员参加。”

“等破烂贝壳也能成为圣诞节的鸣钟时再说吧。”院长气愤地说。

“谢谢您，奥比森警探。”特里小姐握了握那个讨厌鬼的爪子，“兰心剧院乐意配合您的要求。或许赠送两张门票给您与奥比森太太吧？”

“我不演。”院长说，“我警告你。我不演。”

“给我闭嘴。”她说，“去把脸涂黑。”

不到七个小时后，我从后台左方观望，在音乐齐鸣时，神情忧郁的奥赛罗缓步从舞台下方朝我走来。“伦儿在哪儿呢？”他叹息道，“看在基督的分上，九十秒之后就该她上场了。”

我匆匆来到走廊，见到了难忘的一幕，在剧院历史中再没有其他人见过的情景。爱丽丝·埃伦·特里小姐从栏杆上滑下来，身后跟着三个近乎歇斯底里的化妆师。她穿着华丽的盛装，却赤着双脚，神情严肃而热切。那件礼服是孔雀颈的明蓝色，她的嘴唇间叼着一根细雪茄，但没有点着。

“抱歉。”她低声说，“我刚才去尿尿了。帮我扣上纽扣，好吗，姨妈？”

她转过身，高举双手，那几个化妆师为她涂脂抹粉，梳理头发和画眼影，而我为她扣上那件礼服背后的搭扣。

“真要命，”她说，“继续往前走，女士们。该死的，我那双精致的小鞋哪儿去了？”

穿上鞋子后，她用力跺脚，接着跳起了爱尔兰的“吉格舞”（“穿新鞋要跺三下”），然后精确地应和着似乎令整座剧院为之摇晃的排山倒海的欢呼声的节拍大步流星地往前走，热烈的掌声持续了整整两分钟。那就像看着一场蜕变，似乎她的整个身子改变了，变得——我不知道该如何形容——更加凝重深情。她一次也没有向掌声回以致意，只是抬头仰望诸神，手背贴着眉毛。

奥赛罗又拖着步子走过来，在观众们的欢呼声中气恼地瞪着我。

“这个抢戏的臭婊子。”他嘟哝着。

1888年11月14日

黎明将至。

鸟鸣鸡啼。

整晚一直醒着。

在舞台上为剧团准备了一顿丰盛的晚餐后（贝类、香槟、托卡伊红酒），今天凌晨一点钟，我和小哈把醉得不省人事的院长抬到他的办公室里的行军床上，然后点着灯笼，走到外面街上，目送女士们登上我们预约的排着长队的出租马车。马车一辆接一辆地走了，最后一辆马车载着小哈自己，同车的还有特里小姐和我们的服装供应商佩逊斯·哈里斯。

她们的马车还没拐过埃克塞特街的街角，这时我发现以前那股冲动困扰着我。

我独自站了一会儿。那种感觉并没有消散。

我多么希望将它驱走。但我做不到。

夜里早些时候下起了雨，空气依然湿润，但一股带着恶臭的烟雾不可阻挡地从河边涌来，朦胧的浊气包围着煤气灯和烛光照亮的窗户，因此你几乎看不清街道对面的商店门道。我又强打精神，想往家里走，但一想起空荡荡的家，我不禁悲从中来。

我回到剧院里待了几分钟，上了洗手间，用冷水洗了脸。但镜子里回视着我的，是一个尚未洗清罪孽或得到慰藉的灵魂。我找到并穿上我那件缠着腰带的厚风衣，从演员休息室里拿了一把长长的刀子，熄灭最后一盏灯，然后离开。

我顺着河岸街出发，路上静得出奇。我继续向前走，穿过那股蠕动的污浊迷雾。每一扇窗户都黑漆漆的，街衢巷道空无一人，我的心里五味杂陈，就像麻袋里的一群老鼠在挣扎。来到河堤时，我朝东区走去。

从埃克塞特街到白教堂几乎不到三英里，但时间似乎出现了异状，我好像既走得快又走得慢，我感觉没办法眨眼，似乎有什么东西在推着我走，而不是我自己在走，令我心里发毛。我的心里涌现出各种想法，却无法以言语去表达；有种被隔离疏远的强烈孤独感，令人毛骨悚然的被动状态。我似乎无法控制自己的脚步。

我离开河边，走了几个街区，跟随着本能来到一处荒凉的由仓库、龙门架和库房构成的街区。这里只有零星几座寒酸可怜的住房和公寓，连门都没有，陈旧腐朽，挂着破布充当窗帘。我看不到一棵树或一朵花，只有生锈的水槽里丛生的杂草，随处都有一只饥肠辘辘的野狗在翻开一张废弃的床垫或一堆腐烂的垃圾觅食。每隔一道墙就贴着这则警告：

禁止入夜后单独在此区行走——警察厅令

在我的前方，一条亮着红光的门道里，我见到一个瘦骨嶙峋的年轻女人的身影，在等待顾客。可怜的姑娘，即使在如此可怕的夜晚也得出来招揽生意，一个人竟落魄到这种地步，实在是太可怜了。她现在察觉到我的存在，连忙往后退去，躲进影子里。她那盏深红色的灯熄灭了。

我把手伸进口袋，确认刀子还在里面。

就在那时，我见到了他。

在我前面，躲在影子里。

我没有看错。

那个穿着黑斗篷的人行动出奇迟缓，穿过阴森的街道时却动作矫健。他抬头看了清冷如冰的月亮一眼，然后朝南边码头方向走去，略带小跑的步态很奇怪。我能看见他的右拳拄着一根沉重的短杖，像一根短棍，头戴一顶宽边黑礼帽，像斗牛士的服饰。

跟在他身后时，恐惧的作用是那么强烈，我努力克制住想呕吐的冲动。我的衬衣和内衣因为出汗而变得沉重，我的舌头涌出泡沫，味道酸溜溜的，我的血液在沸腾。我被自己啪嗒啪嗒的脚步声吓坏了，我多么希望自己能做到步履无声。

很快，我跟踪的对象和我来到河边。高大的船只被系在龙门架上，光秃秃的桅杆和空荡荡的甲板令它们看上去像是梦中的幽灵船。

为了克制我的恐惧，我决定在脑海里哼歌。但我的脑海里在熊熊燃烧，我只能想起一首歌，真是滑稽。

我爱的男孩，正在楼座上
我爱的男孩，正冲我微笑
他就在那里，挥舞着手帕
像知更鸟般漂亮，栖息在——

撕破夜幕的那声尖叫是那么凄惨，令人觉得毛骨悚然。

那个声音是从一百二十码外的河流下的铁路涵洞传来的。我想逃跑，假装没有听见。现在是一场激烈打斗的呼喝声和叫嚷声，一阵激烈沉闷的哐啷声，令我想起铅管砸在砖头上的声响，一个姑娘吓得激烈喘息的声音，还有最可怕的憋在喉咙里的发出回响的嘶吼，像是狼嗥。

我看着周围，见不到一个人可以来帮我。

"……救命……他要杀了我……救救一个可怜的姑娘。"

我拿出那把带着防身的刀子，但我的掌心全是汗，我几乎没办法握稳刀柄。

"我们有四个人，"我喊道，"我警告你，出来吧。"

现在涵洞里安静下来，只听见潺潺的流水声。

我又想转身赶紧拼命逃跑，穿过街道逃到家里去，甚至不敢回头张望，永远不说刚才听见了什么。但懦弱是世间种种邪恶的原因。我勉力强撑，一步步地往前挪。

从身后传来的一个声音把我吓僵了：一个男人的呼吸声。就只有这个声音：吸气，呼气。这么一个声音，活着的证据，竟然能引起一阵阵的彻骨蚀心的恐惧。我永远不会忘记那一刻。

当我转过身时，他站在一汪银色的月光中，一个麻袋做的面具套在他的脑袋上，用火烧开了两个露出眼睛的窟窿。他左手戴着手套，拿着刚才我见过的那根短棍，右手握着屠夫的切肉刀。

我竭尽全力大声叫嚷，希望远处哪个过路人能听见我在求救，或让那几艘停泊的船上某个水手听见。

"嘘……"他对我做嘘，声音出奇的温柔。

现在他没有做出动作，大张着骇人的嘴巴，露出滴着口水的牙齿和狗一样的舌头，然后传出一阵抽着鼻子的轻笑声，我认出那个声音。

他脱下面具，塞进口袋里。我想我的太阳穴会爆裂开来。

"所以，现在你全都知道了。"他说。

我说不出话来。

过了许久，他才爆发出一阵大笑。

"我在跟踪你，笨蛋。"他说，"当我见到你独自离开剧院，去做那不知所谓的该死的散步时，你觉得有哪个自重体面的院长会由得你被调皮杰克[1]生吞活剥吗？”

“你这个该死的家伙，根本不可理喻的浑蛋。”我说，“你这个狗东西，你简直不是人。”我继续破口大骂。但他只是哈哈大笑，竖起手指摇晃着。

“你的脸，噢，亲爱的姨妈，我真想你能好好看看自己。”

现在他笑得全身无力，但过了一会儿，他喘过气来，以完美的假声喊道：“救救我，姨妈……噢，救救我……我是一个身处险境的姑娘……”

我抛下他离开时，我能听见他那残忍的狂笑渐渐平息。

他喊道：“喂，我说，你不是想把我独自丢在这里吧，老伙计？别走啊！”

我没有停下步子，一直走回我的空房子里。

现在天亮了。

我的心脏在狂跳。

我的脑袋在翻涌。

1　调皮杰克（Saucy Jack）是开膛手向警方寄信挑衅时自诩的绰号。

十五

在本章里，特里小姐透露了一个秘密；与剧院里的幽灵相遇

特里小姐坚持写进合同：作为女主角，她享有私人办公室的待遇。她正在自己的办公室里，从写字桌旁站起身，走到会议桌那边。

“布拉姆，我们到清单的哪一处了？你在看第四页？我们抓紧点行吗？”

她请斯托克让她观摩他作为经理工作时的情形。她准备有一天经营自己的剧院。[1]

“我付了工资，”斯托克正在阅读他的记事本里的内容，“安排了试演，和银行交涉过，订购了通往观众席的新门的彩釉，付清了为这个房间重新装修的款项。”

“那用不了多少钱。”她环顾房间，然后说，“家具都是从破烂堆里捡的。”

“《泰晤士报》派了一个记者来，就在楼下，是个老油条。他想访问你一个小时，了解演出的内容。”

“让他去采访院长的狗，好吗？法西不介意舔一舔油条，对吧，老伙计？”

那只狗在壁炉火堆前的毯子上嘟囔了一声。

“公关活动有助于售票。”

“让我脱帽向买票人致敬吧，姨妈，他们爱来不来。”

1　自 1903 年开始，埃伦·特里担任伦敦皇家剧院的经理。

“卖不出门票，剧院根本活不下去。等你自己经营剧院的时候就知道了。”[1]

“如果你坚持这么说的话。”

“我会坚持的。”

“我怕了你了。”

她回到写字桌那里，从抽屉里拿出一张手帕，用它擦拭眼镜。

“记者们老是问同样的啰唆的问题。”她郁闷地说，“把人逼得想死的心都有了。你对莎士比亚有甚么感想？身为剧院里的女性是甚么[2]感觉呢？你是如何去刻画角色的呢？”

这是她的一个古怪习惯，哪个人惹恼了她，她就会用她所说的匈牙利口音去调侃他。

“嗯，那你是怎么做到的呢？”

“我观察身边的人。不然怎么着？”

“观察？”

“一个瘸子？我家的女仆咯。一个斜视的人？我的姑妈咯。一个善良的老姑娘？你咯。一个浮夸自负却又招人喜欢的讨厌鬼？院长咯。”

斯托克勉强地干笑了一声。埃伦对他的模仿惟妙惟肖，令他大吃一惊。

“观察就是酒肉，”她说，“个人就是佳肴。你肯定注意到院长把你读书时的姿态放进《麦克白》里了吧？”

“我想并没有。”

“你在翻页前会舔一舔指尖，他的麦克白也是。他的伊阿古在受到惊吓时会以手捂脸。你也是。当你做出请求时，你会以双掌轻轻

1 由于埃伦·特里经营不善，伦敦皇家剧院在1907年倒闭关门。

2 原文是用“vot”指代“what（什么）”，翻译时作了相应处理。

相碰——仔细瞧吧，他会用上的。”

“肯定只是巧合吧？”

“没有什么事情是巧合。”

“这真是巧合。”

“布拉姆，你帮我打开柜子里的那个抽屉，好吗？你会发现一沓小写生簿。翻开其中一本，随便哪本都行。”

那本写生簿发皱的页面是发灰的旧羊皮纸，每一寸地方都画着栩栩如生的墨水笔素描：手、嘴巴、眼睛、一道道自由行走的足印，还有几处作曲的标注。

“这些都是你画的吗？”

“那是我进入角色的方式，亲爱的。我在观察，就是这样，他们的举止、习惯、口音，一个角色的走路姿势和她所说的话同样重要。她举起酒杯的姿势，她拉开窗帘的动作，她说一句话时着重念了哪几个字。最重要的是她的眼神。抓住了那一点，你就得到了一切。”

斯托克翻看着页面。一个修女的脑袋转向观察者，露齿而笑。

“我从小就画这些。”她说，“是我从父亲那儿学到的窍门，他堪称识途老马，带我参加他的童话剧演出，那时候我才七八岁。一定要勤作素描，它们会伴随你直到最后。学者靠书本做学问，而一个演员靠的是这些。”

“它们画得很美。之前我不知道你会画画。”

“不，不，美倒谈不上，只是在观察而已，亲爱的布拉姆。重点是知道一切事物都蕴含着自己的对立面。这是扮演奥菲利亚、苔丝狄蒙娜、麦克白夫人的关键。为每一个恋人注入会被反感的东西。每一个恶棍都渴望被爱，世间所有的邪恶都源自破碎的爱。忘记了这一点，观众就不会信服你的表演。”

“我们是不是有点偏离剧院管理这个话题了？”

“你写的那些精彩的故事？那就是为什么它们原本可以很火，却卖得不好的原因，亲爱的。噢，你可以写出一个漂亮的句子，但还得加入更多激情和热忱。因为你没有做好你的素描功课，你画得不够多。现在跟我下去观摩开膛手的排练，好吗？”

“院长还不知道演员们给他起了新绰号吧？”

“噢，我想他会喜欢的，难道你不觉得吗？”

《威尼斯商人》。他们一同坐在侧翼里。人们来来去去，提问，要钱，但他发现自己很难将目光从舞台上的光亮移开，似乎一道薄帘已被掀开，某种半透明的状态消失了。

没有戏服，没有假发，只有一个邋遢的男人穿着晨衣，戴着破破烂烂的高礼帽，一边抽着雪茄一边朝黑暗叫嚷。

“把该死的聚光灯亮起来，伙计！他们想看到人的是我。”

灯光调整了。但院长还是不高兴。

“我说，把那该死的东西点着，你做不到吗？你们这帮聒噪的浑蛋，趁我还没上去把我的靴子捅进你们的洞眼儿之前，往里面加点红色！”

那条光柱变红变暗了。“现在我们可以干活了。好伙计。”院长重重地低垂着脑袋，似乎它变沉了。当他再把头抬起时，那张脸不是欧文。

它变长了些，更加消瘦，老了四十岁。他的声音变得苍老，带着颤音、恐慌，仿佛受过伤。他的眼神变得迷茫，痛苦诧异的表情似乎石化了，大张的嘴巴的曲线里蕴含着怀疑，时不时将惊愕的问号滴落在台词中，就像掉入一潭热血中的冰块。

他曾经羞辱过我，夺去我几十万块钱的生意，讥笑着我的亏蚀，挖苦着我的盈余，侮蔑我的民族，破坏我的买卖，离间我的朋友，煽动我的仇敌；他的理由是什么？只因为我是一个犹太人。[1]

在堂座里干活的清洁女工们停下活计，转身观望。欧文久久地凝视着她们,然后才似乎注意到她们的存在。他颤巍巍地朝脚灯走去。跪下。默默地流泪。双手捂着自己的脸，手指在颤抖。

难道犹太人没有眼睛吗？难道犹太人没有五官四肢、没有知觉、没有感情、没有血气吗？他不是吃着同样的食物，同样的武器可以伤害他，同样的医药可以疗治他……

他等候着。噢，如此漫长。似乎在迫使她们做出回答。他那两道弓起的眉毛在质问，面容因为痛苦而扭曲。

你们要是用刀剑刺我们——他十指交叠，似乎在哀求一位无情的法官——然后发出遭人背叛的哀号——我们不是也会出血的吗？

斯托克察觉到她挽起自己的胳膊。"可怕的糟老头子，"她低声说，"但你看得出，他做过功课。"

《泰晤士报》的那位记者在等候着。特里小姐走了。门票得卖出去，真相得被揭露，建议得提出，聚光灯得回避。

斯托克觉得身子燥热，喘不过气来，他卷起外衣的左袖。似乎他生平头一回见到一个男人在舞台上，或留意到某个一直都在那里的幽灵，他观察着，在他的袖口绘画。再过一会儿，他就会再度登上"米娜之穴"。他根本没有权利去选择终点。

她已经有一百年没有睡过觉了，"醒着"这个词并不能用在米娜身上。那就像潮汐的转变，影子掠过石头，水变成蒸汽或结冰。一

1 此处的台词出自《威尼斯商人》，朱生豪译本。

只目光茫然的乌鸦，一团颤动的小小的火焰。在这种时候，米娜会察觉到自己在这里。

在她那间布满灰尘和蜘蛛的阁楼里，她在倾听。

天空在呼啸，老鼠在奔走，海鸥和苍鹭在啼鸣，松鼠蹦跶着穿过古老的屋顶，然后橡木椽梁传出声响。瘦巴巴的柱子、烟囱和端柱在嘎吱作响，已废弃的管道吁吁有声，一个旧暖气炉早已点不着火的内膛在呼啸。她没有自己的身体——当她拥有身体时并没有从中受益，反而惹出了麻烦——她觉得身体是多么神奇。

时间对于米娜是不一样的。五年可以等同于一秒，一个月如同百年。她的知觉直达活人无法看见的层面。她的思维以棺材为框架。

一个沉重
的箱子，但
没有制作精良
的箱子那么沉重
每个舞台人员
都知道这些
但没有人
知道为何
那是我所
知道的
事情

有时候她会走出去，在河堤和街巷流连。有时候，一连好几个小时，她会站在剧院的后门里。

有人曾在楼座的豪华包厢里见过她一两回。有人说在月圆之夜她会在埃克塞特街上行走。有时候她不想被看见，别人却能看见她；而当她想被别人看见时，别人却看不见她。

她会飘到烟草码头去，在快船的桅杆间盘旋，朝系缆柱和污浊的吃水线俯冲飞去。追寻有故事的彗星和罪孽的来世。掠过舷窗和铰链窗，顺着烟囱下去，穿过锁孔。对于米娜来说，伦敦没有秘密。

有的晚上，她化身为缓缓经过皮卡迪利的尘埃之墙，令过路人为之惊叹，拍打着自己的衣服。有的晚上，因为久已埋葬却被挖出来的破碎的爱情的回忆，她化身为河岸街的圣母玛利亚教堂的钟声。有人在远至德普特福德、格雷夫森德的滨水区、皇家歌剧院的柱廊等地方见过她，和查令十字街车站后面的站街女在一起。在静谧空旷的大厅里，在你身后突然响起咔嗒一声，体会到有人在房间里的感觉。那一次，在深夜里，你清楚地知道自己被人监视，你从镜子里似乎见到了什么，惊慌地从自己写的鬼故事的稿纸抬起眼睛。

那不是觉醒。她在淡黄色的栖息地里——瓦片下的炼狱——这个由暮光与背叛造就的姑娘。她绕着屋顶的主梁缓缓地盘旋，攀附在肋架拱上。

那个入侵者又来这里了。弓着背坐在打字机旁边，在暗淡的蜡烛的光晕中，筋疲力尽。他会做出什么事情呢？为了谁呢？

她看不见他的吐丝器官，但它们确实存在。在他身边是那张吐出的字词之网。透过自我怀疑和怒火爆发的迷雾，他不停地编织着，不知道为什么要这么做。

一个魁梧的男人，体态发福，样子像谋杀了她的凶手。烛光时而泛紫，时而发金。在他的体内隐藏着野性，从他的毛孔里渗出，可是他还有更加奇怪的气质，那就是女性般的温柔。他每天晚上都会来这里，这个胖乎乎的长着络腮胡的目光如炬的男人，以为就只有他独自在阁楼里。转动着肩膀，拍打着灰尘，用力挠着自己的头皮，撕下他那台奇怪的机器上的纸。

米娜听着打字机在噼里啪啦，她的倩影来了又走。咔嗒咔嗒，叮叮嘀嘀，呼噜呼噜。她那虚无的形体与他的敲击声和从天窗射入的脏兮兮的青铜色的光亮重构并取得和谐。她对自己的姐妹——洒遍伦敦的月光——说悄悄话。她透过破碎的屋顶瓦片扬手数星星，每一颗星星代表了一个被男人杀害的女人，一个星座代表了许许多多失败的死去的书籍。

他的第一本书、第二本书、第三本书、第四本书。她看着每一颗星星融入夜色里，在孤独地闪烁，针孔般的没有意义的光点。当他自己看着那几颗星星时，它们就像太阳般耀眼，但别人甚至没有留意，而他心知肚明。但是，他仍然登上她的阁楼。

讲述我的故事吧，她说，把我的生命还给我。但他听不见，或不愿去听。他打字太大声了。

她觉得这就是他要写东西的原因，这样他就不用去听当沉默的幕布开启时会发生什么事情。

她的手指抚弄着那台破竖琴的琴身。他以为那诡异的琴声是风吹造成的。

当她的眼泪令他的字迹变得模糊时，他对自己说，那是因为屋顶漏水了。

哭泣？是的，她在哭泣。哭泣不需要身体。眼泪是吃水线上看得见的悲伤的那一部分，船难并不是在那里发生。许多个晚上，她站在斯托克面前，怀着已不复存在的心在凄厉地惨叫，扯他的头发，掴他的脸。天可怜见，讲故事的人。看见我吧。

他抬头张望，只看见从一根横梁上落下三滴水，是被她的尖叫的力量引落的。一天晚上，她努力尝试——那番努力令她极其痛苦——但当他转身离开他的机器，朝米娜跪在他身前祈求的那处地方走去时，他只看见一只独眼猫。

我不是一只独眼猫，我不是一滴雨水。为何你见不到我呢？我在这里呀。

他转身回到自己的机器上，胖嘟嘟的手指在键盘上飞舞，他的两道浓眉沁着汗水。他拼命写，不想失去他的思路线索。现在一定是冬天，因为阁楼的粗管缠绕着世界的血管在嗡嗡嗡地响。那张蛛网被金属的热力烤得发出焦味，在她应该有舌头的部位传来铁屑的味道。他脱掉了衬衣，正大口喝着水壶里的水。

一道汗水从他的脊背流下。他的脸红得就像经血。他吐出舌尖。

在桌子上有一本笔记，他那些潦草的鬼画符。他注视着它们，将它们翻译出来，打出一个个句子，停笔高声骂街，或用一根即将熄灭的香烟点燃另一根香烟，或沮丧地朝他努力写出的东西大声咆哮，就像一个人在试图熬过肾结石的疼痛。

她悄悄来到他身后，近得能看见他的脖子上的绒毛。从他的肩膀上方窥视，见到那台机器正在写出词语。

血。就是生命。我神志清醒。知道当下的情形。似乎交叠相错。在风雨中。狂风骤雨。

“爸爸，你辅导我做拉丁文功课好吗？”

一个热切而严肃的十六岁男孩，眼睛闪烁着智慧的光芒，穿着睡衣坐在壁炉边，正在玩一个模型剧院。

“现在不行，老伙计。”

“妈妈，你就不能让他辅导我吗？”

"布拉姆?"

"我正忙着写稿呢。"

"看在上帝的分上，布拉姆，他有好几个星期没见到你了。"

"妈妈，爸爸，求求你们，别吵架了好吗……你们答应过的。"

一个小时后，充满罪恶感的父亲登上楼梯，吩咐保姆离开房间。小男孩紧闭双眼，他的脸色苍白得就像白床单。昨天他是一个小宝宝，明天他会成为一个男子汉。在洗手架旁边的桌子上，一个玩具士兵在站岗，光滑的表面釉成猩红色，反射着烛光。床头柜上的音乐盒在演奏《星条旗》。

"嘿，你好呀，诺利。"

"爸爸。"

"你刚才哭了?"

"没有。"

"我帮你把枕头拍松，好吗?"

"我们在爱尔兰的时候，我好想你，爸爸。"

"我也想你，老伙计。"

"妈妈说你又在写书了。"

"我们拭目以待吧。"

父亲环顾着房间，看着那一排排小男孩已经大得不适合玩的昂贵玩具：铁环和闪亮的玩偶，长剑和铠甲、盾牌和瓶中船。玩具的无助模样令人感到战栗，就像一个已经消逝的宗教的遗物，正濒临灭绝的生物的奇妙之美。

"里面有怪物吗，爸爸?"

"如果没有怪物，那还叫什么故事呢?"

"噢，好耶，我喜欢有怪物的故事。他特别恐怖吗?"

渴望就像一根长矛刺穿父亲的身体，他抚摸着儿子的头发。

“他发作起来挺恐怖的。但在别的时候，他很悲伤，只想睡觉。”

小男孩咯咯咯地笑了：“我可从来不想睡觉。”

“但这个家伙已经醒了一千年。他好疲倦。”

“我不知道是什么令他如此伤心。”

“这就是为什么我们要写故事，诺利。这样我们就能知道成为另一个人是怎样的感受。”

“为什么我们想知道呢？”

“因为有时候当我们自己实在是太累了。”

“你和妈妈会再吵架吗？”

“不会的，宝贝，安心睡觉吧。”

客厅里，她坐在窗边，看着雨势。他打开文件箱，拿出稿纸，坐在壁炉边。

“又在写书吗？”她平静地颤声问道。

“还不能肯定。或许没有结果。”

“你不觉得我们和你见面的时间太少了吗？一星期每天晚上都出去，天亮前才回家。你已经写出四本书了，没有一本如你所愿——”

“我知道你把我的失败说得很委婉，但你的意思并没有变。”

“现在你又要写一本书，那将占据你所剩无几的时间，而且你并没有将它给予那个——小家伙。”

“我想这是我的最后一本。最后一次尝试。”

“你的写作似乎根本没有结果，只会为你带来伤痛。”

“我想一个人的感觉仍是他自己的事情。”

“那为什么他要结婚呢？”

“我敢说他在纳闷。”

“我敢说他的妻子也在纳闷。”

炉栅里的火焰在毕剥作响，发出嗞嗞声的煤炭动了一动。临界点已至。夫妻俩选择了沉默。但磁力太强了，无法维持平静。

“我已经叫玛丽把客房整理好了。”她说。

“当然好。你想干吗都行。为什么要这么做呢？”

“你天亮时从剧院里回来时，会把我吵醒，而且你似乎不肯消停。”

“我知道了。”

“总之让我们试一下，看看怎么样。”

“同意。”

“很好。”她打开她那本书，是几年前在河堤那儿的一个书摊上买到的但丁古本。

“我可以向你读一段吗？”他问，“如果你能忍受我的意大利语？”

“你真好，布拉姆。或许读一小段吧。”

“弗洛，刚才我说话的语气生硬了些。我很抱歉。请别生我的气，好吗？”

“我没生气。只是有点害怕。”

“害怕什么？”

“你去哪儿了，布拉姆？你整晚都在外面。”

“我告诉过你，剧院里总是有重要人物得接待。就像那场该死的百年战争[1]，没完没了地进行下去。事情总得有人去做。”

“就像百年战争。”

“然后我——写了一会儿东西。在阁楼里，我布置了一个用于写作的地方。那里很适合我。然后，我写得头晕脑胀，得去散会儿步。”

“我可以问去哪儿散步吗？”

“就在城里转转。”

“但在漆黑死寂的夜晚走在牛津街或干草市场上，到底是为了什

1　指 1337 年至 1453 年期间，发生在金雀花王朝治下的英格兰王国和瓦卢瓦王朝治下的法兰西王国之间，针对法国统治权的战争。

么呢？”

“那正是一个人得到的事情——静谧。”

“你从来不觉得危险吗？”

“或许危机感是人生体验的一部分。”

“我现在不想和你耍嘴皮子，布拉姆。如果你不介意的话，我去睡觉了。”

她起身走到书架旁边，伸出一根手指掠过书脊。

他说：“弗洛，你怎么了？你似乎没有问起你想问的问题。”

“你想我问吗？”

“你想问吗？”

她盯着火堆，似乎是第一次见到。到此为止吧，火焰在说，离开房间吧，熄灯吧。

“我听人家提起过，”她说，“欧文和他太太已经分居几年了。”

“我也听说了。”

“怎么会这样？”

“我怎么知道？”

“你们从来没有提起过这件事情吗？”

“我认为那不关我的事，我不会厚着脸皮去问。”

“你知道他们怎么说奥斯卡·王尔德吗？”

“弗洛，看在上帝的分上。”

“他们说他有恋童癖，还说他性格太张扬了。”

“张扬之人自会招惹非议。人是懒惰的。”

“他招惹非议已经很久了。这对康斯坦丝[1]和孩子们来说太残忍了。”

1　康斯坦丝·玛丽·王尔德（Constance Mary Wilde，1859—1898），奥斯卡·王尔德的妻子。

“我不明白——”

“不要羞辱我，布拉姆。我要求的就只有这个。”

“我不是那种人。你肯定知道的。”

“我知道你有一个隐藏的自我，那是你生活的小天地。我曾经希望你会接纳我，终有一天我们能一同住在那里，我俩和诺利。但我已经知道那是不可能的。”

“这种情绪化的表述并不是你的作风，弗洛。我不是一个藏着掖着的人，并不比其他人更善于伪装。如果说有时候我需要独处一两个小时，那并不是犯罪行径。别人听你这么说，还以为我们不在同一间屋子里住呢。”

“我们真的不在同一间屋子里住。布拉姆，我们迫使自己相信我们住在同一间屋子里。我再也不知道这是为了谁或为了取悦谁。大部分时间里，我们甚至没有住在同一个国度。几年前你就移居到兰心剧院去了。”

一个哭声令他们转头看着门道。他们的儿子在那儿，看着他们。

“你们答应过不会再凶巴巴地吵架的。”他啜泣着。

“我们没有吵架，宝贝。”他的母亲说，“只是闹着玩罢了。”

十六

本章描写了一户有趣的人家，一颗“明星”降临兰心剧院

接下来那个星期的一个晚上，特里小姐召集的演出后的研讨进行到很晚。在试妆时间表、算不平的账目、即将进行的德国巡回演出的日期这些问题上有不同意见。等到经过反复讨论达成一致意见的时候已经是凌晨两点钟了。欧文提议他们三人在这里将就过夜算了。

他的私人会客厅在楼上，是旧戏服仓库的一部分，已经被装修过，贴上了墙纸，搬来了漂亮的灯饰，铺上了厚厚的地毯，挂上了海景和狩猎图。

从地窖里找到的那三张体面的旧沙发已经被搬上来，在壁炉旁边摆成了U形，折断的椅角用几本书叠起来替代。木天花板很低，就像在一间船舱里，从小窗户望出去可以见到屋顶和星星。“一间舒适的单身汉房间。”欧文说，招呼他们进房间，“没什么好招待的。现在，我想来杯白兰地如何?”

从门道里可以见到舞台上的飞梁，就像一具恐龙的骨骸般恐怖怪诞。河那边传来驳船孤独的汽笛声。他从古色古香的柜子里——黑色的，伊丽莎白时代风格，雕满了花纹——拿出几条毛毯，然后跪下来把炉子烧旺。静谧、火堆的温暖、盛着单麦芽威士忌的沉重的高脚杯、低矮天花板的舒适、倦意。三人都睡着了，各自蜷缩在沙发上，月亮俯瞰着孤独的伦敦。

在接下来的漫长岁月里，数十年之后，他们将会想起那几个月发生的怪事。她的几个孩子和他们的父亲住在郊区，晚上她不喜欢独处。

他们知道有一个男人——或者说，有几个男人——她不想向其求助。

欧文的住所出事了，现在遇到了困难——当时他住在奥尔巴尼大厦，一间招待绅士的公寓——虽然他没有被正式勒令离开，但意思已经很清楚了，那种光是沉默就足以传达意思的英国式的表述，现在是时候搬走了。

斯托克自己就像来到了生命的十字路口，大雪弥漫，路碑被踢倒了，上面的字迹模糊不清。知道字迹是旅人自己弄模糊的并没有带来多少安慰。他的妻子在利物浦为贫民窟的小孩子当老师，他们的儿子在温彻斯特上学。屋子里空荡荡的房间似乎弥漫着挥之不去的悲伤与失落。简单地说，他们仨没有一个人有家可回。

冬天来了。他开始写诗。尽是些粗劣沉闷之作，但是，或许诗歌里有什么东西能帮助他解决许多匆匆结婚的人遇到的矛盾，化解宣誓时未曾预见到的暴风雨。《利平科特月刊》[1] 这份文学刊物的读者在 1888 年 4 月当期读到了一首奇怪的回旋诗，有十五行，署名是“亚伯拉罕·斯托克利”。

在跃动的光明中欢笑的眼睛
悠扬的音乐，快乐而灿烂
宛如孤独湖畔的日出
变幻永恒，自由永恒
我不能与你相伴
我的精灵，从东边走到西边
就像一朵英国玫瑰上的月光
深夜在伦敦的一条巷子里

1 《利平科特月刊》（*Lippincott's Monthly Magazine*），由美国出版人约书亚·博林格·利平科特创办的文学刊物，柯南·道尔、王尔德、吉卜林等名家曾为其撰稿。

我的心被杀死了

我不能与你相伴

虽然那是我梦寐以求之情

恋人结伴而行，流连不知时日

就像聚光灯下的演员

我永远失去自由

我不能与你相伴

没有几个读者会留意到这首劣诗的秘密：由上至下读，将每一行的第一个字母连在一起拼出的名字。[1]

这三人自此每晚都习惯到欧文的房间里消遣。一张梳妆台被搬过来。他们带了书籍和更换的衣服。没有人议论这件事情，他们都知道这只是暂时的。

他们登上陡峭的后台楼梯。他会开一瓶红酒，再开一瓶白兰地，还有面包和熏肉、芝士和几壶水。他们点起壁炉的火，播起留声机。由一个人向另外两人读书，或讲述一个鬼故事。他们品酒、打牌，坐在气氛友好的沉默里，昏昏然地在演出之后能烧上很久的火堆前取暖，睡意会降临在那个房间。

斯托克这辈子从未体验过如此仁慈的睡眠：深沉，宁静，吞没一切。如果做梦了，虽然那很少发生，他梦见女人在平静地吟唱。他惊醒过来，听见令人惬意的柴火噼啪声和雨声。还有沉重的旧毛毯那舒服沉重的质感。

到了早上，他们会一起吃早饭，去杰米恩街的澡堂，接着回剧院吃午饭，然后开始排练。那是拼命工作的心有默契的季节。没有

1　这首诗的英文原文每一行的首字母分别是ELLENELLENELLEN，即“埃伦、埃伦、埃伦”。

人预料到那会是结局的开始。

一天早上，在剧院附近的咖啡馆里，那段对话开始了：

“可以做到的，”斯托克坚持，“有志者事竟成。”

欧文朝他的烤松饼狠咬了一口，将黄油从他的嘴角上擦掉。“电？舞台上？你活在一个空想的世界里。”

“他们付钱给我们不就是为了那个吗？”特里小姐说。

“我亲爱的，兰心剧院已经有电了。”院长说，“它的名字叫亨利·欧文。”

“老天爷啊，还用上第三人称。多么自谦的表述。”

“谦逊是处子的美德，亲爱的。你应该试一试。”

“萧伯纳就很认可我的谦逊，还说他希望进入我的心中，占据一席之地。”

“他想要的，是进入你的另一个部位，亲爱的。”

斯托克仍在坚持：“我已经彻底研究过这件事情，我知道该如何着手进行。如果我们不为这种效果申请专利，别的剧院会采用的，记住我的话。”

“那些俗人爱干啥干啥。我们不是哗众取宠的贱人。”

“我有一个可靠消息，萧伯纳很感兴趣，”特里小姐狡黠地说，“要是能比他捷足先登就好了。我知道，我真是小心眼。”

这一箭正中靶心。

“那么，该如何着手进行呢？”欧文发问了，“如果你们对这件事如此热情高涨。”

“得用上一套电池和拿在手里的金属盘子。如果你好好研究我画的这张草图，”斯托克将草图推到桌子对面，“你就知道我在说什么。”

“拿开你那该死的草图，到剧院里来，向我展示一下。”

回到兰心剧院，哈克正坐在侧翼里，在她的桌前墙壁上用粉笔画画，画上了蝴蝶、龙、独角兽之后，那些砖头似乎有了生命。听到三人走近，她抬头张望。

“早上好，小哈。”斯托克说，“如果你有时间的话，我们进行那个小实验，好吗？院长来这里，准备好观看我们的学术成果。”

哈克点了点头，伸手从一个抽屉里拿出两个抛光的碟子大小的金属圆盘，分别递给站在舞台上的那两个男人。她看了一会儿教科书，抬头盯着舞台上方，似乎在进行最后一刻的计算。

“放手干吧，小哈，”欧文大声说，“如果你们在浪费我的时间，看我不把你们俩捅出透明窟窿。”

“院长，”她说，“请您拿起那边那把剑。斯托克先生，请您拿起另一把剑。您两位手里的小圆盘，请握在左拳里。就像这样，好吗？”

两人依照指示各自就位，举起自己的长剑。

“当心，先生们。”哈克喊道，“我要启动电池了。”

“我们确定这么做安全吗？”

“上吧。”

斯托克走向前，左手托着臀部，把剑举在身前。他曾是三一学院的击剑代表，知道古典架势，但对即将发生的事情并未完全做好准备。欧文更是心里没谱，虽然他已经拿着一把道具长剑演出了数千场，以虚伪的自信大摇大摆地走上前。

“来吧，你这个该死的芬尼亚人[1]。”他狞笑着嚷道，“我会让你这个悖逆之徒见识英国人的厉害。”

两人的长剑相碰时火花四射，高高地射到空中，一个在舞台上方的工人吓得惊叫连连。剑锋相交时嗞嗞的声响，银色与青铜色的星芒在喷涌，令欧文跪倒。特里小姐激动欣喜地鼓掌。哈克欢呼着抱住了她。

1　芬尼亚人（Fenian）是爱尔兰人的别称。

“再来一遍，”斯托克说，“接我一剑。”

现在几个演员从漆黑的侧翼里走出来，吓得瞠目结舌，说不出话来。

欧文缓缓地站起身，用衬衣的下摆擦着眼睛。

“请吧，麦克德夫。[1]”他说。

剑锋在碰撞格挡，时不时噼噼啪啪地射出红色的火花，带着火药味的电光撕裂了空气。

“上啊，院长！”哈克喊道，“干倒他，姨妈。”女演员们叫嚷着。“胜利者会得到我的亲吻哟。”特里小姐哈哈大笑地说，但这句戏谑似乎令比剑变得更加激烈。欧文舞动长剑，挡开对方的攻击，火花从他的剑锋上飞舞。斯托克腾挪闪避，正在戳刺，正在挥舞，背靠着舞台前部的右柱，似乎想将它推倒，正在奋力摆脱困境，大汗淋漓，气喘吁吁，穿过发出嗞嗞响的一大圈青烟，火光中带着铁屑的味道。

一周之内他们便开始在表演中运用这种效果，先是《哈姆雷特》，然后是《罗密欧与朱丽叶》。各大报纸纷纷献上褒扬。

兰心剧院的奇观

“它究竟是如何做到的？”

欧文再度成为人生赢家。

买票的队伍比之前提早了，有时候从天亮就开始，一群群黄牛党在埃克塞特街和考文特花园的拱廊里游荡着大肆交易。有传闻说女王本人也想到兰心剧院观看奇迹。她没有来，但欧文老练地以退为进，每次接受采访时都会挤眉弄眼地以夸张的口吻说女王陛下没有出席。

1　此句出自《麦克白》。

“不，不，女王陛下绝对不会来。如果她真的来了，我也不能告诉你。”

他吩咐斯托克在门票印上一则指引，说“放电打斗奇观如此激烈恐怖，孕妇、长者或神经衰弱者不宜观看”。门厅上挂了特别告示，说“现场配备了受训护士。”“如果您觉得就快晕倒，请呼叫引座员。”一个月的门票销售额达到了七千英镑。吓人最快捷的方式就是告诉他们会受到惊吓。观众们就好这一口。

二月份的一个星期六晚上，第二场演出全场爆棚，斯托克惬意地喝着酒，从后台观看演出。特里小姐扮演的麦克白夫人得到交口称赞，每一次火花飞溅都会引起震耳欲聋的掌声，响得盖过了交响乐团的乐声，令斯托克觉得不满，但观众们高兴才是最重要的。麦克白夫人趁观众们长长倒吸一口凉气而没有留意时，快步走到他身边，低声说她留意到第三排座位有一个重要人物。她说她很肯定。看他的服装绝不会弄错。

“演出结束后一定得他请过来喝香槟。派小哈去吧。”

“这个狡猾的宵小鼠辈。”欧文说，“该死的，故意不告诉我们他会来。他喜欢和我们玩突然袭击。我们会搞定他的。”

一个小时后，演出结束，剧团成员站在舞台上恭候这位特别来宾。上好的香槟被匆匆订购，还有鲜花和从凯瑞奇酒店送来的供五十人享用的冷盘自助餐。摄影师们在舞台前方布置，拦住每个人的去路，装出了解情况和忙碌的样子。

他眨巴着眼睛从侧翼走出来，就像一个久已不见天日之人，他肤色苍白，欧文牵着他的手领他进场，他穿着深红色的天鹅绒马裤，长及膝盖的貂皮斗篷，手指上戴着许多枚戒指。他的身体太虚弱了，没办法久站，因此，三个舞台工作人员从道具仓库里搬出一张长沙发。

那位客人总是称呼欧文为“莎莉”，令他好不尴尬，之前兰心剧院里没人听过这个绰号。

“啊，布拉姆，”欧文说，“这位是你的同胞。你认识我的好朋友奥斯卡·王尔德吧。”

“很高兴再见到你，王尔德。那是好久之前的事情了。”

“布拉姆，我的好伙计。你看上去气色很好。”然后他转过头对院长说，“我和你的经理颇有渊源，关系亲密。”

“哦?”

“王尔德和我都上过圣三一学院。”斯托克说，“那是很久之前的事情了。”

“噢，我们的故事不只是这样，亲爱的老伙计。是由你来讲述我们的罪恶秘密，还是我来?”

“不是什么大事，但王尔德是我太太的朋友。那时候他们年纪尚轻，还在都柏林。”

“你们可以说是青梅竹马。嗯，弗洛是一个可人儿。我们曾有过短暂的婚约，如果你能想象那一幕良辰美景的话。但她为了一个更好的男人离开了我，对吧，布拉姆?我的头发因为愁苦而花白了。”

“我的妻子提起你时觉得很温馨，为你的成功感到骄傲。”

“是的，如今他们对我大加赞赏，而不是扔臭鸡蛋。但我总得保持乐观。他们以前扔的是砖头。”

“或许找一天晚上，你和王尔德夫人到舍下与我和太太共进晚餐?再见到你，她一定很高兴。”

“亲爱的，你真好。但我想应该不去了。最好还是让旧时的恋火熄灭吧，你觉得呢?否则那会引发不和。”

“我说，王尔德，”欧文说，“可否让我介绍埃伦·特里?”

“啊，”王尔德郑重其事地站起身，亲吻她的手，“我们的兰心剧院女神。”

“你真是太迷人了，王尔德先生。”

“那正是英国要把我绞死的原因，特里小姐。在爱尔兰，魅力被视为一种成就。而在这里，它会令家族蒙羞，像出了一个白痴子侄。”

“闭嘴，奥斯卡老伙计，”欧文说，“你对我们有点太刻薄了。毕竟是我们将语言传授给你们那帮原始人。”

“的确如此，亲爱的。现在我们会用英语说‘饿死’了”

“好了，奥斯卡，别要贫嘴，但你有的是地方和时间去施展。咱们可别将你难得的愉快到访浪费在一场抖机灵的战斗上。”

“是的，我不应该与一个没有还手之力的人干架。”

舞台四周响起了下属们的笑声，他们乐呵呵地看着雇主被欺负却又无能为力的样子。

“莎莉喜欢玩击剑，”王尔德微笑着继续说，点着装在一支长长的象牙烟嘴里的香烟，他的牙齿几乎被熏黑了，“正如我们今晚所见证的。亲爱的，对你来说是多么美妙的安慰，带着男子气概的火花在飞溅，那是威尼斯人的气质，不是雅典人的气质。亲爱的，我实在佩服得五体投地。”

“你知道，我研究过电力。”欧文尝试反驳，“许多人说那不可能做到，但我更懂行。”

“你当然更懂行，亲爱的。懂行是你最了不起的天赋，而且它让你登上你现在不敢放弃的高位。莎莉与莎士比亚的对决，总是以莎莉获胜而告终。她是莎士比亚的吹鼓手。”

“我说，你的谈吐活脱脱就像你的一部戏剧里的角色。”

“噢，我觉得我的谈吐没有那么美妙，我的小天使，但谢谢你的恭维。言不由衷的赞美是唯一值得戴起的桂冠。”他接过一个合唱团姑娘递上的香槟，现在转身对斯托克说，“干杯，老伙计，你的创作进行得怎么样了？从前我们在四庭吃着烤饼，彼此朗诵六节诗，那是多么快乐的回忆。我们何时将会见到出自你笔下的戏剧上演呢?”

"我已经放弃那方面的努力了。但这是我出的一本书，你不妨翻阅一下。去年由一间小社出版的。"

"噢，太棒了。《莎斯塔的肩膀》，多么美妙而引人遐思的书名。你知道，你的小说我最喜欢的总是它们的书名。"他将剩下的香槟一饮而尽，艰难地站起身，"但现在我得走了，我有一帮损友要一起沉沦。谢谢你的书，布拉姆。我会享受今晚与你上床的快乐，就像从前那样，是吧？"他转身面向大家，鞠了一躬，在面前的空气画了一个十字，"干得漂亮，孩子们。圣母为你们而骄傲。"

他满怀自信地带着一股法国古龙香水的味道缓步离开，反倒是欢送的掌声或许有点犹豫。

他们叫了更多的红酒。庆祝一直持续到深夜。许多演员——尤其是那些年轻演员——因为那位客人的到访和他的那些俏皮话感到激动不已。与闻名遐迩的王尔德在同一个舞台上，即使那不会再发生，但至少已经发生过一回。他的出现被理解为对他们工作的肯定，一颗"明星"降临兰心剧院和它的工作人员。他们不知道那颗"明星"即将陨落。

或许每个演员选择了这一行时心中都带着日后能有故事讲述的希望。许多人在那天晚上找到了自己的故事，那些曾被他瞥过一眼的人会说自己曾与王尔德握过手，与他握过手的少数几个人会说自己曾与王尔德拥抱，其他人很快会否认王尔德到过那里。

埃伦与小哈、斯托克、欧文分别跳了华尔兹，然后欧文和斯托克跳了一曲，逗得演员们都乐了。小伙子们跳里尔舞，女生们跳吉格舞，欧文还和他的狗跳了舞。他们点了《利默里克之墙》舞曲，然后是斯特拉斯贝舞曲和水手的角笛舞，交响乐团的小提琴手们与舞台工作人员们共舞，当中有一个来自马恩岛的小提琴手与一个来自康沃尔的风笛手。香槟喝完后，一桶苹果酒被板车推了进来，然后被凿开。一对对情侣手挽着手走进漆黑的后台，或出去外面的装卸码头，甚至就在箱子上行其好事。那天晚上，圣徒奥斯卡登门拜访。

天亮时，舞台上空荡荡的，醉醺醺的演员和乐师在吵吵闹闹或搂搂抱抱，或彼此搀扶冒着严寒往家里走。斯托克脚步略微有点踉跄，从街上回来了，刚才他吹口哨叫了几辆出租马车，正递上几摞硬币支付车资。在舞台下方，靠近侧翼，哈克跪在地上，颤着手点燃一根蜡烛。

“还在这儿哪，小哈中士？已经五点钟了。”

“在点鬼灯，先生。剧院的老传统。回家的时候总得留一根蜡烛点着，这样鬼魂才能进行自己的表演。”

“我不知道还有这种事情。我们可不能把这个该死的地方烧着了。”

“那我得把它灭了吗，先生？如果您吩咐，我会照做。”

“噢，管它呢，让它点着吧。我们得让鬼魂站在我们这边。”

“好的，晚安，斯托克先生。”

“晚安，小哈。回家路上小心。”

“哇，多么欢乐的聚会。我永远都不会忘记。”

“我们都不会忘记。干得漂亮。”

“特里小姐真是美如画，不是吗，先生？漂亮得就像一片果园。那件礼服亮瞎了我的眼睛，看着她就像领略一首交响曲。”

“她的确很漂亮。”

“您对她有点意思，不是吗，先生？您可以把你的秘密告诉我。”

斯托克默不作声。

“我也是。”小哈笑着说，“我想每个人都喜欢她。”

“特里小姐是一个了不起的女人。我们能和她做朋友已经是一种福气。”

“斯托克先生，您知道我老爹怎么谈论婚姻吗？你可以朝珠宝店橱窗张望，但不能砸烂玻璃抢走东西。”

“令尊乃睿智之人。”

“先生，我可以冒昧提一个请求吗？我想给您一件东西。”

“什么东西？”

她从舞台边上溜下去，来到下方堂座的前几排，斯托克正把酒瓶捡进一个麻袋里。

“您就像一颗璀璨的钻石，先生，是我遇到过的最好的人。”说到这里，她踮起脚尖，亲吻了斯托克的脸颊，“如果我得嫁给男人，那我会选您做我的丈夫。因为我要对您为我所做的一切道谢,而不是他们。”

“我最亲爱的小哈，”斯托克和她握了手，然后拥抱她，“以前你是一个帅气潇洒的小伙子，现在你是一个标致漂亮的姑娘。我们大部分人无法成为二者中的任何一个。”

哈克带着明媚的微笑离开了。斯托克捡起最后一个酒瓶，然后独自坐在第二排，享受着最后一杯红酒和一根上好的路易斯安那雪茄，他不是很清楚到底怎么弄到手的。鬼灯的光晕映在沉重阴森的幕布褶子上、黄铜定音鼓上、舞台前沿的光滑的柱子上。很快，他就会出去，走过考文特花园的夜市，向河岸街上的那个报童购买早报。至少会有几份报纸在报道王尔德的到访。公关的价值是无可估量的。昨晚就是强有力的公关行动。

乐师。舞蹈。王尔德的黑牙。长剑相交的清脆声响。一觉睡到中午将会多么惬意，然后去做正当的体力活。那扇活板门得修理，滑轮与绳子得重新悬挂。敲钉子，拧螺丝，干得满身大汗的辛苦的一天。艰辛劳动将会洗尽颓废。

在鬼灯的光亮中，他睡着了。一个经常做的梦降临在他身上。他赤裸裸地站在舞台上，他的对白台词紧凑而引人入胜，字词就像蝶群般蜂拥飞过。他伸出手，手指探到了水。观众们在叫嚷和吹口哨——可他看不见他们的脸，他知道王尔德和他们在一起。弗洛伦丝也在这里，他能听见她在冲自己呼喊。突然间，他在空中往下堕。

他惊醒过来，口干舌燥。剧院静悄悄的。从河岸街的圣母玛利亚教堂传来的第一次钟声敲响了七点钟。

他站起来，身子发僵酸痛。他睡觉时还穿着晚礼服，弄得怪不舒服的，鞋子太紧了，宿醉来袭，一阵刺痛感从右腿的肌腱蔓延开来。鬼灯已经熄灭了，烛蜡在地上板结了。他找到一支汤勺，将冷凝的蜡油刮掉。

一个怪异的声音引起了他的注意。他抬头看着水晶吊灯。一只小鸟，或许是鹪鹩，在水晶吊灯的垂坠间穿梭，时而落下，时而飞舞，现在又落下了，它那清脆的乐声就像一曲日本和歌。它拉下一摊鸟屎。叫声变得更加尖利。斯托克以为它会撞到天花板或活活累死。那种没办法去帮助它的感觉太可怕了，他发现自己在为那只受惊的小精灵打气，连声催促，挥手示意。突然间，它飞向花坛，但又折返，朝屋顶飞去，钻进上面一个箱子里。叫声停止了。它一定很安全，或死掉了。

他疲惫不堪，勉力登上舞台的阶梯。他将最后的酒杯、开生蚝的刀子和桌布收好。他觉得自己是个大傻瓜，那种感觉就像一个幽灵小提琴手在乐台上隐约可见。他转身对着剧院。

从布满灰尘的高窗射入的曙光将一排排空荡荡的天鹅绒座位镀上一层隐约的金光。

王尔德问他的关于戏剧创作的问题或许不只是嘲讽吧？如果你能解读的话，嘲讽是小丑的建议吗？或许有一天晚上，他会在首晚演出之后站在这个舞台上，观众们在呼喊“作者”或要求“加演”？他的儿子会来这里，弗洛伦丝和她的家人也会来。或许埃伦会参演。

或许埃伦……

假如……

他似乎看到了头条新闻标题、剧院的演出告示、他的姓氏以大字写在海报上，噢，那还不得让都柏林那帮人乖乖闭嘴。

不是斯托克吧？那个小职员？那个走不了路的瘸子？古怪的夜猫子，总是整晚在城里瞎逛？他怎么可能成为名人？我们都知道他的德行！

金钱将会从天而降。在纽约和芝加哥巡回演出。金钱的自由，再也不用左右张罗和百般逢迎，再也不用和衣帽间的职员争执，再也不用担心收到账单。在肯辛顿买一座镇屋，为弗洛伦丝布置一间书房，在乡下购置一间庄园，书房俯瞰着小牧场，文人雅士的生活，以斯文得体的语句拒绝无尽的邀请。忘记我吧，我在全身心准备接下来的巡回演出，不想受任何干扰，即使你们的邀请非常诱人也只好婉拒。

这时候，他在空荡荡的座位上见到他的父母和都柏林堡的职员们的面孔——每个人都说过他不行。破碎的希望、秘密、失败将会得到弥补。他曾经在这个世界上生活过，这将会成为一件重要的事情。他不会被遗忘。他会站在这个舞台上，迎接热情如火的掌声，眼泪汪汪，宽宏地原谅他们。

来吧，温柔的安眠。他登上楼梯，朝欧文的房间走去，醉醺醺的，疲惫而喜悦。他打开房门，灰烬从暗红色变成了紫色。他听见煤块在炉栅里挪动时发出的噼啪声。

那三张切斯特菲尔德旧沙发在半明半暗中显现。他留意到其中两张上面没有人。

在第三张沙发上，欧文和埃伦赤身裸体地裹在一张皱巴巴的床单里睡着了，埃伦的头靠在欧文的胸膛上，两人的腿脚和胳膊都被裹了起来，欧文那头光亮蓬松的头发披散在一个白色绸面软垫上，两人的衣服像破布般被丢在地板上。颜色像白兰地的火光照亮了她的肌肤。

埃伦似乎察觉到他的出现，睁开眼睛。

“噢，”她轻声说，“布拉姆……听我说……”

他轻声说：“抱歉。”然后离开了。

十七

在本章里，一个作家谋杀了他的书籍；苔丝狄蒙娜探访疯人院

死去的米娜在她的阁楼椽梁下的灰尘间舒展开身子，目睹一幕奇怪的情景。

憔悴，哭泣，那个闯入者双膝跪地，正在撕碎他的书籍。他有一摞书籍，高度约莫到他的腰部，统统都将被撕毁。他奋力将封面扯开，将书页撕烂。

《莎斯塔的肩膀》。那是什么意思？

他拉开一扇脏兮兮的天窗，将碎片抛向天空。她冲出去，见到碎片随风而逝，飘向泰晤士河，被墨迹染黑的片片纸屑，就像滑铁卢桥上的一群不祥的乌鸦。

天亮时，在剧院的窗户里，她看见他的梦想里的红色倒影。那位伯爵将盖在女主角的赤裸身躯上的被单掀开，脱掉自己的衬衣，用一根手指甲顺着自己的腹部往下滑，从肚脐滑到下体，就像剖开一颗水果那样剖开自己。他按住女主角的后脑，强迫她亲吻自己的伤口，她的双手搂着他的躯干，吸吮着他的鲜血。

他眨着眼睛，现在意识到自己正与妻子坐在餐桌旁边。墙角的落地钟平静地发出咚咚咚的响声，似乎为打破沉默而感到抱歉。

“真开心，”她勉强说，“有一个晚上你能在家里。”

“我也觉得开心。”

“你不在剧院，他们没问题吧？”

“一个晚上他们能支撑得住。”

女仆端着汤进来了。沉默就像一个铁砧般落下。等她离开之后，对话才勉强继续进行下去，就像被关门时引起的风吹燃的一堆余烬。

“你在想事情吗，布拉姆？你似乎有心事。”

“没什么。”

“今天下午我见到你的《莎斯塔的肩膀》了，在皮卡迪利的海查德书店。店员对我说他们卖掉了三本。”

“那我们是富人了。”

“从某种意义上说，是的。富裕有很多种含义。”

“在会计层面只有一种含义才有意义。”

“你知道这并不是事实。换作是别的时候，你会这么说。”

“我也希望是别的时候。但现在似乎只有这个含义。”

“我们的儿子是上天赐予的福气。每一刻我见到他，我就像见到了你，当他唱歌的时候会哈哈大笑，虽然他很聪明，不用去数手指，但他还是会去数。你和我仍然拥有彼此。每一天我都在感谢上帝。你对诺利和我那么好，令我们很幸福，你是一个男子汉，你在努力工作，你是个体面的好人。”

“是什么令你说出这番话呢？”

“我有话想对你坦白，布拉姆。”

“坦白？”

“我希望你不要介意。一天早上，你把笔记本落在衣帽架上。我读了一小段你的新构思。那个吸血鬼的故事。”

“那个故事已经死掉了。它无疾而终。”

“但愿不会。”

“前几天晚上我把它烧掉了，我很高兴能将它摆脱。现在，如果你不介意的话，我们换个话题吧。”

她点了点头，打开桌上的抽屉，拿出一叠烧焦的稿纸。

“别生气，”她说，“我把它救回来了，可怜的家伙。边缘被烧没了一点，但仍然完好。就像我们一样。”

他的眼睛热乎乎的，有点潮湿。他接过那叠发黑的稿纸。

“你是我有幸认识的最美好最值得钦佩的男人。”她说。

当他终于能开口说话时，他的声音带着哽咽。“我永远配不上你，弗洛。现在我依然配不上。你带给了我幸福，让我拥有一个家庭，一个温暖的家。”

“我爱的是你的为人，布拉姆。我想我明白。”

“谢谢你，我的宝贝。我只希望我不至于太迟。”

他们回到了前菜，在一勺勺悠长的沉默之汤中，这是许多婚姻的支撑，无论健康或病痛。

在弓街的暗房里，他和小哈在观看巫师倒下溶液。接下来发生的事情堪称是奇迹。

欧文的脸庞刚出现时是鬼魅般的负片，然后——简直不可思议——变成了正片，从平板玻璃的影子世界里凝视着外面，在旁边，正在缓缓形成的人像是皱着眉头的苔丝狄蒙娜，傲慢、轻蔑、高贵。化学药品的气味如此浓烈，摄影师的眼睛在流泪。

印刷商接过沉重的盘子，将他们用厚毯子包起来，似乎它们是珍贵的文物，像母亲般温柔的一个接一个地抱起，穿过巷子送到他的工作室。很难相信咔嗒咔嗒的活塞和嘀嗒嘀嗒的齿轮不会摧毁它们或造成损害，但一个小时后，就像应允的那样，海报开始从印刷压鼓滚落。

“噢，先生，”小哈说，“竞争至此结束了。”

她已经安排了一帮贫民窟的小男孩提着糨糊桶等候着。这帮孩子接过海报和几便士的酬劳，马上开溜，离开时嘴里念叨着斯托克的嘱咐。“每一块招牌，每一堵墙壁。海报还多的是。不许偷懒。”

第二天早上，在剧院外面聚集了一群目瞪口呆的看客。

在公告牌、柱子、正面的窗户上，到处都张贴着附带了演员相片的海报。

不是绘画。他们的脸庞。二十英寸长，十英寸宽。埃伦·特里向你发出个人邀请观看戏剧。她要的只是区区五先令。你会和她共处一室。严肃的院长在正视你的灵魂深处。你能拒不从命吗？

在街对面，斯托克在观察着。人们聚在一起指指点点。一个巡警冒了出来，挥舞着胳膊叫他们走开，但过了一会儿，他摘下头盔，不再作嘘赶人。他站在那儿，双手托着臀部，摇头晃脑地以爱国者的自豪啧啧惊叹。还有什么事情是英国人无法征服的吗？

斯托克穿过街道，走进大堂，登上装着黄铜栏杆的楼梯，来到前厅。他那串钥匙很沉重。要做的事情实在太多了。

在饮水机旁边，苔丝狄蒙娜正在等候，穿着一件平纹细布长裙，戴着一顶宽圆帽。

“我有一阵子没有见到你，布拉姆。你把我贴遍了整个伦敦。我都变成墙纸了。”

他点了点头，打开几扇通往观众席的门。“我最近在忙些事情。我一直待在家里。”

“我给你的生日准备了一样小东西。今天是你的生日，不是吗？”

他原本忘记了。

她起身走上前，递给斯托克一本皮革封面的笔记本。

“我想你可以用你的优美词句将它写满。”

“那都是以前的事情了。”

“别那么说，傻样。为什么这么不高兴呢？”

“如果你不介意的话，我今天早上有一大堆事情得忙。”

“我去了一次降神会。”她说，“只是出于好奇，没什么。那个灵媒师对我说，我认识一个男人，终有一天他会写出一个将会令世界为之停顿的故事，以上百种语言出版，它的男主角会成为不朽的形象。”

“我并不抱这种幻想。”

“不管怎样，挺有趣的。”

“我想那个女人说的是萧伯纳。”

“你怎么会认为是女人呢？”

“只是无心之语罢了。”

“布拉姆，关于王尔德到访的那天——”

“那不关我的事。”

“如果我让你以为我们之间能有比友谊更亲密的关系，我感到抱歉。我不是故意的。我很喜欢你，非常非常喜欢，或许我越界了。”

“你没有。就算你越界了，我陷入了你所描绘的那种感觉无法自拔是我的错。我已是有妇之夫。”

“你认为我不知道吗？”

“他也是。”

“我也是。”

小哈和三个年轻的演员快步经过大堂，准备进行排练。售票处的格栅那里，人群正在聚集。

“我得去工作了。”斯托克说。

“你恨我吗？”

“我怎么会？”

“但你恨我吗？”

“永远不会。”

“我们之间的友谊将会比其他的一切更持久，在我们相遇的那一刻，我就知道了。我一直知道，直至今日。”

斯托克抱紧她的时候，她紧抿嘴唇。在售票处排队的人见到两人拥抱，互相用肘部轻轻碰着对方，往这边指指点点。

“你真坏，”她轻声说，“你把我惹哭了，我的妆也毁了。”

“你不化妆更好看。擦干眼泪吧，拿着，我的手帕。”

“今天早上我有个难题得处理。你能陪陪我吗？帮帮我，好吗？”

“我做不到。”

“好嘛，求求你了。”

“真的不行，我做不到。”

从查令十字车站南下到七橡树镇的火车上，她打起了盹。他在浏览一沓账单：绸缎店、印刷店、整修乐台的木匠铺。她在睡梦中喃喃自语，似乎惶恐不安，想将什么东西赶跑。她的一只手套从腿上掉落，他将其捡起，象牙白的蕾丝依然暖和。他把手套放回毯子上，她将它抓在手里，但没有醒来，她那修长的手指在抽搐，现在抓住了腕部的纽扣。*放开我*，她在说，*我经不起考验*。

到达车站时，他们发现一辆轻便马车在柱廊处等候。马夫说他受人所托来接他们。

枝繁叶茂的车道上光影斑驳。从草坪吹来清新的空气，干草堆上方是温润的灰色的天空。经过每一片田野和每一座小山丘时，她都能说出名字。他想象着她是一个小孩子，就在这些车道上跳舞，像假小子一样大嚷大叫，四处流浪，与圣诞节时吟唱颂歌的人们一起畅饮美酒。

经过高高的铸铁大门时，阴森坚固的宅邸隐约可见，被经久熏黑的烟囱、钟楼和塔楼令它看上去像一个噩梦里的生日蛋糕。在柱子上嵌着一块黄铜牌子：**曼彻斯特医生私立精神病院，专收痴呆人士与神经衰弱者**，这是起初唯一表明这座宅邸是一间医疗机构的标识，但当他们驶进两旁种着榆树、铺着平整沙砾的车道时，他们留意到果园里有几队住院者在监督下劳作。

“你曾经住在这里吗？”斯托克问，“里面到底什么样子？”

“比起兰心剧院，这里要宁静得多。”

在门廊处，现在的业主，曼斯菲尔德医生，正在等候。他三十来岁，长相带着西班牙式的英俊，神情略带兴奋，咚咚咚地走下楼梯，双手时而抓紧时而放松，就像一个即将开始表演的舞者。他有专业人士的耐心，吐字发音过于清晰夸张，说得很慢。显然，他很喜欢用一个词语。

“特里小姐，见到您真是太美妙了。热烈欢迎您回到曼彻斯特精神病院。”

“谢谢您。”

“您的母亲以前是这儿的厨师，多么美妙。”

“我不知道她是否总会这么觉得。但您真是好人，亲自来迎接我。”

“噢，这是我的荣幸，特里小姐，绝对是我的荣幸。我观看过您的演出许多回了，总是那么……美妙绝伦。请恕我唐突，下了舞台在白天里的您更是明艳动人。”

“您真会恭维人。”

“我向未婚妻表白时，您知道我说了什么吗？‘如果埃伦·特里不肯接受我，或许你愿意。’”

“多么神圣的表白。”医生转身指向大门时，埃伦冲他吐舌。他转过身。

“这位绅士是斯托克先生，我的好朋友。”她说。

现在他们正走在一条石板过道上，两边是栅栏紧闭的囚室，里面的病人正在编织麻绳或穿着拘束衣，戴着锁链在嘟囔着什么。几个看守人挥舞着橡胶警棍，或在站立或在踱步。腐肉的臭味透过地板的格栅飘了上来，一个女人高亢而支离的惊叫响起。在一间囚室里，一个病人正将一个罐子里的水倒进另一个一模一样的罐子里，然后又倒回去，如此反复，对着自己哼着小曲，说着含糊不清的话。在另一间囚室里，一个老头子正穿着长内裤立正，他留着三绺胡须，长及肚脐。

“您来探访是有特别原因吗，特里小姐？”

“我很快又要扮演奥菲利亚了。”

“我在《帕尔默公报》里看到了。您会有一场美妙至极的演出，美妙至极。”

“因此我觉得过来观察疯子应该对我有所帮助。”

“我们这儿疯子多的是，正如您会见到的，每一种状况都有。”他的身上有推销员的气质，对商品怀着可鄙的自豪，“纵火症、紧张症、宗教抑郁症。”

“照您说，奥菲利亚属于什么状况呢，曼斯菲尔德医生？”

“美妙的问题，关于这一点进行过许多学术上的讨论。结论似乎是她得了被爱妄想症。通常是由极度惊吓引起，虽然我们并不能确切肯定是怎么回事。”

“那您的意见呢？”

“我应该坦率直言吗？”

“请说。”

“那是一种极度妄想的状况，以为自己的美色被垂涎的虚妄的想法。”

“我知道有许多人到中年的演员得了这个病。”

医生看着她一会儿，或许看得太久了。

“确实如此。”他说，“两位跟我往这边走，好吗？小心点，不要靠近囚室。”

在通道的尽头是一扇通往前厅的金属门，里面有三个大笼子，其中两个里面什么都没有。在第三个笼子里，一个身材高大的光头男子坐在金属椅子上，穿着全副晚礼服，正在严肃地吹奏笛子，大大的脑袋在上下摆动，睫毛很长的眼睛紧闭着。

“我希望两位见一位绅士。”医生说，“你今天好吗，穆尔维先生？”

那个病人似乎没有察觉到有人进来，他那修长纤细的手指灵活地在笛孔间飞舞，旋律在盘旋回绕，就像一只翱翔的燕鸥。

“帕特里克是所谓的食肉狂，特里小姐。这意味着他对杀死动物和将它们吞食怀着执念。我们先给他吃昆虫和蜘蛛，然后是耗子和田鼠。现在，恐怕我们得喂更高等的动物给他吃。”

“为什么他想做出那种事情？”

“请恕我再次坦率直言，一部分原因是看着它们遭受折磨为他带来性快感，或令他相信他所做的事情有另一个层面的含义，但其实并不是那么回事。他相信吃下它们会令自己延年益寿，甚至还能长生不老。动物越高等，就可以越长寿。有人说这是非常普遍的执念，我见过一些宗教有这种做法，吃其肉，饮其血，等等。”

“这儿的病人总是穿成那样吗？”

“帕特里克非常讨厌肮脏，那会令他内心非常痛苦。我们每六个小时肯定会为他提供干净衣服。他每天洗两次澡，这令他心情放松。他喜欢穿正式服装，就像您见到的那样。我们尽最大努力令他过得舒服。那挺辛苦的。”

“可怜的亲爱的家伙。能吹奏出如此动听音乐的人怎么会是邪恶之徒呢？”

“我们发现音乐对我们的许多病人很有益处，特里小姐。我们为我们的疯子交响乐团感到自豪，大不列颠的创举。星期六晚上他们会进行演出，很受本地人的欢迎，尤其是小孩子们。不巧的是，今天没有表演。”

“他是交响乐团的成员之一？”

“他是指挥。”

“您觉得他能痊愈出院吗？”

“唉，他的状况会不受控制地逐步恶化。从蜘蛛到鸟，再到猫，等等。他被送到这里是因为几年前出了一桩事情，他把刀捅进一头拉车的马的颈部，把它杀死了。我总是觉得当狱卒经过时，他在舔嘴唇，是吧，帕特里克？”

那个男人停止了吹奏，将笛子横放在膝盖上，抚平裤子上的褶皱，拉直领带，盯着他的双手，似乎它们不久前才被植入他的胳膊，他不知道它们到底是什么或属于哪个人。他困惑地眯着眼睛，放松脖颈，让下巴搁在锁骨上。他那光秃秃的脑袋反射着从对面那扇小十字窗照进来的清冷的阳光。他的喃喃自语似乎弱不可闻——微弱的旋律，就像一则咒语。

“帕特里克，这两位是尊贵的客人，他们专程从伦敦过来，你打声招呼吧？特里小姐是我们最闻名遐迩的女演员。斯托克先生是她在兰心剧院的同事。”

那个病人没有露出听到邀请的迹象，他试图站起来。现在他们看见他的脚踝被嵌在地板上的沉重铁环锁住。他抬头看着牢笼的天花板，然后瞪着这帮闯入者，胡乱挥舞着笛子。当他张开嘴巴时，发出的声音是憋在喉咙里的咕嘟声，伴随着古怪的爆破音和嘎嘎嘎的声响。

医生解释：“似乎这种婴儿学语般的含糊不清的说话方式能令他平静下来。我猜想我们都会这么做，您可以想象，应该有助于减轻压力。总之，我们由得他这么做。两位随我这边来，好吗？”

“我可以和他握个手吗？”斯托克问，“在我们离开之前。”

“我不建议这么做，先生。”

“如果我愿意冒险呢？”

“布拉姆，不要。好吗？”

“他和我同为人子，份属兄弟，我不认为他会伤害我。”

那个病人走近栅栏，将其抓住，手指关节发白。

“听我说，斯托克，”医生说，“我坚持认为您应该站开。去年十月帕特里克曾经咬掉一个看守的半边脸。那人瞎了。帕特里克，坐下。”

他的嘟囔又开始了，发出一连串被憋住的音节。口水从他的嘴里滴落在栅栏上。他伸出一只瘦骨嶙峋的手，如同枯骨般的手腕上有船锚的刺青，他那张饱受折磨的呆滞的脸庞就像一幅被遗忘的岛屿的航海图。他在招手，哭诉，露出哀求的眼神。

“我可以为您解答一个谜题，医生。”斯托克被带着离开房间时身子在颤抖，他说，“他说的是康纳马拉的盖尔语。”

十八

旅途

1895年3月17日

圣帕特里克节

昨晚我继续写那个犹如附骨之疽的故事。无论我如何尝试将其摆脱，那个可恶的东西一直会回来，因此，它和我白天的日子一样，在血腥无情地侵扰着我的梦境。

我为这篇手稿起名为《不死之身》。祈求上帝让它成为最后一部吧，我想要将其摆脱，施行驱魔仪式。爱尔兰的圣者，如果您真的存在，请过来将它像毒蛇般驱走吧。

看到那天杀的东西死掉将令我感到心安。

它开始于都柏林附近郊区的一间救助站。那是1847年，饥荒肆虐的年份。一个农民被警察带到那里，情况垂危。身形消瘦，目光狂野，说不出话来，他将自己经历的恐怖写了下来，不久之前他死里逃生，从……（接下来那段79个字的话潦草难辨）……的噩梦。严重盗汗。

但今天是星期天，我们在剧院里度过了美好时光，由于事出意外，因此更加愉快。弗洛伦丝去了利默里克她姐姐那里，我带着诺埃尔去参观小哈的风景画工作室。

我们乘坐轮船。河上吹来的风将我的恐惧吹走了。

那个亲爱的姑娘专程到剧院来，星期天她肯这么做真是好心。

剧院里的人实在是太善良了。

她给诺埃尔看了造船厂用的大刷子，还有颜料罐、巨大的画布，并解释它们如何从卷轴中被展开，告诉他不同颜色的名字，让他给她正在描绘的新的哥特式城堡着色。他选择给云朵用哪种银边。

没过多久，一个暖心的惊喜发生了，埃伦带着她的孩子来了，接着院长带着他的儿子也来了。

几个孩子的年龄只相差几岁，那天下午他们吵吵闹闹蹦蹦跳跳，玩得不亦乐乎。院长还为他们表演了几个魔术，从他们的头发里拿出糖果和一便士的硬币。埃伦在后台煎了香肠，教他们跳舞。小哈一直在画滑稽漫画，给他们涂大花脸逗他们开心，然后一群画得五颜六色的士兵和几个大人玩起了打仗游戏。

接着，孩子们宣布他们要上演“自己的舞台剧”，于是，和小哈在道具部的旧篮篮筐筐里搜寻一番后，他们在兰心剧院的舞台上欢呼雀跃，像穿着绑腿的托钵僧。我从未见到的更令人惊奇的一幕是,每个孩子都在扮演一个窘迫的父母。诺埃尔版的“我”十分滑稽，他鼓起腮帮子，煞有介事地跺着脚，挥舞着他的木刀，叫嚷着：“你们这帮小兔崽子，上床去!”他在努力模仿荒唐可笑的都柏林土腔。我想伦儿会笑死的。

她的孩子很聪明，谈吐谨慎得体，细心周到，智力超群，行事老成。那个小男孩戈迪已经知道许多莎士比亚作品的情节，能像模像样地进行讨论。他的妹妹继承了她的母亲的智慧与带着嘲讽的敏锐洞察力。

院长的孩子比较安静，有点过于敏感，观察入微。当他觉得别人在取笑他时会独自生闷气，或许他们真的这么做了。但他是一个乖孩子，性情温和，眼睛有茶碟那么大。吃了一些糖渍果子后，大家又都是好朋友了。埃伦唱起《伊人走过之处》和《依然在我心深处》，院长朗诵了《亚瑟王之死》。小哈唱了一首伦敦东区盛传的滑稽的歌曲，是从她哥哥——一个士兵——那儿学到的。

我爱心中想要嘴上却说不要的姑娘
我爱心中愿意嘴上却说不肯的姑娘
但我爱过的所有姑娘中，有一个满心喜悦的姑娘
她嘴上说不肯，但瞧她的模样却很乐意

埃伦的儿子煞有介事地说："我想这首歌不太适合小孩子。"引得众人哄堂大笑。

五点钟的时候，我们一起出去散步，来到凯瑞奇酒店喝下午茶，院长请客，招待四个饥肠辘辘的大人和四个狼吞虎咽的小家伙，一定让他破费了不少。埃伦建议小哈穿一件简洁的草绿色礼服，在她的发间点缀闪闪发亮的人造钻石珠子，那个可爱的姑娘看上去漂亮极了，令许多行人回头观望。她和小哈很喜欢那里，坚持要从大堂的邮局寄一张明信片给她的母亲（就在两英里外的弓街）。看着那些高大正经的侍者们不得不忍受我们这帮浑身上下颜料斑斑点点的家伙真是有趣开心。柠檬汁和姜汁汽水多得喝不完，堆积如山的冰块和奶油草莓被我们这帮邋遢的登山者大肆糟蹋，而他们的监护人在享受一瓶拉图酒庄 1842 年的库克香槟、生蚝、煎鹿排和热鲑鱼三明治配腌黄瓜，然后，这帮幸福快乐的人饱得迷迷糊糊，大呼小叫地庆祝圣帕特里克节，嘟囔着要把毒蛇统统赶跑。见到我们离开，餐厅老板可高兴了。

这是一个金子般的日子，看到每个人都那么开心，就像吵吵闹闹的另类的一大家子。要是每个星期天都能像这样该多好。

1895 年 3 月 18 日

呜呼，昨天无忧无虑的轻松气氛立刻消散无痕。大约十一点的时候我过来开会，内容是关于下一个演出季节的戏服，发现舞台上进行的不是闹着玩的打斗，而是不愉快的尴尬的一幕。

裁缝约翰·斯托克利，一位声音洪亮的绅士，来自爱丁堡，永远不会让你忘记这一点。他正站在舞台上的桌子旁边，身前是几本素描簿和画作。“先生，”他在对院长说话，“真的，我不得不提出抗议。制作《麦克白》的服装早有成规。”

“你少说废话。”院长没好气地说。他神情阴郁地出现了，将我带过来让他签字的合同推到一边。

“这些戏服在过去已经被证明非常成功，先生，”斯托克利说，“改弦更张会铸成大错。”

“叫过去见鬼去吧。兰心剧院将引领未来。”

“可是，先生，这些格子呢都是真材实料啊。”

“我可不认为一根不像样的羽毛就是真材实料，观众们也不会这么认为。我们不得不忍受真实生活的煎熬已经够糟糕的了，还得付钱到剧院里看这个。”

“先生，我不习惯别人这样对我说话。”

“我认为你比你所想的更习惯于这种方式了。”

说到这里，院长傲慢地打了个响指。小哈走上舞台，看上去不大自在。有两个年轻的舞台工作人员陪她一起上来，我忘了他们叫什么名字。他们三人身上的服饰我只能称之为维京战士装束：长角的头盔、皮革紧身裤、熊皮胸甲、毛皮绑腿。如果要我诚实作答，这身装束看上去让人心里犯怵。

“我制作了这几套样板，”院长轻松地说，“我自己设计的。我想重现冰岛。雷神索尔。寒冷的北方。大屠杀。这是一个血腥野蛮的故事，一场关于暴力的戏剧，不是一个老处女的抽屉里的一盒返潮的酥饼。”

“但斯托克先生对我说，出于经济上的考虑，你会继续使用现有的戏服，修改一下就好。”

“我才不管斯托克先生对你说了些什么。我现在告诉你了。所以呢，拿出你的针线，像女裁缝那样去干针线活儿，不然就给我走人，离开时不妨扔一根木桩[1]。”

这时候我犯了一个错误。或许我累了。

我气他没有事先咨询过我，被星期一早上的愤懑情绪撩起怒火，我发现自己当着员工们的面质问他。

“你知道这些戏服会花费多少钱吗？”

他转身对我说：“文员登场了。”

“是经营这间剧院的文员。”

他立刻站起身，盯着我的眼睛：“经营这间剧院的人并不是你，给我记住了，先生。是我的名字挂在那扇大门上，每一天，每一晚。你什么都不是，只是一个闲人。”

院长是能把“先生”说得带有羞辱意味的那种人。

“我的意思是我承担着管好账目的责任。”我坚持说，“如果做不到的话，那我们就只好收拾东西，关门大吉。我告诉过你了，我告诉过你上千遍了。我们不能一直以拿破仑王朝的奢华进行制作，银行每天都在紧紧掐住我们的脖子。”

“那就滚蛋吧。”他指着观众席大声喝道，“要么滚蛋！要么留下！你既如温水，也不冷也不热，所以我必从我口中把你吐出去。”[2]

1　扔木桩（toss caber）是苏格兰人的传统游戏。

2　此句出自《圣经·启示录》。

引用这段经文挺切合这个情景，因为这时他气得嘴角起沫。我看得出，演员们和舞台工作人员们都很气愤。小哈被三个管锅炉的人拉住。我努力想保持平静，但我不会任由自己被欺负。

“你没有必要对我——或对这儿的任何人——以那种有贬身份的方式说话。”我说，“那实在是太丢脸了，而你在其他人面前这么做是蓄意为之的羞辱。羞辱无法做出反驳的人，根本不是男子汉的所为。”

他以嘲讽的口吻说：“我以为你喜欢这样。”

“你简直不可理喻。”我说，“荒唐至极。”

“那你怎么还留在这里呢?”

我没有理会这番话。以无谓的言语反唇相讥并不是什么本事，除了音乐厅的滑稽演员嘲讽一个醉汉。我并不想扮演那个角色。

他一遍遍地问我，但我不予作答，到最后，他气冲冲地离开舞台，嘴里说着一大通亵渎神明的污言秽语。

“会议结束了。”我向剧团成员宣布，“回去工作。事情结束了。”

他们默默地听从吩咐，但心怀怨恨。你不能责怪他们有这种态度。这种情况不能继续下去。

弗洛对这间吞噬金钱的可悲的兰心剧院与它那傲慢主子的观感是完全正确的，但她由得我独自走向那不可避免的结局。

事实就是——我一早就知道了，我在努力不去理会它——现在我得开始另谋出路。否则，伤害将会发生。

亲爱的老布拉姆，我珍视的良人：

我已收到你的辞职信，但我把它撕掉了。别犯傻气。

刚才去了你的办公室，但勇敢的小哈说你已经回家了。我把几张草图搁在桌上，你有时间不妨看一下，我很重视你的意见。要是你觉得它们太过于张扬，我们当然可以重新考虑。

此外，在这封信里，我希望为今天早上我在戏服会议对你做出的那番卑劣的举动表示歉意。我真的真的错了，请原谅我，亲爱的老伙计。最近我觉得自己被榨干发白了。

在会议之前，一个无耻的记者受一间报社差遣，因为某个低俗的理由，一直在烦扰我，要对我进行访问，尽问一些几乎令人发指的涉及我的隐私的粗鄙不堪的问题。再加上整晚没有睡好，而且和平常一样有大堆的烦心事儿，我拿你当出气筒了，对此我感到很抱歉。

让我们听到炮火轰鸣吧，那就是我的意思。我知道我本应该事先和你商量关于戏服的事情，但我并没有那么做，对此我深感遗憾。你提醒我曾经对你许下承诺，你是对的。我以后一定会努力做得更好。

我以我的灵魂之名发誓，我会节制开销。我绝不能让像金钱这种肮脏的东西影响你我之间的关系。你的意见睿智而妥当，根本没有必要浪费铺张。我会让自己成为一个名副其实的节俭的老女仆，你可以叫我守财奴欧文。

我发现当我犯下错误，由得自己陷入重重压力的时候，我似乎无法抑制那股卑劣的怒火。在我痛恨的这种时刻，我似乎成了一个旁观者，就像一个月夜下被狼群包围的流浪汉，火盆里正烧着他的衣服。我冲着人们，尤其冲着你吼出的那些恶毒的话，令我想冲着自己——一个愚蠢糊涂、丑陋无耻、令人生厌、不知感恩的败类——大声吼出来。

你的友谊对我来说是如此宝贵，“友谊”二字根本不足以形容。在言语之间，这就是我们存在的地方，你和我。你是我的基石，老伙计。我实在太倚靠你了。你是我喝的水，我盼望成为的男人。

我不知道该如何以诗歌去表达我的谢意，但我想表达的想法是我爱你，因为你是我的伙伴和真诚忠实的同志，你为我带来鼓励和希望，在我彷徨害怕时，我会听从你的意见，因为你是我所有勇气和尊严的来源。

我从未想过两个男人能像我们这样亲密无间。现在我知道那种关系是可能的。你就像我的镜子，我自己的另一半。

我为不把你当一回事的态度感到羞愧，有时候将你在兰心剧院为了我们所有人所营造的祥和快乐的气氛毁掉，对此我感到羞愧。

这里的人都很尊敬你。伦儿和我一样深爱着你。你每天忙得不可开交，应付我们无休止的要求，这些事情有时候没有表达出来，但你绝不能以为它们没有被感受到。

没有哪一间剧院，没有哪一个企业，能拥有一位更加高贵或更加令人钦佩的亲善大使。这里的年轻人视你为典范，学习庄重的举止，年长一些的人视你为值得尊敬的朋友，一个温柔却又不失强大的守护者，总是充满理智，但无论再怎么忙也会送上一句暖心的话。这点点滴滴都被看在眼里记在心里，不单是那些受益最深的人。兰心剧院最棒的不是我们上演过的剧目，而是我们努力做事的方式，那就是你。

上帝知道我不配得到你的原谅，但我以手抚心，向你做出请求。

我一直以为我们——我们所有人——在肮脏污秽、不知自爱的伦敦生活得太久了。我希望带着整个剧团去旅行，度一个短假，找个安静的地方，我们可以在那里坐着读书，回复元气，享受简单美味的乡村食物，平静地度过一两天，远离窥视的眼睛，在大海里畅泳，不去想爱丁堡的裁缝们。

为此我已经想出了一个计划，我希望和你进行讨论，或许在吃早餐或喝杯咖啡的时候。要不，明天我们去加瑞克餐厅吧，我请你吃午饭，如何？那里的热菜很糟糕，但冷盘还不赖，负责管酒的约翰尼私底下为我留了一瓶还过得去的木桐・罗斯柴尔德红酒。当然，你一定得避开那帮狺狺狂吠的讨厌鬼，但稍微化个妆和背对着门口坐就可以了。

你觉得怎么样？我很抱歉，我最最亲爱的人儿。再给我一个机会，好吗？

你永远的，

葛莱密斯与考特爵士[1]

在国王十字车站的铁铸大屋顶下，几份报纸的记者们在等候着。那天早上很冷，他们紧密地站在一起。兰心剧院的舞台工作人员们没有理会他们，将装箱的行李堆好准备搬上火车，小哈将笔记本里的事项一一勾掉。

箱子、帽盒、背囊和毡布包裹，还有一个镶了铁环和绑着粗麻绳的橡木大衣箱，沉重的盖子上贴着在美国巡回演出时贴上的标签——波士顿、费城、新奥尔良。

五十码开外，在大门入口，斯托克和欧文正在观望。两人已经达成了妥协。欧文的狗被拴在一条链子上，朝墙上翘起一条后腿。

“第四阶层[2]，尽放臭屁。”欧文嘟囔着。

“如果你肯和他们聊上一两句，”斯托克耐心地说，“他们就会答应离开。我们绝不能与他们为敌。”

欧文点了点头，说：“步入死亡谷。”

他们经过车站，见到记者们争相上前，转过脸对着他们。那只狗滴着口水吠了一声。

“出版界的先生们，”院长说，“血腥与悔恨的狗杂种。我见到你

1　葛莱密斯与考特爵士（Thane of Glamis and Cawdor）是麦克白的封号。

2　在英国，媒体被誉为继贵族、教会与平民之后的第四阶层。

们在成群结队地狩猎。”

“欧文先生，为什么您要去苏格兰呢？”

“在接下来的演出季里，我们准备在伦敦上演《麦克白》。那将是你们从未体验过的戏剧，来自伯明翰的一个手套匠人的儿子。”他停下来，点着一根巴黎雪茄，“那会是前所未见的大手笔制作。它将会是一部充满雄心壮志、蔚为壮观、史无前例的戏剧，还会对公众道德构成威胁。”

“欧文先生最后那句话是在开玩笑。”斯托克插了一句话。

“担纲主演的明星——理所当然就是——当仁不让的我本人。热情洋溢的埃伦·特里小姐将扮演奥菲利亚。”

“您怎么拼写奥菲利亚呢，先生？”

“有两个f。”[1]

“欧文先生又在开玩笑了。”斯托克马上打圆场，“《麦克白》里并没有奥菲利亚。”

“啊，布拉姆，你把我的乐子都毁了。”

“这和苏格兰有什么关系呢，欧文先生？”

“我总是觉得苏格兰人既和蔼亲切又令人钦佩。他们知书明礼，热衷科学，法律进步。我正要带领我的剧团去因弗内斯，从那里进入高地，这样可以将伦敦和所谓的文明气息从我们的头发间荡涤一净。”

“为什么您要那么做呢，先生？”

“因为《麦克白》的背景并不是在伯爵府路的公厕里，那个地方你们可熟悉得很。”

“先生，您的这出戏剧耗资不菲吧？”

“光是布景的成本，用一先令硬币摞起来足可以从地球堆到月亮

1 奥菲利亚的英文拼写是“Ophelia”，她是《哈姆雷特》中的角色。

上去。加上特里小姐的戏服的价钱，那将是一个骇人听闻的数字。”

“我的天哪。”

“如你所说。”

“先生，我们可否访问特里小姐呢？我们会感激不尽。”

“我亲爱的先生们，这个问题你们必须问她本人。你们会在兰心剧院找到她，她不陪我们去旅行，今天下午会由惠斯勒小姐给她画肖像画，一丝不挂，只用几片橡树叶子遮羞。我是说特里小姐，不是惠斯勒小姐，感谢上帝。现在，如果你们不介意的话，斯托克先生和我还得去毒害年轻人的心灵。”

他们上车时，身后传来一连串大声吼出的问题，但国王十字车站已经开始后退。火车头喷出滚滚浓烟。

欧文站在过道里，所有人都聚集在他面前，挤满了这节车厢和相连的下一节车厢。小哈和一个舞台工作人员打开一个橡木大箱。当代最有名气的女演员从里面爬出来，头发有点凌乱，接受了斯托克的搀扶。

“天杀的，”她说，“谁给我一杯该死的啤酒，好吗？”

“好的。”院长说，“我们可以落下帷幕了。感谢你今天早上耐心配合我们的小把戏。那帮鼠辈会争相回去兰心剧院，然后从那里搭夜班邮政列车去因弗内斯。那时候我们已经到达真正的目的地了。”

“那是哪儿呢，院长？”小哈问，“说嘛。”

“噢，是一个阴郁的小地方。但我们会令它变得充满生机，用不着害怕。现在，谁起头唱首歌呢？《不列颠统治》？《丹尼男孩》？”

对他这番戏言的抗议就像一道波浪朝他回涌而去。

“你可以对他们说我们要去哪儿吗，布拉姆？不然我觉得他们会造反。”

“我们会知道的。”斯托克微笑着说。

出自《米斯灵顿报》的真实地方介绍

北约克郡的惠特比，西经 0.6133°，北纬 54.4863°，一个美妙健康的假胜地，位于斯卡保罗这座小镇，属于北区的一部分。乍一看它像一座村庄，但其实它是一个商业口岸，港口里时常有来自各地的船只，在铺着鹅卵石的窄街上可以听到许多探访者说着不同的语言，有的来自遥远的国度。

必须承认，和所有的港口一样，“动粗”的事件在惠特比时常发生。不是每一间酒馆都如你心中所愿。但我们可以满意地说，大体上的氛围是安全的，有基督徒的精神，适合女士游玩。

有好几间小店铺在卖各式玩意儿，珠宝、梳子、相框和其他纪念品，比尔斯戴尔、斯诺特戴尔和斯托克斯利盛产黑玉，还可以买到贝壳雕刻和航海的小玩意儿。惠特比的许多老渔民坐在略显诡异的墓地里的长石凳上，热情地向那些愿意倾听的人讲述关于走私客、捕鲸和船难的故事，其中一些故事其虚构成分大于真实内容，所有的故事都带着海沫的浓郁味道。

自从铁路开通至惠特比之后，这个地方吸引了“远足者”。这座城镇以拥有几座怀古凭吊的废墟为豪，包括十三世纪的本笃会修道院的教堂，它那孤寂荒凉的遗址坐落于高高的悬崖上，“蛰伏于地基之上”，令见者为之感到凄悲。据当地人说，那座教堂里有鬼——可怜的“比弗利的康斯坦丝”，一个违背了守贞诺言的修女，对她的惩罚是将她筑进墙里活活困死。还有人见到惠特比的希尔达[1]的幽灵从

1　惠特比的希尔达（Hilda of Whitby，614—680），英国天主教修女，惠特比修道院的创始人，被罗马教廷追封为圣徒。

修道院的一扇高窗往下俯瞰。虽然我们不相信违背基督教精神的故事，但我们的责任就是报道它们。事实上，在一个星光璀璨的迷离夜晚，那座修道院似乎来自另一个世界。

“犬妖”，惠特比的鬼故事的另一个主角，是一只双眼通红的魔鬼一般的狗。这个港口有两座灯塔，其中一座有看守人的鬼魂作祟，他掉到灯塔下的岩礁上摔死了。除此之外，还有传闻中载着淹死的水手们的幽灵马车，从圣母玛利亚教堂墓地的安息之处出发，到处闲逛。心存疑虑的人会觉得惠特比盛产荒唐的故事，就像纽卡斯尔盛产煤炭，得克萨斯盛产石油，爱尔兰盛产天主教的迷信。

（这一章到此结束，在那一页的上方、文字旁边和背面下方出现了以皮特曼速记法用铅笔书写的这段内容。）

1895 年 4 月 3 日

王尔德指控昆斯贝理侯爵诽谤的庭审今天早上开始了。我不在伦敦，松了口气。

今晚吃的是蝲蛄，但我觉得它被搁了一天，肉太老了。让我做了几个噩梦。三个小时前在这间旅馆醒过来——还不到凌晨两点——做了一个被锁在箱子里的噩梦，吓得够呛。太可怕了，像在罗网之中，渴得要命。心跳得很厉害。不该喝了香槟之后还去喝威士忌。

我来到楼下找水喝，但所有人都不在。在漆黑中我找不到厨房。

我走进大厅的洗手间，但水龙头里连一滴水也没有，水槽里一定是空的，屋子里人太多了。我回到房间，匆忙穿上衣服出去了。

寒冷彻骨的夜晚，有成千上万的璀璨星星，半轮明月高高地挂在修道院上。镇里到处都关门了，街上的每一张窗帘都拉了下来。我四处走动，想找到喷泉或给动物饮水的水泵，但没能找到，真是奇怪，因为下午我们四处闲逛时我还见到了几处。现在我渴得感觉舌头是用盐做的。我的头疼得厉害，我的身子在颤抖。

我走到港口，心想或许一个水手或更夫能帮助我，但码头连一艘船都没有，只有远处港湾里的几艘大船。我见到它们的甲板上和几处舷窗里亮着灯。要是码头有一艘用桨划的船，我会划船出海，到其中一艘大船上讨口水喝。但码头连一艘船也没有。

我狼狈地坐在一个系缆柱上，非常虚弱，红色的幻影和闪光刺痛了我的眼睛。不久之后，我的晚饭涌了上来。我的胃部和脑袋感觉好一些了。但我仍觉得很渴，因为刚才呕吐过，渴得更厉害了。

奇怪的是，我的脑袋想到的是那些鬼故事。

我从街上回来，头晕目眩，觉得自己好像被砍成两截，我的思绪落在了我的身体后头或飘在它前头，我又要呕吐，因为没有别的地方可去，于是我走进一座教堂的门道里。我的肠胃在翻江倒海。吐完之后，我试着用青草擦嘴。这时我发现在步道旁边有一瓶水，是某个纵酒狂欢的人丢弃的。

仁慈的神明，里面曾经盛满了淡啤，现在只剩浅浅的一点。我向上苍谦卑地致谢，然后喝下去。那是我喝过的最凉爽甘甜的饮料。

我回到旅店里。小哈现在醒了，和别的姑娘在楼下客厅里，说着悄悄话和玩拉米[1]纸牌，拿纽扣当赌注，我出门时弄出的声响吵醒了她们。她们在谈论王尔德和他能否赢得诉讼。她为我找来一壶水和一条毛毯，因为我在打摆子，而且牙关打战，根本控制不住。她和我坐了一会儿，握着我的双手。她那淳朴善良的女性情怀开始令我平静下来，那就像光明回归。“好了好了，我可怜的姨妈，你刚才吓坏了，别害怕。”

我刚才在月光下行走时见到那只恐怖的犬妖了吗？

1　拉米（rummy），一种扑克牌游戏，通过组合、套牌与计算点数完成手牌搭配而取胜。

我没有。

淹死的水手在聚会吗？

就连那帮湿漉漉的绅士也没见到。

她哈哈大笑，为我俩卷了一根香烟，向我讲述了她妈妈说过的一句话："我们害怕的不应该是幸运的死者，而是在生之人。"她问我对王尔德的胜诉机会的个人看法。我说我肯定他能胜诉，但恐怕事情闹到这种地步实在遗憾，这番话只在她和我之间说，因为昆斯贝理侯爵[1]是一个残暴冷血的浑蛋，一定会实施报复，正所谓"小人"报仇十年未晚。他就像一只残暴的水蛭，施加痛苦是它的专长。有的诽谤最好还是忍受，而不是反抗。

我认为一个男人可能和另一个男人真心相爱，或一个姑娘会视另一个姑娘为甜心爱人吗？不是"转瞬即逝的好感或亲昵"——她说："每个人都会有那种感觉。"——而是那种可以缔结婚姻的天长地久的爱情，让幸福之花在心房中绽放。

我说现在太晚了，不适合进行讨论，但我已经听说过几个例子。

"这个世界上什么人都有，先生。"那个可爱的姑娘说。

我回答她说得对，每个人都可以盼望得到上苍的恩典，我问她可否说心里话，她说可以。

"珍妮，我要说的话或许会令我被关进监狱，"我说，"可能会毁了我的妻子和家人，令我被锁上手铐，从他们身边被带走。我希望你明白这一点。"

"我已经不记得你说过什么了，先生。"

我对她说在上帝创造时间的时候，他创造了许许多多；当他创造

1　约翰·道格拉斯（John Douglas，1844—1900），第九任昆斯贝理侯爵，因不满儿子阿尔弗雷德与王尔德交往，怒斥后者是"鸡奸者"，被王尔德以诽谤罪告上法庭，但昆斯贝理侯爵反诉王尔德犯"有伤风化罪"，并导致王尔德入狱服刑。

人类时，他的手艺并不只是局限于创造某一类人而不去造其他类型的人；爱情不是可以随便放置的东西，而是向被爱的人表示善意与尊敬。没有一种爱情会无家可归。生活有其残酷的一面，但它并非那么残忍。

我觉得这番话令她感到安心，可爱的孩子。我说我一直会视她为朋友。她回答说她也会一直把我当朋友。然后我们沉默地坐了一会儿。

“你看上去还是有点憔悴，姨妈。”她说，然后抚摸我的额头，“你可以和我与其他姑娘一起睡。”

我向她道谢，但说那么做不大合适。

“我觉得你我不用互相提防，先生，”她轻笑着说，“上帝保佑。”我没有回答。

我说：“但我们必须以身作则。”

她带着我的致谢离开后，我上楼来到我的床铺。那是一小时前的事情。日出即将到来。

我还是睡不着，我读起一本几年前从惠特比公立图书馆借出却忘了归还的书。这次我带上它，就是想把它归还，因为窃书贼是卑鄙小人，会令自己触霉头。该死的老故事，有一半是捏造的。我将自己写的一页笔记从里面拿走。威尔金森[1]的《瓦拉基亚和摩尔多瓦公国记》。等我们回到伦敦，我一定得弄到一本给自己，会去海查德书店碰碰运气。那一章的名字叫《弗拉德·D》[2]。

他有一双充满怨毒的深沉的眼睛。他能穿锁而入。

1　威廉·威尔金森（William Wilkinson，？—1836），英国外交官，曾出使瓦拉基亚公国和摩尔多瓦公国。

2　布拉姆·斯托克以亨利·欧文与15世纪瓦拉基亚公国的总督弗拉德·德古拉三世为人物原型，创造了吸血鬼德古拉这一人物形象。

夜深了，剧院关门了，鬼灯点着了，米娜走下她的阁楼，在一排排座位间飘舞，在空荡荡的剧院里的一阵阴风。

她现身于座位上的尘埃里，在老鼠乱跑乱窜的狼藉中，在松动的瓦片间传来的呼啸声中，在你以为是公爵夫人们回家之后楼座前排包厢里残留的昂贵香水的余馨中。

她出现在鬼灯的光芒中，闪烁不定的就像八月的杏子那种金灿灿黄澄澄的热烈的颜色。

对于她来说，时间是不一样的。一秒钟能持续一个世纪，而十年或许只在仰息之间。每天晚上，她观看了舞台上表演的每一出戏剧——每一出将令剧院流芳百世的戏剧。那些傻瓜、那些恋人、丑角和怪物、那些已进了坟墓的帝王将相。

那些鬼魂和穿着戏服的动物，那些声如惊雷的先知，那批雄伟的军队和浸透了鲜血的旗帜。那个讲故事的人行走在他们当中。

同一个男人，那个孤独的男人，总是到她的阁楼这儿来，被他的秘密压垮了，他扮演一个角色太久了，他辛苦地在打字机上创作，似乎那是一部教堂的管风琴，他必须表演一部不可能做到的清唱剧。他平静地站在舞台下方，蜡烛盛于杯中，凝视着在空荡荡的漆黑中聚集的数百个麦克白夫人。她们齐声说："我会在它看着我的脸微笑的时候，从它柔软的嫩嘴里摘下我的乳头……"[1]

她能融进他的血管里，把他的思绪当成一片草坪肆意放纵，见到了如火山熔岩般炽热的希望。她感受到斯托克悲天悯人的情怀，他是如此迷茫，如此不知所措。他们称之为语言的咩咩咩的叫唤说不出有意义的内容，那就像试图将大西洋倒进一个由气体做的顶针里。但那群猩猩还是说个不停。

1　此句出自《麦克白》，朱生豪译本。

汗水滴落在稿纸上。他在潦草书写的古怪符号。他的女主角躺进了棺材里，幸福地扭动着身躯，一根木桩穿透了她的心脏。

再用力一些。再缓慢一些。噢，再温柔一些。我死了。

现在，他的主子，他的院长，从后台大摇大摆地上场，带着一个女人，她是英国的女王。院长跪在一个软垫上，女王把长剑搁在他的肩膀上，观众们假装神奇的事情发生了。

伪装者是他的第一职业，凭此被授予荣誉，每一个已经得到荣誉或将会得到荣誉的人都在演戏，那个在颁发荣誉的女人也是，她从来不用去问自己该如何去扮演。她的戏服有一顶后冠，她的台词由另一个人书写，而她的道具包括一个日不落的王国。

现在她扮演的是“维多利亚女王”，而他扮演的是“骑士阁下”。

那个捣鼓文字的人将目光从那幕悲喜剧挪开，如同猿猴般左顾右盼。蜡烛在瓶子里燃烧。他在忍受长夜的煎熬。他站立着，踱着步子，对着自己朗诵那些文句，似乎将它们大声朗读出来能令文句的余烬复燃，而它的确发生了。他听到从下面传来掌声，但他没有在意。

德古拉的城堡，巍然耸立，遮蔽了太阳。我们望着那里，一场爆炸发生了，一阵可怕的震动，令我们哭泣着跪下。

在街上传闻四起，报纸头版印着漆黑的文字。故事书朝报纸发出尖啸。

王尔德因有伤风化被判有罪。

“我裁决过的案件中最恶劣的一宗。”威利斯法官如是说。

这位剧作家被判处入狱和服劳役之刑。

现在，这道一万英尺高的浓烟开始升腾，在整个伦敦，成批成批的信件被焚毁，从伊斯灵顿到格林尼治，从里士满到贝斯纳尔绿地，一个罗盘般的十字架直指这座蜘蛛般的城市，捆绑信件的缎带在火焰中起皱发紫，被烧焦的书页枯萎了。

新的信件，旧的信件，四十年没有见到的纸条被夹在一本波德莱尔的诗歌作品的书页之间或藏在老父亲的书房的秘密抽屉里。银质的烟匣被丢进泰晤士河；它们上面镌刻的文字被淤泥掩盖。开往巴黎的夜班列车挤得满满当当。婚礼匆忙地举行。

米娜观望了一切。事情到底是怎么发生的？这座城市曾经是一片森林，纵横交错的阴影遮蔽的小径，每个人都了解的偏僻树林，没有人会在意，就算他们在意，他们总是会望向别处。一天晚上，事情结束了。围绕伦敦开凿了一条护城河。眯着眼睛的鳄鱼，它们的目光是如此恶毒。

十九

在本章里，司法传召通知被送达

收信者：诽谤者布拉姆·斯托克

兰心剧院

伦敦

敬启者：

在此我必须向您知会一件紧急而重大的事情，此事将会对您造成严重的法律后果。

不久前，您近期撰写的关于我本人的作品的长条校样被寄到这里，我在特兰西瓦尼亚山区的家。法庭证物A：一本名为《不死之身》或《德古拉》的书。

这些长条校样如何跨越万水千山从伦敦送到我的手中并不重要。无须赘言，当一个人拥有一支蝙蝠军团，而且有一个无头骑士充当邮差，办事自然很有效率。

您竟然以我这么一个卑微的小人物为素材进行创作令我感到惊讶，事实上，甚至感到震惊，尤其是在您未经我同意的情况下。我不知道自己做过什么得罪了您，以致遭到这一诽谤性的报复。

我并不在乎提议的装帧（在附信中有提及）。黄色？圣洁的地狱之火。您把我包在芥末色的书皮里。但见到您在努力取悦一群色盲的读者群体，至少令我感到欣慰。

如果您不介意的话，我将转到您那本书的内容，我不得不说，此刻我感到伤心和愤怒。您对我家乡的描写很生动，对话也很动听，可您对我的描述却十分刻薄，没有丝毫怜悯，毫不留情地败坏我的名声。事实上，我发现我无法认出我自己。

作为嗜血的邪恶体现，我明白在书页上描述我是非常艰巨的挑战。可您非得强调负面的内容吗？

阁下，我要让您知道，当吸血鬼并不容易。没有社交生活，衣服的款式老套，没有多少机会与姑娘约会。

如果人真的是群居生物，那干我这一行实在很辛苦，因为我遭人误解，它造成的后果是别人对我退避三舍。譬如说，吸血鬼没有多少机会被邀请参加派对、舞会或野餐。去年夏天，我买了（即使对于一位像我这样拥有巨大财富的绅士来说也是不菲的价格）一双崭新漂亮的“溜冰鞋”，但它们一直装在盒子里，没有被用过，因为没有人邀我同去溜冰场，没有人喜欢茕茕孑立独自徘徊。人是麻木不仁的。我不会撒谎，那真的让人感到伤心。

请恕我直言，我们作为不死之身，必须努力学会去接受那团偏见与非难的阴云——但它并没有被您所写的那类书籍驱散。先生，对他人多些许宽容是非常困难的事情。我想知道令堂是否教过您“礼貌乃举手之劳”这个道理。难道您不觉得将上帝赐予您的才华用于撰写一则才子佳人喜结连理的老故事会更好些吗？

我对您在第三十七页的笑话——“伯爵原本会成为一个好律师”尤其感到气愤。

我希望我是堂堂正正之人，但那番话用在任何人身上都太过分了。

您让我别无选择，只能通过克洛普斯托克先生、洛伊特纳先生、比尔鲁斯先生的律师事务所采取行动，那三人可不容易对付（如果您怀疑我，请在喝下三杯红酒之后试着念出这间律师事务所的名字）。我吩咐他们向您发起诉讼，要令您付出惨痛代价。

我们第一次相遇时——那是多久之前的事情了？——我想我对您颇有好感，因为您蓄着仪表堂堂的胡须，那双爱尔兰式的眼睛闪闪发亮。但很快您就变成——先生，我必须坦率直言——一个阴魂不散的烦人鬼，日日夜夜随时招呼也不打一声就来叨扰我，打断我的闲暇，总是对我的相貌评头论足，说话刺激我，不肯让我清静一下，以怪异的目光看着我，将我说过的每一句话都记下来。一言以蔽之，您根本不尊重我的隐私。要是我写了一本关于您的书，您会做何感想？或许有一天我会的。

在您和我共度的那数百个小时里（有好些时候令我感到身心俱疲，而且对我的皮肤有害），当时我觉得我们至少是朋友，彼此有一定的了解，但现在我知道您对我的印象非常糟糕。事实上，一个指挥狼群，带着穷凶极恶的食尸鬼四处肆虐的家伙不一定就是坏蛋。请您大发慈悲，好吗？那令我们这帮在晚上出没的人心里不好受。

现在您将会注意到，这封信是由我的助手兼抄写员埃伦·特里小姐手写的。她格外喜欢您，为您感到骄傲，因为您写出了这本精彩的作品，吓得她魂飞魄散，整晚坐在床上，不敢入睡。

她向您送上最深切的爱意和最亲切的拥抱。事实上，她说您是一个天才，而且是最美妙的情人，应该戴着花环，和她在街道上并肩而行。

另一方面，我并不是一个轻易受感动的人。

此致，

特兰西瓦尼亚的失意人

院长正在豪华包厢里观看《第十二夜》的排练，他的狗蹲在脚边，在一张软椅上摆着一瓶烈杜松子酒。自王尔德被判刑之后的几个月里，他的脸色变得苍白灰败。他不再参加会议，心事重重，蓬头垢面，睡在给临时演员住的一间老房子里的一张不牢靠的床垫上。他没有修剪指甲，情况令人感到尴尬。

当斯托克说话时，他没有转身，而是给自己倒了一杯酒，他的手在哆嗦。

“你写了什么？”他终于开口了。

“一个超现实的故事。”

“天哪，又来了。这个故事叫什么名字？”

“《不死之身》。”

他嘲讽地轻笑一声。“《不读之书》还差不多。”

“我将它改编成了一部戏剧，这样的话，它可以被搬上舞台，使版权得到保护。”

“你预见到这部大作的版税会滚滚而来，是吗？会有大批的无耻奸商想要盗版你的角色，是吗？”

“小心驶得万年船嘛。”

“是的。”他喝光了杯里的酒，龇牙咧嘴，用牙齿咬开一个袖口，“告诉我，你准备在哪里上演这部丰碑式的杰作呢？”

“就在这里，我曾经提议过。你的问题让我感到有点惊讶，还有你的态度。”

“我不能允许门外汉的业余作品在兰心剧院上演。我们不是该死的音乐厅，我们是有档次的。”

“我当然知道，因为是我提升了档次。”

“那你应该理解情况。没有必要继续讨论下去了。”

“我坚持认为你应该讲道理。”

“你的这一出最新的艺术结晶，它是关于什么内容的呢？”

"一个关于吸血鬼的故事。"

"上帝保佑我们。"

"为什么那会是一个难题呢?"

"事实上，吸血鬼已经死绝了。"

"书中有一个，我希望他是一个强大的男主人公。或许你可以读一读?"

"你希望亨利·欧文爵士在一出粗制滥造的戏剧里扮演一个魔鬼?你不应该有这个想法，亲爱的老伙计。"

"就当帮帮我吧。"

"如果你执意要求的话，你可以使用兰心剧院。至于要我出演，想都别想。"

"那就是你的最后答复吗?"

"你根本不明白自己在做什么。"

"它是一个故事，就是这样。至少你可以观看演出吧?"

"我很忙，你可以离开吗?今天请不要再来烦我。"

皇家兰心剧院

唯一承租人与经理：亨利·欧文爵士

1897 年 5 月 18 日

《德古拉》

或

~~《不死之身》~~

早上 10 点 15 分

只演一场

早上天气明媚，伦敦的空气因为公园里苹果花绽放而传来阵阵甜香。考文特花园新开了一个花市。塔楼的脚手架的工人们正在粉刷歌剧院的正面。一位了不起的意大利男高音会来，还有一位来自芝加哥的女高音。各个宫殿上彩旗飘飘，卫兵在林荫路上迈步前进。商店的橱窗熠熠发亮，就像阳光下的湖面。

拖拖拉拉上学迟到的男孩子们几乎没有留意那个穿着大衣的男人，他的脑袋在不合时令地发冷，正在分发印制粗劣的节目单。他回到大堂里等候。

伦敦的初夏。皮卡迪利的蝴蝶。一个希望难以被扼杀的早晨。

他想起了监狱里的王尔德。想将自己的想法传到他的心中。他想起了被那个开膛手杀害的女人。今天早上他自己面对的只是小事，几乎无足轻重。这件事情根本不值得害怕。

要成为受版权保护的演出至少得售出一张门票：得有金钱交易。他等了一个小时，注视着街道。那场交易没有发生。

小哈从观众席安静地走过来，说演出即将开始，演员们正从休息室走过。没有音乐、没有化妆、没有戏服、没有布景,为了安全起见，幕布会一直挂着。她走到售票处，买了一张门票，座位在剧院的最高处，与诸神同在。

“好了，”她说，“我们得到法律的保护了。”

“亲爱的姑娘，谢谢你。我抽根烟，然后就进来。”

“您自便吧，姨妈。”她说，留下斯托克独自一人。

在外面，光线改变了，一群雨燕从埃克塞特街俯冲而来，一个女人的身影令门道变暗。

“弗洛莉。”他惊讶地说，“我亲爱的。”

"你不介意吧?"

"天哪,我怎么会介意?你不是很忙吗?我没想到你会来。"

她朝斯托克走来,神情略带迷茫,似乎被金碧辉煌的前厅震慑住了,在大白天置身于剧院中的奇怪感觉。墙壁上的肖像画注视着两人以夫妇的姿态轻吻了一下。

"恐怕那会是一场内部演出。"他说。

"那会是最精彩的演出。祝一切顺利。"

他引领弗洛莉登上楼梯,穿过几扇沉重的门,来到堂座后排。剧院里亮了灯,会一直点着。在舞台上,演员们围成一个不甚规整的圆形。他们的脚本是从那本长条校样撕下来的书页,用彩色铅笔作了标注,匆忙用胶水贴在一起。在谁先开始这个问题上有疑惑;演员们平静地说说笑笑。

提词员坐在舞台左方的一个啤酒瓶箱子上说:"开始。"德古拉将《泰晤士报》的字谜游戏放到一边,清了清嗓子。平静降临了。"拉幕布。"提词员习惯性地宣布。但幕布没有升起或降落。那番话是对着空气喊的。

德古拉宿醉未醒,几乎不知道自己身在何处。他是在念稿,不是在表演。舞台艺术的历史中没有哪一个声音传递出比他更淡漠的情感,他就像一个在宣布第四名及之后各匹赛马名字的马场经纪人,或一位牧师在草草主持星期一上午的早弥撒。"是的,我就是伯爵本人我亲爱的朋友我从未邀请任何客人上我家做客。"[1]小哈发出一声狼嗥,几个年轻的演员作声附和,互相用手肘捅对方,而戴着软毡帽穿着雨衣的伯爵一边打着呵欠一边念念有词:"是夜的孩子们它们奏起了美妙的音乐。"

1 原文没有标点符号或区分大小写,以突出念白的平淡冷漠。下同,不再另作说明。

不时地，舞台工作人员和空中作业人员会暂停手里的活儿看上一眼，利用这个机会点着烟斗或吃一口三明治。一个装饰工人从堂座抬头张望。在演员们身后，几个机修工正在尝试安装新的液压起重机；贯穿整场演出，他们用撬棍撬开装着齿轮和链条的箱子，讨论装备草图，发表不同意见，嘴里骂骂咧咧。几个清洁女工正在用拖把打扫阶梯通往乐台的那一片地方，乐台上面空荡荡的，只有一个瞎了眼的调琴师，他心情焦躁，恨不得这荒唐的一幕早点散场。

“我的主人就要来了。”那个扮演疯子伦菲尔德的演员嘎嘎怪叫，“我得为他将所有的苍蝇都抓起来。我只听我的主子的吩咐做事。”

那尴尬的一幕终于结束时，一个送信的小男孩从出版商那里来到剧院，带来两摞用绳子捆住的书。每个演员都领到一本印得很不像样的书，黄疸色的封面，书名以污浊的红色印刷。他们向作者表达了俗套的恭维和虚伪的致谢，他那位窘迫的妻子已经回家了。

看着自己的作品落得惨淡收场，这位剧作家羞得满脸通红滚烫，却又不得不勉力板着脸，尴尬地和别人说说笑笑和互拍肩膀，接受言不由衷的祝贺，迷失在虚伪的欢乐的旋涡中。那些演员不肯放在表演上的热情，他热烈地放进了自己的表演里。

表演必须继续进行。你绝不能让他们看出你的内心受到伤害。而且那根本不要紧，因为正在发生的事情只是在顾及体面，是在守灵，说死人坏话是不对的。不消多久事情就会被淡忘，那个可怜的家伙会获准死去，似乎它从未诞生过。

小哈走过来搀扶他的手肘，结束了这场痛苦。当小哈引着他来到后台时，他们见到了院长，他正在楼梯下方抽烟。唯一应该做的明智的事情，是不去理会他，继续向前走。不要递上长剑。它会被用上。但有些人的童年令他们痴迷于痛苦。

“你终究还是观看了演出，是吗？”斯托克问，“你有什么看法？”

欧文沉默不语，继续抽着烟。那只狗出现在他身后。现在走还不算太晚，快点走到外面街上，找一个房间，在里面独自哭泣十年。

“我见到你终究还是将我们的老朋友开膛手写进了你的作品里。”欧文说，“你从前的道德顾虑根本站不住脚。”

“那出戏和开膛手没有任何关系。你在说什么呢?”

“纯属巧合，你会告诉我，那些戏中的元素：对年轻女子的捕猎，对她们的鲜血的病态渴求。当然，所有的点子都是你琢磨出来的。难道不是吗，布拉姆?”

“为什么这么说?”

“眼下我不想去讨论它。我还有事情得做。”他将香烟丢到地板上，用脚将它踩灭。

“我会重视你的宝贵意见。”

“我并不那么认为。”

“那由我决定。”

“好极了。”他叹了口气，抬头望着楼梯上方，“自始至终我都认为那是肮脏乏味的垃圾。一桶臭烘烘的尿溺，低劣庸俗的作品。”

“我知道了。”

“在兰心剧院，莎士比亚是我们的上帝，美是我们的追求，而那就是这些年你在这里学到的东西吗?”

“那部剧本其实是匆忙拼凑而成的。或许你应该读一读小说，以那作为评判的基准。”

“你和你的‘小说’见鬼去吧。一本低俗肮脏的臭不可闻的垃圾读物。充斥着乜斜的视线和怯懦的暗示，你这个狡诈的卑鄙小人。你没有勇气像一个成年人那样坦率直言。一本卖一便士的散发恶臭的性变态和脓疱的读物。我曾经对你讲述的知心话，一个男人与另一个所谓的男人之间的交流，现在就像墙上涂鸦的笑话般被引用。

你的心应该在留声机上，那就是你的本事。而且你还有脸在这个肮脏的夜壶里提起埃伦·特里的名字？你竟有勇气去照镜子？”

“够了。”

“但像你这种人并没有倒影，你就是吸血鬼本人。你拿走了所有的一切，毫无给予，而是在吞噬你身边的人。那么，好好欣赏你那可悲的自画像吧，你这个臃肿无能的笨蛋，你是这个世界上唯一会去欣赏的人。”

这时小哈站到两人中间,她的声音在发颤。“院长,请您到楼上来，并请您恢复冷静，谢谢。”

“闭上你那冒失无礼的臭嘴，下贱女人，别分不清尊卑。”

“你这个装腔作势的颟顸糊涂的娘娘腔，”小哈骂道，“你这仗势欺人的下流胚子，你竟敢对我的身份胡说八道？你活该被剃刀杀死，但我不会拿你玷污了我的刀刃。过来啊，小样，当着我的面说出那番话。我是生于伦敦的女儿家，你给我记住了，你这个醉鬼，不然我会把你一脚踢到布里克斯顿再踢回来，你这个狗杂碎。”

“这儿是我的剧院，给我出去。”

小哈朝他的鞋子啐了一口。“把你的剧院吊在外套上吧，小样。我从来没喜欢过你。”

院长大步流星走上舞台，朝舞台工作人员吼道：“把所有属于那个臭婊子的东西统统扔掉，不要让我见到。我们今晚还有一场演出。”

“我们刚刚和特里小姐谈过，先生。您可否先等一下。”

“要是你们忘记了，你们给我记住，特里小姐不是你们的雇主，那部流产之作的作者也不是。出去。”

这时埃伦穿过舞台，满面怒容。

“你就不能以些微尊严控制你自己吗？”她说，“你自己终有一天会倒下，不要在别人倒下时还踢上一脚。”

“他只是一个爱尔兰小文员，埃伦。那就是他的全部能耐。这些矫揉造作的所谓文学作品是他的所有同胞遭受的诅咒。我见过他们，每一个人都自诩为该死的诗人，在主的大地上的每一个野蛮人都是这样。”

“你就不能闭嘴吗？他在听着呢。”

“我的剧院几乎没钱了，而他在呕出他那些傻帽的故事。我向上帝许愿，要是当初没见到他就好了，如果你想知道的话。实情是：他拖累了我。”

“没有他，你根本什么都不是。这里会沦为废墟。一直以来，他为你付出的是忠诚和爱意，而你就这样回报他？”

“有些人天生就得伺候人。他们就只配这样。”

“你这头肮脏傲慢的猪猡。你竟敢在我面前这样说我的朋友？他是比你好上许多倍的男子汉。”

“那就投入他的怀抱吧。你以前可不这么挑三拣四。”

从侧翼走上前的那几步路似乎花了斯托克二十年的时间，每一秒钟他都在积攒力气。他用力挥出一拳，院长就像一口破裂的麻袋被撂倒在地，摊开四肢，嘴角在流血。但没有人上去搀扶他。

“你这个狗东西。”斯托克喝道，“站起来。”

但他没有起身。

“复仇的滋味很不错吧，布拉姆。我希望那能抚慰你的嫉妒。”

见到院长躺倒在地，那就像毒气已经释放。事已至此，无可挽回。他用手肘撑起身子，张大嘴巴，鲜血从他的口中和鼻子里流出来，他用腕背擦拭嘴唇，开口讨要一张手帕，但没有人带在身上。这一幕实在难以描述。就连那只狗看上去也在害怕。

倒地的院长勉强站起身，靠在前台的柱子上，喘着粗气，他那件白色亚麻内衣被染红了，就像一幅非洲地图的泼墨画。他弯腰从地板的缝隙里捡起一个小小的东西，解下他的围巾，将那颗牙齿包好，大口大口地喘气。一个负责戏服的姑娘端来一盆水和一条毛巾。他不停地断断续续地念叨着同一个词语——“暴力……暴力……”那个姑娘哭着想要帮他擦脸。

一个警官来到这里，从主通道叫嚷着想见负责人，他说事出紧急，没有时间了，他们必须赶紧行动。就是现在。

在外面，一排马车已被匆忙召集起来。每一个演员、每一个舞台工作人员、每一个木匠匆忙上车找位置，连卖票的姑娘、引座员、包厢小厮、机修工也去。车队缓缓地驶过拥挤的滑铁卢大桥，行人们在念诵着祈祷，就像一列火车喷出的浓烟。上帝保佑我们，那不会是真的。

有些人在哭泣，有些人在试图安慰别人，有些人目光呆滞地坐着，沉默不语。远处出现了伦敦东南部的尖塔，在它们后面是肯特郡的山丘。马夫们在鞭策马匹：“驾，小家伙，驾。”现在烟雾渐浓，汇聚如山，一定是从德普特福德那里升起，在风的吹拂下变成一个巨大的螺旋形的云团。

在麦尔安德路上，三辆消防马车出现了，铃声在叮当作响，持斧的男人做好了准备，一队骑警从兵营冲出来，马蹄声犹如惊雷，但那股浓烟如此漆黑呛人，天空如此灰暗，有经验的人知道已经太迟了。

在见到火势之前，他们先听到了它的声响，一阵嘶吼的翻涌的噼啪作响的声音，随着他们拐过路障进入烟草码头的船坞时，声音越来越响，马匹们在惊慌地嘶鸣。那两道铁路桥在燃烧，布景仓库着火了。那一幕不可能发生。石头怎么会着火呢?

绳子和滑轮着火了，一场咆哮的熊熊烈火，暗紫色的火焰无情地舔舐着旧石头建筑，浓烟不断地升腾，烧着的帆布在扇动，裂开，迎风飘走；别的帆布在鞭笞自己。厄尔锡诺、威尼斯、勃南树林、恺撒的罗马、亚登森林、暴风骤雨的海洋，全都着火了，它们的旧油墨在阴燃，此刻正在熔化，正在冒烟，坍塌在自身之上，正爆发出暗橘色的火球。几排男人正在传递水桶，但没有什么东西能够获救。消防马车和兰心剧院的人员马上冲向前帮忙救火，高亢的叫嚷声在上方被烧黑的大洞穴的圆拱间回荡。墙上的青苔、砖块之间的野花、顶部荒弃的铁轨、小屋和作坊烧着了。现在就连砖头也着火了。

背景在炸裂和燃烧，颜料桶一个接一个地爆裂开来，挂衣服的架子倒塌解体。十万只老鼠在厉声尖叫，在仓皇奔跑，如同一道洪流，逃离它们的大都市，在石头间，在木匠们的靴子间一窝蜂地挤在一起，践踏它们自己那些眼盲的幼崽。

在高处看不见的角落里，鹪鹩的巢穴烧着了，一只麻鹰着火了，掉落下来，忍受着最后的痛苦。消防水管被连接到运河的一个涵洞管道，但面对熔炉般的滚滚热浪，它们微弱的水流化为水蒸气。很快，消防水管自身也烧着了，不得不被放弃。第一座桥梁开始摇晃——那是不可能出现的一幕——救火的人匆忙跑了回去。

这座如山的建筑在颤抖，低沉的呻吟撕裂了天空，顶部的木板和沟渠如雨点般降落，碎裂的水管和沙井盖、生锈的螺栓、弯曲的板条、簌簌落下的灰泥、然后是最沉重的石块本身，巨大的顶石和拱楔块，它们似乎以奇怪的缓慢的速度在下坠，掉到地上的时候引发震动，声音令人心颤，激起暗红色的尘土。

第二座桥梁被自己兄弟的死刺激到了，它在振动，就像一个可怕的石巨人试图挣脱缚住他的锁链。“撤退！”队长喊道，“天哪，撤退！”

浮士德游地狱搭乘的那艘大帆船、班柯的鬼魂流连的垛堞、可怜的朱丽叶询问名字来由的阳台，存放在那个石拱里的所有布景现在都在吐着火舌，发出狂暴的怒吼。燃烧中的内部结构在摇晃和喷出火花，一道阴沟污水夹杂着肮脏的沙砾和燃烧中的铁道枕木溅落在被水浇湿的摇摇欲坠的墙壁上。焦油沥青和无烟火药的臭味，四处喷射的火花。欧文恍如梦游地蹒跚而行，朝那头怪物走去。几个舞台工作人员把他拉了回来。

“我毕生的心血。我的戏剧。我的孩子……我被毁了。”

随着第二座桥梁倒塌，在最高处的弯曲的树木着火了，如雪崩般落下的碎块发出令人战栗的巨响，遥遥传遍伦敦的东南方，被格林尼治的皇家天文台记录到了。

“斯托克，”欧文被引着离开穿过烟尘时，他那双颤抖的手被烧伤了，被熏黑的惊诧的脸庞就像余兴表演里的奥赛罗，“你这个蓄意报复的爱尔兰寄生虫,你诅咒我落得今天的下场。我永远不会原谅你，杀害我的凶手。”

二十

陨落

米娜的窗外浓雾弥漫，就像一个被赶走的孩子的气息。

她是一个用鲜血画成的五芒星。

一个上下颠倒的十字架。

结局好，便一切都好。

不是的。

米娜懂得所有的语言，她学习了所有的字典，数到了接近无限的数字。

但她永远无法理解这些生灵。

当第一批猿猴出现时，他们开始习惯于给看见的一切东西起名字，就像一个征服者为自己的征服品盖上印章：提词板、舞台前部、漆布、大风景画幕、休息室、堂座、出入通道。但为什么要给最终将会化为尘埃的东西起名，却任由将会永存的事物一直没有名字呢？

像摇出的盐粒般的星星洒遍黑幕般的天空。

令波涛起舞的赞美。为什么他们不给那起一个名字呢？

她朝他喊了自己的名字十九遍，十九是一个带有黑魔法威力的数字。他以为那只是吹过屋檐的风。

米娜

米娜

米娜

米娜

米娜

米娜

米娜

米娜 米娜 米娜 米娜 米娜

米娜 米娜 米娜 米娜 米娜

米娜

米娜

她是如同骨骼的橡木椽檩间的一个影子，她看着那个男人对着打字机，他在哭泣。

“斯托克”，他的名字。一个在燃烧的人。他的一切都干枯了，被引燃的愤怒烧焦了，他的心就像干旱荒芜的亚利桑那。

这里最伟大的演员并不是舞台上的表演者，而是每天晚上到她的阁楼来的这个男人。这些年来，他自己一直在演戏，他很熟悉角色，当他扮演时，总是令人感到信服。

但是还有别的时刻。他们都有属于自己的别的时刻。

那是他提着灯笼走进迷雾的时候。穿过火焰和低语的国度、影影绰绰的回忆的森林、墙上画着怪物涂鸦的洞穴，那是用沾着鲜血的手掌画出来的。

他呼吸的不是空气。他在呼吸着米娜的气息。

他吸入了她的皮屑，她在他滚烫的血液、他那犹如峡谷的心脏、他那水母般的肺部，令他在这个自以为是真实世界的幻境中存活的肺泡、血泵、脉瓣间游荡。

他

相信

自己的感觉

而就连一只狗

也听到更多，而蝙蝠见到

更多，而狐狸的嗅觉更为敏锐

鱼以接触进行交流

嗡嗡嗡的蜂鸟

则凭味觉，最低贱的

泥土里的虫子

比起这只猿猴

更了解岩石

那猿猴不肯

去了解

它

窗户里的灯光，透过麻布窗帘的一道缝隙。他在聆听着雨声。

一个演员记得自己扮演过的每一个角色。有时候他在纳闷为什么会这样。

米娜知道答案。

他们说生命就像一艘幽灵船，在船上有许多房间。有的狭小，有的堂皇，有的豪华，有的寒酸。不计其数的房间，总是有下一个房间。这就是他们逃脱自我这座监狱的方式，从别人的房间窗户去观察这个世界。

那是唯一的方式，他试图建造一个房间。可怜的破碎的心。现在这艘船已经被焚毁了。

1897 年 5 月 30 日

今天早上天亮时，我搭轮渡顺河而下去上班。天气寒冷凛冽。我觉得有点发烧，却又在打冷战。我气喘吁吁，呼吸困难。当我咳嗽时，咳出的是黑痰。我吃了半份砒霜和一剂氯醛。

我打开剧院的门锁——没有人在里面——径直走到楼上我的办公室。最近我发现自己没办法朝舞台看上一眼。

我开始清空书桌和书架，将我的书装进包裹里。这个任务很艰巨，得花上四五天的时间。在下面的观众席和后台里，我听见人们陆续进来。但我没有下去。

我来到走廊里抽根烟，这时我留意到埃伦正走上楼梯。她的气色很不好。她问我在这里做什么。我说最近我喜欢在楼梯平台的大窗户旁边抽烟，我不喜欢办公室里的味道。我看得出她有话想问我。我觉得我知道她想问什么，但是，因为我可能猜错，所以我没有开口。

我会去见他吗？

我说不会。

她点点头，说她明白。她跟着我回到办公室，将身后的门关上。

就当是为了她，念及我们的友谊，我可以重新思考自己的立场吗？他受到了严重刺激，她担心他会失去理智。

我说在我看来，恐怕他早已失去了正常人的理智，他在舞台上那样对我已经将其暴露无遗。至于她所说的我的立场，那早已不复存在。我只剩下求生的本能。为了我的尊严，我不会再卑躬屈膝。

我一定知道他是什么样的人吧？刚愎自用，喜怒无常。尽说一些言不由衷的话，很快就感到后悔。一个顽固执拗又负担重重的天才一定很难受。总是在哗众取宠和胡说八道。

我说我根本不关心他难不难受，我不会再去考虑那个自大残忍总是自诩为天才的窝囊废的感受。

怎么会这样？

我原本希望慢慢和她商量这件事情，但突然间，这件事就像一个不受欢迎的人，大剌剌地走过来，坐在我们之间的一张桌子旁边。那位吟游诗人是对的。“要是干了以后就完了,那么还是快一点干。”[1]

我对她说我要离开兰心剧院，已经写好并提交了辞职信。今天早上将房子挂牌租售，只要能尽快出手就好，事情办好之后，很快就会和弗洛与儿子回都柏林。

她说：你倒不如杀了他算了。反正他活不过一年了。

很好，我说。

我知道那并不是你的真心话。

说到这里，我不知道为什么——我想应该是因为疲惫和紧张——我的情绪开始高涨并征服了我。她听着我在长篇大论地宣泄。忍受长久的失败已经够痛苦了，而且公然这么做，留下的是友谊无法治愈的创伤。

“爱能战胜一切。”她说。

我没有理会这句话，那无疑是一句假话。如果说现在有一件事情已经让我受够了，那就是演员的废话。

你忍受着他们在咩咩咩地叫，就像被宠坏的傻瓜在排练，我的角色会那么做，她应该穿上那件衣服。你盼望着那位不幸的作者会从陵墓里死而复生，对他们说：你们这帮该死的家伙，照着剧本演就是了。

1　此句出自《麦克白》，朱生豪译本。

上帝知道我有多么爱她，我对她的艺术造诣有极高的评价，但这些为了谋生才穿起戏服的人全都脑筋有问题，缺乏理智或正常的道德观。他们以喷出情感动人却毫无意义的胡说八道作为弥补，灯光一暗下去就马上转身。我宁肯去听街上随便哪个白痴胡扯，也不愿意去听一个演员说话。至少他不会要你鼓掌附和。

她就像一只为了护巢而勇对恶龙的疯狂的母鸡，又回到了院长这个话题。她拧绞着双手，一再坚持。但我恪守自己的立场。

除了他人品上的缺陷之外，还有他在职业上的傲慢。他从不听人劝，对我的每一番忠告都予以驳斥和嘲讽，毫不理会我的屡屡忠告。当我请求他放弃可笑而浮夸的戏剧制作的执念时，我说的每一个字他都当成了耳边风。

我们的布景被焚毁了。我们被一个疯子引领。我就是为了这样而离开祖国吗？毁了自己的婚姻？毁了自己的幸福？放弃了原本可以与孩子共享天伦之乐的机会？

不，我说，再也不会了。

她说，你在对我说出你想说给他听的话。

我想大体上是这样。

然后她做了一件我希望她没有做过的事情。她伸手从斗篷里拿出那本受到诅咒的书，那本我希望从未见过或开始撰写的书。当我想到自己在上面浪费了数千小时，它就像一座用纸做的陵墓，在它的陪伴下走过了千百英里的路程，我痛恨自己怎么生来得了这个爱讲故事的毛病，为了它而荒废理想中的人生。

“这部作品是你的王国，”她说，“难道它没有带给你安慰吗？”

我动用了每一分仅剩的男子气概才克制住自己不去将那本书从她的手中抢过来并扔出窗外。然后是她。接着是我。

“不，”我说，“它不是。”

“原谅他好吗?”她说，“如果不是为了别人，就当是为了我，好吗?”

“为了你也不行。”我说。

我开始咳嗽，我叫她离开。我觉得很难受，眼睛在流泪，我咳了半个小时。我又吃了一点砒霜。我的胸部好像着火了。

1897 年 6 月 5 日

今天晚上包厢里坐满了，演出开始之后，我知道每个人都很忙碌，于是我最后一次登上阁楼，去拿我的笔记本和打印机。肋骨疼得厉害，走路都觉得辛苦。

我那盏灯的灯芯湿了，没办法点着，但有窗外残月的光亮已经足够了，这样我可以谨慎地行走。经过那片漆黑时，我时而能听见从下面传来的掌声。我想到我其实从未喜欢过那个声音。它总是令我反感。

我把打字机放进护套里，花了半个小时将笔记和草稿堆成高高一摞，再将它们剪成碎片，然后从屋顶洒落，看着它们随风飘逝，心情并非全然不悦。杀人犯的感受一定就是这样，这个工作本身并不愉快，但将证据统统毁灭，那种感觉就像一场解放。

空气虽然污浊，但至少清冷，带来些许缓解。我又服用了一点砒霜，决心不再咳嗽。我努力以意志去控制肺部。

回到里面，我将那张用旧箱子搭成的小书桌拆掉，因为我希望将我曾在这个受诅咒的巢穴待过的痕迹统统抹去。如果我实在运气不好的话，以后会不时在脑海里见到它，虽然我希望这辈子不再见到，但至少这里会像我第一次见到它时的样子，那就表示我从来没有到过这里。

在搬箱子的时候，我听见一个声响，我觉得像是脚步声。在我的下方，那场表演，《第十二夜》，正来到高潮，但这个声音似乎是从我后面传来的，就在阁楼里。

我说服自己这是因为置身于孤独的地方，所以思绪在作怪。我继续干活，但脚步声又响起了，比刚才更响亮。我转过身，看见——离我三十码外的影子里——赫然有个一动不动但确凿无疑的身影。

“你想怎么样?”我说。

他走近了些。

“所以，这就是你的栖身之所。”他说，“之前我总是在纳闷。”

他的出现吓了我一跳,但我不会说出来令他称心。我没有理会他，继续干自己的活儿。

“我想应该让你知道。”他说，“我卖掉了租约。等演出季结束，我就会将兰心剧院结业。”

现在我别无选择，只能开口，虽然我的每一分更为明智的本能在央求我不要说话。点点头然后转过身难道就那么难吗?

我问他怎么这么冲动，没有和我或其他人商量就这么做。他真的可以为所欲为吗?

“不然还能怎么样?”

我对他说他没有权利在未经讨论的情况下就拿租约做交易，但他是一个如此厚颜无耻自私自利之人，我不会再感到惊讶。

他耸了耸肩膀说:“或许事情已成定局。”

“那演员们怎么办?其他在这里工作，需要养家糊口的人呢?埃伦呢?”

“他们会找到别的工作。”

“你有脸面或尊严去告诉他们吗?看你的样子，显然你并没有。”

“我最近有点忙，有事情得考虑。”

现在愤怒像一股强烈的性欲在我的心中郁积。他的傲慢和迟钝难道就没有限度吗？他到底是一个怎样的人，为什么总是在肆意破坏呢？

但我立刻为自己说出了难听的话感到抱歉。

“我得了咽喉癌。”他说，“医生确诊了。我会先失声。我听说会拼命喘气，然后我会变成哑巴。在大限将至之前。”

他抬头望着天窗。下起了毛毛细雨。

在那个布满灰尘的阴暗的地方，我们都安静下来。然后我问他何时知道这个消息。

“几个月前，”他说，“起初他们并不确定。让我去向所谓的专家咨询，大部分人都是该死的家伙，但我并不在乎他们是江湖庸医，我自己冒充过医生很长一段时间。当然，我自己已经知道了一段时间。一直很痛苦，这几年来情况变得更糟糕。一直在咳血。原本应该早点去看病。”

“一定能治吧？”

“哈利街有个自命不凡的家伙，说他能让疼痛好受些。去一次得花三十坚尼。死了倒便宜些。但你知道，一个演员失去了声音，就像一年没有了冬天，恐怕失去了意义。就是这样。”

我沉默不语，不是因为我毫无感觉，而是因为我不知道该说什么好。他的平静令人震惊，似乎源自某种内心的坚忍，我之前从未见过他有这份气概或想过他会是这种人。我不由得对他感到钦佩，至少是为了这份品质，要是之前那几年我更了解他的为人就好了。

现在他环视着阁楼，带着悲哀而亲切的表情。

“我希望临终的日子在这里生活。”他说，“与老鼠蜘蛛为伍。蜘蛛不声不响，可人们却怕得要命，这不是很奇怪吗？嗯，或许那就是原因所在。它们的沉默？”

我说我从来没怎么思考过这个问题。

“你应该帮我找一口棺材让我睡在里面。”他继续说。

这就是他发起讨论的方式，不久前令我们吵了一架，但我并不觉得他这一招管用，不想再揭开那道伤疤。有些情形最好还是让其平静地结束吧。

“所以，这就是你写作的地方？”他问。

他将我的沉默当作了肯定。

“正常人不会觉得这里有助于创作。”他继续说，“只有醉鬼才会喜欢这里。但我知道你会在这里，因为你是一个畸形的怪人，我自己也是。身处这个充斥着污秽与恶毒的世界之巅，感觉一定很惬意。没有人知道会有人在这里。”

我对他说这只是为了方便，别无其他。

“见到她了吗，老伙计？”

“谁？”

“可怜的米娜。”

“没有。”

“我觉得她就在附近。”他说，“你觉得她在观察我们吗？”

“你能离开吗？我这里有活儿干。”

“这些年来，我自己看见她三回了，至少我这么认为。两次是在演出时，她就站在堂座后面。第三次是午夜里在埃克塞特街上。”

观众们的掌声透过地板传上来。

“我很快就会和她在一起。”他说。

“别这么说。”

“你知道，它将会是一个伟大胜利。你的那本关于吸血鬼的书，我已经看过了。”他敲了敲太阳穴，“记在这里。当你和我都早已不在人世，你那位嗜血的伯爵将会在全世界得享大名。就像犹大。”

我说他一定得离开，趁他还没有失去理智。

“一个人偶尔摆脱理智有益身心，”他说，“当你平静下来时，它们似乎总是还在。”

他从晨衣的口袋里拿出一瓶匈牙利托卡伊红酒，用牙齿咬下已经拧松的瓶塞，然后将它吐掉。

“我不敢奢望你肯和我握手。”他说，“我俩谁都不愿这么做。但你肯和我在道别时喝一杯吗？看在男人情谊的分上？看在往日时光的分上？”

他从另一个口袋里拿出两个彼此相套的高脚杯，各倒了半杯浓郁香冽的美酒。为了摆脱这件事情，我接受了提议。他举起酒杯，和我碰了碰杯。

“《李尔王》，第一幕第二场。”他说，“神啊，帮助帮助私生子吧！”

乐团在闭幕前奏响了小号和定音鼓，乐声从地板传来。这滑稽的一幕令他微微一笑。但我没有笑。

“演出结束了。”我说。

“我们在这儿躲一会儿吧。”

“有客人得招待。我想他们想见你。”

“你能想象吗？”他轻笑着说，“他们只能演奏英国的交响曲，油腔滑调地说着毫无意义的话。”他最后猛喝了一口，将酒杯砸碎在脚边，“就像一群老鼠在啃掉你的眼睛之前爬遍你的全身。”

“你应该离开了。”我说，“不然只有埃伦独自招呼他们，这不公平。我送你到梯子那里。”

“总是那么有绅士风度。请吧，麦克德夫。”

“小心脚下，托梁之间的地板已经很旧了，非常脆弱。”

“和我一样。”他回答。我预料到他会这么说。

月亮透过上边的窗户显现，又黄又大，似乎之前比我见过的情形更加接近，似乎它在观察着阁楼里我们的动静，事实上，它如此接近，我几乎觉得我能分辨出许多人说它所具有的特征：悬崖、沟壑、干涸的河床和峡谷。在我们下面，观众们正在最后欢呼“好哇”。透过地板间的缝隙闪现剧院里的灯光。

“老伙计，我了解到一件事情。”他嘶哑的声音从我身后响起。

"那是什么呢?"

"我想来想去——我总算有时间去想事情了——说到出演夏洛克，舍我其谁?"

我惊讶地停下脚步。"那就是你了解到的东西?"

"不然你以为是什么?"

"算了，没什么。"

他向前迈出一小步。突然间，他不见了。我听见从下面传来坠落声和惊叫声。

出自《泰晤士报》，1897年6月6日，晚间版

伦敦河岸街兰心剧院的业主亨利·欧文爵士昨晚出事受伤，随后剧院宣布关门。

亨利爵士是他从事的行当中首位获勋的杰出代表，他从舞台上方高度约为五十英尺的天花板处坠落，令观众、演员与交响乐团大惊失色。当时《第十二夜》的演出已接近尾声。

一位医生与其担任保安的兄弟当时在场，为亨利爵士施行救治。亨利爵士肋骨断裂与腿骨折断，一度陷入昏迷。"摔得这么重，换成另一个人早就死了，"医生对我们的记者说，"但亨利爵士似乎是不死之身。"

取消的演出将会退款。

第二幕终

第三幕
抵达布拉德福德

二十一

在本章里，午夜带来十三日星期五

他们把行李留给米德兰酒店的门房，从公爵街走到曼宁厄姆街。欧文累了，倚在拐杖上。磨坊的姑娘匆忙走过，落纱工和锭压工戴着头巾，令她们看上去就像皈依的修女。

在达利街和维多利亚街上，衣衫褴褛的孩子们正在踢足球。一个卖大黄的小贩正在挨家挨户地上门兜售。疲惫的拉车马匹脚步蹒跚，拖着一车车的羊毛。

剧院公告板上的海报宣布：

出自沙士比亚[1]的悲剧与《钟声》的激动人心的场景

佳座待售

今晚布拉德福德皇家剧院向亨利·欧文爵士的告别演出致敬

“天哪，”他喃喃地说，“我甚至不配检查是否有错别字。”

“我会和他们说一声，更正过来。”斯托克说。

“如果我是你，我就不会为此劳心。没有人会注意到的。”

“那不是关键。我们进去好吗？”

“我们来早了吧？”

“我想你希望能安顿下来。和往常一样，看看舞台。待会儿我们

1 英文原文是“Shapespeare”，是“Shakespeare”的错误拼写。

叫人送饭菜来，玩上一两手扑克牌？有什么不妥吗？”

欧文目光呆滞，神情迷茫，似乎第一次见到英国北方的街道。

“说实话，我的胃有点不舒服。你不应该让我在列车上睡着了。我不喜欢同一天醒两次，就像码头区的妓女那样。”

“你想回酒店休息一会儿吗？”

“你和你的酒店见鬼去吧。该死的落脚点。”

“我只是认为——”

“你知道我想怎么样吗，老伙计？到荒原里大口大口地呼吸新鲜空气。但我想没有时间了，你为我安排的行程就像赶鸭子上架。”

“你同意这个行程的。”

“鸭子只能服从赶鸭人的命令。”

“如果你想去的话，我们还有几个小时。”

“我们怎么去呢？”

这时候，似乎事先安排好的，一辆二轮马车在那条陡峭的街道尽头出现了，穿着厚大衣的马夫自顾自地点头打盹，似乎睡着了。它调转方向，步履沉重地缓缓朝他们驶来，车辕间的那匹花斑马朝两个经过的矿工嘶鸣。马夫醒了过来，嘟囔着“是的”，他能载他们去荒原。但他们想从哪儿开始游览呢？

因为两人都对这里不熟，他提议去哈德卡斯尔·克拉格斯，就在咆哮山庄前面数英里处。

穿过城镇，经过工厂，驶进长着荆棘的小径和有灌木篱墙的车道,走在由倾斜的橡树形成的拱道下面。偷猎者和补锅匠在盯着他们。橡树逐渐变成了悬铃木。布拉德福德上方的天空苍白如冰。

杂草丛生的沟渠里长着绣线菊和勿忘我，远处传来树林的雾气和潮润的沼泽蒜花的芳香。在一条小溪上有一座木桥。在远处一丛矮林的水洼里，鹿群们正在彼此碰鼻和饮水。在不远处传来一列火车的汽笛声和镇里一座小教堂的钟声，然后煤矿里敲响四点钟。

现在他们听到鸟儿的歌声和狐狸的叫声，清泉在石头上流淌的潺潺水声。云朵在天空中飘浮，就像长着白胡须的术士。那块标明前往哈德卡斯尔·克拉格斯的矮小路碑出现了。

马夫搀扶他们下车，指着一条由几块立石指引的小路，同意等候他们一个小时。“慢慢来，先生们，不用着急。”

石南在潮湿的荒野上摇摆。鸟儿在枯萎的荆豆丛中啼鸣。松鸡、猫头鹰、云雀、鹬鸟。在远处，一座荒弃的大宅蜷缩在悬崖下面。

他们顺着小溪而下，跨过长满青苔的踏脚石，面朝不断接近的山峰而去，刺眼的光线变得柔和。在一处草丛沼泽那里，当他们经过时，一头驴子朝他们点头示意，它那两只乌溜溜的眼睛就像大衣的纽扣。

“那里是霍沃思。”欧文说，“你知道，勃朗特三姐妹的故乡。和你一样，她们是爱尔兰人，可怜的不幸的女人。”

“我敢说你会发现她们是如假包换的英国人。”

“不，她们的母亲是康沃尔人，但父亲勃朗特是爱尔兰人。他一有机会就逃离那里，可怜的家伙。尽是穷凶极恶的杀人犯和被上帝逼疯的老处女的岛屿。”

“你肯定吗？我从未在爱尔兰听到这个姓氏。”

“他们在那里的姓氏是‘普朗蒂’。普老爹在剑桥改了姓氏。在后面加了一个变音，相当有格调的伪装，你不觉得吗？当然，每个爱尔兰人生来都是骗子。”

斯托克遮住眼睛。欧文取下吊在臀部的水瓶，喝了一口。几年前，他曾在剧院里出事，昏迷了三分钟。他开玩笑说他在地狱的门槛上苏醒，但魔鬼把他打发回来。“满员了。这儿的演员已经太多了。”

“我总觉得它可以被改编成一出戏剧。”他说，“你知道，《呼啸山庄》。那些暴力的描写，那些阴沉的描写，那种窒息感。由我扮演老希斯克利夫。那个可怕凶残的畜生，那个恶棍。伦儿扮演凯瑟琳。她是冰与火的结合体。‘奈莉，我是希斯克利夫啊。’总是放不下这个念头。本应该去做的。”

“现在还不算太晚吧?”

一个冷淡的笑声自后面响起。“拄着拐杖走路的希斯克利夫，床前摆着可可。憔悴灰白的眼珠，穿着一件睡衣。”

“我读那本书已经是许多年前的事情了。如果你愿意的话，我会去读一读。”

“别费事了。要是伦儿在这里就好了，美妙的旧时光，嗯?”

“是啊，美妙的旧时光。”

“我们拥有的已经很多了。我们不能抱怨。但我想得到的并没有赐于我，一段幸福的小小婚姻。伦儿也没有。老伙计，有时候我会纳闷你是否得到了幸福。”

“怎么说起这个呢?”

“你对妻子如此忠诚，你从来不讨论婚姻。但我希望你幸福快乐，老伙计。我真的这么想。当然，在外人眼中，每一场婚姻都有点奇怪。就连我们的婚姻也一样。”

斯托克哈哈大笑。

“我想弗洛莉和我结婚匆忙了些。”他说，“我们的恋情并不长。事实上，我们并不是很了解对方。”

“为了孩子才勉强在一起，那是主要原因吗?”

“噢，我宁死也不会离弃我的弗洛莉，她是我的孩子的母亲，在这一点上，我永远无法报答她。但我们之间的感情远不止如此。很难去做出解释。”

“说嘛。”

“我记得——在我们结婚不久后，我们来到伦敦，我们是那么兴奋。我想那是在格林公园，在哪儿并不重要。我们看着那个在乐台旁边放风筝的小男孩。弗洛莉脸上的表情温柔而愉悦。我对自己说：‘斯托克，老伙计，你并不是什么大人物。你算不上是一个作家，不是什么男子汉大丈夫。但她向你许下了诺言。她是你遇到过的最高贵的人儿。’从前没有人给过我那种幸福。令我感到如此卑微。”

“对我来说，兰心剧院才是我的家庭。”欧文气喘吁吁地说，“你、伦儿、我们的孩子，当他们来到兰心剧院的时候。真奇怪，最近我记住的是那些时刻，而不是演出或掌声。当然，在很大程度上，每一天的生活就像是表演，难道你不这么觉得吗？我们歇一会儿好吗？我有点喘不过气来，亲爱的老伙计。”

“当然可以。坐下来休息一会儿。这边树下好吗？”

“我以前对你不厚道，布拉姆。我是说，对你的创作。对于男人来说最可鄙的弱点：嫉妒。你那该死的老德古拉栽了个大跟头，我感到难过。”

“我相信你的宽宏会令他大吃一惊。”

“我自己也很想写点东西。但一直没有勇气动笔。被揭露到那种地步，我感到害怕。”

“你这一生每天晚上都在舞台上展现自我。”

“你心地真好，但不是那样。那种情况很少发生。伦儿倒是这样，那是她的才华，非凡的才华。伦儿一直都是伦儿，无论她在扮演什么角色，那就是为什么人们爱她。从未见过有谁更善于对着那帮畜生说出真相。把它吃下去，回来还继续要。太了不起了。”

在远处有一道瀑布。他看着那里，但视而不见。

“在我年轻时，你知道，刚刚入行，我甚至不需要很辛苦地排练。不知怎的，我天生就会演戏，就像有人生来就会唱歌。我曾经盼望有某种该死的气压计被发明出来，能用它去衡量我脑袋里的压力。在演出那天早上，我的内心会一片沸腾。就像一口大汽锅。那一整天，气压逐渐增高，直到我几乎没办法压抑住那股蒸汽。我没办法说话，没办法思考，觉得它就快从我的眼里冒出来。然后我走上舞台，任其宣泄。噢，我亲爱的人儿。根本不去理会观众或剧本，或我自己。但如今——呜呼哀哉——我觉得自己不再沸腾。就像被踢到巷子里的旧茶壶。但你在沸腾，老伙计。那体现在你的创作里。你需要做的就是找到一个途径将其释放。遗憾的是你没有做到。”

“时间快到了。我们回去好吗？在演出开始之前你可以休息一会儿。”

“太好了。谢谢你。我想喝杯雪莉酒，然后躺一下。”

一个小时后，他躺在旅馆的床上，厚重的帷幔拉了起来。他醒来时见到斯托克点亮灯笼，正在准备洗脸盆和水壶。

“该死的，”欧文喃喃地说，“还没到点，是吧？我刚刚做了一个美梦。事实上，非常香艳。”

“我有一个惊喜给你。”

“我讨厌惊喜。”

“这次你会觉得是例外。坐好了。”

“你到底在耍什么把戏？”

“你先梳头，然后我给你刮脸。”

“走开，你这个毛手毛脚的皮条客。去给你自己召个男妓吧。”

门悄悄地开了，她走进房间。

“谁来了？”欧文说，“过来。我看不见你。”

“昨晚我在哈罗盖特有演出，”她说，“我们的朋友通知我你在这里。”

“亲爱的伦儿？是你吗？”

“是我。”

“轻声！那边窗子里亮起来的是什么光？[1]你来真是太好了，亲爱的，多么神圣的奇迹。布拉姆，你这个令人不齿的浑蛋，竟然不告诉我。”

“我只能逗留一会儿。”

“要是我知道你会来就好了，那我会稍微梳洗一番。嗯，你近来好吗，我最亲爱的天使？坐下吧，看在上帝的分上。”

“还死不了，老伙计。到了我这把年纪演起了独幕戏，你能想象吗？今晚我在哈德斯菲尔德那间最糟糕的音乐厅演出，明天会去伯明翰的威尔士亲王剧院，与一个威尔士人和三个男朋友共演一出糟糕老套的舞台剧，如果你能想象那一幕的话。不过呢，这让我能去购置女帽和买杜松子酒喝。”

“让我下来吧，这张该死的烂床，我们一起去喝杯香槟。”

“待着吧，你这个老恶棍。我没时间，真的。”

“和我一起去好吗？布拉姆不会介意，是吧，姨妈？事实上，她会和我们一起去。”

“你真是无可救药的魔鬼。你的样子那么苍白，我挺想去的。”

“我最亲爱的老姑娘，你尽说好听的谎话。”

“我听一只小鸟说你没有好好照顾自己，是吗？那可不行，你知道的。”

“我最近他妈的睡不着，都是那个诅咒惹的祸。一整天劳累不堪，精疲力尽，晚上却一直醒着。你知道，在琢磨事情。回忆从前的日子。我愿意付出什么代价令窥视的眼睛闭上，再度领略内心的平和。我

1　此句出自《罗密欧与朱丽叶》，朱生豪译本。

们最后所盼望的事情真是奇怪，不是吗？”

“快七点了。”斯托克说，“我们得开始为你化妆。”

“噢，让我帮忙吧。”埃伦说，“把东西递给我，布拉姆，还有一条毛巾，好吗？闭嘴，哈利，我就要给你化妆。”

斯托克拿来那个摆着一罐罐颜料和一把把刷子的托盘，还有胭脂水粉。

“你的告别巡回表演，”埃伦一边在欧文的下巴涂上粉底，一边说，“我一点儿都不相信。又是骗傻子坑钱的把戏，你这个无可救药的骗子。嘟起嘴唇让我们看看，好吗？嘟嘴，嘟成O字形。”

斯托克为他搽唇彩，赭色混搭紫罗兰色，而埃伦给他搽眼影，精心将眼线拉长。“那些人永远不肯让你退休，可怜的拉车老马。”她微笑着说，舔了舔指尖，将他的眉毛理顺，“但就算你退休了，你的职业生涯是多么了不起，不是吗，亲爱的？”

“噢，是的，多么了不起的生平。”

“布拉姆，给他的右边脸颊再刷几下。嗯，是的，你是一位资深大师。哈利，你想过你得到了什么吗？正如他们所说，你和我在努力往上爬。你有时候是否像我一样思考过，你从生活得到了什么？看着这块镜子。”

“一根上好的雪茄，一杯红酒，几个好心肠的朋友。”

她哈哈大笑。

“噢，当然，还有一丁点儿不朽的名声。”

“何以见得呢？”

“我亲爱的伦儿，听好了。你在对不死之身说话。”

“又来了，这番无稽之谈。”斯托克叹了口气，他正在梳理一顶假发的刘海，“这个老家伙似乎没办法正确对待一部只是纯属虚构的作品。虚荣啊，汝之名乃欧文。”

“噢，我从来没那么想过。”她说，“德古拉太有绅士风度了，不会是哈利。你今晚演什么，亲爱的?”

“我想是托马斯·贝克特[1]。他们原本要我出演那出可悲的《钟声》，但后来我改变了主意。顽固的老女王。我就想他们气得跳脚。”

“太棒了。”她说，“我马上得走了。”

“是的，你绝对不能误了火车。”

“总是得去赶火车，不是吗，我的罗密欧?”埃伦抚摸着他的脸，将滑石粉和闪粉抹在他的颧骨上，“我相信这些年来我坐火车的时间比在舞台上还要长。”

“我错过了一两趟列车。”

“这趟你赶上了。”

“我的天使，我们的伦儿。你去进尼姑庵罢。[2]”

“晚安，亲爱的王子。祝你好运。”

在皇家剧院的后台，离开幕还有三分钟。

一个医生被请过来，在烛光下为他进行检查。他咳嗽得很厉害，一直在流鼻血，令人担心。他的血压在下降，脉搏紊乱。

“最后不要继续，亨利爵士。那会严重影响您的健康。演出必须取消或推迟。”

“胡说八道。我是欧文。我们康沃尔人才不会害怕呢。”

1　托马斯·贝克特（Thomas Becket，1119—1170），英国坎特伯雷大主教，因与英国国王亨利二世在教会权力上起冲突，被保王党人杀害，后被罗马教廷追封为圣徒。

2　此句出自《哈姆雷特》，朱生豪译本。

“请原谅我必须坚持，先生，那才是明智之举。”

“找人给我倒杯麦芽啤酒来，我希望它冷得像凯尔特的地狱。现在把大门给我锁起来，趁那帮畜生还没有跑掉，去吧。”

“再一次，作为医生——”

“医生，”斯托克说，“没有别的男人比我更了解他了。讲道理是没有意义的，让他演吧。”

“小子，这儿呢！把那瓶酒给我端过来。你在磨蹭什么？”

啤酒被端过来。他长长地喝了一大口。

“麦芽啤酒令我身心舒畅，布拉姆。在北方，他们喜欢见到你为了他们而流汗。”他将啤酒一饮而尽，转身对其他演员说，“你们这帮家伙，台词都背好了吗？很好。赶紧开始就位，动作麻利点。谁敢抢走我的风头，我会把他踢到铁箍上。待会儿我请喝香槟。上台吧。”

剧院里的灯光灭了，引起一阵欢呼。演员们匆忙就位。乐台上响起了走调的钢琴声，尝试热热闹闹地鼓动气氛。

“布拉姆？帮我一个忙好吗？”

“当然可以。”

“你去镇里逛逛吧。别看了。”

“为什么不看呢？”

“这是我的愿望，觉得今晚状态不大好。我希望你记住我最好的样子。落幕时见，好吗？去吧。”

“你肯定吗？”

“是的，我肯定。走吧。”

在外面泥泞的街道上，斯托克脚步蹒跚地经过剧院的前门，雨雪交加而来。一排排湿透的海报上面写着：“亨利·欧文爵士告别演出”。他走进一间五金店的门道里躲雨。点着一根香烟。窗户上贴着一张爱德华国王[1]的银版相片。

那个名声与荣耀的夜晚。

在《威尼斯商人》闭幕时，年轻的欧文大步走下舞台，一帮木匠和建筑工人在后台等候。最后一批观众离开观众席之前，工人们蜂拥而入，将座位撬出来，把墙壁涂成象征皇室的紫色和银色，为每一寸地板铺上波斯地毯和长毛软垫。一面锦旗从前台的最高点垂下。**“爱德华国王加冕仪式，皇室庆典演出。”**

在埃克塞特街上有许多辆镀金马车，马匹在喷着粗气。亲王贵胄、印度王公、部落酋长、掌权人物、穿着格子花呢的领主、披着虎皮大氅的苏丹、大英帝国疆域各个说不出名字的角落的皇室成员鱼贯经过前厅，顺着过道登上舞台。有大公与执政官、总督与海军上将、珠光宝气的伯爵夫人。璀璨的金粉在空气中闪烁。红黄二色的玫瑰花瓣漫天飞舞，喷泉里涌出的是红酒。刚被封爵的欧文笼罩在名气的光环中。他叫出侧翼里的斯托克，两人手挽着手鞠躬致意。

人群异口同声地高喊“国王万岁”，他们所指的对象含糊不清，令欧文为之战栗兴奋。他朝神情忧郁的爱德华国王使了个眼色，表示上前接受掌声的人应该是他。

开往美国的蒸汽轮船。奢华的特等舱。在旧金山、新奥尔良、芝加哥的巡回演出。在中央公园的埃伦，在湖边吃雪糕。欧文在目光慈祥的马克·吐温面前行屈膝礼。所有那一切发生过吗？真有其事吗？

他登上破旧的楼梯，来到剧院后门，经过更衣室和道具室。经过演员们用的臭气熏天的洗手间，经过一排排像站岗士兵的正在接住天花板滴水的水桶，经过没有人记得的以往演出的海报，爬下绳

1　爱德华七世（Edward VII，1841—1910），1901 年登基加冕，至 1910 年逝世。

梯来到侧翼里。

病恹恹的院长双眼浑浊，将他那庄重的领子解开，强撑着完成就快压垮他的剧目的结尾。斯托克低头看着提词员的台词。

贝克特："我已经征求了意见，约翰。我准备好赴死了。"

索尔兹伯里："我们都是罪人。最好的人也并未做好赴死的准备。"

贝克特："上帝是我的审判者。一切都在他的手中，噢，主啊，一切都在他的手中。"

那块寒酸的幕布落下时，他脚步蹒跚地登台，观众们起身喝彩。在两个龙套演员的搀扶下，他走上前谢幕致意，频频颔首，倨傲地撇着嘴，就像绞刑台上的凶残大盗。一个女服务员捧着一束百合花从侧翼里走出来。他亲吻了她的手，将鲜花扔给观众。

"约克郡万岁。"他喊道。

在更衣室里，他盯着镜子里那个憔悴的幽灵。

"让我们谈谈万恶的根源吧，"他哀叹道，"姨妈，你将他们的钱抢过来了吗，老姑娘？"

"你肚子饿吗？"

"我们挣了多少钱？"

"大约四英镑。因为天气的缘故，有些人没来。"

"该死的北方守财奴。几乎还不够付旅店的钱。"

"不是每一场表演都能卖个满堂红。"

"要是我当上首相，我会大肆炮轰约克郡，用雨点般的炮弹将这帮土包子统统炸死，英国人的平均智力会提高一个台阶。"

“明晚情况会好些。利兹是一座懂得欣赏艺术的城市。”

“想起我从前的英俊模样。看着我，布拉姆。这张脸就像一个被打烂的蛋糕。”

“你是病人，又操劳过度，如此而已。你现在休息一下，会好受一些。”

“去打盆水来，好吗？让我把妆卸下。”

“你需要帮忙吗？”

“我自己来。不想你那双脏兮兮的手碰我，我不是那种姑娘。我们的包里有雪花膏吗？”

“这儿呢。”

“我们在一起多久了？”

“七百年了。”

“亲爱的基督，我将在天堂里戴上一顶特别的桂冠，因为我一直在和爱尔兰人共事。你知道，我的第一场演出是在都柏林。”

“你告诉过我了。”

“那帮畜生冲我作嘘。就像这样：嘘……”

“你告诉过我了。”

“永远不会忘记。”欧文说，将眼皮上的颜料擦掉，“都柏林的观众，世界上最苛刻的畜生，从来不给你机会。但你已为你的同胞的卑劣行径对我做出了补偿，姨妈。或许我为你做过同样的事情，嗯？”

“你感觉如何？”

“好得不得了。”

“我觉得你气色很差。在即将结束的时候。”

“噢，亲爱的，我有点操劳过度，不用为那个担心。老妈子总是知道自己的状况。”

“你肯定吗？”

“他们巴不得我们死掉，这样他们才有故事可聊。‘老天爷啊，我来看他最后一次表演。他可得死在舞台上，我从来没见过那种场面呢。’那就是我这种人的下场。让他们统统见鬼去吧。”

“经理的表妹劳德戴尔夫人送来一张条子。她请求你给她一绺头发和一个签名。”

“告诉她不行，厚颜无耻的臭婊子。从她老公的屁股上拔一撮毛吧。”

“那是为了一个慈善基金，她为年老失业的演员而设立的。”

“那帮评论家总是搞得我脑袋迷迷糊糊的。我想我可以答应那个爱管闲事的老女人一绺头发。我的包里有一把修指甲用的剪刀，你帮我拿出来吧。”

他低下头，斯托克剪下一绺头发。那把剪刀很钝，只能用锯的，直到那绺头发被锯下来，花白发脆的头发。他的左手靠在梳妆台上。

斯托克伸手去触摸它。两人十指紧扣。

一切都安静下来，只有雨雪落在化妆室的窗户上的声响。

“裹好你的喉咙，老伙计。”欧文低声说，“今晚真的很冷。一定得照顾好你。”

大堂里很忙碌，客人们进进出出，侍者们端着盘子在伺候一场婚礼。在餐厅门口旁边的壁炉里生起了一堆火。

现在，表演过后的疲惫降临了。他喘不过气来，咳嗽连连。

“让我坐一会儿，姨妈。有点撑不住了。”

一个壁龛里有一张堂皇的扶手椅，看上去就像一个王座。他蹒跚着走过去坐下，拿起桌子上的菜单。“噢，好些了，好些了，现在来一杯香槟洗洗肾脏。”

“你知道医生对晚上喝酒的意见。”

“但布拉德福德以香槟而出名，老姑娘。就喝一小口，向魔鬼示以轻蔑。”

“等你退休后，我会端一杯送去你的房间。”

“婚礼是这个世界上最美妙的盛景，不是吗？让我这个老头子领略年轻人的美丽。快端酒来，我们观看舞蹈吧。”

“不行。”

“老天爷啊，你真是无可救药的老妈子。你用一根木桩扎穿我的心脏吧。”

“大半夜了。我们明天还得早起。听话。”

“喝一口香槟要不了哈利·欧文的命。我会躲在桌子底下喝上一壶，然后就上台扮演哈姆雷特。噢，你去问问他们有没有美味的冷盘龙虾，好吗？或鸡腿什么的？”

“天哪，走吧，你这烦人的家伙，挽着我的胳膊。”

“去帮我拿嘛，好吗，姨妈？我想坐下来看看这些人。这是研究，你不知道吗？人就是素材。”

他留意到那个刚才在剧院后台见到的医生在酒吧里，现在正和一帮抽着雪茄的男人围在台球桌旁。医生在热情地挥手，在空中攥紧拳头，嘴型在说“干得漂亮”。斯托克颔首致意，点了一瓶香槟，然后改变了主意，只点了半瓶。噢，该死的，两支雪茄。好的。土耳其拉塔基亚烟草，如果你们有的话。

奇怪的一刻。在酒吧的镜子里，迎着上方的光线，他看见在肩膀后面，欧文的脸在哭泣。当他转过身时，却惊讶地发现那里并没有人。

冰雹砸在玻璃屋顶上，引得众人抬头张望。那个钢琴家开始弹奏一首诺森伯兰的老民谣《拜克山的情人》。他的技巧不是很好，但他弹得很有感情。几个酒客加了进来。

如果我有 / 另一个便士
我会 / 再喝上一及耳[1]
我会让吹笛者演奏
《拜克山的情人》
拜克山，沃克滩
矿工小伙子们永远喝不完
拜克山，沃克滩
矿工小伙子们永远喝不完

在大堂里，欧文俯面倒在地上，有一摊血迹。侍者们将他翻转过来，按压着他的胸膛，大声求救。医生匆忙从酒吧那边过来，手里还拿着球杆。两个警察从街上冲进来。

冰桶倾泻而下。

那个酒吧的女服务员在哭泣。

旋转门在风中转动。

有人拿来一张床单，将它盖在他的脸上，等候牧师过来。

1　及耳（gill），英制容量单位，1 及耳合 0.142 升。

终章

1912年4月12日星期五

斯莫尔海西别墅

特登，肯特郡

早晨 6 点 31 分

那个年迈的厨娘今天早上病得很厉害，所以房东太太为她做了早饭，小心翼翼地端着早饭从仆人区的后楼梯而上，顺着楼梯平台走去，有刚煮好的鸡蛋、一杯茶、两片烤面包、一小杯橙汁和一瓶热水。她把枕头弄蓬松，帮助那位亲爱的老夫人梳洗之后，她拿了一壶鲜柠檬汁和一摞往期的《舞台与妇女天地》坐下来。我们生病时能读些无聊文字蛮不错的。

天亮前不久，那位女士在身后关上沉重的厅门，匆忙走下楼梯，露水令花岗岩梯面变得湿滑，然后穿过铺着沙砾的车道，经过鸡棚和梨园的大门，走过那条通往马厩的怡人而狭窄的石头通道。公鸡在哑声哑气地啼鸣，驴子在水田里大嚷大叫做出回应。从布满露珠的井口升起雾气。

她喜欢马厩的气息，带着泥土的芬芳和朴实的味道。围绕着马匹的黎明充满了动感。皮革、马鞍皂、稻草、马粪的草味。那个流露出肃杀威严的大铁砧，那是在克伦威尔[1]还是小男孩的时候铸造的，挂在马厩上方的钳子和马蹄铁，就像某个早已被遗忘的宗教的圣像。马夫为她备好了小马和马车。她吩咐马夫与她同去，但由她驾车。

1 奥利弗·克伦威尔（Oliver Cromwell，1599—1658），英国政治家，曾于 1653 年至 1658 年自封为英联邦护国公，远征爱尔兰镇压当地人民的反抗。

“您肯定吗，特里小姐？”

“当然肯定，约翰，谢谢你。”

平时她会驾车出去，但那天早上天刚蒙蒙亮，当她驾车时，仆人们会感到不安，即使是一趟像这样的短途出行。不过，当他们从斯莫尔海西别墅出发时，那匹马驹走在小道上的马蹄声令人感到舒心。

运河上的锁桥，碧绿舒缓的河水，在晨光照亮的山峦后面是一片金黄透红的天空。

马夫有点困了，身上带着苹果酒和脚臭的味道，但她并没有因此不高兴，他是一个忠心的老头，跟随她很多年了。她喜欢老头那淳朴沉默的性情，什么事情都自己扛。在早上，许多事情不用说出来。

涂漆的驳船在沉睡，灯芯草丛里有几只长颈天鹅，小桥在害羞地顾盼自己的水中倒影。乔叟的朝圣者们顺着这几条布满车辙的小道前往坎特伯雷，过了阿摩斯·布雷克的农场之后，如果雾不是太大的话，可以在小山丘顶部看见那座大教堂的尖塔。有时候在深夜里，她会以为自己从窗口听见风中传来舒缓而带着嘲讽的低语声，在讲述坎特伯雷的故事，它们对这个转瞬即逝的世界的调侃。如此美妙。当四月降下甜美的甘霖。原本那可以被改编成一部精彩的戏剧。为什么没有人做过呢？处处都是诙谐。在剧院里无法表达的事情。去吧，善良的幽灵，顺着纤道而去吧。

在村子附近，睡眼惺忪的奶场女工们拿着扁担和搅乳器在忙碌。一个矮小的农家小伙子推着一辆摇摇晃晃的独轮车，上面高高地堆着芜菁，正冲它们喝骂，想让它们不要倾覆下来。集市日快到了，复活节后的第一天。吉卜赛人会在贩卖健壮的马匹和逮兔子的猎犬，拍打着吐了口水的手掌，大呼小叫，夸口吹嘘，她们的女人安静严肃，胸脯上会塞满了钞票。那个探矿者会从比登登过来，拿着白榛枝条，脖子上吊着招牌，上面写着“找井”。一个江湖游医会在水槽旁边叫卖兜售他那些装在瓶子里的药——“药膏、药油、催情灵丹”——还有一个小提琴手会站在教堂的门边。在这片郊区，人们仍在守大斋节[1]。接下来的那几个星期似乎将会好好发泄一番。

在她前面，那个瘦巴巴的新来的老师正在赶路，但她记不起他的名字，虽然已经见过他几面。青紫色的悬铃木、黄绿色的山靛、味道浓烈令人猛打喷嚏的勿忘我花粉。飞蝼蛄令那匹马打起响鼻和嘶声长啸。堤岸上和沟渠里长着明艳蓬乱的毛茛，在与颜色暗淡的野草调情。她停下马车，邀请那个年轻老师上马车，坐在她身旁的高座上，但他太腼腆了，不敢接受好意，说他去办事，得走另一个方向，在伍德彻奇那边。每说一句天真的谎话，他的酒窝就显得愈发灿烂。

每个人都在演戏，几乎无时无刻。

一头面相温和的母猪从一处灌木丛后面张望，她的许多孩子仍在那口侧翻过来充当猪圈的旧澡盆里熟睡。铁匠的盲女儿坐在熔炉间的门道里，用手风琴悠闲地演奏《莎莉·拉克特》。她永远看不见自己多么漂亮，看不见村子里所有的男孩子如何目不转睛地看着她，目光中充满严肃、怜爱和傻气，就像正要以另一门语言开口说话的英国人。在不远处，从磨坊草坪的下方，她听见来自伦敦的火车嘟嘟嘟的汽笛声和突突突的引擎声，现在它正喷出浓烟，似乎露水令它十分兴奋。

还太早了，教堂里没有响起钟声，得到九点才会鸣钟。但像这样的早晨，谁会想听到钟声呢？

白天洒下它的光亮，照入自己的心田。

她朝那匹马驹吆喝了一声，继续驾车。

1　基督教的传统仪式，从首日至复活节结束共历经40天（不计6个主日），其间教徒须守大斋（一日仅用一顿正餐，清晨与凌晨可以摄取少量零食及流质食品）。

娇小的莎莉·拉克特

把她带走吧

在大清早里

伦敦一间养老院

上午7点14分

养老院对面那座年久失修的镇屋的顶楼窗户里，那盏灯每天晚上都亮着。

今天早上，他自己推着轮椅来到窗边，望着那座房子。

即将到来的白昼将屋顶、烟囱和格栅染成了紫色。他在猜想那座高大阴森的镇屋有什么故事，窗户一直紧闭着，前门用砖头封闭起来，柱子长满了野草，楣梁已经塌陷殆半。是谁在点灯呢？一个街上的流浪汉？一个逃亡者？

就连捡破烂的也不会再去洗劫。任何值钱的东西早就没了。在它的两边是体面的房子，每年春天都会粉刷一新，门把和擦得干干净净的窗户像星星般闪亮，它们坚决地直视前方，不肯侧首投以怜悯的目光，为队列里出了这个破落的同伴感到尴尬。

他询问过护士、乐呵呵的仆人和清洁女工。他们改变了话题。他们告诉他那座死寂的房子已经空了几十年。主人死在海外——他在牙买加的奴隶种植园——关于遗嘱的内容争执了许久，律师们将所有财产一分不剩地吞掉，就像狄更斯那本小说里的情节，斯托克先生，您知道是哪一本吗？以一宗可怕冗长的诉讼案件作为开场的那本，《荒凉山庄》。

他们对他说：那个灯光只是一个倒影，光学上的幻觉。是眼睛在搞鬼，如此而已。

几年前住在这里的一个房客，一个讨人喜欢的受宗教情结困扰的爱尔兰女人，道出了她自己的想法。那是一个伤透了心的演员的幽灵。当他所爱的女人和她的丈夫卡谢尔爵士设宴请客时，他登门拜访，令女仆以为他是受邀请的客人之一，然后他走上楼梯，走进饭厅，朗诵了但丁写的一首对句，然后用她赠予他的一把左轮手枪吞弹自尽。他叫什么名字来着？记忆模糊了。

或许这座房子可以被写成一部戏剧或中篇小说。或许那就是点灯的含义。荒诞的想法。

今天会有一堆难题，但它们必须被解决。他决定独自去面对它们。

他的窄床旁边有一张桌子，上面摆着他在尝试创作的一部戏剧的手稿，有上千张手写的稿纸。那部手稿得大刀阔斧地删改一番，但他没有勇气去面对，虽然它篇幅庞大，内容却少得可怜——太多的事情没有说出来，不了了之的伏线，站不住脚的论证。他有一种奇怪的感觉，似乎这部戏剧的作者是另一个人，不得不向他透露糟糕的消息；他不能肯定自己会做出什么决定。或许最好不要让这部戏剧出版或上演。但他没办法将稿件烧掉。他还做不到。

透过墙壁，从隔壁的房子里传来一首优美的肖邦的《波兰舞曲》，里面住的是一位年轻的钢琴女教师。他聆听着那微弱、感伤而优美的旋律。它似乎净化了他的房间窗户、下面的街道、正在巡逻的警察、去上学的儿童、离开地下室匆匆上市场采购的仆人。就连那匹拉送奶车的老马看上去也变得更加高贵。伦敦的一个四月早晨，听着肖邦的曲子。

乐声舒缓下来，进入一段轻快和弦的转折过渡。在他的房间里有一本关于肖邦和他的恋人乔治·桑[1]的书——他一度觉得他们的爱情故事可以被改编成一部戏剧——但那已经是从前的事情了，他很高兴摆脱了这个想法。他太老了，没办法充满生机地去看待这个世界和所有的一切。他太疲惫了，浪费了丰富的体验。世界依然如故，并且永远会是这样。纵有材料，没有厨艺也烹不出好菜。

他读了一个小时惠特曼的《草叶集》，得到了莫大的安慰（“我不期盼星座靠近，我心知它们各居其所”），与此同时，那个钢琴老师的音乐就像一则谣言穿过墙壁。贝多芬的《G大调奏鸣曲》、拉赫玛尼诺夫的《第二钢琴协奏曲》、舒曼的《童年即景》、李斯特的《B小调奏鸣曲》。他想象着那个年轻女教师的样子；她过着怎样的生活呢？

他曾几次见到她在夜里离开房子；虽然年纪尚轻，她的样子却很悲伤，总是穿着深色衣服。一天晚上，雨下得很大，她冒雨走在街上，没有戴帽子，走到灯柱下，似乎在等候某人。但那个人一直没有来。过了一会儿，她回到房子里，那身黑衣服都湿透了。接下来的几天，乐声没有响起。

他觉得她需要一个朋友，或许她来自远离伦敦的某个地方，甚至或许来自另一个国家，许多伦敦人都是这样。她或许是匈牙利人或俄罗斯人，肤色黝黑的美人。带有波罗的海的气质，下垂的嘴角带着忧郁。他应该尝试和她搭讪，献上赞美——或者报名上课？到了这把年纪，真是荒诞不经的想法。

上午八点，通知吃早饭的锣声在下面的过道里响起，和往常一样，他没有理会，但祝愿敲锣人安好。他对一同住在这里的人，无论是个体还是集体，并不报以反感，事实上，他喜欢他们当中的许多人，但就像几乎所有的集体生活的处境一样，共同用餐这个做法令情况变得更糟糕。

1　乔治·桑（George Sand，1804—1876），法国女作家，著有《我的一生》《安蒂亚娜》等作品。

你只能等候饭点，或吃得太多，或吃得不饱，或吃错了东西，或吃了别人的饭，而且你不得不和别人聊天，或别人找你聊天，或看着他们吃饭。他们反反复复地讲述自己身上的毛病，调整假牙，洒糖粉，把盐当成了糖，对着胡椒粉瓶皱眉，似乎那是从某座金字塔里拿出来的遗物，细细检查叉子的每一根叉齿有没有脏东西。有些人的做派就好像他们是这里的主人，其他人沉默不语，似乎餐具令他们心生畏惧。晚年就在衰老中虚度。他们太老了，没办法享受生活。

他把昨天的晚餐省下来的一块面包放在炉子上烤热，用一个小金属茶壶烧茶，那是几个星期前他从厨房里借来的，他们似乎忘记了这件东西。很快就到九点钟了。他开始给妻子写信，但没办法好好写字。

九点一到，他响铃叫护工过来，一个温柔可亲的二十来岁的黑人青年，来自伦敦东区，每天早上前来帮他如厕，然后剃胡须和做好准备。

今天穿好衣服离开浴室椅子的时候，肖邦的曲子变成了菲尔德的《夜曲》，然后变成《月光奏鸣曲》，左手在稳定、轻柔而庄重地弹奏下行音阶。很快，那个钢琴女教师的学生会陆续到达，是时候出去了。一个人忍受小孩子弹奏《致爱丽丝》的次数是有限的。

“天气很冷，斯托克先生，您不是要出去闲逛吧？我在休息室里生起了火，还泡了好喝的浓茶。浓得老鼠可以在上面跑。”

“我确实要出去，汤姆。别大惊小怪。”

“先生，您看过今天早上的报纸了吗？我的天哪，那真是一艘大船。”[1]

“在爱尔兰[2]建造的，你知道。”

“和您一样，先生。”

“他们很多年前让我下水了，亲爱的小伙子。”

1　1912年4月10日，泰坦尼克号从南安普顿开始首航，4月15日，泰坦尼克号遭遇船难。

2　泰坦尼克号在爱尔兰贝尔法斯特的哈兰德与沃尔夫造船厂建造。

“仍在骄傲地航行呢，先生。”

“不知道是不是那样。至少仍在继续缓缓地往前开。”

“那您今天干什么呢，先生？我想没什么要紧事吧？”

“噢，我有一个老朋友，作家赫尔·凯恩[1]，请我到城里的加瑞克俱乐部吃午饭。”

“那真是太棒了。”

“是的，我为他的自传提供建议。在几处地方给些小意见。你了解他的作品吗？”

“我想我不了解，先生。”

“一个有才华的作家，老凯恩，但他还得继续努力。可是，他没有告诉我们迫切想知道的东西。我会建议他悠着点写，慢慢来，不着急。”

“祝您享受美好的一天，先生。”

“家里人都还好吧，汤姆？”

“都很好，先生。请配合我坐稳一会儿，我给您梳头发。”

他喜欢听汤姆讲述关于他父母的有趣的故事，比手画脚地模仿，充满感染力的戏谑。对他来说，那已经成了一个系列，一部浓缩的狄更斯小说，他发现自己每天都盼望听上一段，或许比他应该听的还要多——但今天汤姆没有讲故事。

他不知道汤姆离开这个地方的生活是否一切安好。他从未提起过一个姑娘。

“好了，先生，您现在容光焕发。我想您已经吃过送上来的早饭了吧？”

“我吃过了，汤姆，谢谢，一碗好吃的杂烩饭。”

---

1 托马斯·亨利·赫尔·凯恩（Thomas Henry Hall Caine，1853—1931），英国作家、剧作家、编剧，著有《永恒之城》《人的主宰》等作品。

“那碗东西会令您元气充沛，先生。那么，准备好出发了吗?”

“准备好出发了。谢谢你。”

汤姆像圣母玛利亚抱住耶稣那般抱起他，用膝盖将门顶开，抱着他走下两段摇摇晃晃的楼梯。在过道里，轮椅正在等候。

“您真的没问题吗，先生?”

“好得很，汤姆。你帮我开门吧。”

“非常好，先生。这是您的雨伞。祝您早上愉快。您请慢走。”

一列从肯特郡乡村开往伦敦的列车

上午 9 点 11 分

八点零二分发自阿什福德前往新十字门车站的列车减缓了速度，她醒来了。

一个明媚大风的早晨。男人们在自耕田里劳作。几只八哥在叽叽喳喳，飞掠煤气厂上方的云朵。

她留意到自己正紧紧抓住横放在膝盖上的拐杖。一时间，那个梦境不肯让她浮出表面。

德国北部的瓦尔内明德海滩，细沙在微光中呈现羽状图案，有几丛野杜鹃花，欧文在花丛间招手，他穿着白色的晚礼服——但低沉的汽笛声将那个幽灵驱走了，她回到了火车行驶在铁轨上哐啷哐啷的声响中。她突然觉得燥热口渴。

一阵风刮起，透过窗户看着她。噢，那阵风在说，噢，瞧瞧那是谁。曾经出名的老姑娘。

她从毛毡旅行袋里拿出一瓶意大利药剂和两个果园里摘的苹果，

碧绿爽脆，清冽可口。那个味道令她想起了家，它那优雅的房间和竖框窗户、狭长荫凉的花园、温室、书房；还有悬铃木下的秋千，她的孙子们在那里玩耍。

这些年仍能继续住在斯莫尔海西，这些年依然保有那座别墅。对于一个年迈的女演员而言，能有一个舒适的家是罕有的福分，当她离开人世时还能有东西留下。一个傻乎乎的想法浮上她的心头。我的天哪，我还有一座有三道楼梯的房子呢。以荣耀的上帝之名，这到底是怎么回事？

今天她会拿到即将进行的美国巡回系列讲座的打印稿。考文特花园那个替人打字的小姑娘很爱笑，而且容貌秀丽，身材姣好，来到伦敦想唱歌剧，说话带着可爱的威尔士口音，如此抑扬顿挫。是安加拉德吗？

窗外四月的草坪令人觉得赏心悦目，沟渠里长满了野花，就像奥菲利亚的梦境。村子里的教堂尖塔、缓缓运转的磨坊、碧绿舒缓的运河。奶牛们耷拉着沉重的脑袋或摇头晃脑地摆脱蚊虫。一只马驹朝篱墙走去，在那里停下，朝羊羔们张口叫唤。

那就像看着康斯特布尔[1]笔下的风景被赐予生命，其醇厚怡然的风格与透纳[2]的肆意激情形成了鲜明对比。牲畜贩子们围着篝火，情侣们在一道阶梯上亲热，一个挤奶工从搭建在木桩上的鸡舍里拾鸡蛋，务农的少年和他们的父亲扛着锄头和镰刀出去干活。她的血液里涌动着悲欣交集的浪潮，为什么英语里没有一个词语去形容那种感觉呢？那不是“苦乐交织”，而是更加沉重，更加充实的感觉，就像上等红酒。她看着那一幕，眼镜泛着雾气。

1 约翰·康斯特布尔（John Constable，1776—1837），英国画家，作品多为写实恬适的乡村风景。

2 约瑟夫·马洛德·威廉·透纳（Joseph Mallord William Turner，1775—1851），英国画家，以情感充沛的印象画派风格去诠释和表达风景。

一幕情景在压迫着她的意识，水里的黑马靠着鬃毛漂浮着，海水的泡沫在它们身边涌动，它们快乐的嘶鸣在涌来的碎浪上方回荡。突然间，那几匹马不见了，就像熄灭的灯光，但仍在脑海的图像上悸动。

他试图再来到她的身边。她感觉到他飘到近前。噢，亲爱的，她心想，求求你，不是现在。我做不到。过去了这么久，为什么偏偏是今天？今天是那么忙碌；如果我们必须相会的话，下一回好吗？

今天早上他在侧翼里等候，想要登台抢走风头。为了阻止他，她打开袋子，拿出一本《潮流》，但现在她听到他羞涩的微笑，她知道那是不可能的。没有人能听到微笑。

但我听见了你的微笑。

她尝试着阅读，几分钟过去了，但那些词语并没有带来平静。她希望她带上一本更加充实、更加细腻和更需要投入精力的书，一本像旧沙发般熨帖的俄国小说。这本关于帽子和时装的废话——我的天哪，看看那些越来越短的裙子。我敢像那样露着脚踝出去吗？妈妈会打我屁股的！

但年轻人非得这么穿，改变是天经地义的事情。如果世道不改变，我们将何去何从？人会变老，真是遗憾，忘记了他们曾经有过的欢乐的夜晚。但或许那也是天经地义的事情。

车厢里空荡荡的，但她知道有人在注视她。她觉得自己就像女学生一样脸红了。

她心想，没关系的。进来一会儿吧。只是不能成为一个习惯，不许捣蛋坏事。你这个讨厌鬼。

她感觉到他从某个寒冷的星际空间而来，融入她的体内。傻气的老伙计，走近些。他在叹息，他在感恩。感觉到他透过自己的眼睛望着延绵的柔和的田野、塔楼般的轻盈的云朵和她在窗户上的倒影。他的孤独就像潮水般退去。

这就是我现在的模样，她说。朱颜辞去，即使那曾经存在过。

没有对话，只有共处的宁静。似乎他们在观看一出戏剧。那就是今天上午他的要求，这真的挺好，因为她能给予的就只有这个。她不想再和他纠缠下去。已经有很多年没有那种念头了，没有意义。男女之间的大部分事情是无法搞懂的，这就是为什么人们去创作情诗——填补沉默的一种方式。

她倾听着他的心跳，它渐渐地与她自己的心跳融合，听到他的身体的脉搏与节律。你想和我一起阅读《潮流》吗？你当然不愿意，而我也不想。取笑他是蛮好玩的，小小的恋爱游戏，里面蕴含着温柔。他的血液在奏响平和的音乐，有他的眼泪的余味。无论他身在何方，他都很寂寞。

他们一起坐在火车上，火车驶向一座大城市，穿过草坪和桥梁，穿过灰蒙蒙的小郊区，她猜想：今天早上，在这个世界的任何地方，是否每一个人，在每一次旅途中，正与另一个人结伴同行，或带着那个人留下的伤痛。

她不可能是唯一的人，那样的话太令人难受了。但每个人都是唯一的人，而那也太令人难受了。

平静下来，她心想。这就是怜悯的感觉。

这就是为什么我们有爱情诗。因为那是说不清道不明的。

波切斯特男浴室

梅达谷

上午 10 点 16 分

一股湿润云团的蒸汽扑面而来。他一瘸一拐地走过中庭，小心翼翼地拄着拐杖，迈步朝墙边那张潮湿的长凳走去，被迷雾缭绕的其他人的身影看上去宛如雕像，东方的梦境里的图腾。

潮湿的瓷砖在滴水。热炭在发出咝咝声。空气中缭绕着桉树、檀香和云杉的芬芳。房间里有十个人，全都赤身裸体，大部分人在聊天，但这里是英格兰，聊的是天气，大家都觉得天气可能会变得更糟糕。今天上午的天气确实令人难受。

在砖墙之外，在这个世界上有飓风、炸弹、罢工，但这帮光溜溜的人心照不宣地知道最好避免那些话题，就像细心的作家会避免分裂不定式。

那个胖乎乎的按摩师大摇大摆地走进来，他那惊人的腰身缠着浴巾，还拿着几束树枝。他太胖了，他的肚子看上去就像一个打开的降落伞。他那个鲁本斯式[1]的屁股和胸部闪烁着油光。有人想来一顿鞭子吗?

来吧，一位绅士说，似乎这是意料之外的惊喜，现在他俯面躺在那张又湿又热的长凳上，活像一条砧板上的刚捕获的三文鱼。

水被倒在石头上，蒸汽猛烈地上涌。按摩师开始用那捆树枝使劲抽打他，然后再用毛巾猛搓，然后再用树枝抽打他，一边继续嘟囔着四月份可能有阵雨，那个声音就像水烟般在浴室里平静地飘荡。那位伦敦绅士不时发出呻吟，因为按摩师肯定把他抽疼了。呻吟声一度变得无法不去理会。“如果那件事值得去做，”另一位绅士，一个保险经纪说，“那就得做得彻底。”这句话是日不落帝国的箴言。

接下来轮到那个写过几部已被遗忘的小说的作家，那个老头子以轮椅代步，沉默寡言，说起话带着爱尔兰口音。他住在拐角处的养老院。他曾在西区工作。他一定是个有故事的人，但一直藏在心里。

1 彼得·保罗·鲁本斯（Peter Paul Rubens，1577—1640），弗兰德斯（今比利时）画家，笔下的人物多以丰腴肉体的形象出现。

他们说他认识王尔德和埃伦·特里。

可怜的老家伙，身体状况很糟糕，就快垮掉了。二月份他中过风，已经是第四次了。有点颤巍巍的。说话忘词了，脑筋糊涂了。但必须承认他是一匹悍马，每天上午都来这里，风雨无阻。那可不容易，但他不喜欢别人帮他。顽固硬气的家伙。当然，那就是爱尔兰人的作风。他希望用鞭子抽他的时候要干脆用力。

鞭打结束之后，他坐在冷水浴缸里，然后又穿好衣服，如今穿衣服得耗费时间和专注力。他给了前台值班的那个年轻人一点小费——金额从来不多，但每天都会给，然后推着轮椅让自己离开波切斯特浴室。身子干干净净的，那种感觉真好。

转到女王道上时，他的前臂在作痛，但这只是意料中的事情，他近来放弃了平时的锻炼习惯。今天得好好弥补一番。上午虽然很冷，但空气清新。

噢，那些法式小蛋糕，来自那间土耳其浴室的香喷喷的蒸汽仍热乎乎地留在他的衣服上。一帮粗鲁的挖路工在路边挥舞着锄头，那个工头嘴里叼着香烟，一直在骂骂咧咧。角落里的站街女。圣斯蒂芬教堂的嘹亮钟声。神情阴郁的希腊理发师在他那间肮脏的小店里。一位修女正摇晃着捐赠箱为饥民筹款。

见到那个站街姑娘激起了开膛手犯案时期的回忆。他们一直没有逮住他，真是太可怕了，或许他还活着，可能是任何人。那个矮小的希腊理发师、那帮挖路工的工头、浴室里那帮赤裸的男人中的某一个。或许以后还会再度犯案，几乎可以肯定之前已经重犯过。作为那时候的伦敦人，你一直记得这些事情。永远找不到地方把它们放下。

经过惠特利书店时，他小心翼翼地将目光从橱窗移开。他不喜欢被提醒，太多的伤痛，太多的失望。重要的是保持漂浮，眼睛直视地平线。过去就像一个溺水的疯子；扔绳子给他，他会把你拖下水。

他惊诧地刹住轮椅。

在他前面人行道的巴士站候车亭里，是那个钢琴老师，她穿着一件老式的黑色长大衣，沐浴在金丝般的阳光中。但当他眨一眨眼，再定睛看去,那人变成了一个拿着雨伞的老头子。奇怪。是光线在作弄他。

现在他身上出了点汗。头皮在奇怪地刺痛。灰蒙蒙的伦敦如此宁静。他想象着自己和其他住户今晚一起吃晚饭的情形，每个人都在为自己衰竭的肝脏、肾脏、心脏而哀悼。汤姆称之为“器官诉苦会”。

前面是海德公园。他在莫斯科路附近过马路。一个年轻女人来帮他，握住轮椅的把手往前推。虽然他并非忘恩负义之人，但他宁可她不来帮忙。如果她非得这么做，他希望她能询问一声。

当宝宝令他觉得不自在。他不需要帮助。与此同时，他又能说什么呢？通往地狱的道路或许真的是以善意铺成的，但在这个时代，铺路就是一种安慰。

优雅的骑兵队在马路上游行，马身侧面光滑潮润。玫瑰园的凉亭里的恋人们。穿着蝙蝠般的袍子去上学的小男孩们。在漂亮的木头门房里站岗的一个帅气的卫兵，就像在梦里被变大的玩偶。

一支铜管乐队在一面工会的旗帜下集结。两个女学生在喷泉边闲逛。噢，这样的早晨真是有益身心，生活在这迷人[1]的伦敦。

埃伦的话。太迷人了。她的魅力中有一点很有意思：她会发明出一些词语，用来填补空缺。包底渣：积聚在女士手提包底部的碎屑；萌帅：一个相貌迷人却傻得出奇的年轻人；傻子：一个不能被信任的人。

亲爱的老伦儿，她到底怎么样了？不知为何失去了联系。他想知道她是否还在工作，她是否想起了往昔的日子。听说她住在萨默塞特。

他停在一棵梧桐树下，抽了今天能负担的四根香烟中的半根。现在要是有一张报纸读会很开心，他怎么就忘了带一份呢？下一次他会带上的。还得带上一个小酒瓶。

1 原文为 zhoosh，埃伦创造的词。——编注在海德公园里读济慈，喝杜松子酒，憋在喉头的快慰的烟雾。梦寐以求的完美享受。

他等候着。消磨时间。但时间不愿就此逝去。电影院开门还有一个小时。

他想知道今天会上演什么，或许是一部新闻片或一部古希腊悲剧。或许他会推着轮椅到演讲角，听一听那些极端分子的发言？可是，不行，时候还太早了，那里没有人。他们仍然怀着热情躺在床上。他发现英国式的温厚的标志之一是公共场合可以容忍疯子，在公园里为他们安排好了地方，当他们是装饰喷泉。

他累了，蒸汽和那场辛苦的按摩令他有点精神恍惚，他没办法去做大衣口袋里那本杂志上的填字游戏。他看着手表，刚刚过去了七分钟，感觉就像一年。奇怪的又饿又渴的感觉。从肯辛顿吹过一阵冷风，从树上、草地上、湖畔的茅草刮起一阵芬芳。他从夹克内袋里拿出一张偷来的便笺纸——

威洛比养老院，接收行动不便的男士
布里克菲尔德排屋 15 号与 16 号，伦敦 W2

——开始写字。

~~**最亲爱的小耗子，**~~
~~**我的爱人弗洛，**~~
~~**亲爱的弗洛伦丝，**~~

老姑娘：

请原谅我这狗爬般的字迹，它比平时更加糟糕。我发现今天早上我没办法去摆弄那台该死的机器，手指有点发僵和刺痛，但你用不着担心，只是天气冷了。你或许可以骂我的字写得丑，亲爱的小乖乖，但从某种意义上说，用手写字并非一件坏事，因为你得认真思考，慢悠悠地写，难道你不觉得吗？嗯，现在。我停下笔，歇一口气。

前几天我在想着海绵，它们如何在海里生活。要是没有它们的话，海平面会比现在高出许多，你觉得呢？

收到你那封有各种奇闻趣事的长信，我太高兴了。希望你在都柏林一切继续安好，你的健康会有所改善，感冒早日康复。那座城市古老潮湿，天气阴沉，尽是老女仆和傻子，但你是对的，他们在那边庆祝复活节更加热烈，或许有难以形容的德鲁伊教派的残余？

你提到了费尔维尤的那座罗马天主教堂，以前我喜欢聆听那惆怅的钟声，它们是在意大利铸造的，它们的音感多么美妙，如此洪亮浑厚，难道不是吗？它（那座天主教堂）在我十八岁时举行了祝圣礼。我记得那天晚上听完一场极其沉闷无聊的讲座后，在回家的路上，我见到一场盛大的游行，就像乔叟笔下的描写，一场狂欢。有主教和唱诗班成员，穿着挺括沉重的长袍，修士们严肃地摇晃着香炉，执事们抬着圣徒和圣女们的雕像。那一幕很奇怪，不是吗？一切都永远在那里，如果你知道朝哪一个房间张望——哪怕在寻找别的东西时开错了门。然后你走进房间，进入一个新的世界。就像潜入海底。

有一个看上去像是沙皇的老人，我猜想是一位大主教或其他神职人员，正高举一本封面镶嵌着宝石的金色的书，另一个人抬着圣龛，或我想是罗马天主教徒称之为圣体匣的物事，你知道，那个盛放圣体用于展示供信徒崇拜的圆形容器。一个臃肿的红衣主教（或许曾经当过红衣主教？），长着一张道德败坏的脸庞，被抬在架子上。熏香烟雾缭绕。还有一群令人生畏的面颊瘦削的修女，简直就是一支军队。真是太精彩了。

想到这整场花里胡哨的仪式都是为了庆祝一个曾经死去的家伙的复活，那种感觉既严肃又欢乐。我喜欢那种感觉。

当地人聚集在街道上，正在吟唱赞美诗，当神职人员和圣物经过时，男人们脱下帽子，女人们低头跪在地上：

先贤守信，万世长存，
火中不灭，刀下犹生。

这里是都柏林，有一大帮来自贫民窟的穷人，许多小孩，甚至有一些男人没有鞋穿，他们的脚正在流血，因此，你会不禁去思考那一幕情形的对比。我记得那天晚上吃午饭时曾向穷苦的父亲提起这件事情。他的回答里有一个难听的词语，“教皇党”。

他在许多方面是一个好人，但被仇恨吞噬了。见到这一幕总是令人伤心。

我很高兴你回去了，老姑娘，尤其是，如你所说，现在你那几位姨婆已不久人世。好好照顾年迈的亲人很重要，临终时有你在身边会是莫大的安慰。

前几天我听到一个好玩的笑话，想记下来说给你听，可现在我竟然忘记了，真气人。今天早上我的脑袋就像一只水母。我会想起来的。

上个星期四我在斯卡拉影院看了一部精彩的电影，讲述的是皇室之旅，片名叫《我们的国王与王后在印度》。在电影院外面，某个莽徒把片名中的“我”改成了“你”。我喜欢见到印度人的面孔，他们让我想起都柏林人。

除了那些之外，在这里度过了平静的一个月。不出意外，一切安好。写下这些内容时，我正坐在休息室的温暖炉火旁边的一张舒服的地毯上，享用小圆面包和热气腾腾的酽茶。桌子上摆满了冰块、苹果、饼干、柠檬馅饼、几壶热巧克力。这里的每个人都非常热心善良。我感觉就像在自己家里，一无所缺。

从前在剧院里的许多老朋友和其他闲人一直上门来看我。昨晚哈特·克莱因来过，我们惬意地聊起了往日的美好时光，今天晚些时候我会和萧见面。他会请我到河岸街的笔会共进晚餐（我听到你说：太美妙了）。他逮着个人就会大谈社会主义和关于它的种种一切，让人觉得挺厌烦的，自从热衷于素食之后，他的性格变得更加暴躁。可他毕竟是一番好意。

因此，你根本不用担心我，一切都好得很。上一封信里你为我担心，其实大可不必。我感觉好得很，最近不用轮椅也能高高兴兴地出去走动，心情舒畅轻松。我都不认识我自己了。

还有什么事情要告诉你呢，老姑娘？让我看看。噢，矿工们的罢工已经结束了，我很高兴地说他们得偿所愿。想象一下，为了在地底下劳动能领到报酬而不得不举行罢工。想到那艘大船即将从南安普顿抵达科克湾，他们将会进行一场振奋人心的盛大庆祝。对于全体科克郡人来说，看到那艘海洋迄今为止见过的最宏伟的船只没有去都柏林，而是前往他们心目中真正的首都[1]会令他们有一种出气和喜悦的特殊感觉。他们的自尊就像那艘船，是不会沉没的。

舍监阴沉沉地说过要给我安排一个室友，但我不知道她会不会这么做。我很乐意为另一匹拉车老马腾点地方，但我的房间实在太小了，因此他得睡在侏儒精灵的床铺上。但有人做伴或许会是一件乐事？你觉得呢？

我最亲爱的人儿哪，我渴望见到你。你回来的时候，请让我知道。

一个教钢琴的罗马尼亚姑娘偶尔会在晚上过来为我们这帮糟老

1　泰坦尼克号的行程终点是美国纽约，自从19世纪40年代爱尔兰遭受大饥荒后，许多爱尔兰人背井离乡，前往美国这个新世界，跨越大西洋的终点便是纽约这座城市，爱尔兰裔移民一度占据纽约人口的四分之一。

头子演奏，她的琴艺非同凡响，能演奏菲尔德、贝多芬、肖邦等等，来到忧郁的森林尽头，或许是吧。但悲伤的音乐自有其振奋人心的作用。和她做朋友感觉挺好的，她似乎很寂寞，性情有点孤僻，需要一个朋友。我和她有时候会在壁炉火堆旁边愉快地聊天，有时候她会过来念书给我听。我告诉她不要回头看，而是要一直向前看。孤独是一件可怕的事情。

好了，亲爱的姑娘，女士们说喝晨间咖啡的时候到了，所以我会和你道别，很快会再与你联系。与此同时，永远爱你的——

“我说，你这个老麻烦鬼，你在闲逛吗?”

他抬头望着那个说话的人，惊讶地看见一个脸庞瘦削面带微笑的年轻人，穿着注重打扮的城里人穿的紧身粗花呢西服。他的样子很像弗洛伦丝，腼腆的笑容，动物般的优雅。有那么一会儿，他怀疑自己是不是在做梦。

“我还活着，还有呼吸。诺埃尔——我最亲爱的孩子。”

“早上好[1]，荣升战车御者的老爸。你看上去很有王者风范。就像戴着礼帽的博阿迪西亚女王。”

“可是，老天爷啊，这个时候你在这里干什么？你怎么没在上班呢？出什么事了吗?”

“三盾保险公司那帮了不起的主子同意让为他们辛苦工作的一个奴才歇上一两个小时。想要见见我的老冰棒，小聚片刻。”

“可是，你怎么知道我在哪儿呢？你眼力可真好。”

“如果你想知道的话，那可是侦探干的活儿，夏洛克·福尔摩斯的寻常路数。我打电话去威洛比养老院，他们叫我致电那间浴室。浴室里的小伙子见到你朝女王道而去。笨蛋都会猜到你会在公园里

1 原文是德语“Guten Morgen”。

坐下来歇一歇，无疑，和往常一样，你的肺炎会发作，你会气喘吁吁。于是我乘马车来肯辛顿这边，然后再坐 11 路公车[1]回去。”

“见到你真是惊喜。”

“威洛比养老院里的人对我说你又不怎么吃东西。”

“他们说得太夸张了。”

“‘吃得像麻雀那么少，而且整宿不睡觉。’”

“无稽之谈。”

“‘不肯和其他房客沟通，总是自己一个人，一直不肯离开房间。’”

“胡说八道。”

“你和我继续往前走，找个地方吃饭，我准备把你像填鹅那样喂得饱饱的。”

“你可别这么做。”

“看到你皱眉真开心。不想你今天孤零零一个人，老爸。”

“我不知道你想干吗。今天没什么特别的事情。”

“你很清楚我想干吗。我在《泰晤士报》里看到了。今天下午会有艰难的事情得处理，不许否认，我爱你。”他走上前，亲吻父亲的额头，将毯子掖好，“我非常清楚你准备做什么，亲爱的[2]，今天下午三点钟会有一件事情发生，是吗？我想你不会介意有人陪你，就是这样。”

“那好吧，亲爱的小伙子，你有什么消息呢？好的，你推我一会儿吧，我的胳膊累了。”

“是好消息，父亲，我谈恋爱了。”

“每次我见到你，你都在谈恋爱，和不同的姑娘在一起。”

“我只是在找一个合适的人，如此而已。”

“你的搜寻范围可真广啊。”

---

1 原文是“Shanks’ spony”，英文俗语，表示步行之意。

2 原文是德语“Mein vater”。

"一个人总得尽心去找。"

"之后你听到你妈妈的消息了吗？她仍和露西姨婆住在都柏林。是的，走那条经过玫瑰园的小径。"

"她的上一封信气得我大叫，她就像在唱歌剧一样抱怨都柏林的生活：那里的门房肮脏、无礼又粗鲁。一个名叫拉金[1]的家伙在煽动码头工人。不再讲究礼仪，不知天高地厚。你知道吗，我总在想那或许就是妈妈去爱尔兰的原因吧？要令她的幸福生活彻底停止。"

"我已经好久没有到过那里，我不记得多少事情了。"

"露西姨婆说由得那帮本地人实施自治是不会有好结果的。"

"露西姨婆自从 1732 年就一直那么说。"

"她说都柏林的怨恨就像瑞士的温泉那样遍地都是，冒个不停。"

"你用点力气推，不行吗，诺利？你的年龄只有我的三分之一。"

"可我长得比你帅噢，老爸。那消耗了我很多力气。我说，看看那边那个漂亮姑娘，长得可销魂了。"

"我年纪太大了，还看什么姑娘，如果你明白的话。"

"我们问问她有没有一个姐姐，好吗？或是一个姨婆？"

"继续推吧。"

查令十字车站

上午 10 点 43 分

她来到月台，穿过迎接她的那群瘦巴巴的鸽子，顺着长长的螺旋形的梯子下去，准备搭地铁去骑士桥。她不喜欢搭地铁，但总是

1　詹姆斯·拉金（James Larkin，1876—1947），爱尔兰政治家、工会领袖，爱尔兰工党创始人之一。

觉得来到城里就应该搭地铁，就像到了巴黎就得登埃菲尔铁塔，或到了威尼斯就得乘贡多拉小船。那不是什么美妙的事情，但仆人们喜欢听她讲述。

在骑士桥，她在卡肖尔顿街的咖啡厅喝了一杯浓咖啡。圣母玛利亚和圣克里斯托弗的雕像从他们的神龛里严肃地看着她，守护着一袋袋大米、一箱箱意大利面粉、一瓶瓶用稻草包裹的红酒。还有一尊圣心耶稣雕像，他的胸膛被切开，血珠有高尔夫球那么大。

在柜台后面的一张桌子旁边，老板正低着头打盹，他那漂亮的女儿伊丽莎白在揉面团。过了一会儿，她的父亲醒来了，留意到咖啡厅里唯一的顾客，走上前打招呼，在围裙上擦拭双手。

“噢，大美人特里小姐，早上好，欢迎光临，您还好吧？”

“我挺好，拉斯卡先生，非常感谢，你呢？”[1]

谢天谢地，她懂的意大利语就只有这么多，除了普契尼的咏叹调里的只言片语，像“你那双冰冷的小手”，可是，有哪个神智正常的人在现实生活中会那么说话呢？诚然，有时候你的小手真的会被冻僵，但你绝不希望有人当着你的面唱出来。尤其是出自一个波希米亚人之口。这些年来，在拉斯卡的咖啡厅里，她那几句导游手册式的意大利语够用了。我们和语言不通的人能相处融洽，像语义上的细微差别这些没有意义的事情被排除在外，微笑和再三重复的手势是更好的沟通方式，而一起吃饭是最好的方式。

拉斯卡的咖啡很好喝，甜中略带苦涩。在肯特郡里她知道的任何一间咖啡厅都喝不到好咖啡，她没办法再要求那个年迈的厨娘去磨咖啡豆，那个可怜的老姑娘讨厌咖啡，因为它是外国玩意儿。虽然茶叶长于锡兰，但在运往母邦的路上已经沾染了英国味儿，可以被接纳，

1　原文是意大利语。

不会遭到反对，在这一点上，就像爱尔兰人。厨娘总是说：再没有什么东西能像一杯好茶那样有英伦范儿。嗯，是的。却又不是这样。

特里小姐喝了美味的咖啡，抽了一根长红牌香烟。进城一日的滋味。

享受原本没有安排时间的片刻闲暇是多么惬意。感受着这座城市的活力，各种口音迎面而来，百叶窗像期待的心情般开启关闭的清脆声响。在她心情不好时，郊区的朴素平静令她感到厌烦。就像你想听贝多芬，却不得不忍受莫里斯舞曲。

她看着汽车和生意人的货车驶过，敞篷巴士开往海德公园或肯辛顿花园，上层车厢坐满了观光客。当他们经过时，一个小伙子在挥手和脱下帽子。她挥手回以致意，送给他一个飞吻。有趣的小小的调情。他将会陷入烦恼。

瓦西列夫医生的候诊室挂着一排狩猎图、装框的旧漫画、剧院海报，就像一间绅士俱乐部的休息室。高高的花盆里种着蒲苇。一个盛饮料的托盘上摆着沉重的水晶高脚杯。还有几个书架，摆放着装帧精美的书籍，她挑了一本诗集。加了厚垫的嘎吱作响的扶手椅比你想象的要舒服一千倍。一个华丽的黄铜茶壶神气活现地蹲伏在一张餐具柜上。她来得有点早，倒了一杯雪莉酒，坐下来读书。叶芝的诗将她带到斯莱戈郡，黑水鸡的叫声、苍白的光线、当地人的悲苦。给医生当助手的姑娘走进来，说可以见医生了。

他是一个和蔼的鳏夫，颇有学者风范，书桌上摆着蒙田的半身像，在凸窗旁边的躺椅上总是摆着一本诗集或钢琴乐谱，透过窗户可以见到新月路对面的公园里那几棵雪松。它们总是令她想起医生的眉毛。

沉默寡言的瓦西列夫医生神情严肃，皱着眉头。他有吮吸丁香的习惯，但就连这个行为也可以被原谅，而换作做是别人，她原本会觉得很讨厌。他在伦敦生活了四十年，但他的声线仍带着莫斯科音乐的特征，不只是口音，还有天鹅绒般的忧郁。她向医生道喜——“恭喜您”[1]——祝贺他最近喜得孙女。（“伊丽娅娜，”医生说，“纪念我的母亲，愿她安息。”）和以往一样，医生问她喝不喝茶和以往一样，她婉拒了。

虽然他们已经相知二十年了，但她从来没有和医生一起喝过茶，但之后在回家路上总会感到遗憾。有时候想起医生时，她会脸红。

他目光炯炯地询问病情。她开始解释健康问题。

近来她老是忘事儿，走路踉跄，还拐错弯。钥匙或眼镜老是乱放。两个星期前在滕特登的邮局里还发生了一件尴尬的小事，她忘记了自己想买多少张邮票或什么面值。她把寄自经纪人的一封信件放在晾衣柜里，又把一部剧本搁在橱柜里。前几天她出去打猎，却忘了带上一盒子弹。她忘了苹果园里有多少棵果树。还有别的事情她想不起来了，只记得她忘记了。真的，瓦西列夫医生，这种情况真烦人。

虽然医生是一个男人，但他花了很长的时间去解释她已经知道的事情，说这种小小的烦心事到了两人这把年纪其实很平常，生命中的每一个章节都会突如其来地对身体造成冲击，即使我们已经了解这些事情或听知心好友说起过，但我们总是不相信它会发生在自己身上。她喜欢听医生说话，那动听的俄国腔调。（“我很搞兴见到你，我的老盆友。”[2]）她总是尝试把预约安排在星期三下午，为的是那种能听到他说出“欣其桑”的快乐。

他是个好人，举止舒缓迷人。他给她量了血压，检查她的舌头和耳朵，听她的心跳，问了许多关于身体状况的问题。她一直觉得这很奇怪，当你站在局外人的角度去观察，我们给予了医生询问这些隐私的权利，那是连配偶都不能享有的特权。他说没有什么毛病，

1　原文是俄语“mazel tov”。

2　原文是“happy”（高兴）的错误拼写“khepi”、“friend”（朋友）的错误拼写“fryend”和“Wednesday”（星期三）的错误拼写“Vednyesdei”。

似乎在仔细斟酌每一个字，但或许吃点补血的东西会是明智之举，如果她愿意的话，现在他可以给她打一针维生素。她应该培养多吃新鲜鸡蛋和红肉的习惯，每天坚持散步。

“睡觉时把川户开着，锻炼你的灼较。[1]到了我们这个年纪，时不时喝一杯上好红酒也蛮好的。一杯勃艮第佳酿，对肠胃有好处。”

他又洗了手，在书桌抽屉里找针筒，她意识到自己已经忘记了医生的名字。

经过尼古拉·瓦西列夫医生的诊所时，他们穿过街道去比较暖和的另一边，继续朝切尔西走去。

伦敦的空气中春意盎然，阳光中洋溢着古老的城市那种热烈而甜美的特别的感觉，但自从他上次中风之后，他觉得寒意就像一个死敌。就连最炎热的日子里，他也盖着毛毯和戴着手套。有时候他记不起暖和是什么感觉，那就像试图记起初恋情人的眼眸是什么颜色，然后意识到自己再也记不起来了。

“你没事吧，老爸？”他的儿子问。

“好得很，我的诺利。”

“想停下来喘口气或休息一下吗？”

“不用了，儿子，继续推吧。”

他看着汽车和生意人的货车驶过，敞篷巴士开往海德公园或肯辛顿花园，上层车厢坐满了观光客。当他们经过时，一个小男孩在挥手和脱下帽子。有趣的小家伙。他将会成为一个大人物。

1　原文是“window”（窗户）的错误拼写“weendow”，“left leg”（左脚）的错误拼写“lyeft lyeg”。

哈罗德百货公司里空荡荡的，这挺不寻常。她顺着自动扶梯来到珠宝部门，她有一个预约，想把一个手镯留下重新制作。一个金手镯，上面镶嵌着四十颗碎钻和三十颗翡翠，它装在一个天鹅绒袋子里，在杂物房一个破衣柜的底板上搁了十年，躲在一堆旧节目单和剪报底下。忘记它吧，真的。去年圣诞节厨娘在找餐具垫时碰巧找到了它。

它感觉挺沉的，摸起来格外冰冷。

“这是最精美的乔治亚时代早期的珍品。”那位首席珠宝匠一边透过寸镜欣赏手镯一边说，“把它拆掉未免太可惜了，是吧，夫人？那些细节非常精致，恐怕再也无法见到这么精细的做工，很多年没有见过了。我有责任告诉夫人，改动会令它价值大减。”

“噢，它的款式太老了，而且反正我从来都不喜欢它。华而不实的玩意儿。就像一出拙劣戏剧里的女主角穿戴的东西。”

“我无意冒犯您，夫人，但不知您是否愿意将它出售？我愿意出价四千坚尼。或许它能在拍卖会上卖个好价格？”

“你真是好人，但不用了，我只是想把它重新制作。你可以按照我带来给你参考的这张草图去做吗？它将是送给我的女儿埃迪的礼物。”

两人看着草图，站在他身边的感觉很愉快。他身上有一股淡淡的夏日的大教堂的味道。他的袖口有细小的搭扣，他的领带夹是一颗欧珀。他把自己那支漂亮钢笔的笔端叼在他那口漂亮牙齿之间。他那双牛眼般的褐色眼睛——没有言语能够形容——在他转头提问时熠熠发亮。精心修剪的指甲，优美结实的手指关节，永远显得微微花白的头发涂了发油，一双锃亮的鞋子，还有一条褶边足以割伤人的裤子。

她总是对打扮体面的人有些许动心。天知道，剧院里这种人并不多见。大部分人看上去就像他们刚在篱墙边一觉睡醒。

“夫人，扣环上的名字缩写，‘H 献给 E 的爱意。’应该怎么办呢？夫人真的想把它们抹掉吗？”

“我的女儿的名字缩写也是 E，因此，或许你可以保留那段话。你能把 H 改成 M，表示母亲吗？”

“那会增加成本的。”

“我不介意。”

“夫人喜欢什么，夫人心里自然清楚。请恕我冒昧。”

噢，要是你知道就好了，她没有说话。

然后，她在厨具和瓷器的闪闪发亮的奇境里流连，给厨娘买了一个银质的搅蛋器和一条漂亮的棉质围裙，给马夫约翰买了一个马头形状的白镴啤酒杯。他们的生日就快到了，购自哈罗德百货公司的礼品会带给他们惊喜。

我发现你没有买东西给我。

她没去理会他温柔的打趣。但他就像影子般紧随不舍，跟着她离开瓷器区，经过针织品、男士服装和猎具区，匆忙走下自动扶梯，他的笑声在柜台间回荡。

难道我就没资格收到一份礼物吗？你这个吝啬的老太婆。

“我不会为一个已经死掉的家伙买东西，哪怕是一口平底锅。”

一个司机正盯着她。他点了点头，碰了一下帽子。天哪，她意识到自己把最后那句话大声说出来了。

两个穿着制服的侍者为她打开镀银的大门，她发现自己置身于哈罗德百货公司的女宾部这个神奇的洞窟里。

三个竖琴手正在弹奏施特劳斯给一群纸鸽听。摆成金字塔形的高及天花板的芬芳的香皂，有贝粉色、杏黄色、星空蓝色。唇膏们就像军队般立正，从猩红色到靛蓝色到淡紫色到樱桃红色，从银色一直到黑色；有一罐罐胭脂、法式滑石粉、浴盐和腮红；玻璃柜台里摆着几只黑色的蜡手，上面杏仁形状的指甲被染成了红色、紫色、绿色或金色，或裹上了光芒四射的人造钻石；精油、化妆墨、指甲花、唇闪、淡香水、桃金娘叶子、眼影、香槟色的唇膏；一瓶瓶面霜、一支支乳液、一个个雕花罐子的洗发露；粉末和粉扑、小镜子和睫毛梳、精细的小刷子。那里的玻璃吊灯是蒙特戈菲尔牌，那张大地毯是波斯出品。他们说包装纸是从米兰进口的。那几个女售货员就像有生命的雕塑，长着深色的眼睛，无所不知，穿着金光闪闪的紧身衣服，风情万种，喷洒的香水令她们周围的空气和她们守护的精品充满芬芳。那就像呼吸着柴可夫斯基，如果那种事情可能发生的话。

这时候，窗户在剧烈震动，女人在尖叫。

其中一个售货员往后退，倒在那个漂亮的香皂构成的金字塔中。那个受惊的姑娘试图将香皂收拢起来，但那是不可能的，香皂太多了，它们从她的手中滑落，顺着雪花石膏楼梯掉下去，碰倒一排唇膏，上好的洗发露溅得满地都是。

那几个售货员躲在柜台后面，其他人在奔跑，脸色吓得发白。似乎被磁力吸引，她走到那个星形的破洞旁边，望着群情汹涌的街道。

两个警察正把一个年轻女人朝一辆面包车拖去。她在高喊："争取普选！"警察用戴着皮手套的手捂住她的嘴巴。过路人喊着"真丢脸"或"坐牢便宜她了"；一个领救济金的切尔西老人走过去要打那个姑娘，那两个警察不得不制止他，用力摁住他的肩膀，他吼得脸都紫了。"支持妇女参政的人渣。你得挨一顿鞭子。我自己会动手拿鞭子抽你！你这个肮脏的小贱人。一顿鞭子会让你听见我在说什么，一顿鞭子……"

特里小姐匆忙走出去。那个姑娘的鼻子在流血，她的裙子被撕破了。她想努力装出轻蔑的样子，但她被吓哭了，紧紧地抓住自己那条破烂的裙子，像一头连站都站不稳的小马驹在战栗。她应该还不到十六岁。

三个年纪大一些的女人来了，想将她从警察身边拉开，向警察们抗议，又冲着那个姑娘叫嚷。人群围成一个不规则的圆形，那个圈子越来越大，人们越来越愤怒，几个身穿优雅制服的男店员匆匆赶来，一脸惊诧，一个正要去上班的厨师停下脚步看热闹，他的皮带上插着几把闪闪发亮的刀子。

“警官，”特里小姐说，“你们搞错了。”

“希望你不要掺和这件事，夫人，谢谢。如果不介意的话，请你让开。”

“我目睹了整起事件的始末。砸破玻璃的人不是这个姑娘。”

那个警察打量着她。

“扔砖头的那个女人年纪大一些。”她说，“至少大二十岁，脸色更加苍白，长着一头赤褐色的长发。她有一个同伙在帮她放风。他们分头跑了。我告诉你吧，我目睹了整起事件的始末。你抓住的这个姑娘只是路过，完全是无辜的。她刚才或许喊过口号，但造成破坏的人不是她。我坚持要你放人。”

“你不会就是……我想的那个人吧？”

“我不知道那个人是谁。”

“但我的意思是……你是……特里小姐？”

“你眼力很好，可你不用因此大惊小怪，今天我只是私底下出来逛逛。”

“你肯定我们搞错了吗？”

“非常肯定。我愿意承担损坏的费用。我会找经理解释发生了什么事情。当然，我要表扬你和你的同僚在面对如此过分的野蛮行径时的出色表现。”

可怜的布拉姆在与院长交谈时曾经说过一件事情。与权威打交道时，一个人只有两个选择：默默屈服或试图糊弄过去。

那个警察拽了拽他的袖口。“放她走吧，伙计。我们抓错人了。”

“谢谢你，亲爱的警官。”特里小姐说。

那个扔砖头的年轻姑娘被她那几个怒气冲冲的阿姨拉走了，她的目光与她的保护者的目光相遇。那个领救济金的切尔西老头仍在咆哮，被警察拉开。拿鞭子抽她，扒光她的衣服，狠狠揍她。

1971 年 2 月，当那个女人在一场旅馆火灾中丧生时，她会记得那天早上在哈罗德百货公司外面，当她终于受够了，当地底下流淌的怒火与轻蔑之河沸腾冒泡，一个她不认识的女人挺身而出，面对一帮要动用私刑的暴徒。

慈祥严肃的面孔。

同心同德的面孔。

人行道上有一堆玻璃渣。

生活并非一无所有，我们并非尽是猿猴和开膛手的种族；人间毕竟值得。

J. 道林电影院

切尔西，凯尔街

下午 12 点 01 分

“片名叫《暴风雨》，”柜台那个姑娘说，“不知道有谁出演。”

他的儿子在临时售票处付钱——掏出几个半便士的硬币——那个一脸无聊的马耳他看门人指着门厅后面那条质量低劣的门帘。

穿过门帘后，他们来到一间天花板低矮而且空气局促的房间，或许曾经是一间彩排室或学校的考场。里面摆了几张长板凳，窗户上挂着沉重的黑帘，墙上钉了一张床单。

这里没有其他人。一阵风吹起了灰尘。

在他等候时，他环顾四周。之前他从未来过这间电影院。

他猜想这部电影会不会像其他电影一样，他不知道他在儿子面前能否控制住自己。

煤气灯熄灭了。又有两个观众进来了，来避雨的流浪汉。

他从漆黑中观望着，觉得眼睛湿润了。

没有什么比这更加神奇。一切能被征服的事物都已经被征服了。炼金术、巫术、会动的相片。

首先放映的是一条新闻短片。那艘巨船，坚不可摧，令人生畏，就像传说中的海上霸主的梦幻之船。贝尔法斯特港的船坞。小小的人儿挥舞着米字旗。它缓缓地高傲地滑行，四个烟囱中有三个在喷出浓烟，就连浓烟看上去也闪烁着光泽。

这就是时代。我们的相片会动起来。我们的船只不会沉没。我们的希望没有止境。主片开始时，他被朴素优雅的舞台那边临时凑合用的幕布上闪现的句子吸引了，那是二百五十年前伦敦戏剧界里的一个男人写的："暴风雨的声响 / 听到电闪雷鸣。"[1]

他一度发现自己在思索如何从侧翼里最到位地诠释、模仿、制造那种声音。此刻，在偶尔只被流浪汉的嘶哑咳嗽声打破的沉默中，他听见了，就像一声叹息那么清晰。

那位浑身湿透的船长带着惊慌的船员匆忙经过墙边。你能尝到污浊的波浪，听到天空在大肆呕吐。太壮观了。那是不可能的。他感觉到眼泪开始流下。

1 此句出自莎士比亚的《暴风雨》。

人类所有的野蛮、宗教的愚昧与残忍、虚伪、狡诈、对饥饿的逃避——所有的一切似乎都在这纯真而惊奇的一幕中得到救赎。那头野兽将会创造奇迹。他会去尝试。在尝试之后，他不会只是为了某个地位崇高的皇帝，为了某个拥有无限财富和一座由红宝石建造的城市的苏丹去创造奇迹，而是敞开他那座装满了奇珍异宝的帐篷，每次只收半便士，这样的话，即便是最低贱的穷光蛋也会知道他并不孤单，他的星球并不是一块在虚空中无情转动的冷冰冰的岩石，创伤是可以治愈的，你只需睁开眼睛。

他们在屏幕上扭动和奔跑，脸色苍白如纸，眼睛令人惊奇地大睁着，似乎在抗拒死神，失魂落魄，嘴唇在翕动，却没有声音。如果我们能看见他们，这就是鬼魂的样子。

有时候，在别的地方，一个钢琴家走进来，根据故事的剧情作即兴伴奏，不时地抬头看着幕布上正在发生的事情，人类在玩耍的情景，自从他们爬出洞穴之后便一直在玩耍——或许爬出洞穴本身就是一个游戏，在一个寒冷的下午因为无聊而进行的勇敢尝试——但最好的伴奏是沉默与静谧，就像现在，只有放映机发出的咔嗒声，以及在观看一场比剑、一个承诺或一个亲吻时某个观众偶然间发出的惊叹。

在沉默中可以听见噪音之外还存在着什么，那个一直如影随形的事物，在空气中飘荡的真相，总是被淹到面目全非的地步，但还没有被淹死。在这种时刻，你不需要对话——语言只会构成妨碍——但他们为你把它放映出来，在修饰华丽的幻灯片的角落里有桂冠和竖琴。

> 不要害怕，这个岛屿吵吵闹闹
> 有各种声音和甜美的空气，带来愉悦，没有伤害……
> 当我醒来时

我渴望再进入梦中[1]

在黑暗中，他感觉到儿子将手伸了过来，握住他的手。两人都在悄悄哭泣。真是一件怪事。回到令人头疼的日光下，两人都不提那件事。

“老爸，”他的儿子说，“你要去的那个地方，咱还是别去了。”

“我要去。你不用陪我去。”

“可是，为什么呢，老爸？”

“没关系。我要去，就是这样。”

半个小时里，他们没怎么说话。吃了一个三明治，抽了一根香烟。但刚才在那个鬼影幢幢的房间里共度的时光将他们联系在一起。温情，柔和，但是还有别的感觉，气氛中并非只有甜蜜。

一间时尚的剧院餐馆

下午 1 点 18 分

微笑吧，老姑娘。这里会有人认识你，这里毕竟是萨伏依酒店。到处都是演员、演出主办人、娱乐圈的人。你不希望让他们看到你焦躁不安地看表的样子，那将会令他们来到桌旁，然后将会开始你不愿进行的交谈。你不想和人交谈。

或许来一杯杜松子酒？你并不孤单。

噢，他到底去哪儿了？已经一点二十分了。这就是萧的典型作风。

1　本段出自莎士比亚的《暴风雨》。

该死的，总是迟到。他是故意的，他掌握了权力，他很忙碌。比起可怜的你，他的时间更加宝贵。

浮夸的蠢货。

该死的浮夸的蠢货。

那个天杀的蓄着大胡子的自大傲慢的蠢货。

慈悲的基督，看看那边高台上的可怜的弦乐四重奏吧，拉拉锯锯，就像启示录的四骑士[1]，他们的演奏丝毫没有乐感或吸引力可言。想到海顿本人辛辛苦苦地创作出如此美妙的音乐，要是他听到这帮缠着腰带的丑八怪演奏的话，他会烧掉自己的小提琴，去当一名理发师[2]。

想象嫁给他们当中的某一个。或嫁给任何一个。

人类，如果被精心培养，可以在生活的许多角色中绽放光芒，美妙的好友、恋人、驯狮人、教皇、荒芜之地或未被探明的区域的探索者、矿工、枪手、酒伴。他们的纯朴令人钦佩，他们胸无城府，令人感到舒心。认识一个人十五分钟，你就会了解他的一辈子，他不会再令你感到惊讶，他不知道该怎么做；询问只会令他害怕。但他们实在是，呜呼，不善于做个好丈夫。你偶遇的几乎任何女人，譬如说，在杂货店前的队列或火车上坐在你旁边的人，会比世上任何一个男人更适合当丈夫。

她总是记起十二或十四年前的一个夜晚，在一个租户的洗礼仪式上，她吃了一只坏生蚝，引发了非常严重的后果。一连三天，她很不舒服，病情犹如火山爆发。忽冷忽热，大汗淋漓，痛苦不堪，在她体内发生的事情令她盼望自己从未降临于世，说胡话、打摆子、

1 《圣经·启示录》中讲述，世界末日降临时，会有骑着白马、红马、黑马和绿马的四位骑士，分别象征瘟疫、战争、饥荒和死亡。

2 弗朗茨·约瑟夫·海顿（Franz Joseph Haydn，1732—1809），奥地利作曲家，维也纳古典乐派奠基人。海顿曾向一位理发师的二女儿求爱，但遭到拒绝，理发师将大女儿许配给了海顿，后来，海顿与妻子因感情不合而分居。

发烧、哭泣、冲仆人们怒吼，叫他们离开房子，免得看见她受尽折磨尊严尽失的样子，更糟糕的是，听到不该听见的话。三天来，她那亵渎神明的话语吓坏了烟囱上的老鸦，她的五脏六腑就像《麦克白》里的那口大锅。当一切都结束时，她意识到一件事情。再没有比结婚更糟糕的事情了。

你不得不听从他们，和他们交谈，忍受他们古怪的愤怒和最好发泄到别处的怒火，至于发泄到哪里则值得商榷。你不得不看着他们咂咂有声地喝汤，剪脚指甲，闻自己的衬衣上的味道，在告诉你诸如选举事宜与各大洲的风土人情时把双脚架在软垫椅子上，因为，身为一个女人，你什么都不懂。

她得听从穿什么衣服，听他讲述在车站遇到了谁，为什么某某藩属国的土著生来就是不受统治的民族，被推来搡去，被命令露出灿烂的笑容，情况还不算太糟糕（打嗝）。在他们向你列举自由党与保守党之间的奇妙区别时（打呵欠）不得不装出专注的样子，或告诉你老虎生活在印度而不是非洲（啊！），或证明他们是多么讨人喜欢的伙伴，讲述发生在他们身上的一桩趣事，或让你知道一个天大的好消息：今天早晨他们在前往城市的火车上完成填字游戏的速度有多快，比幼儿园里的小男孩还快。

他们的鼻毛、他们的体味、他们踩在地板上的湿漉漉的脚板，他们讲述自己与别的男人之间的误会，模仿出各种嗓音。什么是显微镜。如何拼写“parallel”[1]。他们渴望得到崇拜，重塑信心。在我们共赴婚床之前——在他们还没和你结婚之前，为什么他们是更好的人儿呢？——有时候她会难过地想起霍布斯[2]对生活的断言：讨厌，野蛮。

1 “parallel”是“平行”“类似”之意。

2 托马斯·霍布斯（Thomas Hobbes，1588—1679），英国哲学家，著有《利维坦》《论公民》等作品。

短暂，虽然这种时候很罕见，但还是过于频繁了。

经理得体地走了过来，他穿着挺括的西装，坐下来一定不舒服。

“下午好，特里小姐，您大驾光临，实在是我们的荣幸。我希望您诸事顺意。”

“谢谢你，保罗，下午好。你近来好吗？”

“还好，谢谢您，特里小姐。”

“家里人都还好吧？”

“现在有三个小孩了，特里小姐，谢谢您的关心。”

“太好了。你妻子的手很丰润。”

“有一件事情得告诉您。萧先生刚刚致电我们在楼上的办公室，留下一则口信。”

“一则口信？”

“他说他在威尔士亲王剧院参加排练，一时间没办法走开，未能依照计划在一点钟与您见面，他对此深感遗憾。他问您是否愿意在此等到一点半，最迟两点。我奉命得好好招待您。”

“我知道了。”

“我可以为您……或许来一杯醇酒？您可以随便叫点东西。”

“当那个爱尔兰讨厌鬼到的时候，你可以帮我给他传达一则简单的口信吗？”

“当然可以，特里小姐。”

接下来从她口中说出的那番话大约花了六十秒钟。许多内容在萨伏依酒店几乎从来没有人听到过。有些话，她并不知道自己原来知道。

“我想了想，还是别麻烦了。帮我把大衣拿来吧，好吗，保罗？”

他点点头，神情舒缓了些。

拍卖行的销售厅

下午 2 点 15 分

他们从弗利街对面观望，冒着蒸汽的汽车和马车陆续停下，人们下车走进雨中。从拍卖行的门道里走出打着雨伞的服务员，遮雨棚被拉了出来。更多买家抵达了，就像前来观看一场表演的观众。

他奇怪地觉得紧张。他不想进去。他的儿子似乎察觉到了，将一只手搭在父亲的肩膀上以示安慰。

“老爸，你不想进去吗？”

“我们过去吧，诺利。”

销售厅的窗户蒙上了一层薄雾。从街道上看不清房间里陈列的物品，就像一堆被尼古丁烟雾笼罩的包裹。但贴在窗玻璃内壁上的告示清晰可见。

遗嘱执行人的公共拍卖

已故的亨利·欧文爵士私人遗物

1912 年 4 月 12 日下午 3 点，在此举行

自亨利·欧文爵士去世已经过去七年了，遗嘱认证已悉数解决，执行人认为可以将他的一部分遗物向公众拍卖，以减轻欧文夫人和他家人的负担。许多稀奇物件、剧院的纪念品，由奥古斯都服饰公司制作的舞台戏服、精美的物品、小饰品、零碎杂物，一个怀表、一副眼镜、一张上好的胡桃木书桌、他的几件衣服和几双靴子、一支精美的桌球杆、一个雅典卫城的象牙镇纸、一对精美的击剑、几个上好的行李箱和绣了字母的旅行袋、几张银版照片和素描、零碎杂物（几箱旧报纸、许多期《潘趣》杂志、《伦敦新闻画报》和《剧院公报》）、留声机唱片、他的骑士勋章等等。接受加价竞拍。东西一件不留。只接受现金或银行本票。此外，那件带甲虫翅膀的绿色礼服是埃伦·特里小姐1888年在皇家兰心剧院扮演麦克白夫人时穿过的（“我这辈子见过的最华丽绚烂的服装。”著名美国作家马克·吐温先生曾如是说），是特里小姐留给已故的亨利爵士的纪念品。还有一批舞台上的武器、假发和其他剧院物品，全部已经清洁完毕。还有一张精心雕刻的死神面具。

房间里空气很闷。樟脑丸和潮湿大衣的味道。这里几乎每个男人都在吸烟。职业交易商拿着账本和商品目录匆匆浏览，放大镜和量尺挂在皮带上。气氛中有一丝紧张，害怕会有什么东西被错过。

几张带支架的长桌被架起来，铺上黑呢桌布，比较值钱的东西被精心摆放和附上标签。来自科南·道尔的亲笔信；维多利亚女王的签名照片；那份书写了费城自由宣言的光荣的文件；图章戒指、领带夹；一把印了标记的银梳；一双丁尼生夫人赠予他的手套；一把刀柄镶嵌宝石的匕首，上面还刻着他最喜欢的引言：“你们要是用刀剑刺我们，我们不是也会出血的吗？”

平台上摆了一圈蜡烛，照亮了一个无头的人体模特，它身穿甲虫翅膀造型的斗篷。时不时地，一个戴着白手套的服务员拿起一根蜡烛，绕着基座庄重地缓缓行走，令紧身胸衣上的翡翠、钻晶和银饰闪烁着围绕烟雾缭绕的污浊空气起舞的光芒，就像波光粼粼的黛绿色的尼罗河。一个女人正试图用一台摆在三角架上的匣式照相机拍下这个效果。但没有哪一部照相机能捕捉神奇。

他自己推着轮椅顺着房间继续走，来到一处陈列着拙劣的素描作品的地方，挂得歪歪斜斜。他不去看那个装在玻璃盒子里的死神面具。他的儿子朝那件礼服走去。

在一张桌子上摆着一台留声机，经过长长一段沙沙沙的杂音后，开始播放内容，过了一会儿他才意识到那是欧文的声音。相隔多时，听到那个声音着实令他吓了一跳。那个声音既像是他，又不像是他，似乎他正在模仿自己。还是，应与，深如大海之，无涯苦难，奋然为敌，并将其克服。[1]

这么老式的表演方式，拿腔拿调，过分夸张，奇怪的是，他的言语障碍比任何听过他说话的人记忆中的情形更加突出。那个声音有点自恋，并不忠实于文本。那种方式现在会被嘲笑。

在旁边的三个玻璃箱子里装着奖章、画框和银质烟匣，还有一个当摆设的沃特福德水晶缸。

他的衣服被钉在靠墙的几块软木板上。夹克、马裤、马甲，甚至还有内衣。二十四双皱巴巴的空鞋排成一行，就像以一场盛大舞会为背景的噩梦的细节。

一个交易员将一顶三角帽从桌上的陈列架取下，把它戴到头上，转头朝他的同伴咧嘴一笑，后者以眼神警告他最好把帽子放回去，否则服务员会要求他们离开。眼神能传达如此多的含义,真是了不起。但每个演员都知道那个道理。

在后面的一个角落里，靠近洗手间的出口，摆放着只有拾荒者或捡破烂的人才会要的垃圾，得付钱请人用板车拖走倒掉的东西。成捆的发霉的剧院节目单、带着污迹的男士围巾、不成对的拖鞋、装

1　出自莎士比亚的《哈姆雷特》，朱生豪译本。

在信封里的零碎纽扣、一把弯曲的长剑。那堆不像样的东西上方的窗台贴着一张告示：**交易达成后买家必须立刻将物品运走。**

在一段长长的旧窗帘下，他发现一个破烂的纸板盒子，写着“**若干二手书籍**”几个字。许多本书的封面不见了，或长出了书蠹。有一部《爱伦坡作品全集》，已经碎得七零八落；《简·爱》的第九版；一本路易莎·梅·奥尔科特写的盗版的《小男人》。根本没有什么东西会有人想买。太潮湿了，甚至拿来当引火物都不合用。那几本一直卖不出去的小说，那些无人读过的诗。已绝版的书籍，是出版商在答应他的那天心情大好，犯下了错误，或想要从作者身上捞到好处，或亏欠了某人的恩惠。现在，他认出了箱子底下的一样东西，一位沉沦的老朋友——一本初版的《德古拉》，没有书脊，严重磨损，第二章被撕掉了。有人在泛黄起皱的标题页写下了购买日杂用品的清单：面包、红酒、半磅香肠、牛奶。在它下面，有十二个他自己亲手写的字：

献给亨利，布拉姆字。爱是永恒。

他移开视线，在朦胧中，在布满蒸汽的窗户旁边出现了一具幽灵，令他感到身体发烫，脸颊泛红，但他不愿意这样。在那边，房间的另一端，那件熠熠发亮的裙子旁边，是她年轻时的温柔模样。如此清新，充满了青春的气魄与自信，懂得当时她不可能知道的道理：纯真是一种智慧，比经验更加宝贵，时光永远不会倒流。

你渴望得到她。你从来没有表白。因为你知道如果表白的话会发生什么事情。

如果换作是另一番情景，那么情况或许会不一样。但现在已经太迟了，在很久以前就已经太迟了。那些话在转着圈圈。脆弱的、酸楚的回忆片段，就像柠檬冰那般浓烈，就像盐巴那般苦涩，被腐朽棺材的气味笼罩着。难怪你永远无法将其写成一部小说，如果写出来，只会是一个蹩脚的故事，一个裁缝的边角废料。

或许与她相知相识，成为她生命中的一部分，这就已经足够了。如果她的故事是一本诗集，那你只不过是其中的一行句子罢了，但那绝非无谓，根本不是。让她认为你是她的同伴，她的知己，她的影子。谁能拥有几个真正的朋友呢？对于一个女人来说，有几个会是男人呢？

窗户里的光亮，透过脏兮兮的朦胧的蒸汽，透过拍卖行的百叶窗的缝隙。他听着冰雹的声音，他想象着威克洛的群山和基尔尼的长滩，海沫飞溅到军事公路上。他知道那边也正下着冰雹。

她转身看着你身后的窗户，她那双紫罗兰色的眼睛在雪白的灯光下闪闪发亮。一个早已习惯被注视的幽灵。

现在她正在走近。灵巧地穿梭于交易商之间。他们的手在挥舞着竞标牌，但她不去看那些拍卖品。

“打扰一下，先生，”她说，“您不会是斯托克先生吧？我相信您是我母亲的好朋友。我是埃迪。”

兰心蜡像馆和鬼屋

下午 3 点 32 分

她从考文特花园的一个卖花姑娘那儿买了一支白百合，将它包在从一本廉价版《哈姆雷特》撕下的书页里。今天下午日光苍白。

她从埃克塞特街那间打字服务店拿了演讲稿，但她隐约期盼见到的那个威尔士姑娘不在店里，她已经离职了，准备结婚。经营那间打字店的老女人紧抿着嘴唇，态度礼貌但虚伪，似乎故事里有什么内容令她感到不满，却又不肯透露。

沿着埃克塞特街、南安普顿街，夜莺在梧桐树上歌唱。一个念头在她的心头浮现——现在她察觉到了，但其实那个念头已经在脑海里酝酿好几天，甚至几个星期了，压迫着她的意志，她想将它抛开。反正已经进城，那就去几个地方吧。既然都来了，那就回故地看看吧。

今天，在这座城市的远处，他们在卖掉他的物品，拍卖他的衣服，用他的灵魂招徕生意。将肮脏的手指捅进他的纽扣眼，刺探他的隐私。她无法忍受那个想法，他痛恨这庸俗的一切。她会牵着他，带着他的回忆，在剧院正厅里漫步。在门厅里坐一会儿。在舞台上摆一枝鲜花。我们都有属于自己的回忆。

我并不讨厌庸俗。我从来不介意一点庸俗的事情。

让我一个人待着。还没到时候。

她小心翼翼地登上台阶，拐杖轻敲着石头，温柔地推开那扇新安上的门，那种现代的旋转门，如果你不赶紧走开的话会轻轻拍你的屁股。说老实话，那些已经用了上千年的门有什么不妥吗？这种对于改良的现代狂热实在太过火了。

大厅里空荡荡的，售票处关门了。布满灰尘的光线从狭窄的十字窗射入。墙壁上贴了难看的淡紫色和绿色的墙纸，破旧的地毯散发出陈腐的烟草味。那条通往正厅的有十二级台阶和黄铜扶栏的大理石楼梯不见了，取而代之的是一条漆成猩红色的坡道，过于陡峭，无法攀登而上。你能看到天花板上灯线盒的黑圈，那里曾经有一盏蒂凡尼水晶吊灯。她记得在轻风吹拂下它叮叮当当的声响。

她原本以为他会觉得这里很亲近，成为空气的一部分，成为灰尘。但他并没有出现。她根本听不见他的动静。

剧院以前的那些海报都不见了，取而代之的是各种活动和畸形秀的海报：圆颅夫人、婆罗洲的野人、文身王陛下马尔登。在一座生锈的饮水机旁边的桌子上，有一堆溜冰鞋和一本厚厚的发黄的门票的票根册。

走吧，那些溜冰鞋说，你不想认识我们。换作我们是你，我们会赶紧溜走。

那是她曾经与可怜的王尔德合影的楼梯，那天晚上，他顶着名气的光环，像一条貂皮围巾。他与王室成员握手，接受贵妇的亲吻。用蘸着伊甘酒庄上等红酒的鹅毛笔签名。两年后，他将会死去。

在那个壁龛里，一个贵族喝下盛在她的拖鞋里的香槟，低声说出会令冰山脸红的建议，恳求她成为他所说的“地下情妇”。当她经过门厅去参加彩排时，在售票处排队的人们会陷入沉默，似乎她是一个精灵或一只独角兽。今天，几乎没有人认出她是谁。如今很少有人认得出她。戴上眼镜就变了一副模样。

经过那边通往私人信箱的门道——不行，想起发生过的那件事实在太难为情了。那是《亚瑟王》的首演之夜，他扮演国王，而你扮演王后桂妮薇亚。狂野、渴求，天哪，他就像一头公牛。老天爷啊，青春焕发。墙壁长出了眼睛。当它们盯着她看时，她觉得自己身体灼热。

现在，一个不可能出现的幽灵从观众席那里走来。他只穿着一条淋浴裤，他自己从头到脚都是文身，因此，他看上去就像一张走动的毛毯。

“下午好，小甜甜。”他以铿锵悦耳的伦敦口音说。他走进售票处，拿了一包香烟，在墙上划燃一根火柴。

“是的。”她回答，“我很好。”

他想起了什么。“抽烟吗？”

“谢谢你，不用了。”

“如果你来这里是想见到厄恩，他不在。”

“噢。”

“我可以告诉他你来过吗？”

“不，我会等他。”

“你自己也是干这一行的吗，小甜甜？”

“算是吧。我曾经是演员。”

“我就知道，我就知道。说老实话，我看一眼就知道一位女士是不是演艺圈的人。你在哪儿工作呢？”

“事实上，我以前在兰心剧院这里工作。”

“噢，天哪。和谁共事呢？”

“嗯，我曾与一位非常了不起的艺术家共事过，人们说他是最伟大的艺术家。”

他大睁着眼睛。“难道是大胡子宝贝比利？”

“他可比不上那位了不起的艺术家，不是他。”

“想故地重游是吗，小甜甜？进去吧，要是你想进去的话。我本应陪你，但我有事情得处理，趁厄恩还没有回来，你知道他的脾气。要是我没把事情干完的话，他会把我摁进水桶里。”

“好的，谢谢你。你真是好人。”

他微笑着说：“为一位同行效劳，乐意之至。”

那里曾经是观众席，但座位已经被拆掉了。地板和溜冰场的矮墙被涂成了银色——嗯，或许曾经是银色，但现在变成了死灰色。乐台和包厢被钉上了木板。一块木消防幕上贴满了可可豆和舞蹈课程的广告，遮蔽了舞台，那挺好的，反正她不想见到那里。她把百合花放在舞台前的柱子下，默念了一段心痛的祈祷。

谢谢你，亲爱的。

永远不要觉得你被遗忘了。

在溜冰场的四周原先是堂座的地方摆着几具蜡像，基座油漆斑驳。如果没有标签，你根本不知道他们是谁。“亨利八世”[1]可能是某

1　亨利八世（Henry VIII，1491—1547），英国都铎王朝第二任国王，1509年至1547年在位。

个穿着紧身上衣和长筒袜的胖子；“杀妻凶手克里彭医生”[1]可能是一个戴着礼帽的裁缝店的假人；“童贞女王”[2]看上去就像挤进裙撑的俾斯麦[3]首相；“罗宾汉”[4]就像化了妆的市政厅图书管理员；“莎士比亚”少了右手，有人把它偷走当作纪念品吗？一个穿着舞会礼服的丰腴年轻女子，标签上写着“埃伦·特里”——头发的颜色、眼睛的颜色、身高、肤色和身材都不对；除此之外，它的样子惟妙惟肖。

她想起可怜的布拉姆，在首晚演出时他总是站在那边，像一位军士长，吩咐引座员就位，盯紧刚刚上班的新人，带着他的小黑板匆忙奔走。每个人都在嘲笑他，但充满爱意。亲爱的布拉姆，她想念他，有时候会在梦里见到他。我们上一次见面已经是很久以前的事情了。有人说他回爱尔兰生活了，是吗？是谁呢？

此刻她不记得是什么令他们失去联系。我们吵架了吗？没有吧。他一直客客气气的，或太胆小怕事，他从来不是一个愿意将事情摊出来说的人，总是把事情藏在心里。

或许只是大家分道扬镳，在不知不觉的情况下中断了联系。信件越写越少，某一个生日被遗忘了，某一年的圣诞节没有寄去贺卡。然后到了似乎无法挽回的地步，已经过去太久了；去解释为何没有联系会令她觉得尴尬。如果你和某人有几年没有见面，那总是有原因的，即使你不知道那是什么或想不出它的说法。不知道此刻他身在何方。

亲爱的布拉姆在这里很开心。他的脸上闪耀着欢乐，他的骄傲

1　霍利·哈维·克里彭（Hawley Harvey Crippen，1862—1910），美国医生，在伦敦工作时谋害妻子蔻拉并将其碎尸，案发后在伦敦受审并被处以绞刑。

2　童贞女王（the Virgin Queen）是伊丽莎白一世（Elizabeth I，1533—1603）的称号，英国都铎王朝的末代君主，1558年至1603年在位，因终身未婚而得到“童贞女王”的称号。

3　奥托·爱德华·利奥波德·冯·俾斯麦（Otto Eduard Leopold von Bismarck，1815—1898），德国政治家，普鲁士王国与德意志德国首相。

4　罗宾汉（Robin Hood），英国的传奇英雄人物，活跃于12世纪末13世纪初，与贵族豪强为敌，劫富济贫。

就像一件萨维尔街的西装，平静、得体，但依然在显示自身的存在，知道自己在世界上的地位。他的童年多病多灾。他的父母抛弃了他。在他的作品中有许多孤儿的角色。难怪他一直待在剧院里。

回到阴冷的前厅，那个有文身的男人不见了。这里没有人，似乎从来没有人来过，只有那扇旋转门在风中缓缓转动。

她正要离开时，她察觉到有人在楼梯那边观察着她。但察觉并不准确，她知道自己正被观察，她很肯定。她知道那是谁。那种感觉是如此强烈，她不用去看也能见到那双眼睛。要面对那双眼睛实在太困难了，直到最后她都没有回头。

*再见，米娜，*她低声说，*愿上帝保佑你，亲爱的幽灵。我再也不会到这儿来。*

这位是诺埃尔，我的儿子，你还记得吗？你母亲可好？亲爱的宝贝，小埃迪，你长成一个漂亮的大姑娘了。往后站，让我好好看看你，你知道，我视力不好。我没有戴眼镜。它们不知道放哪儿去了。我的眼睛。你记得我们曾经一起在剧院里玩耍吗？事实上，自从我中风后就老是忘事儿。噢，好多了，谢谢你。很难不让一件坏事恶化下去。我希望你哥哥还好吧？他叫爱德华，不是吗？噢，是的，戈迪，对，就是那个名字。你是说，他自己就在剧院里工作，那不正正就是一个活生生的奇迹吗？天哪，这真是一个惊喜，埃迪，再次见到你。请向你妈妈转达我的问候。我和诺利得走了。你知道，我们约了人。恐怕有急事得去处理。请记得向你母亲转达我的问候。多么快乐的旧日时光。我们得走了。好了，再见吧。再见，埃迪。不了，我们真的得走了。

考文特花园一派忙碌。这里变了许多。漂亮的商店、小酒馆、市政布置的鲜花。妓女比以前多了，而且年纪更轻，可怜的人儿，站在灯柱下向过路人借火。那个受引诱掏钱的男人到底想得到什么？或许那就是他喜欢的——堕落？

那个站街女的模样勾起了阴暗的回忆。他们一直没有抓到开膛手。他可能还在伦敦，可能是任何人，那个穿着豹皮衣服的咧嘴笑的男人，萨伏依酒店里的一个老侍者。没有哪个伦敦人会忘记那恐怖的污秽的寒冷的夜晚。猜疑就像浓雾滚滚涌入。

但你必须继续向前，你必须这么做。屈服是没有意义的。永远不在懦夫和施暴者面前退缩，有更美好的事情得去思考。这是一份责任。

不知为何，它回来了，那场难堪的演出。想起它仍然令她开怀。他扮演亚瑟王，在第一幕的结尾正要去拔出石中剑，威严的骑士们围在他身边，王后也登场了，但舞台工作人员们对指示产生了误解，搬上去的石头是错的，因此，无论他如何大汗淋漓地使劲地拔，那柄王者之剑一直留在那块石头里。

见到一个演员如此投入，观众们为他加油打气，觉得那是一场精彩的表演，你能见到血管在他的太阳穴上突起，那双大眼睛像葡萄般凸出。很快他就按捺不住性子，咒骂着狠踢着那块石头。“你这该死的不识相的石头，我说，给我出来！”然后梅林介入了，他那顶长长的巫师帽左右摇摆。布拉姆在侧翼里瞪着眼睛干着急。她不得不从舞台上跑开，强忍着不哈哈大笑，按住自己的肚子，试图去想某件悲伤的事情。布拉姆也笑了，之后在剧院酒吧里，他那张严肃的脸庞显得憔悴，欢乐的泪水流进他的胡须里，而桂妮薇亚王后在畅饮金菲士酒。过了一会儿，亨利走了进来。他的晨衣上有化妆留下的污渍。香烟叼在嘴里。手里握着长剑。“谁有一块石头能让我把这把剑插进去吗?”

可怜的布拉姆。发生什么事情了?它去哪儿了?疯狂热烈的时光，那时我们在星空中徜徉。

她一时兴起，去了托特汉姆宫路的博姿爱书人图书馆——她离开住家时总会带上会员卡——但他们的前四份目录里没有他的书，他们没有订购文学报刊。那个图书馆员是苏格兰人，把“文学”说成了“文儿学儿”。他举止粗鲁，从来没听说过“斯托克”，没有人借阅鬼故事，现在是二十世纪了，科学与发现的世纪，没有人会去读那些胡说八道的废话。如果有人征求他的意见（但没有人会这么做），所有的“图书馆儿”都不许购入讲鬼故事的书。

她在外面度过了愉快的几分钟，作那最有“英伦范儿”的消遣：写一封永远不会被寄出的投诉信。

去书店找找。你可能会在那里找到他。

亲爱的上帝，请放过我吧。

让我和你一起去吧?

她在裁缝店的橱窗看了一会儿，不让他享受她乖乖听命的乐子。多么华丽的礼服，纯白的蝉翼纱。当她相信他已经回到他居住的那片寂静之中时，她发现自己穿过街道，走进福伊尔书店。

清脆的钟声和带着香膏芬芳的令人心情舒缓的寂静——所有旧书堆积之地的宁静。

该从哪里开始找呢?哪一个书架最合适呢?从布满灰尘的前窗射入的阳光多么灿烂，就像一幅为儿童创作的赞美诗插图里的上帝。古老的皮革和羊皮纸的香气。

一个店员走过来，目光友善的年轻人。他说话轻声细语，似乎害怕吵醒书籍。

“这位女士，我能为您效劳吗？或许您只是随便看看？”

“我在找一位名叫斯托克的作者的新书。上一次我进城时，大约三个月前，我进来过，留下一张字条，上面写了他的几本书的书名。他是小说家，大部分作品是灵异故事。”

“那个名字听起来蛮熟悉的，女士，我肯定在哪儿听说过。请您稍等片刻，我去查一下书单。我不在时您请随便看看，好吗？”

她凝视着外面街道，看着来来往往的行人。一个身穿黑衣的年轻女子从钢琴店里走出来，穿过马路，停下脚步，抬头望了一眼天空，然后继续匆忙赶路。她看上去像俄罗斯人，一团黑貂皮裹住的悲哀。一旦见到了，你就不会忘记她。

“我相信我已经找到了您要找的那个人，女士。亚伯拉罕·斯托克？”

“就是他。”

“几年前曾出版过《披着裹尸布的女人》，去年出版了《白色蠕虫的巢穴》，之后就没有新作了。古怪的书名，不是吗？”

“那两本书你们这里有吗？”

“恐怕没有，女士。它们已经绝版了，他的其他作品也都绝版了，或许可以去博姿图书馆或河堤那里的某间二手书摊找找看。”

“你知道我怎么才能写信给他吗？这位作者。可能做到吗？”

“我发誓我不知道该怎么做。或许通过他的出版商？”

“那好吧，我会试一试。再见。谢谢你的帮助。”

“再见，女士。”他伸出手准备握手，“希望您再来光顾。我们总是乐意为您效劳。”真奇怪，他突然变得熟络了。时代真的变了，但她接受了。

现在她意识到他正把一个紧紧折叠的信封放在她戴着手套的手中。

"谢谢您的光顾。"他说，"希望您顺利找到想找的书。再见。"

他以眼神示意她可以离开了。他从柜台后面挥手道别。

在查令十字路的人行道上，人流熙熙攘攘。他们匆匆经过，几乎没有注意到书店门道里站着一位年长女士，读着信件时眼镜笼罩着雾气。她的肩膀微微颤抖。她用手腕拭去脸上的泪水。

尊敬的女士，我吩咐在福伊尔书店工作的一个小伙子给您这张字条，作为对您在1月9日留下的字条的答复。请原谅这一意外之举，我并非想耍什么手段。我的父亲是皇家文学协会慈善援助委员会的成员，我们两兄弟有时候会帮他处理那方面的文秘工作。当然，这个团体的办事流程是保密的，它极其谨慎地做出决定，相信您会明白这一点。在道义上我不能公开讨论委员会的任何工作。但我可以告诉您，它以各种途径去援助上了年纪的作家，以得体的方式令他们受益。我碰巧知道某位老先生就是受援助者之一。许多老先生和老太太性情高傲，根本不肯接受援助。但那位老先生的雇主几年前去世了，之后他一直失业。他中过几次风，晚年穷苦潦倒，而且没有朋友。他的妻子身体不好，与亲人一起住在祖国。如果您向协会致信，我相信您会了解到更多消息。您忠实的仆人。福伊尔书店的一位朋友。

凯莱奇酒店的一张桌子

下午4点43分

他一眼就看见了她。在咖啡厅最远的角落，喝着茶，阅读着一本薄薄的书，应该是诗集。

他有股冲动，想离开。寂寞而孤独的她实在太美了，不应该去打扰。但她的女儿碰了碰他的肩膀，推着他的轮椅向前。经过一排排漂亮的桌子、绚丽的花束和冰桶。

“妈咪。”她说。

“埃迪。”

“看看我在拍卖会上遇到了谁。”

什么话都没说，好像过去了一千年。

“噢，我亲爱的朋友。”她说，缓缓地从桌旁起身，“噢，我最最亲爱的甜心。太高兴了。”

当他亲吻她伸出的手时，他努力不让自己哭出来，那会有失男子汉的风度。

“布拉姆，陪我坐一会儿，好吗？服务员，请多拿一份菜单。”

“我不吃了，谢谢你，埃伦。”

“多少吃点嘛。”

“不了，谢谢。”

“你把我的眼妆给毁了，亲爱的。我得歇一会儿。”

她的女儿离开后，两人一言不发地看着对方，双手在发硬的亚麻桌布上紧紧相握。两人开始聊天，谈起了熟人。埃伦对他说哈克移民去南非了，住在德班，她们时不时会联系。戈迪在设计舞台布景，非常成功，买了一辆汽车。

服务员端来她的食物，一盘烤什锦，静静地摆在她面前，然后用水壶给她的杯子添水。

“那你陪我喝茶好吗，布拉姆？”她说，“我请客。”

“我不饿。”

“那你陪我吃完这盘东西吧，实在太多了。”

“我真的——”

“来嘛，你记得我是多么自负的人，你不能由得我吃掉这堆东西，我会肿起来的。”她转头微微一笑，招手把那个服务员叫回来，让他多拿一个盘子和一瓶木桐·罗斯柴尔德红酒。墙上的老式煤气灯变暗了。

“你女儿很漂亮。”他说。

“是的，她的确挺漂亮。”

“她和我的诺埃尔很般配。”

“那是不可能的，亲爱的。虽然他是理想的对象。”

“为什么这么说?”

“埃迪是蕾丝边[1]。”

“啊。”

“是的。竟有这种荒唐的事情，我唯一的女儿原来是个同性恋者。我一直很难过，我自己没有做好榜样。原本可以不给大家添麻烦的。”

“还不算太迟吧?”

“那只是奢求。”

“至少你的埃迪知道如何帮你花钱。她买下了半个拍卖会。该死的，她简直就是故意要把价格抬高。”

“是的，我叫她过去，不想那个老浑蛋的东西所托非人。你知道他是多么自负，那个恶棍。我不能自己露面，不想被别人认出来。此外，我想找个法子为他的妻子筹点钱。我总是为她感到难过，你知道的。他们说她处境艰难。以欧文夫人遗孀的身份，像女王一般在城里走动，可是，老天爷啊，想象一下，嫁给那个无赖，哪怕圣人也会被逼疯。无疑，我也有一部分责任。但那些事情我们还是不说为好。”

1 原文是英文俗语“bats for the other eleven”，表示“同性恋”之意，“蕾丝边”的译文取自英文“lesbian”（同性恋）的谐音。

“见到你真是太好了。你工作忙吗，亲爱的？”

“有几份工作在等着我，都在偏僻的地方，他们那儿不在乎聘请一匹跌跌撞撞的老马，看它猛踢木板。我将在彭奇或某个类似的阴森森的地方扮演奥菲利亚，她将是观众们见过的最蓬头垢面的舞台形象。噢，我还会在几部不知所谓的电影里亮相，糟糕庸俗的东西，但他们拍一部电影就像在烧钱。我可不会拒它于千里之外，那傻帽的时髦玩意儿。”

“我必须承认我挺喜欢电影。既内疚又喜悦。”

“噢，人人都喜欢看电影，亲爱的。那就是为什么它们不好。说老实话，难道你不曾梦想过你写的某个角色有一天会出现在电影里吗？”

“如果我有那种想法，那我一定是疯掉了。”

“不要再说我了，最亲爱的布拉姆。你身体好吗？”

“好得不得了。”他平静地笑了笑，“我看上去气色如何？”

“你一定得答应我让我帮你。”她说，“金钱上和其他方面。至少等你重新站起来为止。我一定要坚持。”

“我不需要帮助，亲爱的。这个话题结束了。”

“你和我一起去斯莫尔海西住一阵子吧，我那儿有地方住。答应我吧，我们将会一起好好享受一番。简简单单的美食和上帝恩赐的清新空气，晚上我们可以调调情，说说老朋友的坏话。”

“听起来确实很吸引人，但恐怕我不适合在郊区生活。”

“噢，你这只顽固的老猫头鹰。我真是被你气疯了。”

“我已经忘记把你气疯多么好玩。你疯起来看上去更加明艳照人。”

“那你会来吗？”

“不，我不会去的，亲爱的。我已经决定了。离开泰晤士河一英里，我就会浑身长疮流脓。我说，这只羊羔真好吃。”

“告诉我，为什么你会去那场该死的拍卖会？为了逝去已久的日子？”

“不，我想要给我的弗洛莉买份礼物，诺埃尔小时候的一幅素描。很快就是她的生日。但它不在拍卖会上。”

“真遗憾。”

“奇怪的是，在拍卖品目录里列出它了，‘一个小男孩的画像’。我想它丢失了。不要紧。”

“真可惜。世事永远不是它们看上去的样子，是吗，我的天使？”

“世事永远不是它们看上去的样子，这就是天意莫测，你不觉得吗？就像那一次去海边遇到打炮。”

“那是什么时候的事情？”

“你知道的，在诺福克。那天你握住我的手。”

“我不记得了。”

“你肯定记得。”

“我想我从未去过诺福克。布拉姆，我去过吗？”

“我们去过那里，我们三人和孩子们，暂时离开伦敦。埃迪在那里，还有戈迪和诺埃尔。那里吵吵闹闹的，我想是堤坝出事了。记者们在搜刮消息，翻寻他的房间外面的垃圾，尽干那种事情。于是我们去了伯纳姆度过一个八月的周末。”

“有吗？真是太美好了。你把接下来的事情说给我听，好吗？”

“孩子们在农场里度过了一整天。我们去划艇，我、亨利和你。从霍克汉姆海滩出发，在滨海韦尔斯附近。那是英格兰的金秋午后，空气中带着亚麻和白葡萄酒的芬芳。我们在唱歌，或试着唱歌，你教我们合唱，《依然在我心深处》。然后懒洋洋地试着钓鱼，但什么都钓不到。”

“噢，亲爱的，真是遗憾。”

“亨利开始耍宝，说他会施展巫法将鱼儿从深海里召唤出来。他吃了一顿美味的午餐，心情舒畅。逗得我们哈哈大笑。他把船桨放在桨架上，摘下帽子，像格林童话里的女巫那样眯起眼睛。然后他念出一大堆不伦不类的拉丁语或胡诌一通，有许多‘噢噜姆’[1]的字眼，用手指比出十字架受难像。”

“十字架受难像？”

“是的，十字架受难像，用手指比画出来，而且还嘶声咆哮。”

“是不是——还有马什么的？”

“你知道吗，亲爱的，真的有马。”

“我似乎记得那些马在海里跑。是那样吗，布拉姆？”

“亲爱的，伯纳姆是白金汉宫的骑兵队夏季休整遛马的地方。他们在霍克汉姆海滩上操练，士兵们骑着它们冲进海湾里。你记得的。”

“老天爷啊，黑色的高头大马吗？我的意思是，那种大块头的家伙吗？爱尔兰德拉弗特·克罗斯纯种马或类似的漂亮马种。有十六掌高，差不多吧。”

“黑得就像夜色。踏浪而行，溅起的浪花喷到它们的脖子上。那是我生平见过的最高贵的情景之一。”

“然后发生什么事情了？”

“我们在大声嘲笑亨利，我几乎从船上掉下去，你拽着我的领子把我拉回来。可是，真是见鬼了，刚过一两分钟，鱼儿就开始扑腾着浮出水面，像几百个、几千个乞丐，抱都抱不过来。我们捞了整整一桶鱼。还记得吗？”

“水淹邮筒——难以置信。[2]不，我不记得了。”

“接下来发生的——后来我们回到码头才知道——我们漂到了海

1　噢噜姆（orum）是拉丁文的一个表示复数的后缀。

2　原文是爱尔兰俗语“crikey O' Reilly”。

军在港湾的鱼雷练习区。在亨利念咒之前，他们发射了一枚该死的鱼雷，然后我们那些长着鱼鳍的朋友就成群冒了上来。”

“向深渊的主宰致敬。”

“就是这样。他乐不可支，那个大骗子。”

“我敢说就是这样，那个虚荣的魔鬼。真是个大笨蛋。”

“回到岸上，我们扶他上楼，把他抬到床上——他仍然有点晕乎乎的——然后我和你在海滩边的步道上散了一个小时步，相互挽着胳膊。真是有趣，我们没有说话，连一个字都没说。那里有一座旋转木马，我们看了一会儿。那些涂漆的木马在转动，那里还有华尔兹电子音乐。之前我有点中暑。我们得去农场接孩子。然后——只有一两秒钟——你握住我的手。然后你亲吻了我的手，我也亲吻了你的手。然后我们回到了酒店。”

“真奇怪，亲爱的，我竟然不记得这么开心的事情。我真希望我记得。”

“现在你知道了。”

“那些马真的很棒，不是吗?”

“你说它们就像神话里的奇兽。你是对的。”

“那时候我不该放开你的手，亲爱的。我本应该永远握住它。”

“你当然应该放手。”

“我想你知道我深深爱上了你。”

“是的，你爱过我。一个半星期。”

她哈哈大笑。

“现在我知道了，我们所有人都彼此相爱过。”他说，“在年轻时，这并不是什么坏事。”

“或许老了也是。”

“或许老了也是。是的，确实如此。为傻事干杯。”

布里克菲尔德疗养院外面

教堂的钟声敲响了十一点。到早上之前它不会再敲响。

他叫出租车司机把他停在主教桥路的拐角处，帮他把轮椅搬下车。一个晴朗寒冷的夜晚，天空中布满绿松石般的点点繁星。他经过关闭的土耳其浴室和图书馆。睡觉前抽最后一根美妙的香烟。

他原本打算今天只抽四根烟，现在抽的是明天的份额。噢，好的。特殊时刻。我会想起谁呢?

他推着自己来到排屋下面，抬头看着那间废弃的镇屋。窗户反射着月光，墙上长出了野花。

周末会很愉快。她肯邀请她，真是太好了。或许在郊区住上一两天，她会钓鱼和射击。他已经好多年没开过枪了。他从来都不是真心喜欢开枪。但可以共度一段时光，说说笑笑。或许和她开车去福克斯通观光，看她开车会很开心。他想象自己坐着轮椅在她种的梨树下，梨花如雨般落下，一个盖着毛毯的老头子。有人在弹奏肖邦。

他的颧骨和头骨像触电般在轻微地刺痛。现在他的眼后在隐隐作痛，他感到晕眩，被毒蛇咬噬般难受，有一双花岗岩般的双手掐住他的喉咙，但他没办法叫嚷。然后，就像一把被煅打得通红的长剑插进一桶冰水里，疼痛消失了。

他抬头看去，见到那位钢琴教师穿过阴暗冰冷的煤灰正在走近，像姐妹般朝他温柔地伸出双手。似乎他的痛苦烧掉了之前笼罩在她身上的寒霜；他清楚地见到她的模样，就像走出洞穴的男人第一次看到光亮。她的微笑好像一曲妙乐。他留意到她赤着双脚。

她温柔地问："你准备好了吗？"[1]

不知怎的，他居然能够回答，这是怎么回事？他几乎不懂爱尔兰语。但他忘记了英语。两人似乎在以星光进行交流。他对她说他上路需要准备些东西。我们到我的房间收拾行李好吗？她说不需要，他们要去的地方那里一切都已经准备妥当。他握着她的手，试图站起来。那比他想象的更加容易。

一个长着络腮胡的老水手打开那座废弃镇屋的房门，或许他就是伦勃朗[2]的《夜巡》里的一个角色。和那个姑娘一样，他赤着双脚。他的眼睛就像抛光的硬币那样闪闪发亮。

"斯托克，"他喊道，"我的好伙计。"

"亲爱的惠特曼，你怎么来了？"

"外面冷，快进来吧，你这个亲爱的无赖，大家都想见你。我们正在排练一出短剧。我似乎会以荷马的角色出场。"

台阶上结了冰。那位钢琴老师搀扶着他。大厅里暖和漆黑，门道在发光。在镜子里，他见到一个目光温和的男孩子的脸庞。

他的姐妹们。他的父母。他从未见过的一个弟弟。奥菲利亚在这里，还有苔丝狄蒙娜和朱丽叶，正和王尔德在谈论巴黎。普洛斯彼罗、希斯克利夫和凯瑟琳·恩肖正端着纤细的酒杯相碰，里面盛着冒泡的汽酒。麦克白正向简·爱展示一幅玛丽·雪莱[3]的肖像画。在火光中，卖火柴的小女孩正和精灵女王帕克一起玩弹珠。每个房间都高朋满座，争相过来和他握手和拥抱。死去的舞台工作人员和锅炉工人、几近遗忘的恋人、迷失的罪人在影子里相逢，此刻在聚光灯下发亮。他曾经

1　原文是爱尔兰语："Bhfuil tú réidh"。

2　伦勃朗·哈尔曼松·范·莱茵（Rembrandt Harmenszoon van Rijn，1606—1669），荷兰画家。

3　玛丽·雪莱（Mary Shelley，1797—1851），英国作家，诗人珀西·雪莱的妻子，著有《弗兰肯斯坦》《最后的人》等作品。

救过的一个几乎溺水而死的男人，但那是一个陌生人，是第一次见到他，似乎他们都摆脱了长长的假名，用回了属于自己的本名。

他听到了音阶很奇怪的乐声，之前他并不知道原来有这种音阶存在，其旋律雄壮却又微弱，优美得难以置信。窗户都打开着迎接黑夜，那些鸟儿在说希腊语。

“你现在跟我一起上楼好吗？有人在等着见你。”

“让他等吧。”斯托克说。他转身对着房间。美妙的月亮令他陶醉。

圣乔治广场 26 号

皮姆利科

伦敦

1912 年 4 月 20 日

亲爱的特里小姐，亲爱的埃伦，如果我可以这么叫你的话，

你我并非熟识，我们很少见面，这些年来只在首演之夜或庆祝会上匆匆相遇，那是我的一大憾事。但我想你应该想知道一个悲伤的消息：我的丈夫布拉姆上周五晚上中风，至今尚未清醒，今天上午已溘然离世。

诺埃尔和我伤心欲绝。唯一的安慰是，我感谢上帝，他临终时不用去忍受痛苦，我和诺埃尔在床边陪伴他，握着他的手，拥抱着他。

正如你或许已经知道的，小蜜蜂和我在一起并非只有快乐，但我们有一段遵循传统而结合的婚姻，如今那已经是老土俗套的事情。就像他所娶的女人一样，小蜜蜂绝非一位圣人。譬如说，他脾气不好，又过分注重隐私。而我缺少耐性，有时候会发脾气。但在我认识的

人当中，就只有他从骨子里认为会变心的爱情并不是爱情。他是永远绝对忠诚的爱人，恒久忍耐，绝不会故意去令被爱的人或他许下承诺的人失望。他是一个风趣、聪明、可靠、高尚的男人，有一颗充满慈悲又有母性的心。我们曾经有过幸福快乐的日子。他是一个充满爱心的人，一位慈爱、坚强而糊涂的父亲。我很幸运，能拥有我们的儿子，他意味着小蜜蜂并没有真的永远离开。

小蜜蜂经常提起你，语气中充满温柔和爱意。近来你和他不是经常见面，生活忙碌漂泊的人就是这样，他想念你。他为你在艺术上和职业上的成功，为你和他曾结下的特别友谊感到骄傲。他也为自己与亨利·欧文长久且亲密的友谊而感到骄傲，谁不会呢？我总是觉得他们俩彼此为对方疗伤。或许他们发现，两人都是孤独寂寥的人，并非所有的伤口都能痊愈。

小蜜蜂一直很勇敢。他是一个被烈火锻造过的男人。但我们女人有许多种勇气，而那些可怜的男人却只有两种匹夫之勇。他原本轻易就会变成那种喋喋不休的性情顽固的老家伙，以欺负年轻人为乐，贴着膏药，倚老卖老，在圣诞节早晨破开泰晤士河上的结冰去游泳，为的是让身边每个人都感到自卑，即便如此，那也是可以原谅的。但我的小蜜蜂不是那种人。我很高兴他摆脱了自己。对我来说，他总是那个强健英俊的奔跑逐浪的小伙子，那是我第一次见到他的情形，那一年我和他十七岁。

他在他那部《德古拉》里写道："世事如斯，皆有其因。"我不认为是这样。但现在他知道了。我能说的就是，我希望你明白，他在剧院里的生活为他带来了莫大的安慰，赋予了他使命感。他有一个痛苦而孤独的童年，没有得到幸福的婚姻，或许他天生不是一个适合结婚的人。但他完全没有自怜自伤的情结，甚至不会为自己做打算。是他的剧院生活给予了他勇气去面对他的诸多失意，他以坚忍与尊严去承受那一切，一如他在承受病痛。我非常感谢你对我的小蜜蜂的关怀与爱意。

爱有很多种。我知道。他也知道。

你忠诚的，

布拉姆·斯托克夫人

弗洛伦丝

附言、参考书目与致谢

《影子游戏》是一部基于真实事件的虚构作品。我对事实、人物塑造与事件顺序，甚至斯托克的几部相对不为人知的作品的出版时间加以自由发挥。所有以真实文件出现的文字内容都是虚构的。对于想找寻可靠资料的读者，我推荐下面几部作品以及它们列出的参考书目：

爱德华·戈登·克雷格的《埃伦·特里与她的秘密自我》、迈克尔·霍尔雷德的《一段多事之秋：埃伦·特里、亨利·欧文与他们了不起的家人的戏剧性的生平》、杰伊·梅尔维尔的《埃伦·特里》、戴维·J.斯卡尔的《血中之物：布拉姆·斯托克不为人知的故事》与斯托克本人的《关于亨利·欧文的个人回忆录》。

《影子游戏》的文中多次提到斯托克的不朽名作《德古拉》与他的其他作品，在结尾提到的“说希腊语的鸟儿”出自弗吉尼亚·伍尔夫的一封书信。

1922年，斯托克逝世十年后，德国的普拉纳电影公司制作了《诺斯费拉图》，侵犯了《德古拉》的版权，与斯托克的其他作品一样，这部作品本已几乎被遗忘。但对于普拉纳电影公司来说，不幸的是，并非每一个人都已将其遗忘。令人敬佩的弗洛伦丝·斯托克提出诉讼并赢得官司，确立了自己作为版权所有者的权利，并奠定了版权的重要准则。所有作家都亏欠了她的恩惠。

自此之后，《德古拉》卖出了数千万本，被翻译成一百多种语言，被拍成电影超过二百次。布拉姆·斯托克会对自己塑造的角色成为不朽形象感到惊讶。德古拉伯爵死后得到了长久的独一无二的生命。

亨利·欧文爵士的骨灰被葬在西敏寺的诗人角，莎士比亚的纪念雕像近旁。有四万名伦敦人为他送殡。1963年，一位六十年来坚持为欧文的坟墓献花的崇拜者为西敏寺捐献了一件纪念品：欧文的十字架受难像。

埃伦·特里无与伦比的职业生涯持续了七十年。1911年，她为维克多录制公司拍摄了五幕莎士比亚的戏剧，随后她参与拍摄了几部电影。1922年，她获得圣安德鲁大学的荣誉博士学位；1925年她被授予大英帝国爵级大十字勋章。她的侄孙约翰·吉尔古德，于1939年在兰心剧院表演《哈姆雷特》。特里、斯托克与欧文这几个姓氏被刻在兰心剧院在伯利街的外墙，以纪念这三位了不起的艺术家。

我要感谢我的编辑杰夫·穆里根，哈维尔·塞柯出版社与Vintage出版社的全体人员，伊索贝尔·迪克森、康拉德·威廉姆斯与布雷克·弗里曼文学、电视与电影经纪公司的团队、英国广播公司北爱尔兰分部的保罗·麦格根，是他提议我以亨利与布拉姆的关系作为一部小说的素材，以及斯蒂芬·赖特，是他为我在英国广播公司电台第三频道的剧本改编提供指导。我要感谢我的朋友们和利默里克大学的同事们，几位出色的作家：多纳尔·瑞恩与莎拉·穆尔·菲茨杰拉德，他们促使我写出了这本书，我要感谢大学给予我假期。

我盼望死后会有来生的一个原因是：我期盼再见到这部小说的被题献者。卡萝尔·布莱克是与我交情逾二十年的朋友与经纪人。如果真有天堂的话，我知道她会开一间非常好的餐馆，提供上等红酒，并在旁边的云朵上开一间设计师精品鞋店，播放的是她喜欢的中世纪合唱音乐。她将会代表新签下的委托人，上帝，与出版社谈判交涉，因为上帝没有收到《圣经》的足额版税。

与以往一样，我最感谢的人是安妮-玛丽·凯西与我们的儿子詹姆斯和马库斯，感谢他们的爱意、善意与支持。

约瑟夫·奥康纳，2018年

图书在版编目（CIP）数据

影子游戏 /（爱尔兰）约瑟夫·奥康纳著；陈超译. – 北京：北京联合出版公司，2021.5
ISBN 978-7-5596-5043-6

Ⅰ. ①影… Ⅱ. ①约… ②陈… Ⅲ. ①长篇小说–爱尔兰–现代 Ⅳ. ① I562.45

中国版本图书馆 CIP 数据核字（2021）第 015938 号

影子游戏

作　　者：［爱尔兰］约瑟夫·奥康纳
译　　者：陈　超
出 品 人：赵红仕
责任编辑：李艳芬
特约编辑：朱写写
装帧设计：一千遍

北京联合出版公司出版
（北京市西城区德外大街83号楼9层　　100088）
北京联合天畅文化传播公司发行
山东临沂新华印刷物流集团有限责任公司印刷　　新华书店经销
字数304千字　　787毫米×1092毫米　　1/32　　12印张
2021年5月第1版　　2021年5月第1次印刷
ISBN 978-7-5596-5043-6
定价：58.00元

SHADOWPLAY
By Joseph O'Connor

This edition arranged with Blake Friedmann Literary, TV and Film Agency through Andrew Nurnberg Associates International Limited